南非〕莎拉·落茨/著　黄瑶/译

The three
从天而落

“你到底是怎样从空难中生还的？”

“这是我自己的选择。”

广西科学技术出版社

著作权合同登记号：桂图登字：20-2013-031

图书在版编目（CIP）数据

从天而落 /（南）莎拉·落茨著；黄瑶译.—南宁：广西科学技术出版社，2015.1
ISBN 978-7-5551-0328-8

Ⅰ.①从… Ⅱ.①莎…②黄… Ⅲ.①长篇小说-南非（阿扎尼亚）-现代 Ⅳ.①I478.45

中国版本图书馆CIP数据核字（2014）第246183号

CONG TIAN ER LUO
从天而落

作　　者：[南非]莎拉·落茨　　翻　　译：黄　瑶
责任审读：张桂宜　　责任编辑：孟　辰　袁靖亚
版式设计：嫁衣工舍　　封面设计：嫁衣工舍
责任印制：陆　弟　　责任校对：曾高兴　田　芳
特约策划：孙淑慧　　版权编辑：卢　洁

出 版 人：韦鸿学　　出版发行：广西科学技术出版社
社　　址：广西南宁市东葛路66号　　邮政编码：530022
电　　话：010-53202557（北京）　　0771-5845660（南宁）
传　　真：010-53202554（北京）　　0771-5878485（南宁）
网　　址：http://www.ygxm.com　　在线阅读：http://www.ygxm.com
经　　销：全国各地新华书店
印　　刷：北京盛源印刷有限公司　　邮政编码：101109
地　　址：北京市通州区漷县镇后地村村北工业区
开　　本：880mm × 1240mm　1/32
字　　数：356千字　　印　　张：16.25
版　　次：2015年1月第1版　　印　　次：2015年1月第1次印刷
书　　号：ISBN 978-7-5551-0328-8
定　　价：39.80元

故事是从这里开始的……

一张脸慢慢地靠近了她。

是那个孩子。

他靠得太近了，她能够感觉到他的呼吸轻轻地拍打在自己的脸上。

她试图集中精力望着他的眼睛。

难道……只见他的两只眼睛都是惨白的，里面根本就没有瞳孔！

此刻，她眼前橘色的背景光正在渐渐消失，她渐渐地能够看清楚那些物体的轮廓了。

那里足有几百个人，

看上去正在朝着她的方向移动过来。

他们的脚呢？

他们居然都没有脚！

快点，快点，快点……

帕姆抬起头盯着安全带指示灯，心里盼着它能早一点咔嗒关掉。她快要憋不住了，耳边又响起了吉姆责骂她的声音，怪她为什么登机前没有去上厕所：你明知道自己的膀胱很弱，帕姆，你到底在想什么？

事实上，她根本就没敢在机场上厕所。因为她心里实在是有着太多的担心。要是机场的厕所就像旅游指南里写的那样设施先进，害她找不到冲水键可怎么办？要是她被意外地锁在厕所隔间里，因而误了飞机可怎么办？再想想乔安妮的建议，让她在转机去大阪之前，先花几天工夫逛一逛东京市区！帕姆不禁感叹道，这人来人往的机场就已经够让她不知所措的了。光是想象一下自己还要孤身穿梭于异乡的大街小巷，她湿冷的手掌就更是冷汗直流了。就在几个小时前，她才刚刚慌慌张张、睡眼惺忪地下了从沃思堡飞来的班机，步履艰难地迈向2号航站楼，去寻找她的转乘航班。与自己萎靡不振的精神状态相比，帕姆似乎觉得身旁经过的每一个人身上都散发着一种自信的气息。大家纷纷迈着轻盈的步伐与她擦肩而过，手上提着的公文包左摇右摆，镜片后透露出来的冷漠眼神在她面前一闪而过。不一会儿，摆渡车来了。帕姆赶紧跑过去，开始奋力地往车上挤。不知为何，她似乎感到自己手上的行李越来越重，而且随着每一次有人朝她的方向看过来，行李仿佛就会更重一点。

令帕姆感到十分庆幸的是，在刚才那一架从美国飞往东京的飞机上，还有不少的美国乘客（坐在她隔壁的那个好心的男孩子就十分耐心地教会了她如何使用机上视频系统）。不过，这一次就不同了。在这一趟飞往大阪的飞机上，她清楚地意识到自己可能是唯一的一个……

那个词怎么说来着，就是吉姆最爱看的侦探类节目中总会用到的那个？对了，白种人。而且，飞机的座位实在是太小了，她要像罐装火腿一样把自己硬塞进去。不过，好在她和走道边的那位邻座之间还有一些距离，她至少不用担心自己的手肘会不小心碰到他。但是，若是她想要挤出去上个厕所，可就没那么容易了。老天呀，这个看上去一身商人打扮的男子似乎已经睡着了，这意味着她若是想要出去，就必须先叫醒他。

飞机继续爬升着，指示灯也依旧亮着。她透过窗口望向外面漆黑的天空，只见机翼上的信号灯透过云层忽隐忽现地闪烁着。她紧握着坐椅扶手，觉得机身的颤抖就快要把她的身体震散了。

丈夫吉姆是对的。虽然她现在还没有到达目的地，但是已经感觉到快要吃不消了。吉姆曾经反复警告过她，说她不是长途旅行的料。帕姆，女儿乔安妮随时都可以飞回来看你，你为什么要劳心费力地跨越大半个地球去看她呢？不管怎么说，她干吗非要跑去教那些亚洲小孩呢？美国的小孩对她来说不够好吗？还有，帕姆，你连中餐都不喜欢吃。万一到了那边之后，你发现他们只吃生海豚肉，或是别的什么奇怪的东西，那你可打算怎么办呀？但她就是这么固执己见，就是要故意无视他的反对，仿佛这样才能够向他展示自己的决心。乔安妮已经去日本两年了，帕姆实在太想她了，所以这次说什么也要亲自去看看她。而且，从那些网络上的照片看起来，大阪市内也是高楼林立，似乎和一般的美国城市没什么两样。虽然乔安妮之前提醒过她，说日本并不是像旅游指南里写的那样，只有灿烂绽放的樱花和躲在扇子后含羞微笑的艺伎。但是帕姆觉得自己完全可以应付得来。她甚至还天真地以为，多年之后，这一段惊险刺激的探险之旅将会成为她向瑞贝等人炫耀的谈资。

飞机终于开始平稳飞行了，安全带指示灯也跟着熄灭了。一些乘客从自己的座位上站起身来，开始在头顶的行李仓里翻箱倒柜地找着些什么。帕姆一边在心里默默祈祷着厕所门口不要大排长龙，一边挺直了身板想要小心翼翼地从熟睡的邻座身边蹭出去。可就在此时，机舱里传来了一声巨响，让帕姆不禁想到了汽车发动机回火的声音。可是飞机的发动机应该是不会回火的，不是吗？她吓得忍不住喊出了声音，但是转念一想，又觉得自己的反应有点笨。没事的，也许就是雷声而已。没错，就是雷声。旅行指南里说了，飞机在高空中遇到暴风雨是很常见的现象。

可是，跟着又传来了一声巨响——这次听上去更像是一声枪响。紧接着，从机舱前部传来了一阵此起彼伏的尖叫声。安全带指示灯再度亮起，帕姆急忙回到座位上摸索着寻找自己的安全带。可是此时，她的指尖都已经麻木了，以至于她根本就想不起来该怎么系紧安全带。飞机开始不断地下坠，头顶的行李舱也在剧烈的颠簸中咯吱作响。她觉得似乎是有一双大手在使劲向下按着她的肩膀，让她难受得连五脏六腑都快要吐出来了。哦，不，这不可能。这种事情是绝对不会发生在像她这样平凡的好人身上的。所幸，飞机很快就再度平稳了下来。

在一阵咿咿呀呀的日语播报过后，广播里传来了一段英语的提示：“请在座位上坐好，并系紧安全带。”广播里的声音听上去是那么的平静，就好像事不关己一样。这一定不是什么严重的情况，不值得她这么惊慌失措。帕姆一边这样想着，一边试着深呼吸。在自己的心情好不容易平复下来之后，她试着回头张望，想看看其他人的反应，但只看到了一片黑压压的头顶。

突然间，机身又强烈地震动了起来，她下意识地马上抓紧了坐椅的扶手，可是全身上下都在控制不住地跟着飞机一起颤抖着。这时，她发现前方坐椅的缝隙间出现了一只黑色的小眼睛，眼睛上方还有一绺细软的黑发。那应该就是坐在前面座位上的那个小男孩吧。她记得自己在起飞前曾看到过他。他当时是被一个表情冷漠、抹着鲜艳口红的少妇一路拽着走过来的。只见小男孩直勾勾地盯着她，似乎看得十分入神（尽管不同地区的亚洲人在长相上各有特点，但是亚洲的小孩却都可爱得一塌糊涂）。她冲着他招了招手，咧着嘴笑了笑，但是他似乎并没有任何的反应。倒是他的母亲严厉地批评了他几句，于是他便顺从地爬回了自己的座位，离开了她的视线。帕姆感觉自己口干得要命，嘴唇都快要粘到牙齿上了。而且，上帝呀，飞机此时抖得更厉害了。

就在这时，一道白色的薄雾飘过走道，袅袅地包围在了帕姆的身旁。她突然想到，要是自己能搞定座位前方的屏幕，看上一部可以占据注意力、放松身心的喜剧电影，应该就不会那么紧张了。于是，她开始一手胡乱按着屏幕，一手摸索着坐椅前方口袋里的耳机。哦，哦。不，不，不！飞机再一次剧烈地颤抖起来，机身不仅在左右摇摆，而且还上下颠簸着，让帕姆的胃里似翻江倒海一般地难受。她努力吞咽着口水，试图让自己不要吐出来。

这时候，帕姆身旁的男子突然站起身来，随着机身的起伏不停甩动着手臂，似乎是想要打开头顶的行李舱。但是，飞机摇晃得实在是太厉害了，因此他的身体怎么也不能保持平衡。你到底在干什么？帕姆忍不住想要冲他大喊一声。她想，要是他不赶紧坐下来的话，情况一定会变得更糟。机身的震颤越来越明显了，让她不禁想起了家里的那台破洗衣机。她依稀记得，当初那台洗衣机的稳定器坏掉时，也是这样在地板上蹦跳打转的。于是，她开始向那男子比手画脚，示意他快点坐下。好在，他似乎明白了帕姆的意思，顺从地跌坐回了他的座位上。不一会儿，他又从自己夹克的内袋里摸索出了一部手机，将头靠在了前方坐椅上，开始对着手机自言自语起来。

帕姆突然觉得，她也应该这么做。她应该打个电话给吉姆，嘱咐他别老给他们的宝贝狗狗史努基喂那些便宜狗粮。她还应该打个电话给乔安妮，不过她该跟乔安妮说些什么呢？她差点笑了出来。难道要告诉她，她的飞机会晚点？不，她应该告诉乔安妮，自己是多么为她感到自豪。但是，这飞机上会有信号吗？别人不是说，在飞机上使用手机会扰乱飞行导航系统吗？而且，她还听说，要是使用了飞机坐椅靠背上的通话系统打电话，还需要用信用卡来支付呢。

她的手机跑哪儿去了？她不记得是把它和现金、护照一起放在腰包里了，还是直接放进手提包里了。她怎么突然就记不起来了呢？于是，帕姆弯下了腰，想要伸手去够地板上的手提包。可是座位空间实在是太狭小了，挤得她一阵眩晕，差点就快吐出来了。不过，在手指尖碰到手提包背带的那一刻，她的心情马上就舒畅了许多。这个手提包是乔安妮在两年前的圣诞节时买给她的礼物。那真是一个合家欢乐的圣诞节呀！那时候，乔安妮还没有离家出走，而吉姆的心情也一直都不错。又是一阵猛烈的颠簸，包带一下子就从她的手中掉了出去。帕姆不想就这么死掉。她不想死在一群陌生人中间，更不想死时还蓬头垢面的。她不由得想到，自己当初心血来潮地去烫了个卷发，真是够“蓬头”了，现在想起来后悔不已。

唉，她的脚踝开始肿胀了。不行，她得赶紧想点好事，想点开心的事。没错。这一切都是梦，她根本就不是坐在飞机上，而是正窝在沙发里大嚼大咽着鸡肉蛋黄酱三明治呢。可爱的史努基正赖在她的膝头，吉姆则躺在他的“拉兹男孩”牌休闲椅上打着瞌睡。她现在是不是应该祈求上帝来保佑自己呢？是的，她应该像伦恩牧师告诉她的那样，虔诚地祷告。可是，祷告就能让这个噩梦快点结束吗？这是她生平第一次不知道自己该祈祷些什么。她勉强地拼凑出了一句“帮帮我吧，上帝”，但是思绪却早已经飘回自己远在大洋对岸的家里去了。要是她有个三长两短，谁来照顾史努基呢？史努基老了，已经快十岁了，她为什么就不能好好地在家里守着它呢？小狗应该是不会理解这些的吧。哦对了，她的内衣橱深处还藏着一些没来得及扔掉的破旧连裤袜。要是它们被人发现了该有多尴尬呀。

薄雾渐浓，一股强烈的胆汁味直冲她的喉咙，让她的视线一下子模糊了起来。随着一声尖锐的爆裂声，一个黄色的塑料杯映入了她的眼帘。更多的日语单词开始在她的耳边叽里咕噜地响了起来。她使劲咽了一下口水，似乎还能够回味起自己在上一个航班上吃的辛拉面的味道。她现在终于不再感到紧张了，也不觉得想要去上厕所了。接着，广播里开始播放起了英文提示，内容大概是要求乘客们互相帮助之类的。

邻座的男子还在喃喃自语，嘴巴不停地一张一合，似乎丝毫没有发觉他的手机早就随着飞机的颠簸从手里滑落下去了。帕姆觉得自己就快要窒息了，面前的氧气面罩里隐约散发着一种人工罐头的怪味，仿佛氧气罐里充满了沙子。这让她不由得又是一阵反胃。突然间，一道耀眼的亮光让她眼前一黑，接着便什么也看不到了。她伸出手去摸索，却什么也没有抓到。紧接着，她闻到了一股焦糊的味道，就好像是有人把什么塑料制品忘在了炉子上。她就犯过一次这样的错误，把一把抹刀落在了火炉上。吉姆还因此唠叨了她好几个礼拜呢——“亲爱的，你可能会把房子都点着了的。”

广播里又传来了一条讯息……打起精神来，打起精神来，挺住！

这时，帕姆的脑海里突然出现了一个画面，画面的正中摆着一张空椅子。她顿时被一股自责的情绪包围了，心抽搐着痛了起来。那是她的椅子，她每周三参加《圣经》研读小组的时候都会坐在上面。那张坚固可靠的椅子上面布满了经年累月使用过的痕迹，但它从不会抱怨她的体重。曾几何时，她总是会特意早到一点，以便帮助肯德拉把椅子摆好。小组里的每一个人都知道，她最喜欢伦恩牧师右侧的那个紧挨着咖啡机的座位。在她离开之前，大家还为她诚心祷告了一番，就连瑞贝都希望她一路平安。当时，她感觉自己的心中充满了自豪与感恩，并且因为自己一下子成了众人关注的焦点而变得两颊绯红。亲爱的主，请你照顾好我们的姐妹、挚爱的朋友——帕米拉，在她……飞机再一次震颤起来，这一次则伴随着行李、笔记本电脑和其他零碎物品与头顶行李舱摩擦的嚓嚓声。帕姆安慰自己，要是她把注意力集中在那张空椅子上，一切就会安然无恙吧。她平时从商店开车回家时也会玩这种无聊的运气游戏：要是她在路上接连看见三辆白色的车，就会安慰自己说，伦恩牧师很快就会辞退瑞贝，换她去给教堂插花。

随着尖锐的撕裂声，飞机的地板开始猛烈地晃动起来，一股力量重重地将她的头推向了膝盖。她甚至能够感觉到自己的牙齿在彼此碰撞，忍不住想要尖叫着喝止住那故意用手压着她的头的人。多年前，在她开车去接乔安妮放学的路上，也曾有一辆皮卡车突然闯到了她的车前。那一刻，似乎周围所有事物的移动都变成了慢动作。她能够清醒地看到眼前的每一个细节，包括她挡风玻璃上的裂痕，前车那锈迹斑斑的机盖，戴着棒球帽的司机的剪影。但是此时此刻，这一切都发生得太快了！停下来吧，我已经受够了。她的身体仿佛是被人用乱拳揍过一般疼痛着，连头都抬不起来。突然间，她前面的坐椅猛地向她的脸冲了过来。她只觉得一缕白光闪过，接着就两眼漆黑，什么也看不见了。

当帕姆再次醒过来的时候，仿佛听到身旁有篝火在噼里啪啦地爆开的声音。她的脸颊感到了一股如冬天般刺骨的寒意。她现在是身在室外吗？当然了，笨啊！室内怎么会有篝火呢？这到底是什么地方呀！她模模糊糊地想起来，大家总是会在平安夜的时候欢聚在伦恩牧师的大农场上。所以说，她现在一定是在农场田野里看烟花吧。每当这个时候，她总是会带上她最拿手的蓝纹奶酪沙司。难怪她现在觉得如此怅然若失，原来是因为她忘了带沙司。她一定是把它落在厨房的流理台上了。伦恩牧师要是知道了该有多失望呀，而且……

怎么会有人在尖叫？圣诞节的时候是不能尖叫的，为什么要在圣诞节的时候尖叫呢？这是一个多么快乐的节日呀。

她抬起左手想要擦擦脸，但是感觉浑身上下都不对劲。哎呀，她现在怎么是躺在自己的手臂上呀，而且她的手臂还被扭到了背后。为什么她会躺在这儿呢？难道是她睡着了吗？圣诞节这么忙碌的时候，她怎么会随便睡着呢……她得赶紧起来为自己的鲁莽行径道歉。吉姆就总是说她得认真起来，争取多做点事……

她用舌头把自己的牙齿舔了个遍，可突然感到一阵剧痛。原来，是她的一颗大门牙掉了，牙齿破碎的边缘刺痛了她的舌头。她紧咬牙关，咽了一下口水。天呀，她的嗓子怎么会像吞了个刀片一样生疼。

当她意识到眼前到底发生了什么的时候，她一下子惊醒了，不由得倒吸了一口气。一阵钻心的疼痛汹涌而至，从她的右腿一直蔓延上来，直击五脏六腑。起来，起来，站起来。她试图把头抬起来，却感觉仿佛有一根根烧得通红的针，硬生生地刺入了她的脖梗里。

又是一阵起伏的尖叫声。这一次，声音听上去离她很近。她从未听到过这样的声音。它是如此的尖锐，几乎不像是从人的嘴里发出来的。她一心只想让那尖叫声停下来，因为它搅得她的内脏更加撕心裂肺地疼痛着，仿佛那一声声尖叫就是一把把的利刃，一寸一寸地插入她的体内。

哦，感谢上帝，她的右手还能够勉强地挪动。她把手摸索着伸向腹部，发现那里有一大片软软的、湿湿的东西。绝对是出什么问题了。天哪，她需要帮助，她需要有人赶紧过来帮帮她。她当初要是听吉姆的话乖乖地在家陪史努基该有多好……

停！她不能慌。大家总是这么说的，遇事不能慌张。她还活着，这就是不幸中的万幸了。她现在需要做的就是赶紧站起来，看看自己身处何地。她确信自己已经不在飞机座位上了，周围是一片长满青苔的软泥地。她在心里默默地数了三下，用尽了全身的力气，试图靠自己没有受伤的那只手臂撑着翻个身。可她最终还是不得不放弃了，因为那如电击般尖锐的痛感，瞬间就刺穿了她的整个身体。她不敢相信，如此的悲剧竟会这样真切地发生在了她的身上。可是她又能怎么办呢？她此刻唯一能做的，就是尽可能不要再乱动。谢天谢地，疼痛逐渐散去了，只留下阵阵的麻木感（唉，她也无暇再去考虑那么多了）。

帕姆挤了挤眼睛，再努力地睁开，想要看清楚眼前的状况。她又一次试探性地把头向右转了转，好在这一次没有感觉到那刺骨的疼痛了。很好。眼前一道橘色的背景光让周围的所有事物都蒙在了一片阴影之下，模糊得只剩下轮廓了。不过，她还是勉强分辨出了自己此刻身处的地方是一片浓密的树林。她显然并不认得周围的这些奇形怪状的树木属于什么品种，但她隐约能够看到树上挂着一大片歪歪扭扭的金属碎片。哦，天哪，那不会就是自己乘坐的飞机吧？她甚至还看到了机身上那一个个椭圆形的小窗户。眼前的场景让她的眼睛一下子就湿润了。她发现，机身已经硬生生地被从机头和机尾上撕裂了下来。飞机的其余残骸呢？帕姆猜测，自己一定是在坠机的一瞬间被甩出了机舱，不然她是绝对没有可能生还的。此时的飞机就像一个破损的大玩具，让她不由得想起了吉姆母亲家附近的一个大庭院。那里也常年四处散落各种碎片、旧车零件和破损的三轮车。正因如此，即便吉姆的母亲对她非常友善，她也从来都不喜欢到那里去。她的视线因为她身处的位置而受到了阻碍。为了能让自己头部靠在肩膀上，她不得不伸长了脖子，身体也随着吱吱作响起来。

尖叫声逐渐减弱了，转而变成了低沉的哀号。太好了。她可不想在别人的惨叫声中度过这段混乱的时间。

等等……好像有什么东西在移动，就在树顶上方。是一个黑色的人影，一个黑色的、矮小的人影。是个孩子吗？是坐在她前面的那个孩子吗？想到这里，她突然觉得很内疚。飞机下坠的一瞬间，她丝毫没有想到过前座这对母子的安危，而是只想到了自己。难怪她无法安心祷告，她算什么基督徒？那个影子又从她的视线中一闪而过，但她却无法把脖子抬起来，向影子移动的方向看过去。

她想要张开嘴大喊，可这次貌似连下巴都移动不了。求求你了，我在这，医院……快去找人帮忙。

她感觉自己的脑后传来了一阵低沉的响声。"救我。"她小声呼唤着，"救我。" 似乎有什么东西触碰到了她的头发。紧接着，她感觉到有泪水滚落到了她的脸颊上。她安全了！他们来救她了！

可是，跑步声却渐渐走远了。不要走。不要离开我！

突然间，一双赤裸的脚出现在了她的眼前。那是一双小小的、脏兮兮的脚，看上去很黑，黑到上面像是被涂了一层黏糊糊的东西似的。是泥巴，还是血渍？

"救我，救我，救我！"太好了，她现在能说话了。感谢上帝，能说话就代表她还活着，只是受到了惊吓而已。没错，就是这样。"救我！"

一张脸慢慢地靠近了她。是那个孩子。他靠得太近了，她能够感觉到他的呼吸轻轻地拍打在自己的脸上。她试图集中精力望着他的眼睛。难道……只见他的两只眼睛都是惨白的，里面根本就没有瞳孔。哦，上帝，救救我吧。她从心底里尖叫着，却感觉自己的喉咙怎么也发不出声音来，简直就快要窒息了。突然间，那张脸猛地消失了。她一下子感觉自己的肺部异常的沉重，像是里面溢满了液体似的，连呼吸都会觉得痛。

在她视野的右前方，有什么东西一直在闪烁着。还是那个孩子吗？他怎么可能这么快就跑那么远？他似乎在指着什么东西……远处有一些模糊的点状物体，好像比周围的树木颜色还要更暗一点。人。绝对是人。此刻，她眼前橘色的背景光正在渐渐消失，她渐渐地能够看清楚那些物体的轮廓了。那里足有几百个人，看上去正在朝着她的方向移动过来。

他们的脚呢？他们居然都没有脚！帕姆意识到事情有些不大对劲。她想，这些人都不是真的，他们不可能是真的！在忽明忽暗的灯光下，她努力睁大了眼睛，却怎么也看不到他们的脸庞。

恐惧感逐渐消失了，取而代之的是一种平静祥和的感觉。帕姆慢慢地意识到，自己所剩的时间已经不多了。刹那间，仿佛有一个坚强、自信的新帕姆占据了她那残破垂死的躯体。她无暇顾及腹部的伤势，用尽最后的力气伸手摸索着自己的腰包。太好了，它还好好地挂在腰间，只不过被转到了身体的另一边。她闭上眼睛，铆足了力气拉开拉链。虽然她的手指现在又湿又滑，但她不断地鼓励着自己绝对不能放弃。

呼呼的喘气声又出现在了她的耳畔，这一次似乎更明显了。与此同时，一道亮光从上方照射了下来，在她的身旁四处晃动着。她隐约看到不远处倒着一排已经被肢解了的飞机座位，里面的金属结构不停地反射着光芒。在她的手边，还躺着一只孤零零的高跟鞋，看上去依旧是光亮如新。她静静等待着，想看那束光会不会阻止那排人影的移动。

但是，他们依然缓慢前行着，她也依然无法看清楚任何人的脸部特征。还有，那个男孩跑到哪里去了？她很想告诉他，不要接近他们，因为她知道他们想要什么。

哦，没错，她很清楚他们想要什么。但是现在，她已经顾不了那么多了。她把手慢慢地探进包里摸索着。当手指触碰到手机那光滑的背壳时，她不禁如释重负地叫出了声。她小心翼翼地握住手机，把它从包里抽了出来，生怕一不小心就会把它摔到地上。她原本以为把手机给弄丢了，为此还感到颇为自责呢。帕姆艰难地把手机举到了自己面前，心里还在担忧着，要是它不管用了怎么办？要是它在坠机的时候被摔坏了怎么办？

手机是不会被摔坏的，她是绝对不会允许它被摔坏的。当一阵嘟嘟嗒嗒的开机音乐响起时，她的心仿佛也跟着雀跃了起来。快了，快了……手机上已经布满了血迹，因此她很难看到屏幕上的内容。于是，她用尽身上最后的一丝力气，翻开了应用程序框里的“录音机”功能。那股呼呼声就快要把她整个人都湮没了。此刻，帕姆的眼前已经是一片漆黑，但她还是拼了命地对着手机喊出了声来。

“黑色星期四”坠机与阴谋

“三个幸存儿”事件内幕

埃尔斯佩思·马丁斯（著）

纽约、伦敦、洛杉矶

詹姆斯怀特出版社

作者序

提到“黑色星期四”，也许不少读者都会感到不寒而栗。那一天——2012 年 1 月 12 日——全世界共有四架客机在几个小时之内相继坠落，并最终导致千余人死亡。这一天也因此被载入了史册，成为人类历史上规模最大的空难之一。然而，令人意想不到的是，这四起空难引发的一系列变故几乎改变了我们对于人类未来的看法。

就在事故发生后的几周之内，图书市场上很快就出现了各种有关空难事故的纪实类作品，而网站上也开始流传各类博客文章、自传以及评论性作品，其内容全都迎合了公众对于坠机事故本身的病态想象。这当中，有不少作品的内容是专门描写在此次空难中幸存的三个孩子的。可是，谁也没想到，这些令人毛骨悚然的流言居然在短时间内被迅速传播开来，并最终演变成了某些人用来蛊惑人心的言论。

在上一部作品里，我曾经针对美国 16 岁以下儿童持枪犯罪的情况进行了一番细致深入的调查，并获得了读者的热烈反响。因此，针对这起系列坠机事故，我决定采取同样的方式来建立多个客观的叙述角度，让那些事故的亲历者自己来发声，以便最大限度地还原事情的真相。为了达到这个目的，我搜集了大量的资料，其中不仅包括保罗 · 克拉多克未完成的自传以及釜本千代子的网络聊天记录，还囊括了我本人针对数名事故亲历者所进行的采访记录。

除此之外，为了还原坠机事故现场那些惨不忍睹的真实画面，我还特意采访了多位在第一时间到达事故地点参加救援的工作人员。此外，我还在书中加入了许多前任或现任“帕姆信徒”的评论，以及在太阳航空的空难事故中遇难的乘客所留下的遗书内容，并采访了保罗·克拉多克曾雇佣过的驱魔师，力求全方位地为读者解读事情的来龙去脉。作为叙述策略之一，我还引用了一些媒体报道和杂志文章来作为全书的写作背景。

总之，我创作此书的主要目的就是为了给那些“黑色星期四”事故的亲历者提供一个开诚布公的叙述平台，并真诚地希望读者能够从中得出自己的结论，找到自己想要的答案。

埃尔斯佩思·马丁斯
纽约
2012 年 8 月 30 日

目 CONTENTS 录

他们来了。我……别让史努基吃巧克力。虽然它会苦苦哀求你的，但那东西对于小狗来说就是毒药。那个男孩，那个男孩看着，看着死去的人们。哦，上帝呀，死的人实在是太多了……现在该轮到我了。我们很快就要死了。我们所有的人。再见，乔安妮。我很喜欢你送我的那个手提包。再见，乔安妮。伦恩牧师，警告他们，那个男孩不是……

帕米拉·梅·唐纳德（1961—2012）的遗言

Chapter 1
第一章
坠机

那晚，我本来以为自己要找的只是一具尸体，可没想到却看到了上百具尸体。

他把头轻轻地靠在我的肩膀上，对我耳语道：“三个。”

1.

下文源自保罗 · 克拉多克未完成的自传作品——《保卫杰西：我与一个幸存儿的劫后余生》中的第一章（曼迪 · 所罗门合著）。

我一向是很喜欢机场的。你可以说我是个怀旧的浪漫主义者，不过我确实很爱看那些家人、爱人在接机口欢聚团圆的场景。每当我看到那些困倦不堪的双眼在玻璃门打开的一瞬间，因认出接机的亲友而散发出雀跃的光彩时，我总是能从中获得几分愉悦和慰藉。所以，当史蒂芬要我去盖特维克机场接他们夫妇以及两个女儿回家时，我非常愉快便答应了。

我为此特意提前了好几个小时出门，以便自己能够早点过去，买一杯咖啡，站在一旁多看一会儿接机送机的人群。现在想起来也怪，那天下午我的心情格外的明朗，因为我刚刚收到了继续出演《卡文迪什大楼》第三部里那个同性恋男管家角色的邀请（这对于我来说是一个巨大的挑战，但我的经纪人杰瑞却坚持认为，这将有可能成为我演艺生涯中的一个重大突破）。我好不容易在接机大厅门外找到了一个距离入口不远的停车位。为了犒劳自己，我特意买了一杯双料奶油拿铁咖啡，悠闲地溜达到了行李提取区外，加入了等待接机的人群中。在一个叫做“一口一杯”的零售店旁边，一群唧唧喳喳的年轻实习生正在七手八脚地拆卸一个俗不可耐的圣诞展台。我在一旁看了一会儿他们的“迷你戏剧”，却丝毫没有意识到，一场有关于我的大戏正在悄悄地拉开帷幕。

那一天，我根本就没想到要去关注航班信息告示板，看看飞机是否会按时到达。所以，当一个鼻音浓重的工作人员在机场广播里念着那条寻人启事时，我的心里一点准备也没有。“请所有等待从特纳利夫岛[①]飞来本站的 277 次航班的客人，尽快到机场信息台来，谢谢。”那不就是史蒂芬他们乘坐的航班吗？我犹豫了一下，又翻出自己的黑莓手机核查了一遍航班信息。不过，我并没有发觉有什么不对劲。我想，大不了就是飞机晚点了吧。我甚至还在心里偷偷埋怨史蒂芬，为什么没有提前打电话告诉我他的飞机要晚点。

谁都不会想到，这种事情会发生在自己的身上，不是吗？

当时，像我一样早早就去接机的人还不多。闻讯赶到信息台来的人中，有一个染着红头发的漂亮姑娘，手里还拿着一个心形的气球。此外，还有一个身材魁梧、梳着发辫的小伙子，以及一对穿着樱桃色情侣衫的中年夫妇。那对夫妇看上去像是老烟民的样子了。第一眼看上去，这群人里没有一个像是平常会与我有交集的人。大概人永远是不能偏信自己对别人的第一印象的，不是吗？这些人后来都成了我身边最亲近的朋友。没错，灾难往往会让人与人之间的距离变得更近。

其实，我早就该从那个满脸雀斑、慌慌张张的年轻工作人员脸上看出事有蹊跷了。一直在他旁边徘徊、脸色惨白的那个女保安员脸上似乎也挂着一丝忧虑。不过，我已经顾不得那么多了，心中似乎燃着一把怒火。

“到底出什么事了？”我用自己在《卡文迪什大楼》中最擅长的那种恶狠狠的腔调问道。

那个年轻的工作人员结结巴巴地向我们解释了几句，让我们跟着

①特纳利夫岛：西班牙著名的避暑胜地。

他到另一个地方去，等待“进一步的消息”。

无奈之下，在场所有的人只好按照他的话去做。令我感到十分惊讶的是，那对穿樱桃色情侣服的夫妇竟然没吵也没闹。要知道，他们看上去可不像是什么好惹的人。事后，在一次“277互助会”的活动上，他们才告诉我，就算是这趟航班发生了什么不测，他们也不愿从一个黄毛小子的嘴里得知真相。只见那个年轻的工作人员故意在前面一路小跑起来，好像是生怕我们中会有人拉住他问个究竟似的。跟着他的脚步，我们穿过了一道看上去很普通的门，进入海关的办公区域。从周围斑驳的墙皮和脚下磨损的地板来判断，这里平时大概少有人来。我还依稀记得，那条蜿蜒曲折的走廊上回荡着一股烟草的恶臭，仿佛是有人在偷偷嘲笑着墙上赫然挂着的禁烟标志。

最终，我们来到了一间阴冷的无窗休息室，里面摆满了酒红色的休息室坐椅。我的注意力一下子被一个半藏在塑料绣球花后面的老式管状烟灰缸吸引住了。不过，我也不知道自己为什么会对这种奇怪的细节记忆犹新。

不一会儿，一个身着涤纶套装、手持剪贴板的男人朝我们走了过来。他的喉结总是不受控制地上下震动着，像是患上了图雷特综合征[①]似的。尽管他脸色惨白，但是两颊却因剃须后产生的湿疹而显得格外红润。他飞快地扫视了一圈，冷漠的眼神在与我匆匆对视后又飘向了远方。

毋庸置疑，我当时肯定是吓坏了。我恍恍惚惚地意识到，自己可能即将听到一个会改变我终身命运的消息。

“说吧，伙计。”那个梳着辫子的小伙子凯尔文终于开口了。

穿套装的男子狠狠地咽了一下口水，对着所有人宣布道：“我们抱

①图雷特综合征(Tourette)：一种非常严重的抽动性疾病。

歉地通知各位，大约一个小时以前，277 次航班从我们的雷达上消失了。”

这个消息如同一道闪电，瞬间将我的世界炸得天崩地裂。一时间，恐慌的氛围笼罩了整个休息室。我不由得感到手指一阵阵地刺痛起来，胸口闷得透不过气来。在一片静默之中，凯尔文提出了一个所有人都想问但又不敢问的问题：“这么说，飞机是坠毁了吗？”

“这一点我们目前还不能够确定。但请各位放心，我们一定会在第一时间把后续消息告诉大家的。如果有需要的话，我们有顾问可以为大家——”

“那机上有没有幸存者？”

穿套装的男人双手颤抖着，胸前挂着的塑料卡通飞机别针也跟着一抖一抖的，看上去就像是在嘲笑我们。以前，史蒂芬每次看到这家公司庸俗不堪的广告内容时，总是不免要调侃几句。他还总是开玩笑地说，那架卡通飞机上肯定坐满了男扮女装的同性恋。尽管如此，我却从未觉得他的话有哪里冒犯到了我。我们兄弟俩从来都是这么相处的。“正如我所言。”穿套装的男人慌慌张张地解释道，“我们有顾问会随时为各位效劳——”

穿樱桃色情侣装的那位女士——梅尔——厉声喝道：“让你们的顾问见鬼去吧，快告诉我们到底发生了什么！”

这时，那个手持气球的女孩开始啜泣了起来，身旁的凯尔文赶紧张开手臂抱住了她。她手里的气球也像是泄了气一般掉了下来，沮丧地在地上蹦了几下，最终卡在了复古烟灰缸的旁边。越来越多的接机家属开始在航空公司工作人员的引导下涌入休息室，而大多数人看上去都和那个满脸雀斑的年轻工作人员一样困惑不解、毫无准备。

梅尔的脸很快便涨得和她的上衣一样通红了。只见她伸出一只手指，气愤地直指着那个工作人员的脸。现场其余的家属不是在尖叫就是在哭泣，而我却感觉自己就像是游离在整个状况之外一样。说实话，我现在回想起来真是有点不好意思，但是我当时好像一直对自己说，保罗，记住你现在的感觉，你可以把它运用到你的表演中去。

我的双眼直勾勾地盯着那个气球，耳边仿佛响起了杰西卡和波莉银铃般的声音："可是，保罗叔叔，飞机为什么能够飞在天上呢？"史蒂芬曾在他们动身前邀请我去他家吃过一顿午餐。席间，杰西卡和波莉这对古灵精怪的双胞胎一直在缠着我，让我给她们讲有关飞机的事情，就好像我是个旅行专家一样。这是两个孩子生平第一次坐飞机。因此，和度假本身相比，她们对飞机的兴趣似乎要更大一些。我呆呆地坐在休息室里，努力回想着史蒂芬跟我说过的最后一句话，好像是什么"再见到你的时候，你就老了"之类的话。我们两个人可是异卵双胞胎呀，我怎么会一点儿也没感觉到他出事了呢？我突然想起史蒂芬昨天给我发的一条短信，里面似乎写的是："两个孩子向你问好。旅游景点里人山人海的，烦死了。我们3点30分到家，别迟到哦！"我疯了似的开始翻阅着自己的短信列表，一心只想要把这一条短信给找出来。一时间，我到底有没有保存这条短信，一下子变得格外重要起来。可是，它不在里面。一定是我不小心把它给删掉了。

实际上，即使是在事发几个星期之后，我还在为自己当初没有保留那条短信而感到深深的懊悔。

当我再次回过神来时，发现自己又默默地走回了接机的区域。我一点儿也不记得自己是怎么走出休息室的，甚至也不记得是否有人曾经试图阻止过我。怅然若失的我就这么四处游荡着，身旁经过的每一个人似乎都在用一种奇怪的眼神打量着我。不过，他们怎么看我此时对我来说都已经不重要了。航站楼里空气是那么的潮湿，仿佛一场狂风暴雨就要降临了。走着走着，我突然很想喝上一杯。可是事实上，那时的我已经有整整十年没有碰过酒杯了。我咒骂了一句“见鬼去吧”，于是便梦游般地晃到了走道尽头的一家爱尔兰主题酒吧门口。酒吧里，一群穿着同花色衣服的小混混正聚集在吧台边看电视。他们中一个面色红润的小混混还操着一口假伦敦音，大声谈论着跟9·11有关的事情，还半开玩笑地跟其他人说什么，他5点50分之前要到苏黎世去，不然他就会“人头落地”之类的。他的话还没有说完，便看到我一脸呆滞地走了进来。不知怎么的，他突然闭上了嘴，而他身旁的人也自动为我让了一个位置出来，好像是故意要跟我保持距离，怕我身上有什么传染病似的。没错，就是从那一刻起，我才意识到，原来痛苦和恐惧是会传染的。

吧台电视的音量被调到了最大，一位看上去打了不少肉毒杆菌的主持人，正咧着一口汤姆·克鲁斯般整齐的牙齿，化着厚厚的底妆，断断续续地播报着新闻。在她身后的屏幕上，突然出现了一幅沼泽地的画面，一架救援直升机正在上空盘旋。紧接着，字幕条上出现了几个醒目的大字：少女航空客机坠落沼泽。

他们肯定是搞错了，我想。史蒂芬和孩子们坐的明明是Go！Go！航空公司的飞机呀，怎么会是少女航空公司的飞机。

我这才恍然大悟。原来，在大洋的另一边，也有一架美国的客机坠毁了。

2.

中非时间14点35分，一架由尼日利亚承运商达鲁航空租用的安东诺夫客货两用飞机，在开普敦人口最稠密的小镇之一——卡雅丽莎——中心地带坠毁。事发时，海角医疗救援机构的高级急救员利亚姆·德·维利是第一批到达现场的医护人员之一。他通过网络视频电话和电子邮件接受了我的采访。

坠机事故发生时，我们正在巴登·鲍威尔大道上处理一起交通事故。一辆出租车在和一辆奔驰轿车相撞后发生了侧翻。不过，这起事故并不是很棘手，而且警方已经在我们到达之前将车子翻了过来，救出了被困车内的驾驶员。所幸，驾驶员身上只受了些轻伤，但是出于谨慎起见，我们还是准备把他送到急诊室去缝针。我记得，那是个难得的好天气，肆虐了好几周的东南风终于偃旗息鼓了。就连远处的平顶山上都只挂着一缕薄云。要不是我们为了省事，把救护车停在了马卡莎污水处理厂旁边，那真可以称得上是完美的一天了。在闻了二十分钟的臭气后，我已经被熏得头昏脑涨了，心中暗暗庆幸自己还没来得及把刚买的肯德基吃下去。

那天，和我一起值班的是科尼利厄斯。他是队里新来的初级救护车助理之一。科尼利厄斯人很和善，也很幽默。在我正忙着给出租车驾驶员处理伤势时，他则在一旁和几个前来现场执行任务的交警聊得火热。而那个驾驶员也没有闲着。他在我为他处理上臂的伤口时，拨通了自己老板的电话，谎话连篇地编造着各种理由，脸上毫无羞耻的神情。正当我打算叫科尼利厄斯去通知福尔斯湾急诊室准备接收一名患者时，一声巨响划过了天际，吓得在场所有的人都跳了起来。出租车驾驶员手一软，手机咔嗒一声掉在了地上。

过了好一会儿，我们才看清楚眼前到底发生了什么。我知道大家肯定都这么形容，但我还是要不免俗地说一句，当时的场景简直就和电影里演的一模一样，让人简直无法相信这一切都是真的。我依稀记得，那架飞机飞得又低又慢，我都能清楚地看到机身上残破的标志。你知道的，就是一个被一条绿色曲线盘绕着的字母“D”的标志。尽管机身下方的起落架已经放下来了，但是两侧的机翼却还在不停地左摇右摆，就像是一个走钢索的人在试图保持平衡一样。我记得自己当时还在纳闷，机场不是在另一个方向吗？这个飞行员到底在干什么呀？

突然，科尼利厄斯声嘶力竭地喊叫了起来，并奋力地用手指着远方。虽然我根本就听不见他在说什么，但是能够大概猜到他的意思。他家所在的米歇尔平原就在飞机飞去的那个方向。我突然想到，难道这架飞机是要坠毁了吗？虽然它当时看上去并没有着火，但毋庸置疑的是，它肯定是遇上大麻烦了。

飞机渐渐远离了我们的视线。紧接着，远方传来了“轰隆”的一声巨响，似乎整个地面都为之一震。事后，我们的总部控制员达伦说，科尼利厄斯和我当时所处的位置距离事发地点太远了，因此可能没有受到余震的影响。但我记得并不是那样的。几秒钟后，只见一朵黑云蹿上了天空。那黑云的体积之大，让我立刻就想起了原子弹在长岛上空爆炸时的画面。我当时就在想，上帝呀，在这样的事故中是绝对不可能有人生还的。

我们根本没有时间再多想。科尼利厄斯当即就跳进了身旁的出租车里，开始用车上的无线电设备向总部汇报，说我们目击了一起重大的坠机事故，并提醒总部准备采取灾难处理措施。我告诉出租车驾驶员，让他耐心等待另一辆救护车来送他去急诊室。然后我转身向科尼利厄斯大喊道："告诉他们这是第三级事故，告诉他们这是第三级事故！"现场的执勤警察们已经纷纷跳上了警车，直奔通往卡雅丽莎的哈拉雷分岔路了。我也随即跳上了救护车的后车厢，感觉体内的肾上腺素在直线升高，丝毫不记得自己已经值了超过 12 个小时的班。

科尼利厄斯开着救护车紧紧地跟随着前方的警车，表情显得十分严肃。而我则一把扯下挂在车里的大帆布背包，开始在锁柜里翻找着防火面具、静脉注射器等一切可能会用到的东西，然后把它们统统都挂在车内的担架下面。没错，所谓"养兵千日用兵一时"，我们平日里接受的应急训练不就是为了这一刻而准备的吗？不过，说实话，训练是一回事，我可从来都没想到过自己真的会遇到这种情况。福尔斯湾的鱼谷旁边有一处低洼地带。因此，我猜想飞行员在发现飞机出现了故障，又无法飞回机场时，很有可能就是想要到那里实施紧急迫降。

你大概不会相信，那段路途在我的记忆里是多么的刻骨铭心。我隐约记得，车里的无线电接收设备不时会发出呲呲的响声，科尼利厄斯那双握着方向盘的手紧张得连指关节都发白了，空气中还飘荡着我那没来得及吃的鸡块套餐的气味。这听上去可能有点不可思议，但是像卡雅丽莎这种鱼龙混杂的地方，救护车一般是很难进入的。但是这一次则不同。总部控制员达伦已经开始通过无线电和科尼利厄斯核对应急程序了。他告诫我们，一定要先等相关人员确保周围一切安全后，才可以开着救护车进入现场。在这种情况下，最要不得的便是盲目装英雄的鲁莽行为了。毕竟，谁也不想在参与营救行动的时候反而伤了自己，最后还得等其他的同伴前来营救吧。

随着我们的救护车一点一点地向事故现场靠近，从四面八方赶来的大小警车也鸣着刺耳的警笛、闪着扎眼的警灯聚集了过来。周围的惨叫声此起彼伏，滚滚浓烟使得挡风玻璃上顿时蒙上了一层油腻的黑渣。科尼利厄斯不得不减速慢行，并开启了窗前的雨刮器。一股辛辣苦涩的汽油燃烧味逐渐充斥了整个救护车的车厢。即便是在事故过去几天后，这股难闻的味道还是在我的身上挥之不去。半路上，救护车前方突然出现了一大群人，害得科尼利厄斯不得不猛踩刹车。只见这些人中有的搬着破损的电视，有的抬着残破的家具，还有的怀抱着哭泣的孩子和受伤的小狗。似乎每一个人都在拼命抢救着自己的财物。要知道，在卡雅丽莎这样一个拥挤杂乱的小镇里，大部分房屋使用的建筑材料都是木头和波形钢，因此很多房屋都是一点就着的，更别提四周散落的那些易燃的石蜡废料了。也就是说，这里一旦发生火灾，火势便会迅速地蔓延开来。

救护车在成片的废墟上缓慢地前进着，不时会有路过的灾民拍打着车体，想要寻求帮助。突然间，车顶的上方响起了爆炸声，震得整个车身都晃动了起来。我不由得暗暗咒骂了一句，该死，就是这儿了。几架救援直升机在我们的头顶盘旋着。我大声朝科尼利厄斯呼喊着叫他停车。显而易见，前方就是事故现场了，而我们必须先搞清楚那里的情况，不能贸然前行。车子停下来后，我急忙从救护车的车厢里爬了下来，想要硬着头皮看一眼现场的惨状。

事故现场满目疮痍。如果不是亲眼所见，我绝不会相信眼前的这一切是由一起坠机事故引起的。我可能会以为这里是一座刚刚发生了爆炸的坟场。滚滚的热浪扑面而来，熏得我们简直喘不上气来。事后，我在电视里看到了直升机发回来的航拍画面。只见地面在撞击后被炸出了一个黑色的大坑，周围成片的房屋都被夷为了平地。镇中心那所美国人捐建的学校如今就像是被人折断了的火柴棍一样支离破碎，就连附近教堂花园里的大棚也被轻而易举地切成了两半。

“这里还有！这里还有！快帮帮忙！”周围的人奔走呼喊着，“在这儿！在这儿！”

周围上百个灾民看到我们的救护车后便涌了上来，想要寻求帮助。所幸及时赶来的警察帮我们拦住了疯狂的人群，好给我们留下点时间来分析一下眼前的状况。科尼利厄斯开始按照伤势的大小来给伤员们分类，以便帮助将那些需要马上救治的重伤员稳定伤势。我一眼就看出我经手的第一个孩子已经快要不行了。他的妈妈在一旁撕心裂肺地哭诉着，说事发时她和儿子正在卧室里熟睡。谁知伴随着一声震耳欲聋的巨响，大块的碎片就如雨点般砸穿了卧室的房顶。也就是说，飞机在下坠过程中出现了碎裂，机身碎片就如杀虫剂一般沿途砸了下来。

卡雅丽莎医院的一名医生也在第一时间赶到了事故现场。他临危不惧，行动干净利落，看上去已经做好了充分的准备。在灾难处理小组赶来之前，他已经在现场划分出了几块分别用于处置伤员、安放遗体和停放救护车的区域。警方迅速将事故现场外围区域用警示胶带围了起来，从机场赶来的消防人员也开始紧锣密鼓地执行起灭火的任务来。这些人眼下最重要的工作，就是要在我们抢救伤员的过程中确保周围环境不会发生再次爆炸。大家都清楚地知道，飞机上一般都会携带大量的氧气和汽油，一旦这些物质被明火引爆，后果将不堪设想。

当时，由我们经手处置的大部分伤员都是外伤患者。很多人是被火烧伤的，也有不少人是被飞来的金属碎片砍伤的。因此，现场不少的伤员都需要尽快接受截肢治疗。除此之外，在场的很多人都出现了视觉上的问题，这其中又以儿童患者居多。科尼利厄斯和我废寝忘食地工作着。尽管警察一直在疏散围观的人群，但还是有不少情绪激动的人冲进了戒严区域。这些人中，有的在为刚刚遇难的亲人哭天抢地，有的则在四处寻找着失踪子女的下落，还有的干脆跑来质问我们其受伤亲友的状况。当然，这其中也有不少人在用手机、相机拍摄着现场的情境。我并不怪他们这么做，但是这些人往往会给救援工作带来很大的阻力。压力无处不在，每一个参与救援的人都正处于高度紧张的状态中，因此特别容易激动。为此，我还特意起身去阻止过科尼利厄斯与一个肩扛相机、企图拍他特写的人扭打起来。

随着浓烟逐渐散去，我慢慢能够看清楚整个事故现场的荒蛮景象了。地上到处散落着金属碎片、衣物布条、破损的家具电器，以及零落的鞋子和支离破碎的手机。当然，这里最常见的就是那些惨不忍睹的尸体了。他们中大部分都已经被烧焦了，有的则是残缺不全、难以辨认。随着越来越多的尸体被救援人员抬到停尸的区域里，周围的哭喊声也是一浪高过一浪。最后，成堆的尸体连临时停尸房的帐篷都塞不下了。

我们就这样从白天一直忙到了晚上。随着夜幕的降临，救援人员在现场周围支起了高高的探照灯，但那明晃晃的灯光却让现场的情况看起来更加糟糕了。虽然很多参与救援的工作人员戴着氧气面罩，但还是有很多年轻的志愿者无法忍受眼前的惨烈景象，时不时便会有人跑到现场外去呕吐。

远处，一层层的裹尸袋已经叠得越来越高了。

如今，虽然事情已经过去很久了，但我至今都对炸鸡无法下咽。

你知道科尼利厄斯后来怎么了，对吗？他的妻子对我说，她是永远也不会原谅他的。但是，我可以。因为我理解他，我知道当一个人总是焦虑不安、夜不能寐又常常无端想哭的时候，是一种什么样的感受。这也是我为什么开始改行做起了创伤治疗顾问的原因。也就是说，除非你曾经亲临过事故现场，否则言语是不足以向你阐明当时的惨烈情景的。我做急救员这一行已经有二十多年了，也经历过不少让人手忙脚乱的场面。我曾经到过施行火项链刑罚[①]的现场。那时尸体还在冒着烟，而死者脸上定格的表情绝对是你在噩梦中都不想看到的那种。我也曾在市政工人罢工时值过班。愈演愈烈的罢工活动后来演变成了暴力抗法行为，有三十人在警方的镇压行动中死亡，而且其中有不少人都不是因为枪伤致死的。我想，你肯定不想知道大砍刀能给人体带来什么伤害吧。我还曾到过一起严重追尾事故的现场，车上一名婴儿的尸体被连同身下的座位甩出了三条车道。我也见过一辆卡车因刹车失灵而碾压过前方一辆福特小轿车的惨状。除此之外，我还曾在博茨瓦纳丛林里碰到过一具被河马咬成两半的旅行者的遗体。但是，上述的这些都比不上我那一天所见到的场景。对于科尼利厄斯的经历，我们全体急救人员都感同身受。

科尼利厄斯是在自己的车里自杀的。他将车子开到了他常去钓鱼

①火项链刑罚：南非特有的一种残害黑人的刑罚。

的西海岸边，并将车内的一根软管接入了汽车排气管中，最终窒息而亡，结束自己年轻的生命。是的，他就这么不声不响地走了。

我至今仍在怀念他的笑脸。

事后，有人对我们在脸书网站[①]上公布的大量事故现场照片感到非常反感。但是，我并不觉得自己有什么值得道歉的。那是我们处理事情的一种方式，是我们需要释放负面情绪的一种手段。如果你不是做这份工作的，自然就不会理解其中的意义。有些人还言辞犀利地要求我们将那些照片从网上撤下来，但我认为那都是一些疯子想要借此达到自己的政治目的罢了。在这样的一个国家和历史条件下长大，我虽然不是网络言论审查制度的拥护者，但我十分明白他们为什么对这样的小事频繁施压。事实上，他们的行为才真的叫做火上浇油、小题大做，不是吗？

实话实说，从我到事故现场时的情况判断，飞机上是不可能有任何人生还的。绝对不可能。不管那些阴谋论者怎么说，我现在还是坚持这个结论。

①脸书网站：Facebook.com，是国外非常流行的社交网站之一。

3.

宫岛树里先生是一名地理学家，同时也是日本青木原森林的守林志愿者之一。这片臭名昭著的森林是日本著名的"自杀圣地"，因此需要大批守林志愿者通过巡逻和监控，寻找有自杀倾向者的踪影，以便劝他们迷途知返。在日本太阳航空公司波音 747-400D 飞机于富士山脚下坠机的当晚，宫岛先生正在值夜班。

那晚，我本来以为自己要找的只是一具尸体，可没想到却看到了上百具尸体。

一般来说，守林志愿者是不会在晚上巡逻的。但是那一晚，正当夜色渐浓时，我们站里接到了一位忧心忡忡的父亲打来的电话。他说他无意中发现，未成年的儿子电脑里有几封充满焦虑情绪的电子邮件，并在他的床垫下发现了一本鹤见济的《完全自杀手册》[①]。和臭名昭著的松本系列小说一样，这本书也被许多想要在森林中了结余生的人奉为圣物。在我担任守林志愿者的这些年来，几乎碰到的每个轻生者身上都会带着一本这样的手册。

为了监控可疑的行为，警方在青木原森林的几个常用入口处都安装了治安摄像头。不过，在经过一番仔细的查找后，我并没有在任何录像资料中发现他的踪影。虽然这位绝望的父亲也向我详尽描述了他儿子所驾驶的车辆，但我也没有在森林附近的道路旁边或者是停车场里找到他的车。当然，这说明不了任何问题。因为，自杀者会选择把车子开到森林边缘一个偏远隐蔽的地点，然后通过吸入汽车尾气或者

---

①《完全自杀手册》：该书是日本作家鹤见济的早期成名作，如今已经成为了禁书。书中参照法医学著作讨论与分析了各种自杀手法，一经出版便轰动亚洲，并引起了热烈讨论。

是木炭毒烟的方式来结束自己的生命。当然，到目前为止最普遍的自杀方法就是在森林里上吊了。许多的自杀者会带上帐篷和各类补给物品，徒步走进森林深处，先花个一两夜时间来回顾一下人生，然后再将自己吊死在树枝上。

每年，当地警方和守林志愿者都会对青木原森林进行几次地毯式的搜查，以便寻找那些特意来此地自杀的人的尸体。在十一月底的一次搜查行动中，我们一共找到了三十具尸体，其中大部分人的脸部都因严重腐烂而无法辨认了。有时候，如果我在巡逻时碰巧在森林中遇到了看上去有自杀倾向的人，都会停下脚步来好好劝他想一想自己身后家人的痛苦，提醒他生活还是充满希望的。我会指一指脚下那片由火山岩形成的森林土壤，严肃地告诉他，如果树木都能在这样坚硬贫瘠的土壤里存活，那么任何困难也阻挡不了他开始一段新的人生。

我发现，很多想自杀的人都会用胶带在沿途做上记号，以防自己万一改变心意却又找不到回家的路。当然，也有许多自杀者这么做是为让人能够更容易地找到他们的尸体。除此之外，还有一些人也会随身携带胶带进入森林。然而，他们的理由就有些见不得人了。这些如食尸鬼般的好奇游客既希望能够看到一两具尸体，却又不想迷失自己的方向，于是便会特意用胶带在沿途做上记号。

为了尽快找到那个孩子，我自愿申请徒步到森林里去进行搜寻。凭借以往的经验，我首先开始仔细查看周围的树干上是否缠着新的胶带记号。虽然森林里已经黑得伸手不见五指了，我的视线也看得不是很清楚，但我确实发现了一些蛛丝马迹，证明最近曾有人逾越了标记着“请勿进入”的指示牌，进入了森林深处。

我对这片森林了如指掌，因此并不担心会迷路。事实上，我在这里从来都没有迷过路。也许你会觉得我说的是大话，不过在做了 25 年的守林志愿工作后，这片森林仿佛已经成为了我身体的一部分。而且，我手里还有一把功能强大的手电筒，并随身携带了全球定位系统。虽然这里的火山岩土壤是不会干扰定位系统接收信号的，但是这片森林好像确实有一种魔力，总是能够让身处其中的人产生一种幻觉。

每当我踏足这片森林，心里就会产生一种被茂密林海紧紧包围的感觉，仿佛那成片的树顶形成了一块连绵不绝的房顶，将尘世的喧嚣都隔绝在外。有些人甚至会迷信地以为，这里是因为受到了鬼魂的诅咒而变得如此肃穆安静。不过，我倒是觉得没什么好怕的。一方面，鬼魂之说一向是吓不倒我的；另一方面，我也确实不觉得那些逝者的灵魂有什么好怕的。也许你曾听说过这样的留言：传说青木原森林在饥荒的年代曾频频发生“弃老”的事件。那时的人们会把奄奄一息的老人甚至是病弱的人都抛弃在森林，任由他们自生自灭。事实上，这些都是无稽之谈。尽管如此，还是有很多人相信，四处飘荡着的那些孤魂也会故意引诱进入森林的活人去给他们陪葬。他们还坚称，这就是为什么青木原森林会成为“自杀圣地”的原因。

说实话，我本人并没有目睹飞机坠落的过程。因为，就像是我刚才所说的，林海成片的树顶已经把天空遮得严严实实的了。不过，我确实听到了一连串低沉的隆隆声，就好像有一扇巨大的门砰地突然关上了一样。我记得自己的第一反应是打雷了，不过转念一想，当时并不是雷雨或台风的季节呀？我大概是太专注于寻找那个孩子的行踪了，所以根本就没有太在意。

正当我一无所获，准备放弃寻找时，手中的无线电突然响了起来，里面传来了我的同事佐藤先生焦急的声音。佐藤先生说，刚才有一架故障飞机偏离了航线，在森林附近的鸣泽区域坠毁了。我心中一惊，这才意识到自己刚才听到的是飞机下坠时发出的声音。

佐藤先生还说，有关部门的救援人员正在赶往事发现场的路上，而他本人也正在组织一个搜救队。他的声音听上去上气不接下气，似乎还没有从惊恐的情绪中恢复过来。作为经验丰富的守林志愿者，佐藤先生和我都清楚地知道，想要在这片区域里展开搜寻工作简直就是一件难上加难的事情。因为这片森林中有很多区域是无法通行的，那里隐藏着许多地表裂隙，穿越其中有时甚至会有生命危险。

但是，我当下还是毅然决然地开始向北行进，朝着刚才发出巨响的方向跑去。

我就这样跑跑停停地走了将近一个小时的路程，耳边开始渐渐能够听到救援直升机在森林上空盘旋的声音了。我知道，直升机是根本无法在这片树木林立的林海里降落的，因此不由得加快了脚步。我想，如果现场还有幸存者，那么我早一点到达就能早一点挽救他们的生命。在徒步行走了将近两个小时之后，我进入了一片飘散着浓重烟味的区域，附近的枝上还燃着零星的火苗。令人感到庆幸的是，火势并没有蔓延开来，反而有逐渐熄灭的趋势。我下意识地用手电筒四下扫射了一下，注意到远处一根树枝上挂着一个小小的黑影。最初我以为那是一只被烧焦的猴子的尸体。

可是，那不是。

当然，那并不是我当晚看到的唯一一具尸体。我记得，漆黑的夜空被前来救援与报道的数架直升机搅得不得安宁，机身上来回摆动的探照灯不时地扫过树枝，照亮了上面挂着的数不清的遇难者遗体。映入我眼帘的是一幅惨绝人寰的画面。很多遇难者的表情看上去都很安详，就像是睡着了一般。然而，有一些人就没有那么幸运了……总而言之，大部分遇难者身上都只着片履，或是全身赤裸。

我挣扎着赶到了主事故现场。此时，那里到处都散落着破碎的机尾和机翼的碎片。不一会儿，大批救援人员也纷纷乘着缆车赶来了，但是直升机还是无法在附近崎岖的地面上降落。

我愣愣地站在飞机的机尾处，心中有一种说不出的奇怪感觉。只见机尾的残骸拔地而起，上面那个桀骜不驯的红色标志却丝毫未损。我朝着不远处的两名急救人员跑过去，看到他们正在救治一名躺在地上不断哀号的女性伤员。我虽然不知道她的伤势如何，但是我从未听到过这样惨烈的叫声。就在这时，我眼角的余光突然看到有什么东西一闪而过。附近的一些树干仍在噼里啪啦地燃烧着，透过火苗，我隐约在一块扭曲的火山岩后面看到了一个蜷缩的阴影。我赶忙朝着那阴影跑去，借助手电筒的光线看到了一双闪烁着的大眼睛。于是，我当即扔下背包，奋力追了过去，感觉自己从没有跑得那么快过。

当我逐渐靠近那个阴影时才突然发现，眼前出现的是一个孩子。一个男孩子。

只见他蹲在那里，双手抱着膝盖，身体剧烈地颤抖着，一侧的肩膀看上去不自然地向外凸起。我赶紧大声地呼救，可是在直升机的轰鸣声下，根本就没有人听得到我的声音。

你问我当时对他说了些什么？我也记不太清楚了，大概是“你还好吗？别怕，我现在来帮你了”之类的话。

由于他的身体全被厚厚的血迹和泥土包裹住了，因此我一开始并没有注意到他是赤身裸体的。后来，他们告诉我，男孩的衣服大概是被巨大的冲击力给撕碎了。当我伸出手去触碰他时，发觉他的身体是冰冷的。当然，这并没有什么好奇怪的，毕竟他身处的是一片天寒地冻的森林呀。

我含着泪脱下我身上的夹克，把他包了起来，然后尽可能小心翼翼地把他抱在了怀里。他把头轻轻地靠在我的肩膀上，对我耳语道："三个。”至少我当时以为他是这么说的。当我让他再重复一遍时，他已经闭上了双眼，嘴唇微张，就好像是睡着了一样。比起他的喃喃自语，我更担心的自然是他的生命安全。因此我开始想方设法帮他保暖，以防他因体温过低而死去。

没错，事后很多人都会经常问我，当时有没有觉得那个男孩身上有任何蹊跷之处。但是事实上，我丝毫没有察觉到任何可疑的地方。他小小的身体经历了如此浩劫，在我眼里他的任何反应都是受到严重刺激后的结果。

对于很多人说他被恶灵附身，或是遭到了其他遇难者鬼魂嫉恨的说法，我也不敢苟同。甚至有人推测，飞机的机长本身就有自杀倾向，因此特意飞来青木原森林寻死之类的。事实上，我对任何由这场悲剧引发的流言飞语都保持嗤之以鼻的态度。因为这样的故事只会给悲剧本身更添几分痛苦与烦扰。在我看来，这架飞机的机长很明显是一直试图想要把飞机迫降在无人居住的区域。我猜想，在事故发生的一瞬间，他可能只有短短的几分钟时间来做出判断，而他最终的决定是那么的高尚。

况且，一个几岁的孩子又怎么能做出那些美国人所猜想的邪恶事情来呢？他的生还本身就是个奇迹了。我想，我这一辈子都会永远记得他的。

4.

我和莉莉安·斯莫之间一直保持着密切的联系，直到联邦调查局出于对她自身安全的考虑，隔绝了她与外界的一切联系为止。虽然莉莉安就住在布鲁克林[1]地区的威廉斯堡，而我就住在曼哈顿[2]，但我们从未见过彼此。以下内容源自我与莉莉安之间的多次电话内容脚本和电子邮件内容。

那天早上，鲁宾一起床便开始显得十分躁动不安。于是，我只好把他安置在电视机前，让他看 CNN 的节目。有的时候，只有这个方法才能让他安静下来。鲁宾一直都非常喜欢看新闻节目，似乎任何与政治有关的内容都能吸引他的注意力。他还常常会装模作样地与电视里的那些“大话精”或是政治分析家激烈争辩，就好像他们能听见他说话一样。所以，在我看来，鲁宾是绝不可能错过中期选举过程中的任何一场辩论和采访的。然而，就是这个原因让我意识到事情有些不妙。不知从哪一天起，他突然连得克萨斯州州长的名字都想不起来了。没错，就是那个总是假装自己说不好“同性恋”这个词的蠢货。当鲁宾想要努力回想起那个笨蛋的名字时，我永远也忘不了他脸上流露出的那股挣扎的神情。是的，他一直在故意向我隐瞒自己的病情，而且已经瞒了好几个月了。

坠机事故发生的那天，电视女主播正在采访某位时事评论专家，并与他共同探讨总统初选结果的可能性。在采访过程中，还没等这位专家把话说完，女主播就突然打断了他：“非常抱歉，我在这里必须

①布鲁克林：纽约五大区中人口最多的区域。
②曼哈顿：纽约的中央商务区域。

要打断您一下。我们刚刚收到一条消息，少女航空公司的一架航班在佛罗里达大沼泽地区坠毁了……”

没错，当我第一次听到飞机坠毁的时候，脑海里首先浮现出来的念头便是9·11事件。是不是恐怖分子捣的乱？是不是飞机上有炸弹？我猜想，每一个纽约人在听到坠机的消息时，大概都会这么想吧。

接着，电视屏幕上出现了一幅直升机拍摄的鸟瞰画面。画面虽然并不是很清晰，但是隐约可见沼泽的中央有一大摊的油渍。大概是飞机坠落时产生的巨大冲击力使整个机身都被沼泽吞没了。当时，尽管房间里十分温暖，但是我的手指却冰凉冰凉的，就好像在捧着一大块冰块似的。我迅速将电视频道转到了一个脱口秀节目上，试图摆脱这种失魂落魄的感觉。我回头看了看鲁宾，他已经不知什么时候靠在沙发上睡着了。于是，我赶紧进屋把床单换了下来，好拿到楼下的洗衣房去。

我刚做完手头的事情，电话就响了。我忙不迭地跑过去接了起来，生怕吵醒了鲁宾。

电话是莫娜打来的，她是萝莉最好的朋友。我心里不禁纳闷，莫娜为什么要打电话给我呢？我们俩的关系一直不好，她也知道我从来都看不上她。在我心里，莫娜是一个很放荡的女孩子，甚至可以说是作风不正。萝莉大学期间，就是受她蛊惑，才会跑去做那些费力不讨好的生意的。虽然这些生意最终的收益都不错，但我还是看不惯莫娜身上的那种气质。和我的萝莉一样，莫娜现在也到了不惑之年，却还是改不了那种轻浮的生活方式。在她还没到三十岁的时候，就已经先后离过两次婚了。在电话的另一头，莫娜既没有和我打招呼也没有问候鲁宾，张嘴就问道：“萝莉和鲍比回家的飞机是哪一班？”

我心里的那阵凉意顿时又卷土重来。“你在说什么呀？”我问道，“他们根本就没坐什么飞机呀。”

她焦急地说道：“莉莉安，萝莉没告诉你吗？她要飞到佛罗里达去给你和鲁宾找房子。”

我的手一软，话筒一下子就从手中滑了下去。莫娜那唧唧喳喳的声音还在话筒里回荡着，不知在说些什么。我的双腿也突然变得十分无力，整个人一下子跌坐在了地板上。我默默地在心中祈祷着，祈祷这一切只是莫娜的恶作剧而已。她年轻的时候就特别喜欢开这种过分的玩笑，不是吗？于是，我连再见也来不及说，就挂上了电话，赶紧拨通了萝莉的手机号码。可是我的电话竟然被直接转接到了她的语音信箱里。这样一来，我的心一下子提到了嗓子眼。我记得，萝莉前几天跟我提过一句，说她要带着鲍比去波士顿见一个客户。还叮嘱我若是几天联系不到她，也不要为她担心。

哦，我现在多么希望鲁宾还是清醒的呀！他一定会知道该怎么做。现在回想起来，我当时的感受还只是一种单纯的恐惧感。和看恐怖电影或被疯癫的流浪汉搭讪时的恐惧感不同，那是一种让人感觉极其压抑、无法自控的感觉，就好像四肢和身体分了家一样。这时，我隐约听到鲁宾那边有些动静。为了不吵醒他，我手足无措地跑去敲了隔壁邻居的门。感谢上帝，我的好邻居贝琪正好在家。她看了我一眼，就赶紧把我拉进了屋里。那时的我大概是面如土色、精神恍惚，甚至都没有在意她屋里飘着的浓重烟草味。贝琪人不错，常常会在她想喝杯咖啡或是吃块饼干时来敲我家的门。

在问明事情的缘由后，她体贴地给我倒了一杯白兰地，并逼着我把它一饮而尽，好让我冷静下来喘口气。她还主动请缨，说要帮我去照看一会儿鲁宾，好让我腾出工夫来给航空公司打电话。愿上帝保佑她。尽管她后来的言行背叛了我，但我永远都不会忘记她那天的善举。

航空公司的电话总是占线，因此我只能一直守在电话旁等待有人来接听。就在那短短的几个小时里，我似乎明白了生不如死的感觉是什么，那就是在焦急等待着询问自己至爱亲朋的消息时，还要一遍一遍地反复听着《伊帕内玛姑娘》[1]的转接铃声。

直到现在，每当我听见这首歌，都会不禁回忆起那段不堪回首的往事，并且还会连带着想起贝琪家廉价白兰地的苦涩味道，以及客厅里鲁宾的声声呻吟，和厨房里那股挥散不去的隔夜鸡汤的香气。

我已经记不清自己重拨了多少次那个该死的电话号码了。就在我几乎快要放弃时，电话突然接通了。接电话的是一位女士，于是我赶忙将鲍比和萝莉的名字报给了她。尽管她竭力保持着一副十分专业的腔调，但我还是能够听得出来她的声音有些紧张。她在电脑上滴滴答答地敲了一会儿，那几秒钟时间在我看来却像是过了好几天。

噩耗最终还是被证实了，萝莉和鲍比就在这架航班的旅客名单上。

我语无伦次地告诉她，这一定是搞错了。萝莉和鲍比是不会死的，绝对不可能！要是他们真的出了什么事情，我一定会有感觉的！我一定会有感觉的！我根本就不能相信这个事实，也根本就无法接受这个事实。我这样的严重抵触情绪一直延续到了夏尔曼第一次来到我家拜访的时候。她是红十字会专门指派给我的一名创伤治疗顾问。我记得，我当时还毫不客气地告诉她去见鬼吧。现在想起来，我真的是羞愧得

①《伊帕内玛姑娘》：被称为巴萨诺瓦（Bossa Nova）曲风的开山之作，由乔安·吉尔巴托和他的妻子阿斯特鲁德·吉尔巴托演唱。

无地自容。

尽管我从心底里不愿接受这个事实，我的第一个反应就是想要直接去坠机现场看看。其实，我这么做也只是想离他们更近一点而已。万一他们母子俩还活着呢？我承认我当时的思绪相当混乱，完全失去了理智。空难发生后，有关部门很快就实施了空中交通管制措施，因此，是不可能有飞机会带我到事故现场去的。而且，如果我真的走了，那么鲁宾要靠谁来照顾呢？天知道我要离开多久。难道我应该把他送进养老院里去吗？

但是，我已经顾不了那么多了，满脑子想的全是萝莉和鲍比。我家的墙上四处都张贴着他们母子俩的照片。这其中不仅有萝莉怀抱着刚出生的鲍比、对着相机甜美微笑的画面，也有鲍比在科尼岛上手举着一块巨大饼干的留影。当然了，还有萝莉上小学时的照片，以及萝莉和鲍比在小蜜蜂餐厅为鲁宾庆祝七十岁生日时的合影。谁曾想，就在短短两年之后，鲁宾的记忆力就开始大幅衰退了。不过，好在他现在还认得出我是谁，也认得出萝莉是谁。我至今还记得萝莉第一次告诉我她怀孕了的时候的场景。一开始，我并不认同她准备去精子库里购买精子的想法。她把这件事说得就好像和买衣服一样简单。可是不久以后，她就背着我们去做了人工授精的手术。这一切在我看来太不近人情了。“我已经三十九岁了，妈咪。”（她都快四十了还是坚持要叫我妈咪）她撒着娇对我说道，“这可能是我的最后一次机会了。咱们还是接受事实吧，白马王子是不会这么快出现的。”当然，在我第一眼看到萝莉抱着鲍比时，一切的疑虑就都烟消云散了。她是个多么完美的母亲呀！

说到房子的事情，我更是感到深深的自责。萝莉知道，我一直都希望能够搬回佛罗里达去，住进一间阳光充裕、宽敞明亮的大房子里，和鲁宾一起颐养天年。这也是他们为什么要踏上这趟旅程的原因。我猜，萝莉大概是想要给我一个生日惊喜吧。上帝保佑她的灵魂。这就是我的萝莉，一个既无私又宽容的姑娘。

挂上电话后，我便开始在房间里焦虑不安地来回踱步，任由贝琪在一旁使出浑身解数哄着烦躁不堪的鲁宾。我还不停地拿起电话听筒，想要确保电话线路是通畅的，接着又再度放下，就好像它是一块烫红的烙铁一样，生怕萝莉会在这分秒之间打电话给我，说她没有赶上这趟飞机，抑或是她和鲍比决定改乘其他的航班之类的。

电视新闻里又开始插播有关其他坠机事件的报道了。我像疯了一样不停把那台该死的电视开了又关，关了又开，迟迟不能决定是否要进一步了解事故的进展。哦，那些惨不忍睹的现场画面呀！现在想起来很奇怪，当我看到那个幸存的日本男孩被从森林中抱出来并送上直升机时，我的心中突然感到无比的嫉妒。没错，就是嫉妒！因为那个时候我的小鲍比还生死未卜。我们唯一知道的，就是发生在佛罗里达的这起坠机事故现场还没有找到任何的幸存者。

我一直以为，我们这个家庭所遭受的苦难已经够多的了，上帝为什么还要这样对待我们呢？我到底是做了什么事，值得上天如此报复我？此刻，我的内心除了愧疚、痛苦以及恐惧之外，还觉得非常孤独。因为无论后果如何，无论他们是否真的死在了那架出事的飞机上，我都不能告诉鲁宾。他现在既不能安慰我，也不能帮我处理后事，甚至不能在我夜不能寐的时候帮我揉揉后背。可恶的老年痴呆症早就夺走了他的意志。

贝琪一直等到夏尔曼过来后才肯离开，说她要回家去为我们做些吃的。当然，那个时候我已经没有任何胃口了。

接下来的几个小时，我过得浑浑噩噩的。我记得自己把鲁宾扶回了床上，并试图喂他喝了点汤。我还记得自己擦洗了一遍厨房的流理台，擦到双手都破了皮，一碰水就像针扎一样痛。可是，无论身旁的夏尔曼和贝琪怎么劝我，我都听不进去。

不一会儿，电话响了，是夏尔曼去接的，只留下我和贝琪呆呆地站在厨房里。夏尔曼是一个非裔美国人，有着一身美丽的古铜色肌肤。不过，他们也是会显老的，不是吗？当她再次走进厨房的时候，看上去像是老了整整十岁。我很想为你原封不动地重述她当时说的一字一句，但我好像怎么也记不起来了。

“莉莉安。”她大概是这样说的，“我想你应该先坐下。”

我已经不再抱有任何希望了。那些新闻报道中的画面又开始在我脑海中浮现，怎么会有人能逃得过这种劫难呢？我直勾勾地看着她的眼睛说：“你就直截了当地说吧。”

“是鲍比。”她说，“他们找到他了。他还活着。”

这个时候，鲁宾突然在卧室里尖叫了一声，所以我不得不请她再重复一次刚才说的话。

5.

埃斯·凯尔索就职于华盛顿的美国国家运输安全委员会（NTSB），是一名空难事故调查员。此外，他在探索频道（Discovery Channel）还主持着一档名为“埃斯调查”的空难纪录片节目，至今已经连续播出四季了。下文摘自我与埃斯之间的网络视频电话内容脚本。

埃尔斯佩思，我想你应该明白，要想全面调查清楚这种级别的重大事故，必须要花上很长的时间，并且投入众多的人力和物力才可以。就这么说吧，四起不同的坠机事故，分别涉及了三种不同的机型，又是相继发生在亚洲、欧洲、美洲和非洲四个地方，这样的事故规模简直是空前绝后的。除此之外，我们还必须要和英国航空事故调查局（NTSB）、南非航空管理局（CAA）以及日本运输安全委员会（JTSB）紧密联系、通力合作，就更别提众多被牵扯其中的飞机制造商、航班承运商以及联邦调查局等机构了。在此，我就不一一列举了。虽然我的同事们已经竭尽所能地全身心投入了调查工作，但是背负在他们身上的压力还是非常大的。这些压力不仅来自遇难者家属和航空公司负责人，同时也来自众多的新闻媒体。虽然我在这里并不是想指责媒体夸大其词，但是许多不实的报道总是难免会被人误传出去，起到扰乱视听的反作用。几个星期很快就过去了，只要我们每天晚上能踏实地睡上几个小时，就已经感觉非常心满意足了。

在我们切入正题之前，我想先为你梳理一下事故的来龙去脉。事情是这样的：在我被临时任命为少女航空坠机事故的调查主管之后，我便立即开始着手建立了一个特别行动小组，并在第一时间委派了一位区域调查员，前往现场进行初步的勘查工作。不过，当时我们手里所掌握的大部分现场影像资料全都来源于新闻媒体。不久，当地的一名紧急事故指挥官通过电话向我简要报告了事发现场的情况，让我们更加意识到了事情的严重性。要知道，飞机坠落的地方十分偏僻，不仅距离最近的警局足有八公里远，而且距离最近的道路也足有二十二公里远。从沼泽地上空望下去，除非你明确地知道自己在找什么，否则是绝对不会发觉那里曾有一架飞机坠落过。沼泽的表面上只是稀稀拉拉地漂着几片飞机的碎片，中央还有一个和独栋小屋差不多大小的湿乎乎的黑洞，除此之外就没有其他的异样之处了。

以下是我收集到的一些可供调查的一手信息。出事的是一架麦克唐纳·道格拉斯 MD-80 飞机，而出事时间仅为起飞后的数分钟内。虽然空中交通指挥员在报告中声称，飞行员曾提到飞机的发动机发生了故障，但是由于缺乏其他方面的相关报告，我在调查前期还不能排除飞行员违规操作的可能性。事故现场共有两名目击证人，均是附近的渔民。他们声称，自己当时看到这架飞机时，它的飞行轨迹非常不稳定，一直在距离地面很近的地方滑行着，不久之后便直直撞向了大沼泽地。他们还提到，自己在飞机坠落的瞬间看到发动机处有零星火苗。不过，这种说法并不一定可靠，因为坠机事故的大部分目击者都会说自己曾看到过爆炸或着火的迹象，而事实却并非如此。事实上，该款机型本身的安全性是有一定保障的，但是少女航空公司的维修记录似乎引起了我们的疑虑。

于是，我立即下令全队人员奔赴迈阿密，并安排一部分人去事故机起飞前所在的6号机库进行进一步的调查。为此，联邦航空局（CAA）还特意安排了一架G–IV飞机载我们前往迈阿密，因为我们先前乘坐的李尔喷气式飞机是飞不了那么远的距离的。

在距离现场还有不到一小时航程时，我们接到了地面营救人员的一通电话，称他们在事故现场找到了一名幸存者。埃尔斯佩思，你是看过当时的新闻报道的，飞机的整个机身都已经完全被沼泽吞没了。因此，我最初根本就不相信他们的话。

据悉，幸存的小男孩被救援人员火速送往了附近的迈阿密儿童医院进行抢救。有关人士向我透露，当时那个小男孩还有意识。此事有两点不可思议的地方。首先，飞机产生的巨大撞击力居然没有对他产生任何致命的伤害。其次，他一个人在沼泽里漂浮了那么久，居然没有被附近出没的短吻鳄给吃掉。说实话，这片沼泽里到处都是这种该死的动物，救援人员在现场打捞飞机残骸时，不得不打电话叫来了武装警察帮他们驱赶鳄鱼。

飞机在迈阿密机场降落后，我们马上就动身前往大沼泽。当时，灾后现场处理小组的工作人员早已到达，但搜救情况进展甚微，根本就找不出一具完整的遗体来。于是，当务之急就变成了寻找驾驶舱语音记录仪和飞机的黑匣子。我现在仍清楚地记得现场乱糟糟的情景，沼泽旁不仅像炼狱一般热气腾腾，而且蝇虫漫天，不时还会传来阵阵恶臭。除此之外，为了避免细菌感染，在场所有的工作人员都需要穿上全套的防化服。显而易见，这身密不透风的衣服在如此酷热的环境里穿起来肯定舒服不到哪里去。大家心里都清楚，我们可能得花几周时间才能把这个支离破碎的大家伙拼凑起来。可是，在其他几个地方还有另外三起坠机事故在等待我们的调查，因此我们所剩的时间就更显得捉襟见肘了。

我必须得和那个幸存的孩子谈一谈。航空公司提供的乘客名单显示，唯一符合这个幸存儿年龄特征的儿童乘客就是鲍比·斯莫。名单信息还显示，他是跟着一位女士一同登机，并准备飞往纽约的。因此我们推测，那位女士应该就是他的母亲。我决定只身前往医院，留下我的团队继续在现场勘查。

也许是有人将小男孩在事故中生还的消息泄露了出去，当我到达医院时，发现各路媒体已经将医院的出入口围了个水泄不通。见到我的到来，记者们纷纷举着话筒催促我为此事做个声明。“埃斯！埃斯！”他们叫嚷着，“飞机上有炸弹吗？”“其他几起坠机事故是怎么回事？它们之间有关联吗？”“听说这起事故中有个幸存者，是真的吗？”我告诉他们，调查现在仍在进行当中，待我们获得了更多信息后肯定会在第一时间向媒体公布，等等。作为此次调查的主管，我能做的最后一件事，便是在获得确凿信息之前闭上自己的嘴。

其实，我本应该在去医院的路上就提前通知院方的。但是，我知道他们肯定是不会让我和那个孩子说话的，因此我没有说什么。当我坐在候诊室里，焦急地等待着鲍比的主治医生允许我进入病房时，一个护士突然匆匆忙忙地从病房里跑了出来，不歪不斜正好撞到了我的身上。不知为什么，她当时似乎已经快要哭出来了。我一把扶住了她，看着她的眼睛问了一句：“他还好吗？”

她只是点了点头，便低着头快步向护士站跑去。过了一个多星期后，当我再次找到她，问她当时为什么看上去心神不宁时，她却怎么也解释不清楚，只是说自己总觉得那孩子身上有什么不对劲，所以特别不想留在那个房间里。她提到此事时，脸上露出了十分愧疚的表情。她还说，可能她心里一直想着的，是飞机上其他几百个被沼泽吞噬的无辜生命。而眼前的鲍比就像是一个信号，在时刻提醒着她有多少个家庭在那一天失去了自己的至爱亲朋。

几分钟后，负责此案的儿童心理学家也赶到了迈阿密儿童医院。她是一个看上去很和善的姑娘，虽然听说已经三十五岁了，但是面相仍很年轻。我有点不记得她的名字了……波兰斯基？哦对，是潘考斯基。她是刚刚被派来负责陪伴鲍比的。因此我猜想，此刻她最不希望看到的大概就是某个冒冒失失的调查员扰得鲍比心烦意乱了吧。不过，我还是严肃地对她说："潘考斯基大夫，此次坠机涉及的是一起国际规模的重大事故。因此，鲍比可能是唯一可以帮我们提供调查线索的事故亲历者。"

埃尔斯佩思，我不想让你觉得我很无情。但是，我们当时对于其他几起事故还所知甚少，因此我们判断，鲍比很有可能将成为解决整个问题的关键。要知道，在日本的那一起坠机事故中，救援人员很晚才在现场搜寻到一个幸存者。而我们也是在几个小时后才得知英国的坠机事件中还有一个幸存女孩的。最终，经过我苦口婆心的劝说，潘考斯基大夫终于同意带我去见见鲍比。在前往病房的路上，她告诉我，虽然鲍比现在已经醒了，但一直是只字未说，并且很有可能还未意识到自己的母亲已经遇难了。除此之外，她还要求我一定要轻声慢步，并严词拒绝了我想要将采访过程录下来的要求。尽管根据我们的调查流程，我有责任为所有目击证人的陈词录像，但是为了能够尽快见到鲍比，我最终还是同意了。不过，我必须承认，我至今仍在为自己当时不能够录像而感到很不情愿。为了获得她的信任，我反复地向她保证自己是接受过证人访谈相关训练的，而且我们的另一名专家也正在赶赴医院的路上，将对鲍比进行更为细致的后续访谈。因此，我此行想要帮助他回忆一下事故发生时的细节。

院方给鲍比准备的是一间单人病房，四面都是明亮的墙壁，屋里还摆满了各种儿童用品。可是，在我看来，无论是墙上画着的海绵宝宝，还是长椅上靠着的长颈鹿玩偶，都是那么的令人毛骨悚然。只见鲍比无力地靠在病床上，手臂上扎着点滴。当我走近他时，甚至还可以清楚地看到他皮肤上那些被锯齿草擦伤后产生的淤青（实话跟你说，这些草可着实是让现场的调查人员吃了不少的苦头）。不过，除了这些擦伤之外，他的伤势似乎并不是很严重。我静静地看着他，心里还是怎么也想不通。就像大家一开始所说的，这简直就是一个奇迹。此时，周围的医护人员正在准备做断层扫描的工具，因此我意识到，留给我提问的时间只有几分钟而已。

我们两人的到来似乎引来了鲍比身边不少医护人员的白眼。鲍比看上去十分萎靡不振，上臂和脸上都布满了划痕，这让我一下子觉得很内疚。这样一个弱不禁风的孩子刚刚逃脱了一场人生的劫难，紧接着又要接受大人们穷凶极恶的追问，他幼小的心灵可怎么能受得了呀？

“你好，鲍比。”我温柔地和他打了个招呼，“我叫埃斯，是一名调查员。”

听到我的声音，鲍比似乎一点反应也没有。这时候，潘考斯基大夫的手机响了，于是她赶紧退了几步走出去接电话。

“鲍比，看到你没事，我真的是太高兴了。”我接着说，“如果你不介意的话，我想问你几个简单的问题，好吗？”

他突然睁开了眼睛，直勾勾地望着我。他的眼神看上去是那么的空洞。我甚至不确定他到底有没有在听我说话。

“嘿。”我冲着他微笑了一下，“真高兴你醒了。”

他的眼神似乎一下子就穿透了我的身体。接下来……埃尔斯佩思，这听上去大概很诡异，但是我眼睁睁地看到鲍比的眼睛里开始盈满了液体，就好像他随时都要哭出来了一样。只是……上帝呀……这太不可思议了……他的眼睛里充满的居然不是眼泪，而是鲜血！

我猜自己当时一定是吓得叫出了声来，因为我感觉到潘考斯基大夫一把就将我拽了出来，而身旁的医护人员则像盘旋在野餐食物上空的一大群黄蜂一样迅速围了过来。

我失魂落魄地喊道：“他的眼睛怎么了？”

潘考斯基大夫奇怪地看着我，那眼神就好像是在看一个双头的怪物一样。

当我回过头去再望向鲍比时，他的眼睛却是如此的清澈，一对明亮的瞳孔就像矢车菊一样蓝盈盈的，里面一点血迹都没有。一滴都没有。

6.

下文摘自保罗·克拉多克的自传《保卫杰西：我与一个幸存儿的劫后余生》中的第二章（曼迪·所罗门合著）。

很多人对我似乎都会有这样的疑问："保罗，你为什么要费劲心力地照顾杰西呀？毕竟，你可是一名成功的演员，一个前途无量的黄金单身汉。而且，你的工作时间那么不规律，你真的确定自己能够做一名合格的家长吗？"对此，我的答案一直都是十分肯定的。记得在双胞胎刚刚出生后不久，谢莉和史蒂芬就找到了我，问我是否愿意做两个孩子的法定监护人，以防他们在未来遭遇到任何不测时，能有人来帮忙照顾他们的孩子。要知道，对于谢莉和史蒂芬来说，这一定是一个经过了两人深思熟虑后才作出的艰难决定。那时候，他们身边大部分的朋友也都刚刚组建了自己的家庭，因此肯定是不能向双胞胎付出全部心力的。而谢莉的家人也不能被列入可选范围之内（具体的原因请待我稍后详表）。虽然两个孩子当时还只是蹒跚学步、咿呀学语的婴儿，但谢莉保证她们长大后肯定会喜欢我的。"保罗，你的爱心就是波莉和杰西所需要的一切。"她是这样告诉我的，"我知道你是个特别富有爱心的人。"

当然，史蒂芬和谢莉也知道我曾有过一段不光荣的过往。二十五岁时，我曾因职场失意而意志消沉过一阵子。那时，我正在参与《医生物语》一片的试播片段录制工作。要知道，那可是一部被人们预言为"英国未来最红的医疗题材电视剧"。然而，不久我便接到该剧被停拍的通知。我本该在剧中出演一个名为马拉卡尔·班尼特的主要角色，他是一名优秀的外科医生，但同时也是一名自闭症患者，一个瘾君子，以及一个有妄想症倾向的人。该剧的停拍对我打击很大。因为，我为了这个角色已经做了好几个月的调研工作，并且已经完全把自己的情绪沉浸在了塑造角色的过程中。我猜，问题可能在于我让这个角色太过主观化了。就像许多失意的前辈演员一样，我开始借酒消愁，或是借助其他物质来麻痹自己的痛苦。上述种种消极因素再加上我对自己渺茫未来的担忧，导致我患上了急性抑郁症以及轻度的偏执妄想症。

不过，在我和这些心魔鏖战的时候，小双胞胎尚未出生。因此，我很感激他们夫妇二人能够不计前嫌，将我视为他们心目中最理想的人选。谢莉坚持要我的监护人身份合法化，于是我们还专门找了一位律师来做公证。当然了，我们谁也没有料想到，我的监护人身份最后还真的派上了用场。

每当想到这里，我的心都会一阵绞痛。

让我们接着上回的事情继续讲下去吧。我在机场的酒吧里一待就是半个小时，除了一个人喝闷酒，就是抬头呆呆地望着天空电视台的滚动新闻横幅。那个该死的新闻主播把坠机的噩耗播了一遍又一遍，好像生怕有谁会错过了这条重要消息似的。突然间，电视里插播了一段拍摄于坠机水域上空的视频片段。画面中，那灰蓝色的海水澎湃汹涌地奔流着，其中偶有几片飞机残骸在波涛中若隐若现。一艘颜色十分显眼的搜救船正在这片水域里四处搜索着幸存者，看上去就像一个漂泊在无边的海洋里的大玩具一般。我记得自己当时突然想到，谢天谢地，好在史蒂芬和谢莉去年夏天就教会了女孩们游泳。现在回想起来，那个想法是多么的可笑呀，就连邓肯·古德休[①]都不一定能从那片汪洋大海里游得出来。但是，不可否认的是，人在极端情绪的影响下往往会产生许多的奇思妙想，甚至还会将这些念头当做自己的救命稻草呢。

最后，是梅尔在酒吧里找到了我。在我看来，她也许一天会抽四十根乐富门[②]牌香烟，或是在庸俗不堪的普力马可[③]商店里挑选衣服，但她和她的老板杰夫却有着和加拿大领土一样宽广的心胸。说实话，我们真的不应该以貌取人。

“过来吧，亲爱的。”梅尔对我说，“我们不能放弃希望。”

其实，我知道，尽管吧台边的那些小混混一直都在和我保持着安全距离，但是他们的眼神却从来也没有离开过我的身上。当时，我的状态看上去一定差极了，不仅汗流浃背、浑身战栗，而且我还双颊湿润，可能曾在不知不觉间流下了眼泪。“有什么好看的？”梅尔冲着那些小混混喊了一声，然后就牵住我的手，把我带回了休息室。

不久，一大批心理学家和创伤治疗顾问也赶到了休息室。他们一边忙碌地为家属们分发着淡而无味的茶水，一边抚慰着大家的情绪。出于保护我的目的，梅尔让我坐在了她和杰夫中间，两人一左一右如同夹心饼干一样把我包了起来。杰夫拍了拍我的膝盖，对我说了句“兄弟，我们都是拴在一根绳上的蚂蚱”之类的话，并随手递了支烟给我。虽然我已经戒烟很多年了，但还是满怀感激地接了过来。

现场竟然没有工作人员出面阻止我们在室内吸烟。

没过多久，那个呆头呆脑的小伙子凯尔文，以及那个进门时举着气球的红头发美女凯莉也加入了我们（气球现在已经变成了摊在地板上的一团烂橡胶了）。作为最早听到坠机消息的五个人，我们之间似

①邓肯·古德休（Duncan Goodhew）：英国著名游泳运动员，曾多次获得过奥运会游泳项目冠军。
②乐富门（Rothmans）：英国老牌香烟品牌。
③普力马可（Primark）：英国平价服装鞋帽商店，价格十分低廉，走大众平民化路线，被称为是英国最赚钱的商店之一。

乎自然而然地产生了一种额外的亲密感。五个人坐在一起不停地吞云吐雾，竭力不让自己的悲伤情绪显露出来。过了一会儿，一位看上去神经兮兮的女士跑来向我们询问各自在那架航班上的亲属的姓名。虽然她看上去像是某种顾问，但她那紧锁的眉头让她似乎并不能胜任这个角色。和其他的工作人员一样，她用来安慰我们的口径也是“我们会在第一时间把最新信息告诉你们的”。说实话，我完全能够理解他们的苦心，他们也不想让我们对此事抱有任何虚幻的希望。不过，作为家属，我们的心中还是不可遏制地祈祷着自己的至爱亲朋错过了飞机，抑或是记错了航班号码或者是起飞的日期。要不然，就算是幻想一下这一切都只是个梦境也好呀。我记得，自己当时努力将记忆定格在了初闻坠机事件之前的那一刻——那时我还端着咖啡，站在接机区里，看着那些实习生拆卸圣诞树（我并不迷信，但没准那是一个不祥的预兆）。我发现自己的内心居然无比地渴望能够回到那一刻，这样就不用再经历那种刻骨铭心的空虚感了。

无耻的恐慌感突然又将它冰冷的手指戳向了我的胸膛。在等待工作人员为我们分配创伤治疗顾问的过程中，梅尔和杰夫一直在和我说话，试图鼓舞我的士气，但我就是一个字也说不出来，这可一点都不像我。杰夫还给我展示了他那部小手机上的屏保图片——那是一个二十岁上下、露齿微笑的美丽女孩的照片。我至今仍然清楚地记得，照片上的女孩虽然有点肉肉的，但眼神中却散发着一种独特的吸引力。他告诉我，这就是他们的女儿罗琳，也就是今天他们特意来机场要接的人。“罗琳是个聪明的姑娘，虽然她也曾经迷失过生活的方向，不过现在已经重新步入正轨了。”杰夫闷闷不乐地告诉我。听说，罗琳此行去特纳利夫岛是为了参加一个盛大的狂欢派对。而且，她是因为别人临时有事不能前往，才在最后一刻临时决定过去玩玩的。这难道不是造化弄人吗？

渐渐地，我感觉自己连呼吸也开始有困难了，身上四处冷汗直流。我知道，如果我再不马上离开这个房间，我的头就快要爆炸了。

梅尔对此表示理解。“把你的手机号码给我，亲爱的。”她一边说一边用那只戴满了金首饰的手捏了捏我的膝盖，“一会儿我们要是听到什么消息，会随时告诉你的。”在交换了手机号码之后（我竟然一时间想不起自己的号码了），我就头也不回地向屋外走去。一名顾问上前来试图阻止我，但是梅尔在我身后声援了我一句：“要是他想走，就让他去吧！”

我也不知道自己是如何迷迷瞪瞪地交了停车费，然后沿着 M23 公路开回家的。而且，我居然没有把自己的车开到一辆货车的车轮底下去，这真是个奇迹呀。我只知道，我的脑海里一路上都是一片茫然。不一会儿，我发现自己已经把史蒂芬的奥迪车开到了自家门口的便道上，就好像那车是被我偷来的顺风车一样。

我用钥匙开了门，却跌跌撞撞地碰倒了门厅里那个专门放信件的桌子，自己也顺势摔了一跤。头痛欲裂，这才清醒了过来。听到响声，住在地下室公寓里的一名波兰学生打开房门，探了个头，问我是否一切还好。大概是看到我面如土色，他一溜烟跑回了房间，取了一瓶廉价的伏特加默默地递给了我。

我接过酒瓶一头扎进了自己的房间。我知道，我的酒瘾又复发了。但是我现在还有什么好在乎的呢？

我甚至都不屑于给自己找个玻璃杯来，便直接抱着瓶子对嘴吹。我想我大概是连那瓶伏特加的酒味都没有尝出来吧。喝完酒，我浑身颤抖抽搐着，双手像是被针扎过一样感到阵阵的刺痛。我翻出兜里的黑莓手机，把联系人从头到尾翻了一遍，却不知道应该拨给谁好。

因为，每当我遇到麻烦时，总会第一个打给史蒂芬。

我开始在房间里来回地踱步。然后觉得不过瘾，便又翻出了几瓶酒，生生灌了下去。这几瓶酒下肚后，我一次又一次跑去厕所呕吐。觉得自己的情绪稳定了一些之后，我窝进了沙发里，打开了电视机。

大部分的日常节目此时都被暂停了，各个电视台都在纷纷播报有关坠机事故的报道。我当时大概是已经喝醉了，所以全身上下都觉得很麻木。数不清的时事评论员被源源不断地轮流请进了天空电视台的演播厅，和那个脸色铁青的主持人肯尼斯·波特坐在一起说着些什么。直到现在，每当我听到肯尼斯·波特的声音，仍会感到非常的不舒服。

天空电视台的报道始终都是以英国的这起空难事故为主，这大概也是因为该事故最受英国观众的关注吧。采访中，一对在出事海域附近乘坐邮轮的夫妇碰巧拍摄到了一段摇摇晃晃的画面，记录下了飞机在坠机之前低空划过海面的惊险画面。天空电视台无止境地重播着这个片段。好在，飞机撞击海面的一瞬间并没有出现在画面里。但是，在画面背景里仍能清楚地听到一个女人在尖叫着："哦上帝呀，拉瑞！拉瑞！快看！"

其实，我完全可以拨给身边的许多朋友，问问他们是否也有亲人在同一架飞机上。但是我几度拨通了号码，又默默挂断了。打了又有什么用呢？肯尼斯·波特终于不再和那些百无一用的专家进行问答了，也不再面无表情地重播那段夫妇拍摄的影片了，而是将报道的内容转向了其他的几起坠机事故。当我听说救援人员在佛罗里达大沼泽中找到了幸存的男孩鲍比，而且日本的坠机事故中也发现了三名生还的幸存者时，我突然感到心中又燃起了一丝希望！是的，我的确想过，原来这真的是有可能发生的，史蒂芬他们有可能还活着！

在一条报道中，我看到救援人员将一个浑身赤裸的日本男孩抱上了直升机。而在另一条报道中，一名显然受到了惊吓的非洲男子在废墟上歇斯底里地呼喊着自己家人的名字，身后的背景里飘荡着滚滚的黑色毒烟。我还看到，那个鼎鼎大名的坠机事故调查员（我曾经一度觉得他长得有点像电影里的“美国队长”）一直在镜头前呼吁民众不要恐慌。除此之外，还有一名浑身颤抖的航空公司负责人告知民众，目前所有的航班都已经取消，并请大家等候进一步的通知。

我想，我应该是昏睡过去了。当我再次醒过来时，肯尼斯·波特已经下班了，换成了一名巧舌如簧、留着深色头发的女主播。她穿着一件令人生厌的黄色衬衣（我永远也忘不了那件衬衣的样式），看得我的头一阵阵生疼，胸中还不时会涌上一股想吐的感觉。所以，当我听到电视里提到，英国的这起坠机事故中有一名幸存者时，我还以为是自己的耳朵出现了幻听。

接下来的信息让我震惊了。那个从事故中生还的人是一个孩子。救援人员发现时，那个孩子正紧紧地抓着一片飞机残骸，在距离坠机地点几英里处的海面上漂浮着。直升机发回的航拍画面中似乎看不到什么细节，只看到一条搜救船上有几个人在不停地摇晃着手臂，身旁还坐着一个穿亮黄色救生衣的小小身影。

我试着不让自己对此抱有太大的希望，但当那个孩子被抱上直升机时，记者拍摄了一个特写镜头。我一眼就看出那个孩子就是双胞胎中的一个。自己家的孩子当然只有自己最了解。

我毫不犹豫地先给梅尔打了个电话。“交给我吧，亲爱的。”她安慰说。老实讲，我当时根本就没想到要考虑她的感受。

事故后勤小组的人很快便赶到了我家，那速度之快就好像他们一直都躲在我家附近一样。一名叫做彼得的创伤治疗顾问（我从没记住他的姓）和一名戴着眼镜、留着山羊胡的矮个子男子和我一起坐了下来，向我通报了整件事情的来龙去脉。不过，他们也告诫我暂时还是不要抱太大的希望。“保罗，我们必须先对生还女孩的身份进行确认。”他还问我，是否可以联系我其他的家人或朋友，以便获得更多的支持。我本想打个电话给杰瑞，但最终还是放弃了。因为，史蒂芬、谢莉和小双胞胎就是我的家人。虽然我也有朋友，但他们都不是那种可以在危难中让你依靠的人。在我看来，他们在事后对我频频献殷勤的原因，也只是想要借此大出风头而已。我知道，这听上去很偏激。但是有一句老话说得好，患难见真情嘛。

由于当时所有的欧盟航班都被停飞了，因此孩子被暂时送往了附近的一家葡萄牙医院进行抢救。那一刻，我唯一的想法就是立刻飞到她身边去。但是彼得打消了我的这个念头。他向我保证，等孩子的情况一稳定下来，就立刻用直升机把她送回英格兰来。

双胞胎中有人生还的消息如同一剂强心针，让我慢慢冷静了下来。彼得告诉我，飞机在准备紧急迫降之前很有可能发生了火灾，所以杰西（或者是波莉——我们目前还不知道她是双胞胎中的哪一个）大概也因此受了伤。但他们最担心的是她会因体温过低而有生命危险。接着，在征得了我的同意之后，他们用棉签从我嘴里提取了一些唾液，以便带到葡萄牙去进行 DNA 检测，确认她是否真的是双胞胎之一。我想，这世界上应该没有什么比自己被一根大棉签划过口腔内壁，同时期盼着自己亲人的消息更让人感觉不真实的了。

几周后，在一次“277 互助会”的活动上，梅尔告诉我，当她和杰夫听说杰西幸存下来的消息时，一直都没有放弃希望，还总是幻想着罗琳也许被海浪冲到了某个小岛上，此刻正等着别人来营救她呢。在空中交通恢复正常后，航空公司特批了一架专机带家属们飞往葡萄牙海岸，让他们可以到距离坠机地点最近的地方去看一看。当时，我因为忙着照顾杰西根本就脱不开身，所以并没有随机前往。不过，大部分“277 互助会”的成员都去了。直到现在，每当我想到梅尔和杰夫望着海面黯然神伤的场景，都会心痛不已。

也许是航空公司内部有人泄露了双胞胎之一幸存的消息，打电话来我家询问的人真的是络绎不绝。无论是《太阳报》的记者还是《独立报》的编辑，大家最关心的问题无非就是“你感觉如何”、“你觉得这是个奇迹吗”。老实说，为了应付他们无休无止的提问，我的注意力确实暂时从悲痛中转移了出来。但是，失去史蒂芬他们的痛楚还是不时地会像潮水般涌来，被一些最不起眼的琐事激起来。不管是一幅展示着一对亲密母子画面的汽车广告，还是一段婴儿和小狗在地上乱爬的卫生纸广告，都能让我哭得一把鼻涕一把泪。没有电话打扰的时候，我将全部注意力都放在了追踪世界各地针对此事的报道上。虽然调查人员早已经排除了恐怖袭击的可能性，但是各路专家对于事情的起因显然还是各持己见。就像梅尔和杰夫一样，我想我也始终无法泯灭自己内心对于史蒂芬还活着的期望。

事故发生两天后，杰西就被转移到了伦敦的一家私人医院里，接受多位专家的会诊。她身上的烧伤并不严重，但不免还是会有感染的风险。同时，尽管核磁共振扫描结果显示，她的神经系统并没有受到任何损伤，但她始终还是没有睁开眼睛。

这家医院的医护人员服务态度很好，给我和杰西都提供了很多的帮助。在我等待杰西的医生签发探望许可时，他们还专门为我准备了一间休息室。我坐在休息室里那张舒适的罗兰爱思[①]沙发上，整个人依然沉浸在一种不真实的感觉中，只好随手翻阅杂志来解闷，不知不觉竟打起了瞌睡。

突然，走廊上的一阵骚动将我从梦中惊醒了。只听一个男人厉声喝道："你说我们不能去看她是什么意思？"紧接着，旁边又传来了一个女人的附和声："再怎么说，我们也是她的家人呀！"我的心一下子沉了下去，马上就意识到在外面叫嚣的人是谁了。那是谢莉的母亲玛丽琳·亚当斯，以及她的两个儿子，杰森（他坚持让我叫他小杰）和基斯。史蒂芬曾戏称他们为"亚当斯一家"。当初，谢莉从家里离家出走后，一直竭尽所能想与他们一刀两断、划清界限。但是，善良的她最终还是邀请他们来参加了她和史蒂芬的婚礼。那也是我最后一次有幸"陪同"他们。虽然史蒂芬曾经半开玩笑地说，亚当斯家的那些人都应该被关进大牢里，但是对于他们的出席仍然表现得落落大方。在我看来，他们家的人不仅十分势利，而且缺乏教养，还总是喜欢教训别人。他们每一个人都是彻头彻尾的大骗子，表面上装作楚楚可人，

①罗兰爱思：英国著名沙发品牌，因其独具特色的英伦风格印花图案而备受欢迎。

但背地里却是另一副嘴脸。除此之外，小杰和基斯两兄弟的品味更是令人不敢恭维，他们甚至还用时下最红的名人或球星的名字来给自己的孩子起名（我听说他们俩有一大群孩子，而且都是和不同的女人生育的）。

走廊上刺耳的吵闹声仿佛又把我带回了史蒂芬和谢莉举办婚礼的那一天。多亏了亚当斯一家人，让那场婚礼对于所有人来说都变成了一场永生难忘的经历。当时，史蒂芬邀请了我担任他的伴郎，而我又带了自己当时的男朋友普拉克什作陪。我记得，谢莉的母亲穿了一条粉红色的涤纶连衣裙，那样子简直是惨不忍睹，像极了卡通片里的粉红猪小妹[①]。小杰和基斯倒是很识趣地将自己常穿的山寨皮夹克和运动鞋换成了不合身的西装。为了置办这场婚礼，谢莉可谓是煞费苦心。要知道，她和史蒂芬的经济条件并不是很好，两人的事业也才刚刚起步。不过，她还是省吃俭用地设法攒下了一些积蓄，并租用了一座小型的乡村别墅来作为婚礼招待会的场地。起初，两个家庭的成员都一直在各自的范围内活动，谢莉的家人自顾自地聊着天，我和普拉克什、史蒂芬以及谢莉的朋友则在另一边热情地相互招呼着，大家井水不犯河水，倒也相安无事。

后来，史蒂芬每每回忆起婚礼上的那场闹剧，都无比懊悔自己没有给吧台的酒水供应量设置一个上限。在玛丽琳那段无精打采的致辞结束后，普拉克什和我起身去跳舞。我甚至还清楚地记得当时播放的是一首名为《无心快语》[②]的歌曲。

“哎哟哎哟。”两兄弟中的一人突然和着音乐的节拍喊了起来，“真放荡呀，同性恋。”

①粉红猪小妹：英国2004年出品的一部风靡全球的动画片。
②《无心快语》（Careless Whipser）：英国著名的“威猛乐队”（WHAM）于1984年发表的著名单曲。

"就是，该死的同性恋。"另一个兄弟也附和道。

普拉克什可不是一个忍气吞声的人。说时迟那时快，这一分钟我们还在相拥而舞，下一分钟他就已经不由分说地与亚当斯兄弟扭打在了一起。现场有人立即报了警，不过好在最后并没有人因此而被逮捕。当然了，这场不愉快的插曲自然是毁了整场婚礼的温馨气氛，也断送了我和普拉克什之间的感情。婚礼后不久，我们两人便分道扬镳了。

有时候，我总是不禁在想，幸好爸爸妈妈并没有在现场目睹这场闹剧。实际上，他们早在我和史蒂芬刚满二十岁的时候，便双双因车祸去世了，死后还给我们兄弟俩留下了一笔遗产，帮助我们渡过了几年的难关。爸爸就是这样一个好人。

话说回来，很快，亚当斯一家便被一名战战兢兢的小护士领到了休息室里来。虽然婚礼上的事情已经过去许多年了，但其中的一个兄弟——大概是小杰吧——看到我时脸上居然露出了羞愧的神情。"别介意，兄弟。"他对我说道，"这种时刻我们一家人更应该团结在一起，是不是？"

"我的谢莉！"玛丽琳一边啜泣着，一边喋喋不休地抱怨着，说自己居然是看了一个小报透露的乘客名单后才知道女儿出事了，"我甚至都不知道他们出去度假了。谁会选在一月份出去度假呢？"

在玛丽琳又哭又闹的时候，杰森和基斯两兄弟则在划着手机消磨时间，丝毫没有打算上前安慰的意思。这让我不禁想到，要是谢莉知道她的家人突然跑来插上一脚，该有多么惊讶呀。不过，我告诉自己，看在杰西的分上，一定不能爆发。

"妈，我出去抽根烟。"小杰说。不久，基斯也跟着出去了，把我和玛丽琳单独留在了房间里。

“嗯，那你是怎么想的呢，保罗？”她打开了话匣子，“太可怕了。我的谢莉就这么走了。”

我含含糊糊地说了句类似节哀顺变的话。不过，我也刚刚失去了我的兄弟呀！她怎么就只字未提呢？史蒂芬不仅是我的双胞胎兄弟，也是我最好的朋友呀。可是，我实在是没有精力在她面前装模作样地假装亲热。

“不管他们找到的是双胞胎里的哪一个，她都要搬过去和我们一起住。”玛丽琳继续说道，“她可以和乔丹、帕里斯住在同一个房间里。”她重重地叹了一口气：“除非我们能搬到谢莉和史蒂芬的房子里去。”

虽然我知道现在不是讨论监护权问题的时候，但我还是忍不住脱口而出：“你凭什么觉得你可以照顾她？”

“要不然她要去哪儿？”

“她可以和我生活在一起呀。”

她的下巴愤怒地颤抖着：“你？可你是……你是一个演员呀。”

“她已经准备好了。”这时候，一位护士出现在了门口，打断了我们之间“愉悦的促膝长谈”。“你们现在可以进去看她了。不过只能待五分钟。”

医护人员要求我们全都穿上绿色的防护服，并戴上面罩（我不知道他们从哪里找来那么大的衣服，居然能够套得住玛丽琳的虎背熊腰）。接着，一名护士带着我们走进了一间设计得很像酒店套房的病房里，里面还放置着一张花朵图案的沙发和一台高档的电视机。要不是因为杰西身边环绕着心率监测仪、点滴瓶和各种吓人的医疗设备，我一点儿也看不出来这居然是一间病房。只见病床上的女孩儿满脸都是绷带，紧闭着双眼，看上去呼吸很微弱。

“这是杰西还是波莉呀？”玛丽琳小声问道。

“这是杰西。”我回答。这还用说吗？

“你怎么——你怎么能肯定？她的脸都被盖住了。”玛丽琳呜咽着说。

当然是发型了。杰西的刘海有一处特别的短。就在他们一家人准备动身去度假之前，谢莉曾发现她在厕所里偷偷剪头发，想要模仿她最喜欢的歌星 K 小姐的最新造型。此外，杰西的右侧眉毛上有一处微小的疤痕，那是她在学走路时不小心撞到壁炉架留下的。

她躺在那里，看上去是那么的弱小，那么的无力。就在那时，我发誓，我要竭尽所能地去保护她。

7.

安吉拉·杜米索来自南非的东开普省。达鲁航空的 467 次班机在卡雅丽莎镇坠毁的时候，她的姐姐以及两岁的女儿就在镇里。她于 2012 年 4 月接受了我的采访。

第一次听到坠机的消息时，我正在雇主家的洗衣房里熨烫衣服。当时我已经累得精疲力竭了，但是仍然做得很卖力，以便可以早点完工，好打车回家。我的雇主是个很挑剔的人，他喜欢让用人把包括袜子在内的所有衣物都熨烫好再叠起来。这时候，雇主的夫人突然慌慌张张地跑了进来，神情似乎不太正常。平日里，只有在她的宠物猫把老鼠叼进屋里来的时候，她才会露出这副表情，然后催促我去清扫。“安吉拉。”她问道，“我刚才在《开普访谈》上听说卡雅丽莎出事了。你家不就住在那里吗？”

我一头雾水地点了点头，追问她到底发生了什么事情。我猜，一定又是哪个棚屋着火了，或者是当地工人的罢工引起了骚动之类的。可她居然告诉我说，有一架飞机在卡雅丽莎坠机了。她的话音未落，我赶忙奔向了客厅，打开了电视。当时，电视里所有的新闻节目都在报道这件事情。起初，我都不敢相信自己的眼睛。画面中，人们四散而逃，尖叫声此起彼伏，身后还飘荡着滚滚黑烟。接下来的消息吓得我的心脏都快要停止跳动了——飞机坠落的地点正好位于卡雅丽莎镇的第五区，而那里所有的建筑几乎都已经被炸毁了。

我突然反应过来，我女儿苏珊所在的教堂幼儿园就在那个区域里！

我马上想到，自己应该先给姐姐布希拨个电话，询问一下家里的

情况。但是，我的手机已经欠费停机了。于是，好心的夫人把她的手机借给了我，可是布希的电话却一直都无人接听，每次都是直接转入了语音信箱。一种不祥的预感顿时笼罩了我的全身，我开始觉得头晕恶心，并且全身无力。布希可是从来都不会不接电话的呀！

“夫人。”我抱歉地对她说道，“我得走了。我必须得回家去看看。”其实，我的心里一直在祈祷着布希有可能会突发奇想地早点去幼儿园接苏珊回家。我隐约记得，布希今天放假，因此并没有去工厂上班。而且，她有时也会提早去接苏珊，好和她多玩一会儿。今天早上，我五点钟就坐着出租车去北部的郊区工作了，那时候布希还在熟睡，而苏珊就静静地躺在她边上。我试图将这个画面定格在自己的脑海里，心想着她们俩此刻也许正毫发无伤地在哪里避难呢。

夫人（她的全名叫做克拉拉·凡·笛尔·斯白女士，不过我还是喜欢叫她“夫人”）马上表示，她愿意开车送我过去。

在我收拾东西的时候，听见夫人正在手机里和我的雇主吵得不可开交。“约翰内斯不愿意让我送你过去。”她回来后很不开心地对我说，“不过他可以死了这条心了。如果让你就这么坐出租车回去，我的心里是永远都过意不去的。”

沿途，夫人一直都在喋喋不休，而我也只有在指路的时候会稍稍打断她一下。巨大的压力让我的身体产生了诸多不适的症状。我感觉，就连自己午餐时吃的那个派，此时也像是一块大石头一样堵在我的胃里。上了 N2 高速公路后，我老远就看到了远处腾空而起的黑烟，还闻到了一股呛人的烟味。“安吉拉，我保证一切会没事的。”夫人不停地安慰着我，“卡雅丽莎是个很大的镇子，对吗？”为了缓解车里紧张的情绪，她顺手扭开了收音机。不巧的是，新闻广播员也正播报着世界其他地方坠机事件的相关报道。“可恶的恐怖分子。”夫人咒骂道。当车子接近贝登·鲍威尔路出口的时候，交通开始堵塞了。一大堆喇叭声轰鸣的出租车把我们的车子挤在了中间，而车上的乘客个个都和我一样，看上去一脸惊慌，归心似箭。一辆辆救护车和救火车不时地从我们身旁呼啸而过。夫人看上去也开始紧张起来了，她那脆弱的心脏大概也有些受不了吧。警察在道路尽头设起了路障，试图阻止更多的车辆涌入事发地区。我知道，我现在唯一的方法就是自己徒步走进去了。

“回去吧，夫人。”我对她说。这话似乎让她的脸色稍有缓解。我并不怪她。往日热热闹闹的卡雅丽莎如今已经变成了人间地狱，空气中弥漫着厚厚的灰尘，浓烟熏得我连眼睛都睁不开。

于是，我敏捷地跳下了车，并向着试图冲过路障的人群跑去，和他们一起喊叫起来。“放我过去！我的女儿还在里面！”这时，一辆救护车向我们飞驰而来。为了给救护车让路，警察不得不放我们过去了。

我没命地向前奔跑着。我想，自己一生中应该从来没有跑得这么快过，但我居然一点儿都不觉得累。一种莫大的恐惧感一直推动我不断地向前奔跑着。道路两旁，不时会有人从浓烟里满身是血地逃出来。说来惭愧，我当时根本就顾不上停下来帮帮他们。虽然在烟雾笼罩下很难看到前方的路，但我还是专注地向前走着。每隔一段距离，我就会看到……看到地上插着旗子，旁边则放着包裹着尸块的蓝色塑料袋。四周棚屋里的火势仍在蔓延，戴着面具的消防队员正忙着给现场拉上封锁线，以避免闲杂人等靠近。不过，我当时的位置离自家居住的街道还有不少距离，因此不得不悄悄地从封锁线下钻了进去。浓烟火烧火燎地灌进了我的肺里，熏得我泪流满面，身旁还不时有东西在爆炸，弄得我浑身上下都污秽不堪。此时，眼前的街景已经和我记忆中的大相径庭，让我不禁怀疑自己是否走错了方向。我试图寻找教堂房顶所在的方向，却怎么也找不到。一种掺杂着烤肉和汽油的味道慢慢地飘了过来，让我有种想吐的冲动。我扑腾一下跪在地上，累得再也迈不动步子了，甚至连呼吸都有困难。

不知过了多久，一名看上去已经精疲力竭的医护人员找到了我。他蓝色的制服此时已经被鲜血给浸透了。我对他说的唯一一句话就是："我的女儿。我得找到我的女儿。"

他扶着我走向一辆救护车，并把我抱上了车子的前座，然后打开了车上的无线电通讯设备。几分钟后，一辆红十字会的小面包车匆匆忙忙地开了过来，于是我便和车上的其他人一起挤到了面包车的后车厢里。和我一样，车厢里坐着的人一个个也都衣衫褴褛，浑身泥土，很多人脸上带着一种失魂落魄的表情。坐在角落里的一名女子静静地望着窗外，怀里抱着一个熟睡的孩子。而我身旁的老人则一言不发，身上颤抖不已，脏乎乎的两颊上还挂着两道泪痕。我对着他轻声耳语了两句，安慰他一切都会好起来的。可是，连我自己都不相信自己的话。似乎我当时唯一能够做的，就是告诉上帝，我愿意拿自己的生命来和他交换苏珊和布希的生命。

车子缓缓地驶过了一个堆满了尸体的帐篷。我试着让自己不要去看，但还是不免瞥到了救援人员向里面搬运尸体的画面。大部分的尸体都是用蓝色塑料布包裹着的。我吓得开始更加努力地祷告，希望布希和苏珊不要出现在里面。

小面包车最终把我们一行人送到了马厩路的社区中心门口。我本以为自己要先在入口处签到才能进去，结果硬是被人推推搡搡地挤进了屋里。

其实，早在社区中心的门外时，我就已经听到里面起伏的阵阵哭声了。实际上，屋里比我想象的更加嘈杂。到处都是蜷缩在一起的人群，有人浑身黑乎乎的，有人则缠满了白色的绷带。和刚才在车里那些人的精神状态很像，这里的大部分人都在哭泣，看上去仍然是惊魂未定。我开始在人群中穿行，试图寻找到布希和苏珊的身影。可是人海茫茫，我要到哪里去找她们呢？突然间，我在一个角落里看到了经常帮我照看苏珊的邻居诺里斯瓦太太。那时，她的脸上也布满了厚厚的血迹和泥土，身体不停地前后摇摆着。当我试图向她询问布希和苏珊的下落时，她却只是茫然地望着远方。不一会儿，我又找到了她的两个孙子。飞机坠毁的时候，他们也在幼儿园里，不知是怎么才逃出来的。

突然间，我听到了一个熟悉的声音："安吉？"

我慢慢地转过身来，看到布希就站在我的身后，怀里还抱着小苏珊。

我惊喜地尖叫起来："感谢上帝！你们还活着！"

我们紧紧地相拥在了一起，久久都不愿分开。可能是因为我抱得太紧了，苏珊蠕动着想从我怀里挣脱出来。说真的，那随之而来的解脱感更是让我深深感受到了希望的力量有多强大。待我们两人的情绪都稍稍稳定了下来后，布希便开始一五一十地向我讲述她们逃生的经过。原来，她今天确实是提早把苏珊从幼儿园里接了出来。但是她们并没有直接回家，而是绕道去了附近的小卖部，准备买点糖果。谁知，在一阵震耳欲聋的轰鸣声中，一架飞机从头顶上呼啸而过。在场的所有人都以为是有炸弹爆炸了。于是，她来不及多想，一把抱住苏珊，向着反方向拼命地跑了起来。也就是说，要是她们当时提早回了家，现在一定都没命了。

如今，我们的家所在的区域已经被夷为了平地，而我们所拥有的一切也都最终被付之一炬。

为了等待救援人员为我们分配避难场所，我们一家三口只好暂时留宿在社区中心里。夜色降临，有些人将床单和毯子挂在了房顶上作为隔板，划分出了一个个独立的小空间。这里流离失所的人太多了，但我最同情的还是那些孩子，尤其是那些在事故中失去了父母甚至是祖父母的孩子。说实话，这样的孩子在这里实在是数不胜数，其中还有不少是流离失所的难民的孩子。早在四年前，这些孩子就因排外袭击事件不得不跟随着自己的家人流落街头，现在却还要再经历如此的磨难。

在这些孩子中，有一个小男孩给我留下了极其深刻的印象。记得在留宿社区中心的那个晚上，我辗转难眠，体内的肾上腺素水平持续高居不下，大概是因为还没有从白天的惊吓中缓过神来。于是，我决定起身活动一下筋骨，却意外地感觉有人在盯着我看。原来，那是一个坐在我们毛毯旁边的男孩。先前，我大概是太过于专注照顾苏珊和布希了，居然都没怎么注意到他。虽然天色昏暗，但我仍能够看出他眼中闪烁着的那种痛苦与孤独。他就那么孤零零地坐在自己的毯子上，周围丝毫见不到有父母或祖父母陪伴的样子。我在纳闷，福利机构的工作人员怎么没有把他送到专门收留弃儿的区域里去。

我冲着他笑了笑，试着问他的妈妈在哪里。可他没有回答。于是我坐到了他的身旁，伸出手轻轻地搂住了他。他靠在我的肩膀上，既没有掉眼泪也没有颤抖，只是身体显得异常的沉重。不一会儿，我觉得他大概睡着了，便把他放平，爬回我自己的毛毯上去了。

第二天，我们一家三口被分配到了一所愿为无家可归者提供住处的酒店里。我环顾四周，想要去找那个男孩，让他和我们一同前往，可就是寻不到他的踪影。我们总共在那家酒店里住了两周，直到我们姐妹俩在开普敦附近的一个小镇的面包房里找到了新的工作，才从酒店里搬了出去。我觉得自己是幸运的，因为这份工作可比做用人要好多了。面包房还有自己的幼儿园，所以我每天早晨都可以带着苏珊一起来上班。

事后，一群美国人来到了南非，想要寻找所谓的“第四个幸存儿”。一名自称是调查员的男子（我猜他应该不是赏金猎手）找到了我和布希，并询问我们是否曾在社区中心里看到过一个形单影只的孩子。他对这个孩子的描述正好和我在第一夜里看到的那个孩子相符。不过，我并没有对他说实话。其实，我也不确定自己为什么要这么做，我只是打心眼里觉得，那个男孩不被人找到可能会过得更好些。很明显，这个“调查员”看出了我在隐瞒些什么。但无论他如何逼问，我还是听从了自己内心的声音，一直保持着缄默态度。

也许，他并不是他们要找的男孩。因为这里到处都是无父无母的孤儿。而且，当时那个男孩也没有告诉过我他的名字。

8.

萨缪尔·霍克米尔（塞米）是美军第三海军陆战队的上等兵，曾服役于美军驻冲绳岛的考特尼军营。他于 2012 年 6 月回到美国后，同意通过网络视频电话接受我的采访。

我和杰克是在 2011 年认识的，那时候我们都被分配到了冲绳岛服役。我来自弗吉尼亚州的费尔法克斯郡，而他也是在同一个州的安嫩代尔长大的。于是，我们两人一见如故，并很快成了十分要好的朋友。我们甚至还发现，我高中时所在的橄榄球队还和他哥哥所在的队伍进行过好几次比赛。在我们进入青木原森林之前，杰克看上去就是个普普通通的人，虽然很幽默，但是似乎比周围的人要安静一些，以至于你若是不留神，是绝不会发现他从你身边走过的。他身材短小精悍，只有一米七七。不过，在那些网络疯传的照片里，他看上去似乎要高大凶恶得多。在冲绳岛服役期间，我们俩都迷上了打电脑游戏，还常常为此熬夜。除此之外，他的身上再没有什么明显的缺点了。

杰克和我都报名参加了海军陆战队的人道主义救援活动，并于一月份听说我们的部队要被调配到富士山训练营去了。说实话，听到这个消息时我和杰克都很亢奋。和我们在游戏对战中结识的几名海军陆战队员就刚刚从那里回来。他们说，那边的营区附近有一个小镇非常有意思，只需花上 3000 日元就可以在镇上任何一间饭馆里吃个肚皮朝天。那时候，我们俩还很期待能有机会去东京走一走，感受一下日本的文化。要知道，在冲绳岛上，我们是很难感受到这种文化氛围的，毕竟这里离日本主岛还有七百公里远。虽然考特尼营区位于海边，风景如画，但日复一日地看着同样的景色还是难免让人心生厌烦。而且，岛上的居民对于驻岛美军也没有什么好感。我想，这大概应该归咎于“吉拉德事件”吧。在那个事件中，一名美军意外地射杀了一名在靶场内捡拾废铁的日本女子。不仅如此，早在上世纪九十年代，这里就发生过多起美军轮奸当地女子的案件。我不敢说当地人对我们都是恨得入骨三分，但可想而知，很多人并不希望我们在这里长期驻扎。

富士训练营真是个好地方，训练设施完备，风景也不错。不过，我们刚到的时候当地的气候并不是很理想，不仅多雾而且多雨，所幸并没有下雪。指挥官告诉我们，我们的首个任务便是为转战北富士山演习区做好充分的准备。可是，我们还来不及入驻军营便听到了有关“黑色星期四”的事情。首先传来的是有关佛罗里达坠机事故的消息。部队马上安排那些来自佛罗里达的士兵赶忙与自己的家属和女友通过电子邮件取得了联系。没想到，当英国和非洲的坠机消息接踵而至的时候，流言飞语便在部队里开始不胫而走了。有人甚至还说，这是恐怖分子发起的一系列新的报复行动。于是，我们心中暗暗猜测，自己可能很快就要被直接调回冲绳备战去了。当日本太阳航空的事故消息传来时，所有人都惊呆了。因为没有人敢相信坠机的地点距离我们驻扎的地方如此之近。当晚，和许多士兵一样，杰克和我一直都守在电脑旁，关注着事故幸存者、机上乘务员和遇难乘客的相关消息。营地里的网络信号并不好，但我们还是想尽办法下载了一段关于营救幸存日本男孩的视频片段。不久，当听说有一名幸存者在被送往医院的途中不幸死亡的消息时，每个人都欷歔不已。虽然这听上去有点怪，但我记得杰克当时说了一句：“该死，我希望死的不是那个孩子。”更糟糕的是，机上唯一的一名美国乘客也在事故中不幸遇难了。同胞的死似乎让营区内的所有美军士兵都倍感心痛。

星期五一早，我们便接到了指挥官的命令，说富士山人道主义救援分部正在征集志愿者，前往坠机事故现场维护当地治安。同时，救援小组也需要有人帮忙来为搜救直升机清理出一片停机局域。在概述会上，指挥官还告诉我们，上百个焦虑的遇难者家属已经聚集在了事发地周围，严重干扰了搜救工作的进行。在此过程中，还有很多遇难者家属自己也在森林中受了伤或迷了路，正在等待搜救人员的帮助。事实上，我很惊讶日本政府方面居然同意我们介入此事。在我的印象中，日本人一向是唯我独尊、固执己见的。我猜这大概与他们强烈的民族荣誉感有关吧。不过，部队指挥官后来告诉我们，早在上个世纪九十年代，日本政府就曾因没能在一次高速列车撞车事故中尽快取得联合行动，而受到了民众的强烈指责。由于在那次事故中，尾大不掉的官僚主义使得很多无辜民众在事故中丧生，因此日本政府这一次的态度发生了三百六十度的巨大变化。话说回来，我和杰克马上便站出来表示愿意参加此次行动。于是，指挥官分配我们与附近的日本陆上自卫队合作行动，并指派了一名叫做洋次的二等兵出任我们的翻译兼向导。洋次告诉我们，青木原森林因为被自杀者封为“圣地”而一直是臭名远扬。因此，森林里至今仍遍布着许多陈年的自杀者遗体，而当地人也因迷信这里有不得安息的恶鬼出没，而对这片森林避之不及。我对日本的鬼魂之说知之甚少，只知道他们相信万物皆有灵性。他们对于鬼魂的迷信在我听来太过牵强，纯属无稽之谈。为此，我们一路上都在拿这事乱开玩笑，只有一旁的杰克一直默不作声。

说实话，考虑到现场的混乱局面，以及日本搜救队和陆上自卫队的少得可怜的人数，日本方面在维护当地治安上做得并不赖。毕竟，要想控制住那些在事故现场失魂落魄的游荡的人并非一件易事。在听完工作人员的简报后，杰克和我等人跟随一群陆上自卫队员马上动身前往了事故的主现场，而其他人则留在原地负责维护临时停尸帐篷周边的治安，并协助必需物品的运送和临时厕所的搭建工作。

指挥官告诉我们，日本运输安全委员会已经通过雷达定位系统，计算出了大部分遇难者遗体可能散落的地点，并将相关信息描绘在了地图上。此时，地图正在从山下运往山上的途中。

夫人，我猜你大概最感兴趣的可能是杰克本人吧。不过，在说到他这个人之前，我还是想向你描述一下自己在森林里看到的景象。记得上小学的时候，我们曾学过一首叫做《奇怪的果实》[①]的老歌，讲述的是一种曾经在美国南方盛极一时的对黑奴用私刑的场景。歌中唱道，从树上垂挂下来的尸体就像是奇异的果实一样。而这正是我们在日本所见到的场景。随着我们向森林深入迈进，四周那些可怕的树干上到处都悬挂着从飞机上掉下来的尸体，而且很多尸体都已经是残缺不全的了。除了我和杰克还在强忍着之外，很多人都禁不住吐了出来。

更令人感到痛心的是在场的那些遇难者家属。他们中很多人都带着食物和鲜花在森林里四处找寻着亲友的身影，嘴里还不停地呼喊着他们的名字。后来，负责将这些家属带离现场的洋次告诉我说，他碰到了一对坚信自己儿子还活着的老夫妇，手里还抱着一套供儿子换洗的新衣服。

到达目标地点后，杰克和我被分配去砍树，以便尽早为直升机开辟出一片停机坪来。虽然这工作并不轻松，但至少离飞机残骸很远，让我们暂时忘却了刚才看到的可怖场景。

当晚，部队指挥官要求我们在原地留宿，并将日军陆上自卫队的

①《奇怪的果实》(Strange Fruit)：美国著名爵士乐女歌手比莉·哈乐黛(Billie Holiday)的作品。

帐篷一角分配给了我们。当然，在场的每一个人都觉得，在此过夜实在是一个让人觉得毛骨悚然的主意，尤其是在我们目睹了那么多恐怖的画面之后。入夜了，帐篷里的每个人说话都是轻声细语的，没人敢提高嗓门。虽然也有人试着想跟大家开开玩笑，但是没有人能够笑得出来。

就这样，我们周而复始地在那里工作了三百个小时。一天夜里，帐篷外传来的一声尖叫把我从睡梦中惊醒了。周围很多人也都跟着从床上一跃而起，跑出去看到底发生了什么。该死，这诡异的气氛让我的肾上腺素水平开始直线飙升。大概是因为空气中雾气太重，大家在帐篷四周寻找了半天，却什么都没看见。

突然，来自亚特兰大的黑人士兵约翰尼用手电筒锁定在了帐篷前方几米开外的一个影子。我们隐约分辨出那是一个人影，正背对着我们跪在那里。当那个人影猛然回头的时候，我才认出那人原来就是杰克。

当我们跑过去，问他刚才到底发生了什么的时候，他看上去很茫然，只是一直摇着头说："我看见他们了。我看见他们了。他们都没有脚。"

我把他带回了帐篷里，他虚弱地倒在床上，不一会儿就睡着了。第二天早上，当我们再度问起昨晚的事情时，他一口否认了。

我背着杰克把此事转述给了洋次，他听完了之后认真地告诉我，日本的鬼魂是没有脚的，而且日本最常闹鬼的时间是凌晨三点钟左右。老实说，在这件事之后，当我听到帕米拉·梅·唐纳德的遗言时，我又一次被吓傻了。因为她所提到的事情和杰克那晚说的简直是一模一样。不过，若是理智地推测，杰克的噩梦很有可能也是受到了洋次的话的影响。

当然，部队里的很多美军士兵事后都把此事当做是一个笑柄，嘲笑了杰克好几周，直到我们先后回到了考特尼营地。你知道的，他们惯用的手法就是那种类似“杰克，你今天又看到鬼魂了吧”之类的话。不过，杰克对此却是安之若素。我想，大概是从那时起，他才开始和得克萨斯的那位牧师通信的吧。在此之前，据我所知，杰克是没有任何宗教信仰的，我也从未听到他提起过上帝或耶稣之类的字眼。因此我推测，他应该是在网络上搜索与森林和坠机有关的字眼时，才找到那名牧师的网页的。

当部队被再度调配去菲律宾协助水灾后的搜救工作时，杰克没有跟去。他病了，而且病得很严重，据说是胃病或是阑尾炎什么的。当然了，他们都觉得他是在装病，而且没有人知道他是怎么从岛上逃出去的。我们都猜他大概收买了附近的一条渔船或者是捕鲸船，甚至还有可能找了在当地走私鳗苗或毒品的台湾人帮忙。

夫人，如果可以的话，我愿意付出一切代价回到过去，阻止杰克进入青木原森林。我知道自己现在做什么也无力回天了，但是我怎么也不敢相信他竟然会对那个幸存的日本男孩下如此毒手。

9.

釜本千代子今年只有十八岁，她的表弟柳田宏是太阳航空公司678 次航班坠机事故的唯一幸存者。在一个网络角色扮演游戏的论坛中，千代子结识了网友高见龙。由于该游戏的大部分玩家都是十几岁至二十几岁的宅男，因此，作为少数女性玩家之一的千代子在论坛里非常受欢迎。

千代子为什么会选择龙这个平庸的男孩作为自己聊天的对象，至今仍是许多人热议的焦点。在坠机事件发生后，这两人每天都会花数小时时间在论坛里聊天。以下内容是某些人在千代子失踪后，从她的电脑和智能手机中找到并流传在网络上的聊天记录。

由于原文的主要内容都是以聊天记录的形式呈现的，因此，为了让读者能够更加连贯地进行阅读，除了龙喜爱使用的个别表情符号外，译者艾瑞克·贵霜对其中部分内容进行了删改。

（据悉，千代子一向与自己的母亲不和，因此常戏称她为“母亲大人”。此外，文中出现的“机器人叔叔”指的则是柳田宏的父亲柳田建二，他是日本最有名的机器人工程专家之一。）

消息记录 2012/01/14 15:30

千代子：龙，你在吗？

龙：**(。·ω·）你去哪了？**

千代子：别问了。母亲大人找我。你听说了吗？一个小时以前，那个空姐死在医院里了。所以说，宏是唯一一个幸存者了。

龙：第二频道上一直在讨论这件事呢。真让人难过。宏现在怎么样？

千代子：我觉得他不会有事的。据我所知，他的锁骨脱臼了，身上还有些擦伤。

龙：他太幸运了。

千代子：母亲大人也是这么说的。“真是奇迹呀！”她还在家里临时给裕美姑妈立了祭坛呢。我都不知道她是从哪里翻出来的旧照片。据我所知，母亲大人一向都不喜欢裕美姑妈。

龙：那你知道他们怎么会跑到东京去吗？我说的是你的姑妈和宏。

千代子：知道。母亲大人说，裕美姑妈和宏是去东京拜访她的一位老同学的。我敢说，母亲大人知道这个消息肯定气坏了。因为她以前住在东京的时候，姑妈可从没有去看过她。不过，我猜她顶多也就是会在心里埋怨几句，不然就不尊重死者了。

龙：有没有记者想要采访你？我在电视里看到了记者们蜂拥爬到医院高墙上去的样子，真的是太疯狂了。他们这么做居然就是为了要拍幸存者的长相！你听说了吗，他们其中还真有个人从墙上掉下来了呢。“宅男

圣地”网站上正盛传着现场目击者拍到的一个视频呢。真是一群白痴！

千代子：暂时还没有。不过，他们倒是找到了我爸爸工作的地方。我爸爸也真是的，连自己亲妹妹死了，都没放下手里的工作。不过，听说他拒绝接受采访。我想，记者们更感兴趣的应该是机器人叔叔吧。

龙：我真不敢相信你居然和大名鼎鼎的柳田建二是亲戚！我们刚认识的时候你怎么没告诉我呀，不然我早就四处吹嘘去了。

千代子：我要是一见面就跟你提这事，难道你不会觉得很奇怪吗？你好，我叫千代子。你猜怎么着？我是机器人叔叔的亲戚。那样岂不是显得我很想努力给你留个好印象嘛。

龙：给我留个好印象？应该是我想给你留个好印象才对吧。

千代子：你不会又要开始自怨自艾了吧，啊？

龙：别急，我已经改掉那个臭毛病了。所以……柳田建二到底是个什么样的人？我想知道些细节。

千代子：我告诉过你了，我不是很了解他。我上次见到他还是两年前的事情呢。当时，他陪着裕美姑妈还有宏来我家过新年。那时候我们也刚从美国回来。不过，那一次他们并没有留下来过夜。所以说，我和他说的话还不超过三个字呢。我姑妈长得很美，不过总让人有种距离感，似乎不太好亲近。我倒是很喜欢宏这孩子，他很可爱。母亲大人说，机器人叔叔在宏住院期间可能会过来和我们住在一起。我猜她对此应该很不高兴。我听过她跟爸爸抱怨了好几次，说机器人叔叔和他造的机器人一样，对人总是冷冰冰的。

龙：真的吗？他在那部纪录片里看起来可是个很风趣的人呢。

千代子：哪一部纪录片？他可拍过上千部纪录片呢。

龙：我也记不清了。你想让我帮你找出来吗？

千代子：不用了。他在人前人后可能是个两面派吧。我觉得这是天生的。

龙：什么是天生的？上电视的天赋吗？

千代子：不是，是待人处世的冷漠态度。他这一点倒是和我很像。我也不是个正常人，我很冷漠，心如止水。

龙：千代子，传说中的冰雪公主。

千代子：千代子，神话中的雪女。

千代子：既然你也认同我有做冰雪公主的潜质，那你觉得什么才能改变我这种冷淡的个性呢？

龙：名誉？金钱？

千代子：龙，怪不得我这么喜欢你。你总是知道正确答案。我本来以为你要说是“爱”呢！那样的话我可真是要被你恶心坏了。

龙：。(_ _)。说是“爱”有什么错吗？

千代子：那东西除了能在美国的几部烂电影里生存之外，在现实生活中根本就不存在。

龙：你也不是完全冷漠的。我知道你不是。

千代子：那我为什么一点都不在乎呢？听着，我会证明给你看的。太阳航空坠机一共死了多少个人？

龙：525 个。不对，是 526 个。

千代子：526 个。没错。这其中还包括我自己的亲姑妈。但是，我反而觉得，对这些人来说死亡反而是一种解脱。

龙：??(_ *)

千代子：好吧……我的意思是说，自从坠机事故发生以来，母亲大人一直都在关注裕美姑妈和宏的事情，自然也就没有时间催我去上补习班了。这样一来，坠机似乎对我来说反而变成了一件好事。别人的悲剧却能带给我的生活一丝平静，这何尝不是一种解脱呢？

龙：嘿，不管怎么说，你还是有自己的生活的。这就够了。你看看我。

千代子：哈！我就知道好景不长。没关系，你可以当我的专属"茧居族"朋友。我喜欢想象你把自己锁在小房间里的情景，放下窗帘，抽烟不止，玩腻了《世界末日》的时候就开始和我在网上聊天。

龙：我不是茧居族！而且我也不玩《世界末日》。

千代子：我们不是说好了要永远对彼此诚实吗？我已经告诉了你我自己是个什么样的人了。

龙：可我真的不是那样的。

千代子：你要生气了吗？

龙：ORZ……

千代子：ORZ？？？不是吧！你与社会到底脱轨多久了呀？现在还有人在用这个词吗？你确定你真的是22岁，不是38岁之类的吗？还有，你什么时候才能不用那些破表情符号了呀？

龙：<(_)> 我们换个话题吧。嘿……你什么时候才愿意跟我讲讲你在美国时候的生活？

千代子：没门儿。你为什么那么想知道？

龙：就是感兴趣而已。你怀念那段日子吗？

千代子：一点也不。其实人住在哪里都是一样的。世界本来就是一团糟。麻烦你再换个话题吧。

龙：好吧……论坛上还在疯狂地讨论飞机为什么要在那个地方坠毁的问题。其中一个完整的推论是说，机长本身就有自杀倾向，所以他是故意把飞机撞毁在那里的。

千代子：我也听说了。这没什么新鲜的，大家都这么说。你觉得呢？

龙：我不知道。他们说的有些可能是真的。那片森林早就是臭名昭著的了，而且距离大阪航线足有一英里远呢，飞机为什么偏偏要在那里坠机？

千代子：没准机长不想在人口密集的地方降落呢？没准他想通过这个方法挽救更多的生命呢？哎，我真为他的妻子感到难过。

龙：你也会感到难过？我还以为你是冰雪公主呢。

千代子：我确实为她感到非常的难过。总之，太阳航空公司那个不靠谱的发言人不是说了吗，濑户机长是他们最优秀的，也是最值得信赖的飞行员之一。因此，他是绝对不可能做出任何见不得人的事情的。他们还说，濑户机长既没有经济问题，也没有健康问题。

龙：他们也很可能在撒谎。不管怎么说，机长当时没准中邪了，所以是被迫把飞机开到森林里去的。

千代子：哈！原来飞机是被一群饿鬼给拉下来的。

龙：不过你想想看……为什么一天之内会有那么多架飞机都坠毁了？肯定得有个解释吧。

千代子：比如呢？你可别告诉我说，这是世界末日即将到来的征兆。

龙：为什么不可能呢？现在正好是 2012 年。

千代子：龙，你别再浪费时间去看那些阴谋论的网站了。这事如果是恐怖分子干的，我们现在不是早就应该知道了吗？

龙：请你让真实的千代子回来好不好？是你整天对我说，政府和媒体都是谎话连篇的大骗子，我们却还傻乎乎地甘愿被他们当棋子来利用。

千代子：那也不代表我就要听信那些不切实际的阴谋理论呀。生活不是那个样子的，生活本身其实是很沉闷的。政治家本来就都是巧舌如簧的大骗子。要不我们怎么会对他们言听计从，不敢越雷池半步呢？

龙：你真的觉得，如果是恐怖主义的话，他们会告诉我们实情？

千代子：我刚才说过了，他们也许会在一些小事上欺骗我们。但是有些事情实在是太大了，因此他们是想遮也遮不住的。这种情况也许在美国还有可能行得通，不过在这里是万万不可能的。他们想出来的障眼法得先提交给至少八层政府机关来审议。哎，大家都太差劲了，除了每天讨论阴谋理论以外，难道就没有别的事情可以做了吗？难道就只能一个劲地诽谤一个想要尽可能营救别人生命的烈士吗？

龙：嘿……我现在真的有点着急了。难道冰雪公主被融化了吗？我怎么觉得她真的在乎起来了？

千代子：我才不在乎呢，真的……好吧，我算是有点在乎吧。不过这整件事情已经快把我给逼疯了。那些阴谋论网站上的疯子和没事整天趴在社交网站的无聊女孩一样坏。如果他们把说三道四的能量都用在正经事上，你能想象会是怎么样的结果吗？

龙：什么样的正经事呢？

千代子：改变不公平的社会体制，杜绝官官相护的裙带关系，取消奴隶制，延长人类寿命，消除恃强凌弱现象……

龙：千代子的冰雪公主革命。

千代子：我是认真的。上学，上补习班，好好学习，让父母骄傲，考上大学，每天工作18个小时，不要迷失自我，不要抱怨，也不要我行我素。人生真是有太多要做的事情，又有太多不要做的事情了。

龙：千代子，你知道我肯定是站在你这边的。那你说，我们能做些什么？

千代子：我们什么都做不了。我们要不就忍气吞声，要不就不问世事，要不就自寻短见。可怜的宏，他还有很多值得期待的事情呢。

龙：(__)……o

10.

波琳·罗杰斯是一个饱受争议的英国专栏作家。一直以来，她都因自己独特的自白式新闻写作风格而备受关注。同时，她也是第一个在新闻报道中使用“三个幸存儿”来特指三名从“黑色星期四”系列坠机事故中生还的幸存者的。她的下面这篇文章曾发表在 2012 年 1 月 15 日的《每日邮报》。

“黑色星期四”已经过去三天了。我坐在自己刚刚装修好的办公室里，盯着电脑屏幕，依然无法相信眼前的一切。

你可能在想，我大概还在为一天之内竟有四架客机相继坠毁而欷歔不已吧。没错。谁不是呢？然而，让我震惊的还不只是这个原因而已。我正在浏览的，是各种有关坠机事故的阴谋论网站。它们的内容虽然不尽相同，但是内容却一个比一个怪诞，言论一个比一个大胆，矛头全都直指悲剧发生的真正原因。其实，只需花上短短五分钟来搜索一下，就能找到好几个网站，它们都声称，太阳航空 678 次航班的机长濑户利纪是被那些自杀者的亡魂上身，却又勇敢而无私地设法将飞机开往无人的地区，以避免造成更多伤亡。还有的网站则坚称，这四架飞机都成为了心怀不轨的外星人攻击的目标。然而，坠机事故调查员已经毫不含糊地指出了，这几起事故都与恐怖主义行动无关。其中，南非达鲁航空的事故原因尤为清楚。该航空公司的空中交通管理员已经确认，灾难发生的原因是飞行员的人为失误。尽管如此，还是有不少的阴谋论网站与调查结论唱反调。更有甚者，一些宗教狂徒甚至声称，坠机是上帝的旨意，是要向那些不信基督的人宣告末日审判的到来。

诚然，如此大规模的事故必然会引起全世界人的关注。但舆论的态度为何会在这么短的时间就急转直下，人们又为什么会甘愿将自己的时间浪费在相信那些稀奇古怪的言论上呢？的确，一天内相继发生四起坠机事故的几率简直是微乎其微的。可是，难道我们就这么无聊吗？难道我们非要在网络上无事生非吗？

到目前为止，最令人心生厌恶的就是那些围绕在三个幸存的孩子身上的谣言了。为了简洁起见，我打算统称这三个孩子——鲍比·斯莫、柳田宏和杰西卡·克拉多克——为“三个幸存儿”。为了迎合大众对这三个可怜的小家伙的好奇心，各路媒体一拥而上，开始对他们的身世背景刨根问底。在日本，有些媒体记者为了拍到一张柳田宏的照片，甚至纷纷爬上了医院的高墙。然而，大家似乎都忘了这个孩子刚刚在事故中失去了自己的母亲。此外，还有许多媒体记者为了抢夺新闻，将事故现场围了个水泄不通，严重妨碍了救援行动的开展。在英国和美国，有关小杰西卡·克拉多克和鲍比·斯莫的报道更是占据了众多媒体的头版头条，所占版面甚至比英国王室的趣闻轶事还要多。

事实上，这些冷漠的关注与胡乱的猜测是会给一个人带来很大的压力的。对此，我想我是非常有发言权的。多年前，当我与第二任丈夫分居的时候，我选择了在这个专栏里描写一些有关自己私生活的细节。不料，这个举动却让我陷入了一场疯狂的媒体风暴之中。整整两周，我都无法踏出自家的家门一步，因为总会有狗仔队突然跳出来，想要拍下我素颜的模样。因此，我对于三个幸存儿现在的经历表示十分同情。我依稀记得，十年前皇家航空 715 航班空难事故的幸存者扎伊娜卜·法拉也曾经历过类似的境遇。时年十八岁的扎伊娜卜所搭乘的那架航班，是在从亚的斯亚贝巴①机场起飞的过程中坠毁的，而她同样也是那次事故的唯一幸存者。和三个幸存儿一样，扎伊娜卜事后也陷入了媒体的闹剧中，承受着巨大的压力。最近，她刚刚发表了自传《托起我双翼的风》，并在接受采访时呼吁媒体不要再去打扰那三个孩子，好让他们能够平安地度过这段劫后余生。“他们并不是怪物。”她说，“他们只是普普通通的孩子而已。求求大家放过他们吧。他们现在最需要的就是时间和空间，以便好好治愈他们心理和生理上的伤痛。”

扎伊娜卜说得对，我们应该感谢上帝让这些幸运之星得到了拯救，而不是浪费时间去宣扬一些阴谋理论，更不是将他们推上媒体的风口浪尖。这三个幸存儿，我向你们致敬，并从心底里祝福你们，希望你们能够在哀悼逝去的亲人的同时，找到自己内心的平静。

①亚的斯亚贝巴：埃塞俄比亚首都，也是非洲海拔最高的大城市。

11.

内维尔·奥尔森是洛杉矶的一名狗仔摄影师。2012年1月23日，他被邻居发现死于自己的公寓中。虽然他的离奇死亡早就登上了报纸的头版新闻，但这是他的邻居史蒂夫·弗拉纳根——第一个发现他死亡的人——首次公开讲话。

如果你和内维尔一样，靠为小报拍照片来养家糊口，那么你一定不是凡人。我曾经问过他一次，会不会觉得自己蹲在灌木丛里，等着拍到一张当红明星露底裤的照片的行为很下流。他却说他所做的，只不过是大众想让他做的事情罢了。他最擅长的就是拍摄名人的不雅照片。比如说，他就曾偷拍到科琳娜·桑切斯在康普顿买可卡因的画面。对于他到底是怎么知道她会出现在那里的，他从来都没跟我说过。他对于自己的信息来源总是讳莫如深。

不用说，内维尔是一个独来独往的怪人。我猜他的工作内容和他的诡异个性应该是相得益彰的。初遇他时，他刚刚搬进我家楼下的那个单元。那时，我们住在埃尔塞贡多[①]的一栋错层结构的复式房屋里。住在这里的大部分人都在洛杉矶机场工作，所以整栋房子每时每刻都有人在进进出出。我在机场的“一度汽车租赁”工作，所以这个住所既温馨又舒适，对我来说很适合。我不敢说自己和内维尔之间是好朋友的关系，不过我们每次遇见彼此都会互相吹吹牛皮。奇怪的是，我从没有看到过任何人来拜访内维尔，也从没有看到过他和某个女人在一起。从来都没有，甚至没看到过他和男人在一起，就好像他根本没

①埃尔塞贡多：洛杉矶的一座小城市。

有这方面的欲望一样。在他搬进来几个月后，有一天他突然问我，是否想去他家见见他的“室友”。我很好奇，想看看到底是什么样的人能够和他和平共处，便欣然答应了。

第一次踏进他家的时候，我差点吐出来了。天哪，房间里简直是臭死了。我都不知道该怎么形容那种味道。现在回想起来，大概是某种混合着烂鱼和腐肉的臭味吧。而且，屋里又闷又热又黑，窗帘低垂，连空调也没开。我当时在想，你在跟我开玩笑吗？接着，我便看到房间的一角有一个巨大的黑影在移动，看上去正准备直直向我扑来。还没等我反应过来，一只硕大的蜥蜴就出现在了我的眼前，吓得我大叫了一声。然而，在一旁等着看我反应的内维尔却笑得嘴巴都合不拢了。他一边劝我别那么大惊小怪的，一边向我介绍道：“别怕，这是乔治。”我当时恨不得马上离开那个鬼地方，可又不想显得自己很胆小。于是，我质问他为什么要在房间里养这种东西。他只是耸了耸肩，漫不经心地告诉我说，其实他家一共有三只这种巨蜥，都是来自非洲还是哪里的。平常，他都会让它们在屋里自由活动，而不是关在笼子里或者是玻璃缸里。他还特意告诉我说，这种动物其实很聪明。“跟狗一样聪明呢！”我问他，养蜥蜴会不会很危险，他伸出手来向我展示了手腕上一道参差不齐的伤疤。“咬掉了一大块皮呢。”话是这么说，可你还是能够从他的脸上看出一种骄傲的表情。“不过，只要你饲养得当，它们平常还是很乖的。”我好奇地问，它们平时都吃些什么。内维尔回答道：“小鼠崽，要活的。我总是去批发商那里买。”居然还有人靠专门卖小鼠崽为生？于是，他开始高谈阔论起有些人如何反对用啮齿类动物来喂养巨蜥的问题。可我只是呆呆地看着那个大家伙，一心祈祷着它不要靠近我了，因此对他的“演讲”一句都没有听进去。这还没完，他的卧室里还养着很多的蛇和蜘蛛呢，房间里到处可见各式各样的玻璃缸。他还滔滔不绝地向我讲述了，为什么狼蛛是最完美的宠物之类。事后，很多人都说他有囤积动物的毛病。

就在“黑色星期四”事故发生不久后的某一天，内维尔突然跑来敲我家的门，说他要出城几天，所以想请我帮忙照看他的“宠物”。虽然他主要是在洛杉矶上班，但偶尔也需要去远一点的地方出差。我记得，那是他第一次请我帮他看家。“我走之前会喂饱它们的。”他安慰我说。他还表示，最多三天后就会回来，所以那些动物应该是不会被饿到的。而我需要做的，就是去定期查看一下它们的饮水还够不够。在我的再三叮嘱下，他才向我保证他会把那些巨蜥好好地锁在笼子里。虽然他一向对自己的工作内容保密，但这次他却将他的目的地告诉了我，就好像他知道自己可能会惹上大麻烦一样。

他说他打算设法搭上一架飞往迈阿密的直升机，并混进鲍比·斯莫所住的医院，看能不能找机会拍到那孩子的照片。他还告诉我，他要想办法在鲍比·斯莫被转移回纽约之前拍到这组照片。

我好奇地问，他凭什么觉得自己能靠近那孩子。据我所知，医院里出入口的安保措施可是非常严密的。内维尔冲我神秘地笑了笑，意思好像是在说“这就是我的过人之处了”。

内维尔只不过才离开三天而已，所以我觉得自己根本没必要去他家照看那些动物。某一天，当我下班回家时，碰巧看到他踉踉跄跄地下了一辆出租车。当时，他的脸色看上去糟透了，还浑身颤抖着，就像是病了一样。于是，我赶忙上前询问他是否一切都好，有没有拍到照片。看他默默无言的糟糕样子，我便顺口问他要不要来我家喝一杯。他点了点头，便顺从地跟着我回家了，丝毫没有急着想要回家看看自己的“宠物”的样子。我能够看出，他很想找个人聊聊，却又开不了口。到家后，我给他倒了一小杯烈酒，他很快就一饮而尽了。因为家里已经没有其他的烈酒了，我只好又给他拿了一罐啤酒。他默默地把手里的啤酒喝完后，又问我再要了一罐，然后也咕咚咕咚地喝完了。

也许是酒精起了作用，他开始慢吞吞地向我叙述起了这几天的经历。我本以为他会大讲特讲自己是如何伪装成搬运工，然后从停尸房里偷偷摸摸混进医院的（那些蹩脚的电影里好像都是这么演的）。但是，他的手段明显要更聪明，但也更下流。他说，他故技重施，装扮成了一个从英国来迈阿密开会的商人，操着一口伦敦音，用假证件入住了医院附近的一家酒店。他曾经用同样的招数拍到过“太空牛仔乐队”的主唱克林特·马埃斯特罗因吸毒过量而被送往医院的全过程。当然，为了达成混进医院的目的，仅仅入住附近的酒店还是不够的。他告诉我，他那天来到了酒店楼下的酒吧，在那里故意偷偷注射了大剂量胰岛素，然后伪装成一副吸毒过量的样子。我居然连他是个糖尿病人都不知道！好吧，我怎么会知道呢？话说回来，他突然瘫倒在了吧台旁边，强撑着，设法引起了酒吧侍者的注意，并央求对方送他到最近的医院去，然后便昏迷了。

在急诊室里，内维尔被护士挂上了点滴瓶。但是这还不足以让他入院治疗。因此，他又装做癫痫发作了。其实，这么做很有可能会要了他的命的。可是他说自己已经不是第一次这么做了，而且他总是会在袜子里藏上几小袋糖，以备不时之需。原来这就是他的秘密绝招！

由于他突发癫痫，医生便给他打了一针安定，让他总是感觉自己有点轻飘飘的，连起身走动都不是一件容易的事情。

接着，我焦急地问他到底有没有看到那个孩子。只见他的表情看上去很扫兴，显然未能得手。他告诉我，鲍比的病房周围戒备森严，因此他根本无法靠近。

不过，在他死后，人们在他的照相机里找到了一些照片，说明他还是想方设法混进了那个孩子的房间。在一张照片里，鲍比坐在床上，笑眯眯地看着镜头，就好像自己是在拍全家福一样。你肯定看过那张照片，是验尸官办公室里的人泄露出去的。说实话，他的笑容还真的是把我吓了一跳呢。

第三罐啤酒下肚后，他对我说："真无聊，史蒂夫。这事一点意义都没有。"

我追问道："什么事一点意义都没有？"

可是，他却像没听见我说话一样，自顾自地把头转了过去。所以我最后也没搞明白他到底想对我说什么。不久他便起身离开了。

接下来的几天里，我一直都是公务缠身。除此之外，办公室里似乎还蔓延着一种会致人呕吐的病毒，很多同事都因此而请了病假。所以，我不得不加班加点地干活儿，搞得自己常常精疲力竭。过了好长一段时间我才突然意识到，我已经一个礼拜没有看到内维尔了。

有一天，住在内维尔隔壁的帕汀金先生找我来要房屋管理员的电话，说自己的下水道可能出了问题，还提到内维尔家总是飘来一股臭味。

我一听这话，马上就意识到事情不太对劲，于是便赶紧跑到楼下去敲他家的门，可是除了微弱的电视声音外什么也听不见。当时，由于我还保留着内维尔家的钥匙，所以便自作主张地开了门，帕汀金先生也尾随着我进了房间。可是，一开门我便立刻后悔了。要是早知如此，我们就应该先报警了。眼前的恐怖景象让帕汀金先生至今都还在接受心理治疗，而我也夜夜都噩梦连连。我记得，内维尔的屋子里黑得伸手不见五指，我只能依稀看到内维尔面冲着墙壁，身体深陷在沙发里，两腿大张着。他的身影看上去非常奇怪，大概是因为我们发现他时，他尸体的一些部分已经不见了……

他们说，内维尔的死因是胰岛素摄入过量。不过，更耸人听闻的是，验尸结果显示，他在被……你知道的……的时候应该还有意识。

“男子被宠物蜥蜴和蜘蛛生吞”的新闻很快传遍了附近的大街小巷。甚至还有人造谣说，狼蛛在他的尸体上织了网，并在他的胸腔里筑了巢。可这些都是无稽之谈。就我所知，那些蜘蛛一直都好好地待在自己的蜘蛛箱里。啃食他尸体的就是几只巨蜥。

内维尔在死后突然变成了街头巷尾邻居们热议的话题。那个词怎么说来着？讽刺，真是太讽刺了。现在还常有像他一样的狗仔摄影师混进公寓楼里来，想要到他的房间门口拍一张照片。他的故事甚至一度代替了三个幸存儿的后续报道，登上了报纸的头版头条。后来，那个滑稽的牧师居然将此案中的“动物食人”情节归结于世界末日的一个预兆，让相关报道又再度红极一时。

现在，我唯一能够用来安慰自己的，便是希望此事给内维尔带来的知名度能够给九泉之下的他捎去一些安慰。而且，这种离奇的死法对他来说未必就是一件坏事，毕竟他是那么深爱着自己的蜥蜴“宠物”。

Chapter 2

第二章

阴谋论

一月至二月

“这其中必有深意，小萝。”他用一种毋庸置疑的口气说道，“我猜我明白帕姆那条手机遗言的意思了。”

我一头雾水地问道：“你到底在说什么呀，伦德？”

可他的回答只有一句：“脱掉你的衣服。”

完事后他便离开了。

1.

瑞贝·路易斯·尼尔森曾是牧师伦恩·沃西所在教堂的一名教友。她还声称自己是“帕米拉·梅·唐纳德最好的朋友”。现在，她仍居住在南得克萨斯州的萨那县，并且是当地基督教女性自救中心的骨干。在接受我的采访时，她坚称自己从来都不是沃西的信徒，并表示她的言行是为了“让大家知道世界上还是有很多好基督徒不希望那些孩子受到任何伤害的”。在 2012 年 6 月至 7 月间，我与瑞贝频繁在不同场合里相遇，并且深入交谈过数次。以下就是我们对话内容的一个集锦。

是史蒂芬妮最先打电话将坠机的事情告诉我的。她当时在电话里已经泣不成声了。“是帕姆，瑞贝！”在我终于设法让她冷静下来后，她才断断续续地对我说：“帕姆就在那架坠毁的飞机上！”

我告诉她别傻了，帕姆现在正在日本看望她的女儿呢，怎么会跑到佛罗里达去。“不是那一架飞机，瑞贝。是日本的那一架！现在新闻里正播着呢！”听罢，我的心都要沉到谷底了。我当然知道日本也发生了一起坠机事故，此外还有另一架飞机掉在了非洲某个我念不出名字的地方，而一架满载英国游客的飞机也坠落在了欧洲某片海域。但是，我从没想过帕姆会在其中的任何一架飞机上。事情听上去糟糕透了，就好像全世界的飞机都约好了要一起掉下来似的。那天，正当福克斯电视台的主播本在播报有关一个坠机现场的消息时，突然停顿了一下说：“我们又听闻了另一起坠机事故……”我丈夫罗恩说，这简直就像是一场永远都抖不完包袱的舞台剧一样。

我问史蒂芬妮是否也将此事告诉了伦恩牧师。她说已经打过电话了，但是牧师的妻子肯德拉还是和往常一样，含含糊糊地说不清楚牧师何时会回来。而且，牧师的手机也一直无人接听。挂上电话后，我马上跑回房间里看新闻。在梅琳达·斯图尔特（她是我最喜欢的福克斯电视台新闻主播之一，是一个会让你想和她一起喝杯咖啡的女人）的身后，出现了两张巨幅照片，一幅是帕姆的，另一幅则是在佛罗里达空难中幸存的那个犹太男孩的。我不知道帕姆本人看到自己的这张照片时会作何感想，因为那似乎是从她的护照上截取下来的，所以发型看上去糟糕极了。在屏幕下方不停闪现着几行字："日本太阳航空空难死亡 526 人。机上唯一美籍遇难者为得克萨斯人帕米拉·梅·唐纳德。"

埃尔斯佩思，我就那么坐着，呆呆地望着那张照片、读着那些字，迟迟不肯相信帕姆已经死了。那个长得很帅的事故调查员，叫埃斯还是什么来着（罗恩很喜欢看他主持的空难纪录片）在佛罗里达现场与电视台演播室进行了电话连线，表示事故看上去和恐怖主义应该没有关系。于是梅琳达问他，是否觉得这几起空难事故可能与环境因素——也就是"天灾"——有关。埃尔斯佩思，我可一点儿也不喜欢这个说法！她的意思就好像是在暗示，我们的主除了喜欢把飞机从天上拍下来以外就没有什么好做的了。这一定是某些反基督教的人提出的言论。接着，电视里插播起了一段航拍画面，而画面里的景象在我看来似乎很眼熟。我愣了许久，突然意识到那是帕姆家的房子！只不过从空中看起来，她的房子比原先小了许多。于是我这才突然想起了帕姆的丈夫吉姆。

平日里，我和吉姆很少有交集。由于帕姆每次提到他时，语气里都带着某种敬畏的感情，所以我一直以为他应该是个一米八以上的大个子。可是实际上他比我高不了多少。老实说，我总是怀疑他喜欢用武力解决问题。虽然我们从没有在帕姆身上看到过任何淤青之类的痕迹，但奇怪的是，她看上去总是战战兢兢的。我的罗恩要是敢对我提高嗓门讲话……没错，我当然同意男人应该是一家之主，但夫妻之间还是应该相敬如宾的，不是吗？当然了，吉姆即便有千错万错，也不该独自承受丧妻之痛。因此我觉得自己有责任去帮帮他。

罗恩此时正在后院里整理我们的水果罐头和干货储备。他总是说，多长个心眼总是不会错的，无论是天灾还是人祸，我们都有可能会在无意中中招。谁知道耶稣何时会想要召唤我们上天堂呢？我慌慌张张地跑了出去，上气不接下气地将帕姆在日本遇难的消息告诉了他。由于罗恩和吉姆在同一家工厂上班，因此我建议他赶紧到吉姆家去一趟，看看能帮上什么忙。而我最好还是待在家里，将这个消息转告给教会里的其他人。

我先是给伦恩牧师的手机打了电话，但电话直接被转接到了语音信箱里。于是我给他留了个言，把事情一五一十地说了一遍。没想到，他很快就给我回了电话。从他颤抖的声音里可以听出，他也是刚刚得知这个消息。帕姆和我都是他所谓“核心小组”里的元老级成员。十五年前，伦恩牧师和肯德拉还没有来接手萨那县的教会，因此我最常去的便是德纳姆那边的一个教堂了。那时，每个周日和周三我都要驱车半个小时去那里参加《圣经》研读会。不过，我是绝不会和那里的那些圣公会教徒一起做礼拜的，因为我无法忍受他们对于同性恋的放任态度。

所以，当我听说伦恩牧师要来接管空置已久的萨那县教堂时，我的心情别提有多激动了。他是一个多么善于布道的牧师呀！那时，我还没有听过他的广播节目，而最吸引我的则是他亲手制作的告示板。每周，他都会在告示板上挂上一条不同内容的横幅。其中我最喜欢的两条，上面分别写着“你喜爱赌博吗？那是在与魔鬼交换你的灵魂”和“上帝不相信无神论者，因此无神论者并不存在”。我唯一不喜欢的作品是一幅略显做作、画着《圣经》和手机的图片，上面写着“拯救你灵魂的应用程序”。伦恩牧师的教会规模起初还很小，因此同属他麾下教友的我和帕姆便很快熟络了起来。当然，我之前也在家长会上见过她几次。她的女儿乔安妮比我的孩子大两岁。虽然我们的价值观有所差异，但我不得不说她是个非常虔诚的基督教信徒。

伦恩牧师告诉我，他想在接下来的几个晚上在教堂里为帕姆组织一个守夜祈祷团。由于肯德拉头风发作，不能出来主持大局，他便想让我来通知《圣经》研读会的所有人。我刚挂下电话，就看到罗恩气冲冲地进了家门，说吉姆家附近已经被电视台的采访车和记者们围了个水泄不通，而且他家里也一直无人应门。我当下就决定再给伦恩牧师拨个电话通报这个情况。牧师叹了一口气说道：“虽然吉姆不是教会的成员，但救人于水火之中是我们基督徒的本分。我们的确得去帮帮他。”帕姆对于她丈夫的事情总是守口如瓶，要是她知道自己的离世使得丈夫不得不面对媒体无休止的关注的话，一定也会痛心疾首的。

除了吉姆，我还想到了帕姆的女儿乔安妮，不知她听闻这个消息是否也会赶回家来。我听说，她在大学的时候就因男朋友的问题而与父亲不和，最后闹到了离家出走，已经两年没有回过家了。她那时候的男朋友好像是个墨西哥人吧，或者至少是有墨西哥血统。就是这件事闹得帕姆家鸡犬不宁，她也经常因此黯然神伤。因此，每当我谈到我的孙子时，帕姆的脸上总是会露出一种可望而不可即的羡慕表情。我的两个女儿都是一毕业就结婚了，住的地方也离我不远。女儿的出走就是帕姆远赴日本的原因，她太想念她的乔安妮了。

由于当时天色已晚，因此伦恩牧师建议我们隔天早晨再去看望吉姆。第二天早上八点，他便驱车风尘仆仆地来到了我家。埃尔斯佩思，我永远都忘不了，他那天穿的是一身笔挺的西装，脖子上还系着一条红色的丝绸领带。每逢这种正式场合，伦恩牧师总是会精心打扮一番。

令我惊讶的是，肯德拉那天也跟着伦恩牧师一起来了。要是在过去，她通常会找个借口缺席这种场合。那天，瘦骨嶙峋的肯德拉看上去邋邋遢遢、十分懒散，一副格格不入的样子。虽然我不能说她是目中无人，但她总是习惯和别人保持一定的距离，脸上还带着一种茫然的微笑，似乎精神上有点问题。其实我早就猜到她最后会到那种地方去的……精神病院？哦，他们现在早就不用这个词了，不是吗？疗养院，对了，我就是想说这个！听闻她被送进疗养院的消息后，我不禁感叹，幸亏她和伦恩牧师没有生育子女，不然他们的孩子要是眼睁睁地看着自己的母亲被送进那种地方去，心里该有多难过呀。我还听到别人说，肯德拉是在听说伦恩牧师有情妇的事情后才精神错乱的。埃尔斯佩思，我想在这里声明一下，不管伦恩牧师后来做了什么，我从来都没有怀疑过他的人品。

在做了一个简短的祷告后，我们一行人便驱车前往了帕姆和吉姆的家。当车子刚开进她家附近的街区，我们就看到沿路已经停满了采访车，还有大批的记者和摄影师正站在街边抽着烟。哦，天哪，我记得自己当时对伦恩牧师说，我们这可怎么开到帕姆家门口去呀？不过牧师说了，我们是在执行上帝的旨意，因此任何人都阻挡不了我们履行基督徒的责任。当车子在帕姆家大门口停下时，一大群背着摄影机的人马上朝我们蜂拥而来，七嘴八舌地问着："你们是帕姆的朋友吗？你们对她的遭遇有何感想？"白花花的闪光灯照得我的眼睛都花了，让我霎时间明白了那些可怜的名人在被跟拍时的感受。

"你们觉得我们会有什么样的感想？"我对人群中挤得最凶的一名涂着厚厚睫毛膏的女士厉声喝道。伦恩牧师给了我一个眼神，暗示我让他来掌控局面。待记者们聚集到一处后，他饶有架势地宣布说，我们是来帮助吉姆的，等吉姆愿意配合采访时，自然会出来做一个声明。这番话似乎起了一定的作用，记者们渐渐散去，纷纷回到了自己的车上。

吉姆家的窗帘低垂着，我们在前门敲了半天也没有人来应门。伦恩牧师只好绕到后院去敲门，可依然是一筹莫展地回来了。我突然想起，帕姆会在后门旁边的花盆里藏一把备用钥匙，以备自己若是不小心被反锁在了外面时使用。于是，我们赶紧翻出了钥匙，开门进了屋。

哦，天哪！一股恶臭差点把我们熏出了房间。肯德拉的脸色开始泛白了。这房子里一定有什么不对劲的事情。史努基汪汪地叫着从走廊方向向我们跑了过来。要是帕姆看到自己的厨房变成了这个样子，一定会心脏病发作的。她只是两天没有回来，厨房看上去却像是被炸弹轰炸过了一样。台面上到处散落着玻璃杯的碎渣，一根烟蒂被随意丢到了帕姆妈妈最喜欢的瓷杯中。而且，帕姆从来都不会让史努基在外面这样乱跑的。罗恩还差点踩到了帕姆的高级地毯上的一坨狗粪。

埃尔斯佩思，我一向是实话实说的，我们没人喜欢那只狗。就算是帕姆一天给它洗一百次澡，它身上散发出来的狗骚味还是遮也遮不住，而且眼睛里总是蒙着一层脏兮兮的东西。不过，帕姆依然对它宠爱有加。史努基先是挨个儿把我们的鞋子闻了一遍，然后抬起头来仔细打量着我们，似乎在满心希望我们中有一个人就是帕姆。它当时的那种眼神看得我的心都要碎了。

“吉姆？”伦恩牧师叫道，“你在吗？”大家合力在厨房附近搜索了一番后，突然听到里屋隐约传来了电视的声音。于是，我们便直接跑向了客厅。

当我们看到吉姆时，我吓得差点叫出声音来。只见吉姆窝在那张“拉兹男孩”安乐椅上，腿上放着一把猎枪。地板上堆满了酒瓶和啤酒罐，屋子里简直是酒气熏天。由于四周的窗帘都没有拉起来，所以在昏暗的房间里，我一度以为他……但是，他张开的嘴里突然发出了一声鼾声。埃尔斯佩思，我现在想起来都后怕，要是吉姆当时没有昏睡过去的话，说不定会做出什么蠢事来。他没准会对着我们开枪也说不定。伦恩牧师打开了窗帘，并顺手推开了一扇窗户。借着阳光，我看到吉姆的裤子上湿湿的。

接下来就轮到伦恩牧师“主持大局”的时候了。他先是小心翼翼把吉姆腿上的猎枪拿掉，然后轻轻摇了摇他的肩膀。

吉姆抽搐了一下，睁开血红的眼睛抬头望着我们。

“吉姆。”伦恩牧师和颜悦色地说，“我们听说帕姆的事情了。我们都会在这里陪着你的。要是有什么事情需要我们帮你做，你尽管开口。”

吉姆哼了一声，答道："嗯，你们可以滚出去了。"

听了这话，我气得差点背过气去。肯德拉则在一旁尴尬地笑了一声。

可是，伦恩牧师似乎并没有打退堂鼓。"吉姆，我知道你很难过。我特意过来陪你共渡难关的。"

吉姆这才"哇"地哭出声来，身体颤抖着上下起伏。埃尔斯佩思，不管人们现在是怎么评价伦恩牧师的，他当时抚慰吉姆的画面还是非常令人动容的。等吉姆哭够了，伦恩牧师便扶起他到浴室里去洗漱了，留下我和肯德拉呆呆地站在客厅里。我用手肘推了推她，示意她来搭把手。于是，我们开始合力帮吉姆收拾厨房、清理狗屎，还好好刷洗了一番那张"拉兹男孩"的安乐椅。在这个过程中，史努基一直都寸步不离地跟着我们，瞪着它那双脏兮兮的大眼睛。

不一会儿，伦恩牧师又扶着吉姆坐回到了客厅里。虽然他身上已经不再是臭气熏天了，但他的眼泪却丝毫没有要停下来的意思，依旧在不停地哭啊哭啊。

伦恩牧师试探性地问了一句："吉姆，要是你不介意的话，我们想要和你一起为帕姆祷告，可以吗？"

我本以为吉姆会再度破口大骂，但是当时他的意志明显已经崩溃了，因此并没有任何反抗的意思。事后，伦恩牧师说，当时一定是耶稣显灵了，要我们接纳吉姆成为兄弟。不过，想要被上帝接纳就要准备好自己的诚意。类似的失败案例我也已经是见怪不怪了。就像上一次，史蒂芬妮的表亲朗尼患上了运动神经方面的疾病，我们教会的成员也到医院里去为他祷告过一次，但还不是被他给轰了出来？这就是因为他没有在心里真心诚意地接受上帝。就算是上帝也难为无米之炊呀，不是吗？

伦恩牧师带着我们跪到了沙发旁边，开始默默地为帕姆祷告。

“吉姆，就让主来拯救你吧！”伦恩牧师说道，“他永远都会与你同在！他就是你的救世主！你能感受到他的存在吗？”

这是多么感人的一幕呀。这个被丧妻之痛压垮了的男人在哭喊挣扎着，而耶稣则在一旁等待着牵起他的手臂，帮他重整旗鼓！

我们在吉姆家陪他坐了最少有一个小时的时间。在这期间，伦恩牧师一直都在反复地对他说：“吉姆，你现在已经是我们的兄弟了，我们会一直陪着你的，耶稣也会与你同在。”我感动得热泪盈眶，不时偷偷擦着眼角的泪花。

伦恩牧师扶着吉姆又坐回了那把“拉兹男孩”安乐椅上。从牧师的脸色看来，是该讨论些实事的时候了。

“吉姆。”伦恩牧师说，“我们现在得考虑一下葬礼的事情了。”

吉姆嘟囔了一句，好像是在说，乔安妮会处理那些事情的。

“你想坐飞机过去接回帕姆的遗体吗？”伦恩牧师问道。

吉姆摇了摇头，眼中闪过了一丝不信任的光芒。“是她先离开我的。我说了不让去，她就是不听我的。”

突然，一阵乒乒乓乓的敲门声把我们所有人都吓了一跳。那些可恶的记者居然跑到门口来了！

我们听到有人在门外喊道：“吉姆！吉姆！你对帕姆的遗言有什么感想？”

伦恩牧师看着我问道：“他们在说什么遗言，瑞贝？”

显然，我也是一头雾水。

伦恩牧师整了整他的领带。“吉姆，我要出去修理修理这群趁火打劫的人。”他说道。吉姆的眼神瞬间充满了感激之情。“瑞贝和肯德拉会给你做点吃的东西的。”

埃尔斯佩思，我很高兴自己能为他做点什么。上帝保佑帕姆，她走之前给吉姆做了很多好吃的，全都整整齐齐地摆放在了冰箱里，因此我只要随手拿出一盘放在微波炉里热热就好了。肯德拉并没有过来帮忙，而是只顾着抱着那只狗，还对它喃喃自语着什么。所以，我不得不一个人开始收拾客厅里的残局，同时还不忘催促吉姆赶紧把我为他热的那盘肉馅饼给吃下去。

当伦恩牧师再度回到屋里的时候，眼神中充满了迷茫。正当我打算上前问他发生了什么的时候，他一把抓起了电视遥控器，转到了福克斯电视台。电视里，梅琳达·斯图尔特正说道，一群日本记者设法混进了飞机坠毁的森林里，并找到了几部遇难者的手机。令人感到意外的是，有些遇难者（愿他们安息）在临死前用手机录下了一些遗言。这群无良的记者，居然在遇难者身份确定之前，便迫不及待地将这些遗言的内容公布了出来。

这其中有一条遗言便是帕姆留下的，而我甚至连她有手机都不知道。这时，帕姆遗言的内容被一字一句地显示在了屏幕的下方。只听伦恩牧师冲了我大喊一声：“瑞贝，你看！我的名字在上面！帕姆一定是想要告诉我些什么！”

我猜我们当时都已经无暇顾及吉姆了，任由他在一旁一遍又一遍地喊着帕姆的名字。

那时，肯德拉依旧站在门口，抱着史努基轻声细语地说着些什么，就好像她怀里抱着的是一个婴儿似的。

2.

以下内容均来自太阳航空 678 次航班遇难乘客在生命最后时刻用手机录下的遗言。（译者艾瑞克·贵霜）

小田口山，日本人，时年 37 岁。

广野，情况越来越糟糕了。机组人员很冷静，机上也没有出现恐慌的情况。我知道我就要死了。我只是想告诉你……哦，有什么东西掉下来了！四处都在往下掉东西，我得赶紧……

别去看我办公室的橱柜。千万别，广野，我求你了。你可以做点别的事情。我只希望——

三村寿，日本人，时年 49 岁。

这烟不太对劲。我旁边的老奶奶一直在默默地哭泣和祷告着。我多么希望此刻坐在我身旁的人是你呀。这飞机上还有几个孩子。呃……呃……照顾好我的爸爸妈妈。钱应该是足够的。别忘了给浏幸先生打电话，他知道该怎么处理保险问题。机长说他已经尽力了，我相信他。我从他的声音里听得出他是一个好人。再见，再见，再见，再见，再见……

江渡敬太，日本人，时年 42 岁。

我得想想……我得想想……我得想想。事情是怎么发生的……好吧，客舱里突然出现了一道亮光，还传来了巨大的爆炸声。不，不止一次。是先有亮光还是先有爆炸？我也不知道。窗边的那个女人，那个老外，她号叫了一声，刺得我耳朵直痛。我得收拾一下东西，以防我们……我录这个就是为了要让你知道这里到底发生了什么。机舱里一点恐慌的情绪都没有，大家好像都太过于冷静了。以前我总是抱着求死的念头，可现在我才意识到，我不想死，我还太年轻了。我好害怕，我不知道谁会听到这段录音。你能否把它转交给我的父亲，告诉他……

金井日高，日本人，时年 28 岁。

真司？快接电话呀！真司！

刚才出现了一道光，很亮，然后……然后……

飞机要掉下去了，它正在下坠。可机长告诉我们要保持冷静。我不知道为什么会发生这种事情！

我唯一要求的就是……照顾好孩子们，真司。告诉他们我爱他们……

李瑞镇，韩国人，时年 37 岁。

我知道，现在大概是上帝在召唤我吧。但是，哦，我是多么希望自己能够再见你一面呀。崇神，也许我从来都没有告诉过你，我有多么的爱你。我希望你能够听到这段话。我希望我们还能有机会再见面。但是你现在却离我那么的遥远。我要去见上帝了……

帕米拉·梅·唐纳德，美国人，时年 51 岁。

他们来了。我……别让史努基吃巧克力。虽然它会苦苦哀求你的，但那东西对于小狗来说就是毒药。那个男孩，那个男孩看着，看着死去的人们。哦，上帝呀，死的人实在是太多了……现在该轮到我了。我们很快就要死了。我们所有的人。再见，乔安妮。我很喜欢你送我的那个手提包。再见，乔安妮。伦恩牧师，警告他们，那个男孩不是……

3.

萝拉·坎多（化名）自称是一名网络企业家和一名“性工作者”。以下陈述来自我们的网络视频对话记录。

三年多了，伦恩每个月会来看我一两次。从萨那县开车过来少说也有一个小时的车程，不过伦恩好像并不介意。他说自己喜欢开车，开车能给他思考事情的时间。他就是个普通人。虽然事后很多人企图让我说出他有多么的变态，但他在我眼里就是个普通人。而且，他既不吸毒也不吸烟，每次来找我都只是直奔主题，再喝上一点波旁威士忌酒，让我陪他聊会儿天，就这么简单。

我是通过自己的朋友德妮莎介绍做上这一行的。她可是个专家，专门为那些鲜与女性接触的客户服务。就算你足不出户或者是坐在轮椅上，她都能上门服务。不过，我很少接这样的客户。我的常客要不就是单身汉，要不就是自己的另一半已经对性没有需求了的已婚男人。我会对每个客户都事先做好调查，确保他们没有案底才会接受他们的预约。要是他们想要毒品，我就会说，抱歉，我的日程已经排满了。

我从不吸毒，我当初进入这一行也不是要为了赚钱给自己买毒品。像我和德妮莎这种为了养家糊口而出卖肉体，却坚持不趟浑水的女孩，你可能都没怎么听说过吧。不过，就像德妮莎所说的，像我们这样的人比沃尔玛货架上的囤货还要多。

这么说吧，我有一间公寓是专门用于日常“工作”的，但是伦恩并不喜欢那里。他对这种事情总是十分谨慎，甚至有点偏执。他喜欢在汽车旅馆里和我见面。他知道有几家汽车旅馆不仅提供价格优惠的小时房，还不会向住客过问任何事情。他总是坚持要我先入住，然后在房间里等他。

有一天，他迟到了足足半个小时，这在我看来可是很罕见的事情。在房间里等他的时候，我早就摆好了酒水，取来了冰块，还赖在床上看了一集重播的《派对时间》——就是米奇和肖娜·李终于在一起的那一集。就当我打算收拾东西准备离开的时候，他突然上气不接下气、满身大汗地推门进来了。

“你好呀，陌生人。”我用撒娇的口吻向他打了个招呼。

“别提了，小萝。”他喘着粗气说道，“该死的，赶紧给我倒杯酒。”我惊呆了。在此之前，我可从没听过他骂脏话。伦德是个牧师，他说自己只有和我在一起的时候才会喝酒。我像往常一样问他要不要赶紧开始“做正事”，没想到他一口回绝了。“我就想喝酒！”

伦恩拿着酒杯的手一直在颤抖，我能看出他仿佛在为什么事情而感到愤怒。我给他倒了满满一杯，然后问他想不想让我给他揉揉肩膀。

“不用了。”他说，“我想要坐一会儿，想点事情。”

不过，他实际上一刻也没有坐下来，而是在房间里来回地踱步，就好像想要故意磨穿地毯一样。我了解男人，这个时候最好不要问他在想什么，要是他想好了自然会自己开口说的。他把杯子递给我，示意我再给他续一杯。

“帕姆想要告诉我些什么事情，小萝。”

我当然不明白他在说什么，于是好言好语地劝他：“伦恩，你得跟我从头说起。”

接下来的一刻钟里，他都在给我讲述他的教友帕米拉·梅·唐纳德的遭遇，包括她是如何在一架日本飞机上遇难的，以及她曾经如何为他的教堂“核心小组”效力。

“伦恩。”我安慰他道，“节哀顺变。我想帕姆也一定不想让你为了她那么伤心。”

他就像没有听到我的话一样，只是在他的包里不停翻腾着。他总是带着自己的小背包，就好像自己还是个小学生似的。他拿出一本《圣经》，啪的一声在桌上摊开来。

我还以为他开玩笑呢。“你想让我用这个来打你屁股吗？”

不料，我这句话可犯大错了。伦恩的脸一下子变得通红，两颊像金鱼一样鼓了起来。他长着一张极富表现力的脸，看上去总是那么的老实，因此人们对他都信任有加。他的表情把我吓坏了，我赶紧忙不迭地道歉。

他叹了口气，开始对我娓娓讲述帕姆和那条信息的事情，就是那个……你们是怎么说的来着？遗言？是的，就是她在坠机前用手机录下来的那段话。

“这其中必有深意，小萝。”他用一种毋庸置疑的口气说道，“我猜我明白她的意思了。”

“到底是什么意思，伦恩？”

“帕姆一定是看到他们了，萝拉。”

“帕姆看到谁了，伦恩？”

“那些心中无主的人。那些在被提的过程中要被留下来的人。”

其实我也是一个成长于浸礼会家庭的人，因此可以算是通晓《圣经》

里的内容。人们也许会谴责我的职业，但我从心底里知道耶稣是不会对我品头论足的。就像我的女友德妮莎常说的那样（她是个圣公会教徒），耶稣的很多好朋友都是性工作者。

无论如何，早在“黑色星期四”事故发生之前，就知道伦德是一个末世论的信徒。你了解的，像他这样的人从哪儿都能看出世界末日即将降临的预兆来，比如9·11事件、地震、大屠杀以及反恐战争之类的。他还真诚地相信，耶稣迟早会在弹指间把他们全都带到天堂去，让那些无神论者在伪基督统治下的世界里受尽折磨。他们中甚至还有人相信，伪基督已经来到了地球上，化身为联合国领导人、个别国家的首脑，或者是宗教领袖之类的。后来，就连英格兰爆发的口蹄疫和邮轮上蔓延开来的诺瓦克病毒[①]都被他们视为了末日已经降临的征兆。可是，对我而言，类似的事情都是一派胡言。上帝怎么会管那么多闲事呢？

为此，伦恩还专门送过我一套书，让我认真阅读，里面讲述的全是诸如基督徒如何受到被提[②]，英国首相又是如何变成伪基督的化身之类的废话。我骗他说我都读完了，可实际上我一眼也没有看过。

我给自己也倒了杯酒，知道他肯定又要开始喋喋不休了。有时，伦恩也会给我讲述他广播节目里的内容。我一般都会假装附和着，心思却早不知道飞到哪里去了。相比之下，我还是更喜欢看电视，不喜欢听广播。

刚开始和伦恩交往的时候，我还以为他是一个嗜钱如命的新教徒，只会一味地鼓励人们给教堂捐钱，或是宣传为什么穷人也应该纳税之类的。我猜他不过就是个骗子而已，但是我自己也好不到哪里去。然而，

①诺瓦克病毒：一种会引起急性肠胃炎的病毒。
②被提：基督教的末世论中提到，在耶稣重生后，会将世间所有忠诚的基督徒都带到天堂去，让他们免受世界末日的折磨。这个过程就被称为“被提”。

在我认识了他一段时间之后，我发现他对于自己的信仰是真的深信不疑。虽然我也是一个正经的浸礼会教徒，但我对末日、地狱这类的说法从没有当真过。

我知道，伦恩一心想要成为一个大人物，一个像伦德博士那样的大人物。伦德博士和布莱克总统的关系非常好。除此之外，伦恩一直都很想举办一次有关新教的全国巡回演讲。从某种意义上讲，他的广播节目就是他为巡回演讲所做的一种尝试，只不过播出多年仍然收效甚微。但不容置疑的是，他这么做也并不是为了赚钱，而是为了赢得信徒的尊重。我还听说，他早就已经厌倦依靠他妻子的收入过活了。

“听着，萝拉。”他给我念了一遍帕姆的遗言。可我丝毫也没有从中听出任何与世界末日有关的内容来。在我看来，可怜的帕姆倒是更关心她的狗。

伦恩并没有放弃，他又开始滔滔不绝地向我论述，为什么那些孩子能够毫发无伤地从空难中生还其实是上帝的安排。他很严肃地告诉我说：“他们本来是活不下来的，萝拉。”

我承认这一点很奇怪。大概所有人都会觉得这很奇怪吧。我猜大部分人都会把这件事和9·11相提并论。不过你是知道的，再奇怪的事情最终也会被人们接受的，不是吗？就像是我所居住的这个街区最近总是停电一样，经过几个月的抱怨和咒骂后，大家对此很快就见怪不怪了。

“那个男孩。那个男孩……”他不停地喃喃自语道。他从《撒迦利亚书》里找出了一段经文，接着又翻到《启示录》。伦恩是如此地酷爱《启示录》，可是那里面的内容总是会让我有一种毛骨悚然的感觉。

我承认，好像是我的一句无心的话给他提了一个醒。“你知道《启示录》里最困扰我的是什么吗，伦恩？”我说，“是那四个骑士。为什么非要是骑士才能向世人宣告世界末日的到来呢，还非得骑着不一样颜色的马？”

伦恩一下子愣住了，就好像我刚刚说的话亵渎了神灵一样。“你说什么，小萝？”

我以为我又说了什么惹他生气的话，于是小心翼翼地看着他，以防他会骂我。他像尊雕塑一样直直地站着，眼睛飞快地扫视着。“伦恩？”我说，“伦恩，亲爱的，你还好吗？”他突然拍手大笑起来。这是我第一次听到他笑。他用双手捧起了我的脸颊，不停地亲吻着我的嘴巴。“萝拉。”他说道，“我想你猜对了！”

我一头雾水地问道：“你到底在说什么呀，伦德？”

可他的回答只有一句：“脱掉你的衣服。”

完事后他便离开了。

4.

以下内容摘自伦恩·沃西牧师 2012 年 1 月 20 日的广播节目《我口传神谕》的内容脚本。

亲爱的听众朋友们，我已无需再向大家重申了，我们正生活在一个充斥着无神论的时代里。在这个时代里，学校已不再传授《圣经》的内容，取而代之的是毫无科学依据的进化论谎言。人们的心中已经没有了上帝的位置，那些强奸犯、杀人犯、异教徒手里的权力甚至比基督教的善男信女们还要多。索多玛和蛾摩拉城[1]的阴云笼罩着我们的日常生活，而世界领导人则在运筹帷幄，推动着备受伪基督教徒们推崇的全球化文化。

亲爱的听众朋友们，我已经有了确凿的证据可以证明，耶稣是在聆听我们祷告的声音的。而且，他迟早是会带我们去与他一同到天堂里去享受永生的。

听众朋友们，让我来给你们讲个故事。

曾经有一名善良的女教友名叫帕米拉·梅·唐纳德，她是一个虔诚的基督教信徒，全身心地敬畏着上帝。

有一天，她突然决定踏上一段长途旅行，前往遥远的亚洲去探望她的女儿。可她并不知道，当她收拾好行李，与丈夫和教友们吻别时，她已经踏入了上帝的安排之中。

在日本，她登上了一架飞机，不料飞机却在半途中被某种未知的力量摧毁了。

①蛾摩拉城（Gomorrah）：《圣经》中的罪恶之城。

当她躺在冰冷的异乡土地上奄奄一息、生命之血一点点地流失殆尽之时，上帝开口对她说了话。听众朋友们，上帝给了她一条神谕。那情形正如《启示录》中，上帝将先知约翰带到了跋摩海岛[1]上，并向他显圣，为他揭开七印一样。听众朋友们，帕姆将上帝的神谕录了下来，并留给了我们，让我们能够有幸得以聆听上帝的教诲。

大家都知道，上帝曾告诉约翰，那七印中的前四印将化身为四名骑士，为了完成魔鬼的使命而来到人间。而那些魔鬼的使命便是要惩罚那些缺乏信仰的无神论者。四骑士领命，将瘟疫、饥荒、战争和死亡带到人间，向世人昭示世界末日审判即将到来。

很多人相信，七印其实早已经被揭开。听众朋友们，我必须承认，在目睹了世界各地发生的这些天灾人祸之后，连我自己都不得不相信，世界末日就要来了。

亲爱的听众朋友们，帕米拉·梅·唐纳德在遗言里对我说的那些话，是想告诉我说，四名骑士已经来到了人间。在她奄奄一息的时刻，她留下的最后愿望便是："那个男孩，那个男孩，伦恩牧师，警告他们。"

你们都看过新闻了，也都看到了那三个幸存的孩子——也许是四个，我们现在还不能确定是否还有其他的幸存者。你们也都知道，这些孩子本是不可能在这种灾难中毫发无伤地活下来的。听众朋友们，我想再强调一次，就连事故调查员和医疗专家们都无法解释他们能够奇迹生还的原因。

亲爱的听众朋友们，我坚信，这些孩子的身上就附着了四名末日骑士的灵魂。

"伦恩牧师。"帕米拉·梅·唐纳德是这么说的，"那个男孩。

①跋摩海岛（Patmos）：《启示录》中圣徒约翰被流放的岛屿，位于希腊的爱琴海海域。

那个男孩。”除了那个幸存的日本男孩以外，她指的还会是谁呢？

如今，真相已经大白，她遗言中的含义也已经昭然若揭。听众朋友们，《启示录》第六章中是这样写的：

“我看着羔羊揭开了七印中的第一印。接着我听到四个活物中的一个说了声：‘你来！’声音如雷。于是我看到一匹白马出现在了我的面前！”

一匹白马，听众朋友们。问问你自己吧……在佛罗里达坠毁的少女航空公司的标志是什么？是一只白色的鸽子。白色的。

那么太阳航空公司航班的标志是什么颜色的呢？红色的。女士们先生们，现在你们明白了吧。那是一轮巨大的红色太阳。那是战争的颜色，更是鲜血的颜色。

“当羊羔揭开第三印时，我听到第三个活物说了声：‘你来！’于是我看到一匹黑马出现在了我的面前！”

没错，英国那架坠入大海的飞机的标志是亮橘色的。但我问你，机身上的字是什么颜色的？黑色的，听众朋友们，是黑色的。

“当羊羔打开第四印的时候，我听到第四个活物说了声：‘你来！’于是我看到一匹灰马出现在了我的面前！而马背上的骑手叫做死亡。”我们知道，死亡骑士之马的颜色在原文中被称为“khl ō ros”，可以翻译成“绿色的”。而非洲那架遇难班机的飞机就是绿色的，没错！

我知道很多喜欢和我唱反调的人会说，伦恩牧师，这一切可能都只是巧合而已。但是众所周知，上帝的安排从无巧合之说。

一场末日审判即将在人间展开。当第六印被揭开时，那些被选中的信徒就会被带到天堂去与耶稣共享永生。

我们的时机到来了，上帝的旨意已经再清楚不过了。天堂的大门口此刻正挂着一道红绸，向我们呼喊着。

亲爱的听众朋友们，你们准备好了吗？

5.

由于本书篇幅有限，我不能将所有有关“黑色星期四”的阴谋论网站内容全部摘录下来。在这些畅所欲言的“非主流理论家”当中，自称不明飞行物研究者的西米恩·兰卡斯特的言论非常引人注目。此前，他曾出版过《外星人就在我们中间》以及《上议院中的蜥蜴》等书籍。不过，兰卡斯特本人拒绝了我的采访请求，并矢口否认他的言论对于保罗·克拉多克产生过任何的影响。下文是从他网站“我们之中的外星人”（http://alienamongstus.co.uk）上截取的一个选段。该选段的发表日期为2012年1月22日。

外星人出没：“黑色星期四”，我们所需要的所有证据

四架飞机在四个大洲相继坠毁，这样空前绝后的灾难性事故让全世界人民都欷歔不已。我坚信，这一定又是那些渗透在我们中间的外星人在暗中作祟，炫耀他们无所不能的实力。除此之外，再没有其他合理的解释了。

请记住我的话，传说中代号为“MJ–12”的神秘组织迟早会出面来掩盖这些坠机事故的真相。你们等着瞧吧，他们会在坠机事故报告中否认一切与“超自然现象”有关的可能性。虽然他们声称，日本的那起空难事故是由于液压故障引起的。

可我们知道那是根本不可能的。他们在撒谎，他们和那些外星人领主都是一丘之貉。而那三个幸存的孩子（如果他们真的是孩子的话），也应该已经被送到实验室里保护起来了吧（大家可以在地图上寻找可能设有实验室的地点）。

让我们来看看有哪些证据可以证明我说的话。

四架飞机：

四架？？？我们知道，飞机发生空难的概率仅有两千七百万分之一。那么在同一天内相继发生四起坠机事故并且仅有三人生还的概率又有多大呢？？？这个概率本身就是无法测算的。因此，这些事故的发生一定是有人在背后策划的。恐怖分子吗？那为什么还没有人站出来声称对此事负责呢？因为这根本就跟恐怖分子没有一点关系，全都是外星人所为。

亮光：

为什么太阳航空公司的航班上至少有两名遇难者都在遗言里提到，他们在坠机前看到了亮光呢？并没有迹象表明飞机上发生了爆炸、火灾或气压下降的情况呀？只有一个解释说得通。我们知道，外星人的飞船通常是会伴随着亮光出现在天空中的。因此，亮光说明外星人当时就在事发现场。

幸存的为什么是孩子？

有一点是毋庸置疑的，这三个孩子是绝对不可能平白无故从坠机事故中生还的。

那么外星人为什么偏偏就挑中了他们呢？我相信，这与人类种族抚育幼子保护下一代的习性有关。我们知道，外星人最常用的攻击手法就是先深入敌营再暗中偷袭。所以，伪装成政府官员在大众的眼皮底下行动未免太过招摇，而且他们之前的阴谋就已经败露过一次了。所以，他们在还未做好下一步打算之前，便决定先按兵不动，通过操纵这三个幸存儿的思想和身体来观察我们的一言一行。今后，这三个孩子一定会慢慢现出原形的。

这些孩子的脑袋里已经被植入了外星人的思想，这是唯一合理的解释！

Chapter 3

第三章

幸存者

一月至二月

杰西搬回来已经有六天了，可是她还是像被洗脑了一样，对于“黑色星期四”之前的记忆也是断断续续的。突然，她莫名其妙地问了我一句：“保罗叔叔，吐纳思先生也和你一样喜欢亲男人吗？”

我吓得不知所措。史蒂芬和谢莉都觉得女孩们年纪还太小，因此不适合对她们太早进行性教育。

而且，她说的到底是什么意思？“你为什么让那个东西进来？”

1.

莉莉安·斯莫

塞尔娜是老年痴呆症日托中心的一名看护。在鲁宾还走得动路的时候，我常送他来这里休养。塞尔娜的丈夫卡洛斯也是一名老年痴呆症患者，因此她常用这个病症的开头两个音节“艾尔”[①]来简称她丈夫的病情，就好像这个病是一个独立的个体一样。每天早晨，当我和鲁宾到达日托中心的时候，她都会问我：“莉莉，你觉得今天艾尔会干点什么？”然后她会挑出一件艾尔“让”卡洛斯做的令人啼笑皆非的事情来讲给我听，比如他把她所有的鞋子都用报纸包起来了，以免它们着凉，或是他把自己每天来日托中心休养形容为“来上班”等。

她甚至还以这个为主题写过一些文章，发表在自己的一个名为“艾尔、卡洛斯和我”的博客上，并因此得过几个奖项。

也许是受到了她的影响，我也开始习惯于称鲁宾的病症为“艾尔”。我想，这么做确实给我带来了一丝希望，就好像那个真正的鲁宾还存在于他心底的某个地方，正在伺机等待从艾尔手里夺回自己身体的控制权似的。我知道，这么想并不理智，但它起码能够让我不再去抱怨鲁宾浪费了我们说好要一起安度的晚年。于是，艾尔便成了他的替罪羊，也就成为了我每日咒骂的对象。

几年前，为了搬到费城去与女儿同住，塞尔娜不得不把卡洛斯送进了一家护理机构。我们也因此失去了联系。可我无时无刻不在想念她，想念大家在日托中心里度过的日子。因为只有在那里，我才能够找到

①“艾尔”：老年痴呆症的英文全称是“Alzheimer’s Disease”。

真正理解我遭遇的人。我们经常会拿患病的配偶或父母做出的疯狂举动来开些善意的玩笑。记得有一次，我讲了一个有关鲁宾非要在裤子外面套上四角裤、就好像要去试镜老年版超人的故事，塞尔娜听了之后笑得前仰后合。我知道这并不可笑，但笑往往是疗伤最好的药物，难道不是吗？要是你连笑都笑不出来，那就只能哭了。所以，我对此一点儿都不感到内疚。

随着鲁宾病情的加重，我已经没有办法再扶着他散步去到日托中心了。即便如此，我也从没有想过要把他送到养老院里去。这不光是费用的问题。我自己就曾经在养老院住过，那里面的气味实在是让我忍无可忍。所以我最终还是决定要自己想办法照顾他。我懂事的萝莉一有空便会过来尽其所能地帮我分忧解难，在我实在忙不过来的时候，还可以请贝琪和中介介绍的保姆过来帮忙。不过，我不怎么找中介，因为他们的人员流动性太大了，你永远不知道他们下一个派来的会是什么人。

说实话，我并不是一个吹毛求疵的人，每天能够勉强度日我就已经觉得心满意足了。听说，有些老年痴呆患者会得妄想症，尤其是在他们丧失了辨认人的脸部特征的能力后，总以为家人或护工想要囚禁他们。好在鲁宾向来都很平和。除此之外，他也不喜欢四处闲逛，只要我陪在他身边，他就不会想要到外面去走走。鲁宾的病情恶化得很快，不过，即使是在情况最糟糕的时候，只要他看到我的脸、听到我的声音，便会逐渐恢复冷静。唯一不如意的是，他总是做噩梦。不过话说回来，他从年轻时起便一直都是个梦想家。

我挺过来了。

而且我有着属于自己的珍贵记忆。

鲁宾和我是幸福的。有多少人的婚姻能真的做到这一点呢？萝莉过去常订的一本杂志上曾经写道，伴侣间最完美的关系就是视彼此为挚友（哦，我是多么讨厌这个词呀！挚友，听上去可真有点冷血，不是吗）。我和鲁宾就是这样的"挚友"。自从小萝莉出生以后，我们的生活就更加完美了。我们像所有正常的家庭一样相亲相爱，循规蹈矩地过日子。每天晚上，我们全家都会围坐在一起吃晚餐（虽然鲁宾不信教，但我们还是保留了过安息日的传统）。鲁宾是个好丈夫，同时也是个有担当的男人。在萝莉离开家去纽约上大学后，我曾经一度患上了空巢综合征[1]，精神状态总是萎靡不振。为了缓解我的情绪，鲁宾出乎意料地提出要带着我开车去得克萨斯玩，还说要和我一起玩遍那里的大城小镇！患病之前，他是个非常幽默的人，每当有什么事情发生，我们总会开着玩笑安慰彼此说："至少我们还去过巴黎和得克萨斯。"

不过，即使在老年痴呆症夺走鲁宾的活力之前，我们的生活也不是一帆风顺的。谁一辈子不会遇到点磕磕绊绊的事情呢？萝莉在大学里突然变成了失足少女，而我的乳房里则被发现长了一个肿块，鲁宾的母亲又和她在佛罗里达认识的那个年轻男人之间产生了纠缠不清的暧昧关系。不过，我们全都手牵着手熬过来了。

当萝莉告诉我们她怀孕了的时候，是鲁宾提出要搬到布鲁克林去的。他大概看出来了我是多么担心萝莉无法一个人抚养孩子。那时候，萝莉的事业刚刚起步，是最需要家人支持的时候。我至今都还记得，当她邀请我们去看她在纽约时装周的处女秀时，我们是多么的骄傲和

①空巢综合征：常发生在独居的父母、老人之中的一种精神萎靡、顾影自怜的精神状态，多半是由于子女成年后离家生活、工作和学习而产生的。

自豪！尽管台上许多的模特都是男扮女装，让鲁宾大跌眼镜，不过我们也不是思想那么保守的人。而且，鲁宾热爱纽约，是一个实实在在的城市人。早在他还是一个代课老师的时候，我们就常常外出旅行。所以，到处奔波、四处为家的生活状态对我们来说不足为奇。“莉莉，让我们逆流而上，搬到城市里去吧。”实际上，对于鲁宾来说，住在哪里并不重要。在我的眼里，他是一个热爱阅读的书虫。不管是虚构类小说、纪实类小说还是历史书，他都爱不释手。因此，他的大部分时间都花在了书房里，因此住在哪里就显得不那么重要了，不是吗？这也是艾尔的阴险之处，因为老年痴呆症第一个夺走的，便是鲁宾阅读的能力。为了不让我担心，鲁宾一直都不敢让我知道他的病情。现在，每当我想起他坐在床上假装翻着书页，却一句也读不下去时，就会觉得很心痛。在他被确诊后的几个月里，我逐渐发现他的病情越来越严重了。在他的内衣橱里，我找到了一沓索引卡片，上面写满了他的备忘录，其中一张上面写的竟然是“鲜花”。我的心都碎了。四十五年来，他每周五都会为我买一束花，从没有间断过。而现在他却需要把买花这件事写在纸上来提醒自己。

对于要搬到萝莉那里去，我其实有点紧张。这倒不是因为我不想离开家，毕竟鲁宾和我都不善交际，而且我们仅有的一些老朋友也纷纷搬回佛罗里达去过冬了。虽然我们已经卖掉了位于弗莱明顿[1]的老房子，但由于当时房市不景气，所以并没有赚到多少钱，因此根本就买不起公园斜坡或者布鲁克林高地那一带的房子，更别提是租住了。萝莉居住的区域人员混杂，虽然里面有一个很大的犹太人社区，但是附近还住着很多多米尼加人。鲁宾一看到他们就满心的不痛快，这也许

①弗莱明顿：新泽西州的一个城市，距离华盛顿和纽约不远。

与他的东正教背景有关吧。萝莉千辛万苦地帮我们在公园附近找到了一间不错的小公寓，步行五分钟就可以到达她在贝里街的阁楼公寓。我们的隔壁邻居岁数比我们还要稍大些，女主人名叫贝琪。我和贝琪一见如故，并一直相互照应着彼此。我们都十分热爱做针线活，贝琪尤其喜欢做十字绣。除此之外，我们还总是经常一起看电视。起初，鲁宾对她老来我家打扰感到颇为不满，加之贝琪又是个烟鬼，他对她就更是缺乏好感了。不过，倒是贝琪介绍他到成人教育中心去做志愿教师的。当然，他在患病后不得不放弃了那份工作。当然，关于辞职这件事，他也瞒了我好一阵子，还总是找一些类似于不想出门或是想帮我照顾鲍比之类的理由来搪塞我。哦对了，当鲍比还是个婴儿的时候，照顾他简直就是我最大的乐趣！那几年里，他就是我们全家生活的中心。萝莉每天早晨都会在上班之前把他送过来。若是天气晴好，鲁宾和我便会带着他去公园散散步。他和所有的孩子一样惹人喜爱，而且非常的聪明。虽然说只要有他在我们便会手忙脚乱，但他的存在对我们来说就像是生活中的一道阳光！

鲁宾患上老年痴呆症的时候只有七十一岁。而对于他的病情，我一直都在向萝莉隐瞒，想让她以为鲁宾是因为岁数大了才变得古怪了起来。可她一点都不傻，还是通过鲁宾的健忘和胡言乱语看出了端倪。

记得就在鲍比两岁生日的那天，我做了萝莉最喜欢的巧克力蛋糕，和鲍比一起围坐在蛋糕边准备吹蜡烛。不料鲁宾突然没头没脑地说了一句："别烧到孩子，别烧到孩子。"然后就无所顾忌地大哭了起来。于是，我终于不得不把事情的真相告诉了萝莉，说鲁宾早在六个月之前就已经被诊断患上了老年痴呆症。

萝莉当时吓坏了，还为此难过了好一阵子。但是她事后对我说了一句让我永生难忘的话："妈咪，我们一定会熬过去的。"

我很内疚自己还得让她来帮我分担这份痛苦。我们搬到这座城市里来本是想帮她照顾鲍比的，现在反而轮到她来照顾我们了。从那以后，虽然萝莉既要工作又要照顾鲍比，但一有空就会来看望我们。鲍比当时年纪还太小，并不知道外公生病了，好在鲁宾的奇怪言行对他好像并没有产生什么负面的影响。

哦，埃尔斯佩思，在我听说了鲍比还活着的消息之后，我都不知道自己是怎么熬过来的！我为自己不能够马上飞到迈阿密去，好好地陪在他的病床边而感到深深的自责！也就是在那个时候，我才突然发现自己原来是这么地痛恨老年痴呆症，痛恨它在我最需要帮助的时候夺走了鲁宾。我不是想要博得别人的同情，我也知道这个世界上还有很多人比我的境况还要差。但我仍然忍不住去想，这接踵而至的灾难似乎在惩罚我做错了些什么。先是鲁宾，接着是萝莉，那么下一个又会是谁呢？

时间飞逝，我已经记不清楚日子是怎样一天天过去的。家里的座机电话一直响个不停，都是报社记者和电视台的人打来问东问西的。最后，我不得不停用了座机电话，改用萝莉留给我的一部手机。可他们不知怎么又弄到了我的手机号码。

每天，我只要一出门，便会被无数台的照相机包围。那些记者不厌其烦地问我："你现在感觉怎么样？""你是否一直都有预感鲍比会活下来？"他们还想知道鲍比近况如何，治疗的效果如何，以及他最近吃了些什么，何时回家，诸如此类。他们还央求我给他们提供一些鲍比和萝莉的合影。我真不知道他们是从哪里找到了一张鲍比第一天上学时的照片。我怀疑是莫娜给他们的。虽然我从没有站出来质问过她，但我知道，除了她不可能再有别人会有那张照片。哎，更别提好莱坞的那些广告商和制片商了！他们居然想要从我这里购买拍摄鲍比生平故事的版权。他才只有六岁呀！不过，钱并不是我考虑的问题。虽然少女航空公司在事发后便破产了，但至少保险公司还是会支付保险金的。萝莉生前的生活虽不困难，但也并不富裕。她本想用自己的积蓄给我和鲁宾在佛罗里达买一间房子的。不过我们现在也用不上了，不是吗？

实际上，也不是所有人都是来看热闹的。还是有很多好心人给我们留下了礼物或者寄来了信件，尤其是其中一些同样曾有过丧子经历的人写来的信件，让我读起来更加感同身受。最后，我不得不停止阅读那些来信，因为它们让我的心都碎了，我实在是承受不起。

在事发前，鲁宾的妹妹从来也没有来照顾过他一天。可现在她却一天三通电话地来关心我准备怎么为萝莉准备后事。可是，我可怜的小鲍比还躺在迈阿密的医院里，我哪还有心思去管那么多呢？幸亏当时所有的航班都禁飞了，不然他妹妹肯定会飞过来插上一脚的。

上帝保佑贝琪，事情刚发生的那几天里，是她承担起了照顾我们老两口饮食起居的任务。除此之外，我家每天都会有很多人进进出出，这其中既有好心的街坊四邻，也有鲁宾在成人教育中心教过的学生，还有萝莉的大学同学。他们不论是黑人、拉美人还是犹太人，都纷纷向我们伸出了援手。不过，红十字会的顾问夏尔曼还是会时常帮我留意，以防其中有伪装的记者前来打探消息。

与此同时，贝琪联系到了一名犹太教士。虽然他知道我们老两口都不信教，但仍然十分乐意帮我们筹办萝莉的追悼仪式。只不过，在萝莉的尸体还没有被返还之前，我们暂时还没有办法考虑葬礼的事情。话说回来，我从来也没有想到，自己居然会有白发人送黑发人的那一天！

就在我们听说鲍比幸存的消息后的第三天晚上，鲁宾和我独自待在家里。我坐在床上，一阵阵绝望和孤独的感觉涌上心头，让我有种生不如死的感觉。埃尔斯佩思，我真的没法形容那种感觉。可是我知道，尽管我并不确定自己是否有足够的勇气面对未来的生活，但是为了鲍比，我必须坚强起来！不知道是不是鲁宾也感受到了我的痛苦和挣扎，突然间，他居然伸出手来握住了我的手，还轻轻地捏了一下。我望着他的眼睛，就在那么几秒钟里，我看到了那个原本的鲁宾，那个曾与我共度风雨的鲁宾。他的眼神仿佛在说："加油，莉莉，别放弃。"可是很快，那种神情便从他的脸上消失了，他又回到了缥缈的痴呆状态。

可就是那么短短的几秒钟，却给了我无穷的力量。

夏尔曼知道我一直都对于自己不能陪在鲍比身边而感到自责，于是设法联系了鲍比的心理医生潘考斯基大夫。她帮了我很大的忙，安慰我说，鲍比不久便能回家了。她还说，核磁共振结果显示，鲍比的身体并无大碍，而且他已经开口说话了，话虽不算多，但他似乎已经意识到了发生了什么事情。

当鲍比终于获准可以回家的消息传来时，纽约市长助理特地来看望了我。他是一个非常和善的非裔青年。"斯莫太太，鲍比能够幸存下来真的是一个奇迹。"他是这样说的，"作为一个纽约市民，我向您保证，全市人民都会给予他最大程度的支持和帮助的！”除此之外，他还在我家大厦的门外安排了一个警亭，以防媒体的关注打扰我们的生活，并安排了一辆豪华轿车送我到肯尼迪机场去接鲍比。

鲍比回家的那一天，是夏尔曼陪我前往机场的。而贝琪则和一名护工留在家里照看鲁宾。一路上，我甚至感觉比当初举办婚礼的那一天还要紧张！

鲍比乘坐的专机停靠在了肯尼迪机场的一个特殊区域里。那里平常是专供载有政客和特殊人物的飞机起降的地方。也就是说，我终于可以摆脱媒体记者的跟踪了。在候机室里，他们给我找了一个座位。尽管在场的所有工作人员都努力地克制住自己不要盯着我看，但我还是能够感觉到他们好奇的眼光。那几天，我为了整理鲍比的房间，一直没来得及好好整理自己的外表，因此觉得特别的害羞。在漫长的等待过程中，夏尔曼一直拉着我的手。我真的不知道，要是没有她的陪伴，我这一路将怎样走过来。所以，我至今还跟她保持着密切的联系。

那一天，纽约的天气十分的寒冷，但天空却也显得格外的湛蓝。飞机缓缓降落的时候，我和夏尔曼不约而同地从椅子上站了起来。印象中，飞机过了很久很久才打开了舱门。我看到，我的小鲍比牵着一名年轻女士的手从台阶上一步一步地走了下来。后来我才知道，那位年轻的女士就是潘考斯基大夫。上帝保佑她。她看上去太年轻了，一点都不像是一位心理医生。不过，对于她对鲍比的关爱和帮助，我一直感激不已。当时，鲍比身上穿着的是医院给他准备的暖和的新卫衣，一张红扑扑的小脸被埋在了卫衣大大的帽子里。

我赶紧迎了上去。“鲍比。”我轻声唤道，“是我呀，外婆。”

他抬起头来看着我小声说道："外婆？"听到他依旧稚嫩的声音，我当场泪如雨下，忍不住伸出双臂紧紧搂住了他，轻抚他的小脑袋，简直不敢相信他真的好端端地站在我的面前。

埃尔斯佩思，从我把他揽进怀里的那一刻起，我仿佛能够感受到体内闪过了一道光。我也说不清楚那是什么感觉。不过我知道，无论我的萝莉出了什么事情，无论我的鲁宾出了什么事情，只要我还有鲍比在身边，一切就都会好起来的。

2.

莫娜·格拉德维尔自称是萝莉·斯莫最好的朋友。她于 2012 年 4 月通过网络视频电话接受了我的采访。

你瞧，萝莉是我最好的朋友。我并不是故意想要诋毁她的名誉，我只是希望人们能够知道关于她和鲍比最真实的故事。别误会我，萝莉是个很特别的姑娘，也为我做过许多事情，但她有时候……有点怪里怪气的。

萝莉和我早在高中时期就认识了。当时我只有十五岁，刚刚跟随父母搬到弗莱明顿市，和萝莉一见如故。表面上，萝莉是大家眼中典型的好学生，不仅学习好，而且十分谦和，从来不惹麻烦。不过，连她父母都不知道的是，她私下里还过着另一种生活。吸大麻、酗酒，与男孩子们暧昧不清，和一般的高中生没什么两样。那时候，鲁宾是学校的美国历史老师，因此萝莉很注意维护他的名声。在学生心中，鲁宾是一名好老师，也没有人喜欢故意与他作对。他只是大家口中的“斯莫先生”而已，虽然称不上是很受欢迎，但在讲故事方面倒是很有一套。平日里，他寡言少语，看上去有点高傲，但实际上非常有才华。要是他知道萝莉背着她酗酒鬼混，肯定是不会轻饶她的。

至于莉莉安嘛……我知道她从来都不喜欢我，还总是把萝莉在大学里惹的那些麻烦归罪于我。不过和我的父母一样，她人不坏。莉莉安一直是个家庭主妇，看上去也是乐得其所，每日不是做做针线活就是烧菜做饭，家中全部依靠鲁宾的收入过活，日子倒也还过得去。除了他们守旧的生活方式之外（你瞧，他们看上去就像是还活在上个世纪五十年代一样），他们的思想还是挺开明的。

毕业后，萝莉和我都决定要申请纽约大学。虽然学校离弗莱明顿只有一个多小时的路程，但莉莉安对此还是很不高兴。不久，萝莉便开始堕落了。她不仅频繁出入娱乐场所，还开始吸食可卡因。为了应付她父母的“突击检查”，我们俩设计了一整套周密的计划，一方面将合租的公寓清扫得干干净净，一方面还想办法将她身上的大部分文身遮挡了起来。不过，还是有一处文身怎么遮也遮不住。当然，莉莉安发现后暴跳如雷，坚持要让萝莉跟他们回家去。所以，萝莉大学还没有读完便辍学了。戒毒后，萝莉回到了纽约，做过不少工作：瑜伽老师、形象顾问、美甲师和调酒师。我就是在她工作的一个酒吧里认识我的第一任丈夫的。不过，我的这段婚姻和她的这份工作一样，都没有坚持多久。

不久，不知萝莉从哪里得来的灵感，突然想到要去上一门有关时尚设计的课程，还说服鲁宾和莉莉安帮她支付了学费（我都不知道他们老两口从哪找来的这么多钱）。我本来以为这依然会是个不靠谱的决定，但令我感到十分意外的是，她居然学得有声有色。在众多科目中，她最擅长的就是设计帽子，这也成就了她今后的事业。出色的成绩为她赢得了不少订单。没过多久，她就搬到了布鲁克林，租下了一间属于自己的工作室。在事业刚刚起步的时候，她还为我的第二次婚礼设计了一款礼帽，并且说什么也不肯要我的钱。

她是在做完那场品牌发布会后，突然发现自己怀孕了的。“我要保住这个孩子。”她对我说，“我岁数不小了，以后可能都怀不上了呢。”

我怀疑，她是故意不告诉我孩子的父亲是谁。我可没说她是个放荡的女人，她只是比较喜欢享受生活而已。换句话说，稳定的恋爱关系对她来说并没有太大的意义。

她谎称自己接受了人工授精，以避免莉莉安为此大为光火。我真不敢相信她真的是这么说的，这让人感觉很不舒服。不过，她却觉得这样做对大家都有好处。当我听说，那个牧师在鼓吹鲍比不是人类的孩子，而是通过某种人工手段造就的时候，我觉得我必须要站出来说出真相了。不过，这种流言很快便会不攻自破的。谁会把这种鬼话当回事呢？

怀孕期间，萝莉突然开始信起教来。她总是说，等鲍比长大了，就要把他送到犹太教的学校里去，还要让他去参加什么犹太人的教堂集会之类的。她自嘲说，自己这是患上了“犹太母亲综合征”。不过这种状态并没有维持太久。我本以为她听说了鲁本和莉莉安要搬来布鲁克林的消息时会生气，没想到她反而觉得很开心。“莫娜，这没准是件好事。”没错，在鲁宾生病之前，鲍比年纪还小，莉莉安确实能帮上不少的忙。然而，随着鲁宾病情的加重，萝莉反而变成了那个要去照顾别人的人。不过，她倒是很擅长顾家。而且，从另一个方面来看，这事也让她成长了不少。我很羡慕她那浑身的干劲。只是……虽然这么说可能不太合适，但她有时候可能也会想，让莉莉安和鲁宾搬回佛罗里达去，好让她能松口气。如果她真的是这么想的，我也不会怪她，毕竟她要应付的事情实在是太多了。

至于鲍比嘛……虽然我不想这么说，但是我愿意对上帝发誓，他在空难后就像是变了个人似的。我知道，我知道，这有可能是由于惊吓过度所造成的。但是，在空难发生之前……当他还是个蹒跚学步的婴儿时……你看，我也不知道该怎么说了。他从小就是个愤怒的小孩，每天能发上好几通脾气。在看了一部叫做《天魔》的电影后，我用片中撒旦之子的名字“达米安”来戏称鲍比，惹得萝莉很生气。在鲍比两岁多的时候，鲁宾的病情越发地严重了，所以萝莉陪伴鲍比的时间也开始变得越来越少。不过，萝莉平日里对鲍比可是宠爱有加，有求必应，我大概是唯一一个敢跟她唱反调，说她这么做会害了孩子的人。我并不是说她是一个坏妈妈。她当然不是。她是如此地爱他。尽管事实如此，我还是不知道鲍比究竟是被惯坏了，还是像我妈妈说的那样——天生就是个坏坯子。

萝莉一直希望鲍比上学后能够变得安分一些。她家附近刚刚开设了一所艺术类的公立学校，于是她二话不说就决定要送他到那里去上学。可这似乎并没有起到什么作用。鲍比刚上学几天，萝莉就被老师叫到了学校，说他在融入集体方面似乎有些困难。

鲍比四岁多时的某一天，萝莉要去见一个大客户。她本想让莉莉安来帮她看孩子的，但她却因为要带着鲁宾去看一个新医生而无法脱身。于是，萝莉将照看孩子的重任交给了我。当时，我住在卡罗尔花园的一间公寓里，家里还有一只未婚夫送我的可爱小猫，名叫香肠。长话短说，我将鲍比留在客厅里玩耍，自己去冲了个澡。正当我在吹头发的时候，突然听到厨房里传来了一声凄厉的尖叫声。我发誓，我从没有听到过动物能发出如此惨烈的叫声。等我冲到厨房里的时候，看到鲍比正抓着香肠的尾巴，忽左忽右地甩来甩去。当时，他脸上的表情就好像在说：“哎呀，真好玩。”我气坏了，毫不客气地上去狠狠打了他的屁股。不料，他一下子就摔倒了，额头磕在了厨房的流理台上，顿时鲜血直流。我来不及多想，飞快地把他送到了医院的急诊室里去缝针。令我感到意外的是，在去往医院的路上，鲍比既没有哭，也没有丝毫想要退缩的意思。为此，萝莉还和我闹了好一阵子的别扭。不过，我们很快就和好如初了。毕竟，我们对彼此实在太熟悉了。不过那也是她最后一次请我帮忙看孩子。

可令人匪夷所思的是，空难过后，鲍比就像是脱胎换骨了一般。

3.

下文摘自保罗·克拉多克的《保卫杰西：我与一个幸存儿的劫后余生》第三章（曼迪·所罗门合著）。

杰西回国休养的消息引起了媒体极大的关注。说实话，这是我从未料到的事情。三个孩子的奇迹生还迅速成为了全世界近十年来最大的新闻。在大西洋的这一边，英国民众对于杰西近况的好奇心似乎是难以抑制的。狗仔队和小报记者们眼看着就要在我家大厦的楼梯上长久地安营扎寨下去了，而医院则更是被各路媒体围了个水泄不通。杰瑞甚至警告过我，千万不要在手机里聊到有关杰西的任何事情，以防电话被人监听。

不过我必须得说，民众给予杰西的支持也是前所未有的。许多好心人专程为她寄来了明信片，还有人在医院外面为她留下了字条、鲜花、卡片以及成堆的毛绒玩具，以至于东西多到把路边的栏杆都遮住了。这些善良的人们都希望通过这样的方式来表达他们对杰西的关爱之情。

与此同时，我与玛丽琳以及其他亚当斯家庭成员之间的关系在日益恶化着。说实话，我实在是无法忍受玛丽琳那副不断催促我交出史蒂芬家钥匙的嘴脸。是从 1 月 22 日那天开始的。那一天，我无意间听到了小杰与杰西的主治医生在办公室里的谈话。那时候，杰西还尚未苏醒过来，可医生们却怎么也无法在她身上找到任何认知功能受损的迹象。

“你们为什么还没法让她醒过来？”小杰一边质问着，一边用他那布满尼古丁污渍的手指着医生的脸。尽管他如此粗鲁，医生还是再三向他保证，他们会尽一切努力让杰西尽早醒过来的。

“是吗？”小杰冷笑着问道，“要是她最后变成了植物人，你们就等着照顾她一辈子吧。”

我再也忍不了了。不出我所料，亚当斯一家最终还是露出了他们的狐狸尾巴。虽然我不能阻止他们来探望杰西，但我明确向他们表明了，自己是绝对不会允许他们把杰西接走的。我立即联系了谢莉的律师，并请她将谢莉和史蒂芬签署的监护人授权书拿给亚当斯一家看。

第二天，这个消息便登上了《太阳报》的头版。可标题却变成了“保罗对杰西外祖母下驱逐令”。

我不得不承认，《太阳报》的摄影师技术可真不赖，把亚当斯一家惺惺作态的模样呈现得清清楚楚。照片里，玛丽琳看上去一脸容光焕发，两个儿子和他们的一大群子女围坐在她的身边，让整个画面看起来就像是一幅宣传节育的广告一样。从报道里能够看出，玛丽琳一点都不害怕把自己的想法公之于众。

“这不公平。”玛丽琳说，“保罗是个同性恋演员，他的生活方式是非常不健康的。和他相比，我们全家都是积极向上的好公民。因此，杰西自然是和我们生活在一起比较好。”

《太阳报》当然是不会错过这样一个炒新闻的好机会。他们设法找到了一张我去年参加同性恋游行时的不雅照。照片里，我穿着一条粉红色的芭蕾舞裙，和我那时的男朋友杰克逊牵着手笑得十分开心。而这张照片被端端正正地和亚当斯一家的大头照摆在了一起。

故事很快便在各大媒体上传播开来。不久，其他小报也想方设法获得了我的一些私照。不用想也知道，这些照片肯定是他们从我的朋友（或者说是以前的朋友）那里买来的。当然了，我并不怪他们借机生财。他们中很多人都和我一样，只不过是穷困潦倒的艺术家而已。

一次，玛丽琳和我同时受邀参加了罗杰·克莱斯德尔的节目。局势从此开始对我更加不利了。事实上，杰瑞曾经警告过我不要去，但我就是不甘心让玛丽琳一味宣传自己的一家之言。几年前，我曾在一次媒体开播仪式上遇到过罗杰·克莱斯德尔，而且我也看过他的几期早间时事节目。据我了解，他对于争名夺利者一向都很排斥，所以我天真地以为他会站在我这一边。

录影的那一天，演播室里似乎弥漫着一种浓浓的期待情绪。很明显，观众们都在等待着一场好戏的开演。他们是不会失望的。诚实地讲，起初我以为局势会按照我设想的方向发展。玛丽琳慵懒地窝在演播室的沙发上，含含糊糊、口齿不清地回答着罗杰类似“你为什么不积极找份工作呢”之类的。接着，他把那双具有穿透力的眼睛转向了我。

“保罗，你有过任何照看孩子的经历吗？”

我告诉他，早在杰西和波莉还在襁褓之中的时候，我就一直帮忙照料孩子。我还反复强调，史蒂芬和谢莉已经选了我作为杰西的监护人。

“他就是想要那座房子！他是个演员！他在演戏！他根本就不在意那个孩子！”玛丽琳尖叫着。不知为何，她的话居然还引来了观众的一阵热烈掌声。罗杰停顿了几秒，待观众们冷静下来后，向我抛来了一个重磅炸弹。“保罗……你是否曾经有过精神病史？”

观众席再一次哗然了，连玛丽琳看起来也十分激动。

面对这个突如其来的问题，我根本毫无准备，只好结结巴巴地解释道那不过是一段陈年往事罢了。

当然了，这条爆料又滋生了无数条耸人听闻的头条新闻，每一篇都顶着类似“照顾杰西的人是个疯子”之类的标题。

我简直就快要崩溃了。谁会希望自己被媒体写成这副德行呢？我大概只能怪自己太口无遮拦。从那以后，我一直都因无法和媒体搞好关系而遭人诟病，甚至还有记者形容我为“沽名钓誉的浪荡公子”或是“极端利己主义者和自恋狂”。可不管媒体怎么诋毁我，我的心里都只装着杰西的安危。为了能够全身心地照顾她，我把未来一段时间内的工作全部都推掉了。说实话，要是我想通过她来赚钱，我早就是个百万富翁了。可钱对我来说完全不是问题。当时，谢莉和史蒂芬的人寿保险已经全部都可以兑现出来了。我还打算将他们所获的赔偿金一并存入杰西的信托基金里。这样，她未来的生活就有保障了。简而言之，我每天早上出现在晨间节目里并不是为了赚钱，而只是单纯为了要澄清问题。这事不论是换做谁，应该都会这么做的吧。

可想而知，我要应付的事情实在太多了，但杰西永远是我生活的重中之重。虽然她身上烧伤的痕迹已经逐渐愈合，身体其他部分也并无大碍，但是她依旧躺在病床上没有任何反应。看来，我必须要考虑一下如何安排她未来的起居生活了。

老天不负有心人，杰西终于苏醒过来，并且能够开口说话了。她的主治医生卡萨比恩医生建议我，将她转移到一个熟悉的环境里继续疗伤。也就是说，我们终于要搬回史蒂芬在奇瑟赫斯特的家了。

第一次回到这里让我感觉痛不欲生。从墙上的婚礼照片到孩子们的学校合影，再到车道上那棵史蒂芬还没有来得及扔掉的干枯的圣诞树——这里的所有摆设，都在时刻提醒着我和杰西，这个曾经完整的家庭如今已经不复存在了。我狠狠关上了大门，将外面那些小报记者唧唧喳喳的喊话声锁在了外面（没错，他们在我接杰西回家的路上一路都在尾随着我们）。

可不管怎么说，我都必须鼓起勇气面对这一切。是的，为了杰西，我必须要坚强起来！我缓慢地在房子里踱着步。书房中，一张我与史蒂芬的童年合影仿佛又触动了我脆弱的神经。照片中那个矮胖的、牙齿参差不齐的小男孩就是我，而身旁那个瘦削的、表情严肃的小男孩则是他。单从外表上看的话，你肯定猜不出我们俩是双胞胎，何况我们俩的性格也是大相径庭。我从八岁起就一直很有表现欲望，而史蒂芬却从来都不善交际，性格相对沉静。尽管我们在学校里的交际圈不同，但我们的关系一直都非常亲近。在他遇见谢莉之后，我们之间的感情就更加深厚了，因为谢莉和我也是一见如故，打得火热。

带着这颗破碎的心，我强迫自己在这栋房子里过了夜。除此之外我又能怎么办呢？为了杰西，我必须得让自己习惯。那一夜，我几乎彻夜难眠。可当我好不容易睡着了，又梦到了史蒂芬和谢莉。那梦境真实得就好像他们还在这里陪伴着我，久久不愿离去。

直到今天，史蒂芬和谢莉的尸体也没有被找到。波莉的也一样。从某种角度来看，这也许是一件好事。与其要特意奔波到葡萄牙的某个停尸房里去辨认他们惨不忍睹的尸体，还不如让我的记忆停留在与他们共进最后一顿晚餐的时刻。我记得，那一晚，波莉和杰西一直在桌边嬉笑打闹着，而史蒂芬和谢莉则在聊着他们最后一分钟才决定下来的假日旅程。多么幸福的一家子呀！

经历了这么多的磨难，若是没有梅尔、杰夫以及“277互助会”的所有好心人的帮忙，我都不知道日子会变成什么样子。要知道，这些人也在这次事故中以最悲惨的方式失去了自己挚爱的亲友，可他们依然没有忘记要竭尽所能地来为我打气撑腰。在我搬家的时候，梅尔和杰夫还特意过来帮了忙，并帮我一起考虑该如何处置那些温馨的家庭合影。最终，我们一致同意先把这些照片保存起来，直到杰西能够彻底接受她的父母和姐姐已经离世的事实时再拿出来。从某种意义上说，梅尔和杰夫就是我的坚实后盾，我打心底里感谢他们。

亚当斯一家的怒火以及那些小报记者的恶语相向并不是我要应付的唯一麻烦。事实上，那些肆意蔓延开来的阴谋论故事才更让我感觉到人言可畏。梅尔对此也是大为光火。虽然从表面上看不出来，但她的骨子里却是一名忠诚的天主教徒，因此自然会对这个宗教背景的阴谋言论颇为反感。

虽然仅存的几具遇难者遗体要在验尸结束后才能被返还英国，但相关部门决定尽快为277次航班的遇难者组织一场公开的追悼仪式，“277互助会”的每一个人都知道，是时候该给自己的悲痛找一个节点了。那时候，杰西还在医院的病床上昏迷不醒。据悉，调查人员仍未找到引起这四起事故的真正原因，不过恐怖袭击的可能性已经被排除了。我并不想过多地关心调查的进展，因为那样只会让我更难过。但是我也听说，他们怀疑事故与雷暴引起的湍流有关，而且经过事发区域的其他航班也曾受到过类似的影响。梅尔告诉我，她曾看过一段影片，拍摄的内容是海军潜艇前去坠机地点的海底寻找黑匣子的画面。她说，画面中的海底是那么的平静，飞机的中段看上去并没有遭到很大的破坏，而是安安静静地躺在了这座海底坟墓里。如今，她唯一用来安慰自己的念头便是希望坠机是发生在一瞬间的，这样的话她的罗琳就不会被等死的念头折磨。如果真能如此，和那些可怜的、还有时间留遗言的日本航班乘客相比，他们起码死得没有那么痛苦。我明白她的意思，但我还是不忍心那么去想。

追悼仪式的举办地是伦敦的圣保罗大教堂[①]，而特拉法加广场[②]上还会同时举办一个公开的祭奠仪式。我知道，亚当斯一家这次肯定是会带着他们最爱的《太阳报》记者一起出席的，因此心里觉得格外紧张。

这一次，又是梅尔、杰夫以及他们的一大堆亲友为我解了围。在追悼会现场，他们一整天都与我形影不离。说实话，他们的家庭背景和谢莉家其实很像。男主人杰夫已经失业多年了，一家人就生活在距离亚当斯家不远处的一栋市建住宅里。因此，要是他们选择站在玛丽琳那一边，我一点也不会觉得奇怪，尤其是在媒体将我描绘成了一个“公立学校毕业的势利艺术家”之后。但是他们没有那么做。那一天，杰夫一家和亚当斯一家几乎是同时到达追悼仪式现场的（多巧呀？与会的人数少说也有几千呢）。梅尔指着玛丽琳的脸用充满鄙夷的语气说道：“今天你要是敢在这里惹是生非，我就把你赶出去，你听见了没有？”尽管玛丽琳强装镇静，但她头上的那块像蜘蛛网一样的廉价网眼头巾却在愤怒地颤抖着。站在一旁的小杰和基斯想要站出来替她出头，却被梅尔和杰夫的长子加文瞪得不敢顶嘴。加文是一个光头的小伙子，体型健壮，看上去像是站在脱衣舞俱乐部门口维持秩序的凶悍保安。后来我才知道，他确实和黑道有些关系，也是个不容小觑的家伙。

我当时激动得真想上去拥抱他一下。

①圣保罗大教堂：世界五大教堂之一，也是世界第二大圆顶教堂。
②特拉法加广场：伦敦著名景点之一，是专门为纪念特拉法加港海战而修建的。

追悼仪式本身似乎并没有什么可圈可点的地方，不过其中有一个环节确实让我尤为动容，那就是凯尔文的朗诵。他朗诵的是威斯坦·休·奥登[1]的一首诗歌《把时钟停住》[2]。我想，凡是看过《四个婚礼一个葬礼》[3]的人一定对这首诗的内容印象深刻。老实说，诗词的内容本来是略显矫揉造作的，但由凯尔文这样一个梳着辫子的男子深情诵读出来，倒是平添了几分动人的情怀。当他读到“让飞机在头顶盘旋悲鸣”这一句时，周围安静得连一根针掉在地上的声音都能够听得到。

仪式结束后，我还没有踏出教堂的大门，便接到了卡萨比恩医生的电话。杰西终于醒过来了！

当我赶到医院时，惊恐地发现玛丽琳和亚当斯兄弟居然也站在候诊室外面。不知他们是怎么得知杰西已经脱离了昏迷状态的。我猜，大概是医院里的某个护士给他们打的电话吧。

卡萨比恩医生自然也知道我们不和，于是再三叮嘱我们说，杰西现在还承受不了太大的打击。玛丽琳很不情愿地答应会保持缄默，并让两个儿子在病房外面等她。医生这才同意带我们去看孩子。玛丽琳头上的网眼头巾还在颤抖着，为了不让我先她一步靠近病床，她一把推开了我。

“是我，杰西。”玛丽琳说，“是外婆。”

杰西茫然地望着她，然后转过头把手伸向了我。我本以为她认出了我们，但她的眼中却一点生气也没有。我不禁在想，此刻她眼中看到的我们应该都像是庞然大物一样的可怕吧。不过好在她当时还是分辨出了谁才是更可怕的。

①威斯坦·休·奥登：英裔美国诗人，毕业于英国牛津大学。
②《把时钟停住》：Stop All the Clocks。
③《四个婚礼一个葬礼》（Four Weddings and a Funeral）：英国一部著名的爱情喜剧影片。

4.

龙：你在吗？？？

消息记录 2012/01/21 22:30

千代子：我回来了。

龙：什么时候回来的？

千代子：五分钟前吧。

龙：你已经有 24 个小时音讯全无了。这一点也不像你……太奇怪了。

千代子：说的真好听。我不在的时候你在做什么？

龙：和往常一样。睡觉。吃了点东西，看了一集老片子——《欢迎来到日本广播协会》，不过没什么意思。还有，嘿……你说谎了。

千代子：你什么意思？

龙：我在电视上看到你了。你真漂亮。嗯……你看上去有点像独人叶月。

千代子：……

龙：对不起。我并不是有意这么说的。原谅我这个傻乎乎的宅男吧。(<^_^>)

千代子：你怎么知道那个人就是我？我身上又没戴着名牌。

龙：肯定是你。你站在宏的旁边，机器人叔叔站在你的身后。我说的没错吧？除了建二和宏的画面以外，出镜最多的就是宇利部长那个疯疯癫癫的老婆。就是相信外星人的那个。

千代子：宇利惠子。

龙：没错，就是她。所以说，那个人是你吗？

千代子：也许吧。

龙：我就知道！你不是跟我说，你从不赶时髦的吗？

千代子：没错。不过我不想再聊我个人的事情了。

龙：抱歉啦。所以，事情怎么样？

千代子：就是个追悼仪式而已，你觉得会怎么样？

龙：我是不是又惹你生气了？

千代子：嘿，我是冰雪公主。我永远是个坏脾气的女孩。你要是想听的话我就告诉你。你想要知道多少？

龙：我全都想知道。听着……我知道自己的这个要求可能比较过分，但是……我只是想问问你，你想进行网络视频吗？

千代子：……

龙：你还在吗？

千代子：我们还是像往常一样说话吧。

龙：听你的，冰雪公主。反正我现在知道你长什么样子了。你是逃不出我的手掌心了（wwwwwwwwwwwwww）。抱歉，坏笑够了。

千代子：好奇怪呀，现在你知道我长什么样子了，就好像是你比我多了某种权利似的。

龙：嘿！其实我早就告诉你我的真实身份了。你都不知道我隐瞒得有多辛苦。

千代子：我知道。我不是个偏执狂。

龙：我跟你说了很多我从没有跟别人提起过的事情。你可不能对我品头论足的，也不能把我当做是街头巷尾喜欢嚼人舌根的老太太。

千代子：怎么会呢？我们又不是住在同一个地方。

龙：你知道我什么意思。我相信你。

千代子：你知道我长什么样子了，可是我还不知道你长什么样子呢。

龙：你比我长得好看。(^_^)

千代子：够了！！！

龙：好吧。跟我说说，追悼仪式到底怎么样？有没有很情绪化？祭坛上……那些乘客的照片……看上去是要摆很长时间呢。

千代子：是的，大家的情绪都很激动。我是说，连我这个冰雪公主都不免动容了。526 条生命呀。我都不知道该从何说起……

龙：从头说起。

千代子：好吧……这么说吧，我们很早就出发了。父亲破天荒地请了一天的假，母亲大人说我必须得穿黑色的裙子，而且不能“太时髦”。我说，嘿，没问题，母亲大人。

龙：你看上去很美。

千代子：啧！

龙：抱歉。

千代子：仰仗机器人叔叔的地位，我们在富士山下的河口湖旁找到了一间小屋，这样我们就不必像其他遇难者家属一样，在追悼仪式结束后还要匆匆往回赶了。他们很多人都住在附近的度假村或者是富士山的一些旅社里。

千代子：我们住的地方是日式的，由一对老夫妇经营。他们的眼睛都没有离开过机器人叔叔。那个老婆婆频频地给我们倒茶，还滔滔不绝地给我们讲附近最好的温泉在哪里。就好像我们是去度假的一样。

龙：听上去倒很像是我的邻居。

千代子：是呀，劳劳碌碌的老人。我们到的时候还很早，晨雾弥漫，天气十分寒冷。母亲大人一路上都在念叨，还不停地指着富士山的方向，就好像在这种多云的天气里还能看得见山顶似的。到达小屋后，是机器人叔叔亲自出来迎接我们的。他是前一天晚上从大阪带着宏以及他实验室的助理姐姐一起来的。那个女孩现在专门负责照看宏的生活起居。我知道母亲大人对机器人叔叔很恼火，因为他带着刚出院的宏去了大阪，而不是来和我们住在一起。不过，她表面上还是装得和没事人一样。

千代子：机器人叔叔看上去比我印象中的要老多了。

龙：你觉得他以后年纪大了，会不会把他的分身机器人也设计成老人？

千代子：龙！你可从来都不会说这么难听的话的！！！

龙：抱歉。那宏呢？

千代子：我们刚到的时候，他还在楼上睡觉。那个助理姐姐一直在奉承着我的爸妈，还对着机器人叔叔傻笑。很明显，她大概把机器人叔叔看做是自己未来的夫婿了。当母亲大人、父亲和机器人叔叔到另一个房间里去谈话的时候，她就马上拿起了自己的手机疯狂地发短信。

龙：我想我可能也在电视里看见她了！头很大，脸色惨白，胖胖的。

千代子：你怎么知道那个人不是我？

龙：是吗？如果是的话，真的很抱歉。我并不是有意想冒犯你的。

千代子：那个当然不是我啦！

龙：o(_ _)o 原谅我这个白痴吧。

千代子：你真好骗。我父母和机器人叔叔一会儿便谈完话回到了这间屋子里来，于是我们又围坐在一起非常尴尬地聊了一会儿。“我得去叫宏起床了。”机器人叔叔说，“到时间了。”“让我去吧。”那个助理说。我就叫她白脸吧。白脸像个笨蛋一样鞠了一躬后快步离开了房间。接下来的事情简直是要把我笑死了。我们突然听到了一声惨叫，只见她慌慌张张地从楼上跑了下来，边跑还边喊着：“哎！宏他咬我！”

龙：宏咬她了？真的吗！！！

千代子：是她罪有应得。母亲大人说，宏可能做了个噩梦，所以醒来的时候格外害怕。我能看出他也不是很喜欢白脸。这让我甚至一度对他另眼相看。于是，只好换做机器人叔叔上去叫他起床。宏下来的时候，穿着一套黑色的小西装，睡眼惺忪。自从那件事发生以来，机器人叔叔就很少看着他或是和他说话了。

龙：这是什么意思？

千代子：我觉得他大概是觉得宏会让他联想起裕美姑妈吧，所以每次看到他都觉得格外的心痛。虽然宏长得并不像姑妈，但是没准他们母子俩的做事风格很像吧。我能接着说了吗？

龙：请。

千代子：宏抬头望着我们，一个人一个人地打量了起来。当他看到我的时候，居然挪过来拉住了我的手。我起初都不知道该作何反应。他的手指是那么的冰凉。母亲大人大概是很惊讶宏会选择亲近我，于是便想方设法地想要把他哄过去，可他就是一动也不动地靠着我。我还听到了他轻轻叹气的声音。

龙：你是不是觉得你让他想起了他妈妈？

千代子：也许吧。也许他发现房间里的其他人都是废物也不一定。

龙：！！！

千代子：接着，我们就开车去了追悼仪式现场。虽然我们到得已经很早了，但那里已经聚集了好几千人，其中还包括大批的记者和摄影师。当人们看到宏的时候，突然一下子就安静下来了。宏那时候还是不肯放开我的手。我甚至能够清楚地听到记者们按下快门的声音。有些人还恭敬地朝着我们鞠着躬，不过我也不知道他们是在向机器人叔叔还是向宏致意。成为众人瞩目的焦点真的是一种很奇怪的感觉，不过我觉得白脸一定觉得十分受用。父亲依旧是面无表情，而母亲大人却不知道该往哪里看。人群中自动让出了一条路，好让我们不用排队便能够直接上前去向姑妈的照片行礼。天气还是雾气蒙蒙的，空气中飘着很重的焚香味道。我是不是讲得很无聊？是不是细节太多了？

龙：不会的！我很感动！你应该当个作家。你的措辞很美妙。

千代子：真的吗？

龙：是呀。

千代子。哈！你应该把这句话跟判卷子的老师再说一遍！

龙：请继续。

千代子：我们站在前排的时候，身后的人潮中出现了一丝波动，一个身材矮小的女人朝我们走了过来。我并没有马上认出她是谁，过了一会儿才意识到她就是濑户机长的妻子。她岁数不小，至少有四十多岁了，不过本人看起来很漂亮。

龙：电视上播了这一段。

千代子：她赶到追悼仪式现场，说明她很勇敢。尤其是周围有那么多人都在说坠机是濑户机长的错。对此我表示很气愤。那些乘客的遗言不是也证明了机长在最后关头一直是保持着冷静并试图控制大局的吗。何况还有那个商人用手机拍摄的影片证实，机舱里当时充满了烟雾，很明显是出了什么机械故障。机长太太看上去很有气质，也十分冷静。她向宏鞠了一躬，什么话也没有说。我当时真希望自己能对她说些什么，比如她应该为自己的丈夫而感到骄傲之类的。可她转身离开了。我从此再也没看到过她。

龙：当时的气氛一定很紧张。

千代子：是的。剩下的你可能在电视上都看到了。

龙：你和首相说话了吗？

千代子：没有。他本人看起来又苍老又矮小，额头上的皱纹很明显。风吹起他的头发时你甚至能够看到他的头皮。

龙：！！！

千代子：嘿，你有没有听到机器人叔叔的致辞？他在致辞里说，裕美姑妈是他一生的挚爱。他今后会带着怀念之情把宏抚养成人。

龙：嗯，我听了。

千代子：说得我都快哭了。这不仅是因为他说的话，也是因为现场的氛围。我现在听上去像不像一个神经病？

龙：不会的。就算我待在那个乱糟糟的屋子里也能感受得到那种气氛。

千代子：从始至终宏都牵着我的手。我不时会低头看看他，而母亲大人和白脸则争先恐后地围着他转。好笑的是，宏却像根本就看不到她们一样。

龙：遇难的那个美国人的女儿也来致辞了吧？她的日语可真棒。

千代子：是呀。她妈妈留下的那条遗言……你觉得她到底想说什么？“那个男孩，那个男孩……”她是不是在死前看到了宏？

龙：我不知道。我英语不好，所以只读了翻译后的内容。不过两个论坛上有好多种推测呢。

千代子：你干吗浪费时间上那种网站？真的吗？他们怎么说？

龙：大概意思就是说，她肯定是看到鬼魂了。

千代子：哦，是吗？就好像她指的不会是其他什么东西一样——没准她指的是坠机的遇难者呢。人类真是白痴。

龙：你看到她的照片了吗？

千代子：哪一张？

龙：美国网站上的那一张——http://celebautopsy.net。是某个记者在封锁现场前偷偷混进去拍的。太恐怖了。

千代子：那你还看它做什么？

龙：我就是看到一个链接便点了进去……嘿……抱歉这么问，但你姑妈留下什么遗言了吗？

千代子：我不知道。机器人叔叔没有提过。就算她留下了，媒体也没有把它披露在杂志上。

龙：那……在祝福和致辞后，还有什么其他的环节吗？

千代子：没有了。我们开车回到了木屋。白脸坚持要让宏去睡一会儿，这次他倒是安安静静地跟着她去了。那一整天他都没有跟任何人说一句话。母亲大人说他还没有从创伤中恢复过来。

龙：是呀，那当然了。

千代子：晚些时候，白脸跑过来想跟我聊聊八卦，不过我给她翻了一个大大的白眼。她大概领会我的意思了，一整个晚上都在玩她的手机。机器人叔叔也没怎么说话。母亲大人试图跟他商量一下，在领回姑妈遗体后该如何处理，但也没有得到他的回应。

龙：我记得电视里说会进行火化？

千代子：是的。不过是两场，一场在这里，一场在大阪。姑妈是在东京出生的，但一直生活在大阪。所以机器人叔叔需要考虑到底要在哪里火化她的遗体。母亲大人坚持让他在回大阪之前，先回到城里和我们多住几天。

龙：真的吗？所以现在柳田建二在你家？？？现在吗？

千代子：对呀。不仅如此，宏也正在我的床上睡得正香呢。离我就只有不到一米的距离。

龙：那白脸呢？

千代子：母亲大人让她先回大阪去了。她说这里不需要她的帮忙了。

龙：我猜白脸肯定气坏了。

千代子：没错。那一瞬间，我突然觉得自己作为母亲大人的女儿很骄傲。

龙：我还有个问题，你不一定要回答……你去看过事故现场了吗？我听说很多家属第二天要求一起去看。

千代子：没有。他们确实安排了几辆大巴车，从河口湖车站出发，带着那些愿意去现场的家属前往事发地点。我也想去，但母亲大人和父亲想要回来。不过我今后有机会一定会去的。哦！我忘了告诉你。事后，那个救出宏的男人过来问候宏了。

龙：那个守林志愿者吗？

千代子：是的。

龙：他长什么样子？

千代子：嗯……他很安静，看上去是那种值得信赖的人。你能明白我的意思吗？我想说他看上去很保守。等一下，母亲大人给我打电话。我得走了。

龙：(　　ω　)

千代子：龙，你在吗？

龙：一直都在。怎么了？

消息记录 2012/01/21 22:30

千代子：机器人叔叔发现白脸一直在给《文春周刊》发邮件，透露宏的消息。所以，母亲大人和机器人叔叔现在都火冒三丈。母亲大人还问他是否愿意在回大阪之前把宏留在我家，以免不必要的麻烦。她说我可以照顾他。

龙：什么？你来照顾那个孩子？

千代子：没错。怎么，你觉得我会带坏他吗？

龙：你会吗？我的意思是说，你不至于带坏他，但你能照顾好他吗？

千代子：你知道这里的情况。我还能做什么呢？我又不是个自由打工族。

龙：你可以加入我们的流氓团体嘛，宝贝。我们也需要好人。

千代子：老掉牙的台词。你看，我得走了。母亲大人又要找我谈话了。

龙：好吧，保持联系。

千代子：我会的。谢谢你一直陪我聊天。

龙：随时奉陪 *:.。..。.:*'(*)'*:.。. .。.:*

5.

帕斯卡尔·德·拉·克罗瓦博士是美国麻省理工学院（MIT）的一名法裔机器人工程学教授。在柳田建二的妻子遇难后几周，他是为数不多的几个曾与柳田建二见面交谈过的人。

我认识建二已经很多年了。我第一次见到他是在2005年的东京世博会上。那一次他展出了自己的第一个分身机器人——萨拉波特1号。我一下子就被他的作品迷住了，心想，这是多么高超的工艺呀！虽然那时候萨拉波特1号还只是一个早期模型，但我已经无法将它的外貌与建二区分开来了。很多同行都认为，建二的作品是他极度自恋的结果，还有人嘲笑他研究的重点其实是人类心理学而不是机器人工程学。不过我可不是这么想的。有些人觉得，萨拉波特1号逼真的外形让人看了会有种毛骨悚然的感觉。甚至有人说，制造和人类长得一模一样的机器人是不道德的。这简直是一派胡言！能够理解和探知人类的本性，难道不是科学研究的最高目标吗？

话说回来，自从那次相识后，我们多年来一直都保持着密切的联系。2008年，建二曾带着他的妻子裕美和儿子宏来巴黎看望我。裕美的英语并不好，所以我们和她的交流很有限。但我的妻子却十分喜欢宏。“日本的宝宝好乖呀！”我觉得如果她当时能够领养那孩子的话，她肯定会毫不犹豫地这么做的。

听说飞机坠毁以及裕美遇难的消息时，我正好在东京出差。于是，我当下便决定要去看建二，心想他此刻一定很需要朋友的陪伴。我挚爱的父亲在一年前因癌症去世了，建二当时也发来了诚挚的吊唁函。可是那一天，建二却没有接我的电话，而他的实验室助理也不愿向我透露他的去向。之后的几天里，日本的大小报刊上到处都能够看到他的照片。虽然媒体没有过多地关注那个幸存的美国男孩和英国女孩，但他们对于这个日本幸存者的消息可谓是十分热心。除此之外，流言飞语也迅速蔓延开来。整个东京都在传说着宏的身世和经历。在我居住的酒店里，就有服务员在说那男孩子身上附着了所有遇难者的灵魂。真是胡说八道！

我本想去参加追悼仪式的，可又觉得自己的身份不太适合出席那个场合。不久，我听说建二已经返回大阪了，便决定推迟回国的计划，再试着去大阪探望他一次，当即买了下一班飞往大阪的机票。那个时候，空中交通已经基本恢复正常了。

毫不避讳地说，我是利用自己的教授身份才被获准进入他在大阪大学里的实验室的。他的大部分实验室助理都认识我，彬彬有礼地接待了我，但是当我问及建二的事情时，所有人却都三缄其口。

猛然间，我看到了他的分身机器人萨拉波特3号。当时，它正坐在房间的一角，而身旁一个年轻的助理正在和它对话。我马上就明白了，原来建二是在通过这个机器人和助理们交流呢。我曾经在很多场合看过他这么做。事实上，他完全可以不离开校园一步，就可以完成一次巡回讲座，他唯一需要做的就是远程遥控他的机器人而已！

你想让我解释一下这个机器人运行的原理？好吧。我可以用最简单的语言来描述一下。分身机器人是通过一台电脑来远程遥控的。建二会用摄像头将自己的脸部图像和头部运动都拍摄下来，并上传至伺服系统里，再转换成动作指令传输到机器人脸部面板下的迷你马达上。这就是分身机器人为什么能够复制他全部面部运动的原因，甚至连眨眼的动作都分毫不差。建二的声音则会通过麦克风传送到机器人的嘴部，不仅内容一字不落，而且语调的抑扬顿挫也都可以完全复制过去。另外，机器人的胸腔里也有一些零部件能够模拟人类的呼吸动作，这项技术也被许多高端的性爱娃娃的制造商用来制造仿真性高的成人玩偶。和机器人说话确实会让人感到有些局促不安。因为第一眼看过去时，它简直和建二长得一模一样。毫不夸张地说，建二甚至还会在自己理发之后也改变机器人的发型呢！

我走上前去，坚持要和萨拉波特3号讲上两句。“建二，对于裕美的事情我很抱歉。我知道你会挺过去的。如果我能为你做点什么的话，请随时告诉我。”

机器人停顿了一下，接着用日语跟助理说了些什么。于是，助理便伸手示意让我跟着她走。在绕过了很多条纷繁复杂的走廊后，我被带到了实验室的地下室里。一路上，她都委婉地拒绝回答我提出的任何有关建二身体情况的问题。为了对她的忠诚表示尊重，我没有再追问下去。

她敲开了一扇没有编号的门，建二本人就坐在屋里。

看到建二的时候，我一下子被吓傻了。和刚才的分身机器人相比，眼前的他显得苍老了许多，头发蓬乱不堪，眼睛下方也出现了两个深深的黑眼圈。他恶狠狠地和他的助理说着些什么。这可一点儿都不像他，我从没有见过他对任何人发过脾气。助理很快便离开了，只留下我们两个人。

我向他表达了我的哀悼之情，可他却像是没听见一样。他的脸部表情十分平静，只有一双眼睛还透露着些生气。虽然他对我特意前来探望表示了感谢，但还是客气地说我不必这么辛苦。

我问他为什么不在实验室里工作，非要跑到这阴暗潮湿的地下室里来。他只是淡淡地说，自己已经厌倦了被人群包围的感觉。虽然追悼仪式已经结束了，但是媒体仍然在不断地骚扰他。接着，他问我是否愿意看看他的最新发明，并招手叫我到里屋去。

“哦！”我一迈进里面的房间便惊讶得叫出了声音来，“哦，原来是你的儿子来看你了。”

话音未落，我就意识到自己错了。建二电脑旁的小椅子上坐着的并非人类，而是另一个分身机器人——一个萨拉波特版本的柳田宏。“你最近在忙的就是这个吗？”我小心翼翼地问道，试图压抑住语气中的讶异。

这一次，他居然笑了。“不。这是我去年就做好了的。”他又指向了房间远处角落里的另一个萨拉波特机器人。不同的是，这个机器人明显是一副女性的外表。她端坐在那里，身穿一身洁白的和服。

我向她走了过去。她是那么的美丽，唇边还带着一丝笑意。她的胸口缓缓波动着，就好像是在呼吸一样。

“这难道是……”我有点说不出话来了。

“没错。”他回答道，“这就是裕美，我的妻子。”谈话间，他的眼睛一直没有离开过她，就好像她的灵魂还在这里一样。

我又试探性地问他，为什么会想到建造一个和亡妻一样的分身机器人，但这明显就是明知故问了，不是吗？他回避了我的问题，只是漫不经心地告诉我说，宏现在正住在东京的一个亲戚家里。

我并没有把心里的话说出来："建二，你的儿子还活着，他需要你。别忘了这一点，我的朋友。"

其实，我知道这事与我无关，因此自己是没有任何发言权的。而且，他现在仍深陷丧妻的悲痛中，大概是听不进去我说的话了。

我所能做的，就是默默地离开那里。

走在大阪街头，身旁美丽的城市风光并没有使我平静下来。我觉得自己暴躁不安，就好像整个世界的重心都偏移了似的。

我站在那里，回望着大阪大学的建筑。天空突然下起雪来。

6.

曼迪·所罗门是一名影子写手[1]，同时也是保罗·克拉多克未完成的自传作品《保卫杰西：我与一个幸存儿的劫后余生》的合著者。

首次约见目标客户时，我的主要目的一般都是赢得他们的信任。为名人代写回忆录一般都有很强的时效性，所以我的写作效率必须很高，不然是完全赶不上潮流的。我的大部分客户在他们的整个职业生涯中都在不断地被人曝光或是诟病（他们的公关代理公司可能也参与其中），所以他们已经习惯了将真实的自己隐藏起来。但读者并不是傻瓜，他们一眼便能辨出真伪。对我来说，在文章中加入一点真材实料的爆料以及耸人听闻的故事，才是让书中那些冠冕堂皇的溢美之词能够混淆视听的关键之处。然而，保罗的案例与我刚刚所说的不尽相同，因为他从一开始便是开诚布公的。当初，我的出版人和他的经纪人一拍即合，决定出一部有关杰西劫后余生内幕的自传时，大概早就料到了她的生还会引起世人的关注和好奇。

我第一次与保罗见面，是在奇瑟赫斯特的一间小咖啡馆里，天哪，那是早在二月初的事情了。当时，杰西还未出院，而保罗则在忙着将自己的东西搬到杰西家去，以便早日收拾好房子接她回家。我对他的第一印象是什么？他是个很可爱的男子，诙谐幽默，可能是因为从事演员职业的关系吧，看上去有点扭捏作态。显然，他哥哥的死对他的打击很大，因为每当我触及这个话题时，他都会忍不住潸然泪下。不过，他倒是从来都不介意在我面前表达他的真实情感。而且，他对于自己

①影子写手：也叫“枪手”，指专门代人写作的人。

的过去也毫不隐讳。他告诉我，二十多岁时他曾一度酗酒无度，吸食毒品，还风流成性、到处留情。不过，对于他在莫兹利精神病院度过的那段时光，他倒是没有过多地着墨，但他也并没有矢口否认。他说，那段精神崩溃的经历是由一次职场的失意引起的。说实话，我一直都不相信他有能力照顾好一个孩子。如果有人问起我对他的第一印象，我一般都会说他是个好人，虽然有点自恋，但与我曾经打过交道的那些名人相比起来，要好得多了。

在我赢得客户的信任之后，总是会送他们一台录音笔——其实就是一个电子录音器——然后鼓励他们尽可能多地往里面录音，不用担心自己说的是什么内容。我还会向他们再三保证，不会把不该写的东西写出来。很多人都坚持要针对这个问题签一份合同，我一般也都会应允。其实，要想免责有很多种方法。一般来讲，客户都会为自己的生平故事设计一个框架，由我根据他们的录音内容来进行整理和编写。说实话，这些客户对录音笔的适应速度之快往往会令我倍感吃惊，有些人甚至会把对着录音笔讲话，当做是一种自我疗愈的方法。你有没有读过《为荣誉而战》？就是去年出版的那本讲述笼斗士[①]伦德·L生涯的自传？天哪，他当时在录音笔里录下的那些东西呀，有一大半我都不敢用到书里来。他连做爱的时候也会开着录音笔，后来我才意识到他可能是故意要这么做的。

保罗对录音笔的使用也是如鱼得水。起初，一切都进展得非常顺利。我很快便有了书写前三章的素材，同时还不时地与他通信，以便补充我所需要的更多细节。他不管多忙，每次都会准时回信。可就在杰西回家后的一个礼拜左右，我的去信却如石沉大海般没有回应了。

①笼斗士：一种职业名称，特指那些在笼子里打斗、供观众娱乐和赌博的职业搏击手。

我还安慰自己说，他可能是忙于照顾杰西，所以无暇脱身吧。要知道各路媒体一直都在对他们穷追猛打，丝毫没有要放过他们的意思。所以，我独自替他写了一个多月的书，他也答应我会发更多的细节过来。可是有一天，他突然说自己不想写下去了。我的出版商对此大为光火，扬言要告他，并要他赔偿自己支付的大笔订金。

最后，是梅尔在保罗家找到了他留给我的录音笔。那天，他把它放在了餐厅桌子上的一个信封里，并在上面写下了我的名字和电话。当然，我义不容辞地把它转交给了警方。不过我也事先把里面的内容做了一份拷贝，并曾想过要把它写下来，以备将来不时之需。不过，在听完一遍里面的内容后，我就再也没有打开过它了。

埃尔斯佩思，里面的内容实在是太可怕了，我简直要被吓死了。

7.

以下内容源自保罗·克拉多克的录音内容脚本，日期为 2012 年 2 月 12 日。

下午 10 点 15 分

我们接着说吧，曼迪。天哪，每次我说到你的名字，总是会想起巴瑞·曼尼洛[①]的一首歌。“哦曼迪，你来到我身边无私地给予，我却把你送走……”那首歌真的是写给他的狗的吗？抱歉，我有点无礼了。不过你不是说过让我不要在意录音的内容，跟着感觉走嘛。坠机。该死的话题。

（一阵啜泣）

抱歉。抱歉。我没事。每当我想起自己现在的生活，我就会……这样。杰西搬回来已经有六天了，可是她还是像被洗脑了一样，对于“黑色星期四”之前的记忆也是断断续续的。她每天早上还是要照例背一遍那段话，就好像自己跟世界脱轨了，需要时刻提醒自己是谁一样：“我叫杰西卡，你是我的叔叔保罗，我的爸爸妈妈和姐姐与天使在一起。”对于天使的事情，我还是感到有点内疚。虽然史蒂芬和谢莉都是无神论者，但是面对一个只有六岁的孩子，我若是不讲些天堂之类的故事哄她，又怎么能把死亡这么可怕的概念讲给她听呢？我一直提醒着我自己，卡萨比恩医生（天哪，有一天我说漏了嘴，居然叫他凯沃尔吉安医生——这个不用写进去）说，要想她的行为能够彻底恢复正常，还需要再调整些时日。你知道的，她的大脑并没有受到什么损伤。但

①巴瑞·曼尼洛（Barry Manilow）：美国老牌创作歌手、音乐家和指挥家。

是我在网上做过一番研究，他们说创伤后激障碍（PTSD）可能会带来很多奇怪的影响。不过，好在她比遭遇坠机前要健谈得多了。

今晚，我送她上床睡觉的时候，发生了一件很奇怪的事。不过，我不确定这件事是否适合被写进书里。你还记得我告诉过你，我们俩正在读《狮子，女巫和魔橱》[①]那本书吧。是杰西选的。突然，她莫名其妙地问了我一句：“保罗叔叔，吐纳思先生[②]也和你一样喜欢亲男人吗？”

曼迪，我吓得不知所措。史蒂芬和谢莉都觉得女孩们年纪还太小，因此不适合对她们太早进行性教育。所以，就我所知，他们可从没有和双胞胎谈过我是同性恋的问题。而且，我既没有让她看报纸或上网，也没敢让她知道那些美国媒体是怎么讲她和其他两个幸存的孩子的，更别提玛丽琳和亚当斯兄弟在小报上丑化我的那些内容了。我本想问她，是谁告诉她我“喜欢亲男人”的，可我转念一想，还是决定不要小题大做了。也许曾经有小报记者在医院里和她谈过话，而院方没有告诉我吧。

可她还是不依不饶地追问道：“是不是呀，保罗叔叔？”你读过那本书的，不是吗，曼迪？吐纳思先生是露西在穿过衣橱走进纳尼亚之后遇到的第一只会说话的动物，是个留着山羊胡却长着鹿腿的半人半兽的家伙（他长得和那个男的创伤治疗顾问还真有点像）。说实话，吐纳思先生那副戴着围巾、得意洋洋的样子确实有几分娇媚。所以我猜，他没准真的和森林里的什么半人马之类的是一对呢。上帝。这段也别写进书里去。我的回答大概是：“如果是的话，那也是他自己的选择，对吗？”说完我便接着念书了。

①《狮子，女巫和魔橱》（The Lion, The Witch and the Wardrobe）：英国作家C.S. 刘易斯的一部奇幻小说，后被翻拍成影片《纳尼亚传奇》。
②吐纳思先生（Mr Tumnus）：《狮子、女巫和魔橱》里的一个人羊角色的名字。

我们又继续读了好多页。当读到亚斯兰——那只会说话的狮子——向邪恶的女王投降并任由她宰割的时候，我的心里感觉有点紧张。因为去年史蒂夫给女孩们读这一部分时，她们就哭得梨花带雨的，波莉甚至还为此做了好几天的噩梦。

可是这一次，杰西并没有哭。“亚斯兰为什么要那么做？它很笨，是不是，保罗叔叔？”

其实，亚斯兰之死的情节源自基督教的寓言，隐喻的是耶稣为了帮世人赎罪而牺牲了自己的肉体。但我并不想把这么晦涩的道理讲给她听，于是我只好回答说：“嗯，因为埃德蒙德背叛了其他人，而邪恶的皇后要处死他，所以善良的亚斯兰便站了出来，说自己愿意代替埃德蒙德接受惩罚。”

“这么说，亚斯兰真的很笨。不过它死了也好，我很喜欢埃德蒙德。”

曼迪，如果你还记得书中的情节的话，埃德蒙德可是一个被父母宠坏了又爱撒谎的自私鬼呀。“为什么？”

她说：“因为他是四个孩子中唯一一个不娘娘腔的人。”

上帝呀，我当时真不知道是应该责备她还是应该笑出声来。你记得吗，我曾经告诉过你，她住院的时候学了很多脏话，很有可能是从门房或清洁工那里听来的。我猜卡萨比恩医生和护士们应该是不会在她身边说到这些字眼的。

“你不该像刚才那样说话的，杰西。”我轻声告诉她。

“像哪样？”她反问道，“这个故事根本就不可能是真的。一个该死的破衣橱而已。说得像真的一样，保罗叔叔。”这个想法似乎让她很开心，她很快便睡着了。

我觉得我应该乐观地去想，她起码还愿意和我说话和交流。而且，在我提到史蒂芬、谢莉和波莉的时候，她也不会表现出难过的样子。不过，现在下结论还为时尚早。卡萨比恩医生说，虽然她现在的表现良好，但我还是要为她某一天突然情感爆发做好充分的心理准备。到现在为止，我们还没有打算把她送回学校里去。因为我们并不希望她从其他的孩子嘴里得知，整个世界是怎么看待她的遭遇的。我们能做的，就是努力为她营造一个正常的生活环境。

还有什么可以说的呢？哦对了，儿童福利机构的达伦明天会来我家，说是要看看我“应对得怎么样”。我和你聊过他的事情吗？达伦人还不错，有点胡子拉碴的，爱穿凉鞋，看上去放荡不羁。不过，我敢说他是站在我这一边的。尽管隔壁那个爱管闲事的老太太——艾琳顿·伯恩太太（她怎么会起这么一个名字）总是劝我请她来照顾杰西，但我还是觉得应该请一位住家用人之类的来帮我。梅尔和杰夫也向我提起过，说他们很愿意来帮忙带孩子。这对勇敢的老两口真是可怜呀！我觉得你可以这么写：“在我努力适应自己作为单身父亲这一新角色的过程中，梅尔和杰夫一直是我坚实的后盾。”太过了吗？好吧，我们还可以再改改。你第一章写得很棒，所以我觉得后面的内容也一定没有问题的。

等等，让我倒杯茶。该死！见鬼。洒了。嗷。好烫。没事……

感谢上帝，今天没有疯疯癫癫的人再打电话来了。那群相信杰西是外星人的家伙也终于不再骚扰我们了。这当然要归功于我请警察向他们发出了警告。所以，现在我要对付的就只剩下那些宗教极端分子和媒体记者了。杰瑞会帮我摆平那些想要拍电影的人的。不过，他还是觉得我们应该再多等一些日子，然后把杰西的故事拍卖出去。这听上去有点贪婪，特别是当谈到保险金这个话题的时候。但是我想，如果我把杰西未来的财务问题都安排好了，她长大后应该会感谢我的吧。世事艰难呀。我实在无法想象在另一起空难中幸存的那个男孩现在怎么样了，毕竟媒体还在不断地施压，因此我格外同情他的外婆。好在她住在纽约，远离那些宗教极端分子聚居的地方。我想，这一切终有一天会风平浪静吧。我有没有告诉过你，美国有个谈话性节目想要把三个幸存的孩子都请到演播室里去？最大的问题就是时间。他们想让我和杰西飞到纽约去，但她是肯定不会愿意的。所以他们又提议进行网络视频电话采访，但被那个日本男孩的爸爸和鲍比的外婆拒绝了。这件事还得从长计议。我真希望自己有一天能把那个该死的电话给拔掉，可又不想错过儿童福利机构的电话以及其他重要的来电。哦！我有没有告诉你，我下周要去上《兰迪和玛格丽特的早间访谈》那个节目了？记得一定要看，然后给我反馈哦。那个来约我上节目的人实在是太执著了，我被逼得没有办法了才不得已答应他的。当然，杰瑞也说这是个能够为我正名的好机会，毕竟《周日邮报》上写了我那么多的坏话。

（电话铃声——是电影《日瓦戈医生》[1]的主题曲）

等一下。

又是该死的玛丽琳，她总是在夜里这个时候打电话来。幸好有来电显示，我不打算接她电话了。他们只会翻来覆去地劝我带着杰西去看看他们，而我又不好永远拒绝他们。不然的话，他们肯定又会跑去《太阳报》那里乱说了。我现在还在等着那本叫做《谈话》的杂志编辑部

① 《日瓦戈医生》：大卫・里恩导演 1965 年的电影作品。

为他们说我是个精神病人的言论道歉呢。曼迪，我希望你没把那些人的胡言乱语当真。你觉得我们在书里要不要也谈谈这个内容？杰瑞反而觉得，我们对此应该轻描淡写。说实话，我没什么好说的，那只不过是我十年前犯的一个错误而已，没什么大不了的。从那以后，直到空难发生之前，我可是滴酒未沾呀。

（哈欠声）差不多了。晚安。我要去睡觉了。

凌晨3点30分

好吧。好吧。没事的。深呼吸。

刚刚发生了一件很诡异的事情，曼迪。我……

深呼吸，保罗。那只是你的幻想，只是你该死的幻想。

说出来吧。对。见鬼。为什么不呢？我能不能删掉这段呀？叙事心理学，卡萨比恩医生肯定会很骄傲的。

（笑得前仰后合）

上帝呀，我全身都是汗，湿透了。感觉已经没有那么强烈了，不过我还是记得很清楚。

刚才，我突然醒了过来，感觉有人坐在我的床尾，床垫还微微地塌陷下去了一角。我一下子坐了起来，心中充满了恐惧。我猜我本能地感觉那物体太重了，不像是杰西。

我记得自己当时问了一句：“是谁在那儿？”

虽然我的眼睛还在努力地适应着周围的黑暗环境，但是我确实看到床尾有一个黑色的影子。

我吓傻了，从没有这么害怕过。那是……该死，快想办法，保罗。上帝呀。那感觉就像是……就像是有一团水泥注入了我的血管中。我盯着那个影子看了好久。它颓废地坐在那里，看不出有任何表情，只是一直望着自己的手。

接着它开口了。“你做了什么，保罗？你怎么可以让那个东西进来？”

是史蒂芬！我一听声音便知道是他，可他的身形看上去很不一样，像是在扭曲着、蜷缩着，而且头异常地大。曼迪，一切都太真实了。除了恐慌之外，我有那么几秒钟以为他真的就坐在那里，心中突然感觉到无比的愉悦和放松。“史蒂芬！”我想我叫出声来了。但当我伸手去抓他的时候，他却不见了。

凌晨 5 点 45 分

上帝呀。我又回忆了一遍刚才的情景。太奇怪了，不是吗？梦境怎么可能如此真实，又稍纵即逝？一定是我的潜意识想要告诉我什么事。我真希望它能快一点清清楚楚地向我说明白。我还没决定要不要把这段录音给你听。因为我不想让你在听完我的这些故事后，也觉得我是个疯子。

而且，他说的到底是什么意思？“你为什么让那个东西进来？”

Chapter 4

第四章

阴谋论

二月至三月

族群之间会相互残杀，政府之间也会针锋相对，而饥荒和地震将会席卷地球的各个角落。这些都只是大难临头的开端而已。

此时此刻，这样的剧情正在世界各地上演着。我们知道，这正是最初四个封印被揭开后，灾难到来的预兆。

1.

以下内容是帕米拉·梅·唐纳德的好朋友瑞贝·路易斯·尼尔森的第二部分叙述。

那天，史蒂芬妮告诉我，她在听了伦恩牧师有关帕米拉遗言的那期节目后，感到非常恼火。要知道，伦恩牧师以前总是会在《圣经》研读会后，与他的“核心小组”成员一起讨论下一期节目内容的，可是他这一次却自作主张地直接说出来了。其实，在听了那期节目以后，我也是辗转难眠，实在想不明白他为什么不把这么重要的事情先拿出来和自己的教友分享。不过话说回来，他的分析也不无道理，那些孩子若是没有上帝的指引，确实是不可能逃过这么大的劫难的。而且，飞机上的颜色和《启示录》中四骑士的马匹颜色如此一致，又怎么可能只是巧合呢？不过，当伦恩牧师说帕姆和使徒保罗以及使徒约翰一样是上帝派来的先知的时候，我和很多人一样都不肯相信。

就算是上帝已经为我们的未来做好了安排，但帕米拉·梅·唐纳德居然是个先知？平凡无奇的老帕米拉连自己的内衣都收拾不好，还烤糊了为圣诞节募捐活动准备的布朗尼蛋糕。我一直都没敢把这个疑虑讲给别人听，直到史蒂芬妮向我提出了同样的问题。但是，由于我们两人对于伦恩牧师一向是敬重有加，所以最终还是决定不向他和肯德拉透露半点怀疑的情绪。

自从那期节目播出以后，伦恩牧师便一直在忙个不停。我甚至不知道他到底有没有时间睡觉！他就连每周三定期举行的《圣经》研读会都没有出席。实际上，是他打电话来请我替他主持当天的会议的。他说，他要开车去圣安东尼奥与一个网站设计师见面，以便与他合作设计一个名为“有关帕姆的真相”的网站，所以会晚些回来。

我问他：“伦恩牧师，你确定要到网络上去给自己惹麻烦吗？你不是说网络是恶魔作乱的地方吗？”

“瑞贝，我们眼下最要紧的任务，便是尽可能地拯救更多的人。”他说，“无论是通过什么途径，我们都必须要把这个消息尽快地散播出去。”他甚至还引用了《启示录》里的一句话：“当基督重生时，所有人的眼睛都将看到他。”

好吧，我又怎么能反驳这个观点呢？

没过几天，网站就建好了。我在女儿戴娜的帮助下打开了里面的网页。这个网站的域名竟然叫做“先知帕米拉”，而且主页上还摆放着帕米拉的巨幅照片！这张照片一定是她在早年间照的，因为照片上的帕米拉不仅年轻了十几岁，而且体重也少了二十多斤。据史蒂芬妮说，伦恩牧师甚至还开通了自己的推特[①]账号，并收到了来自世界各地的信徒的回复。

大约在网站正式建立并运行起来的一周后，我们的身边出现了第一批的“好事者”——这是我和史蒂芬妮私下里给他们起的绰号。起初，大部分的好事者都只是附近村镇里的人，但随着伦恩牧师的影响力“像病毒般散播开来”（这是戴娜教我的说法），就连从远在卢博克市的教友们也加入了这些好事者的阵营中。虽然伦恩牧师在萨那县教堂外打出了写有“萨那县，帕米拉·梅·唐纳德的故乡”的标语，并开始称他的跟随者为“帕姆信徒”，但我的心中还是充满了疑惑。

①推特（Twitter）：国外著名社交网络及微博客服网站。

很多好事者都非常想去参观帕米拉的家。因此，伦恩牧师决定劝说吉姆在家门口收费，并将所得收入都用于“更好地宣传帕米拉的信条”。大家都觉得这个主意糟糕透了，而我更是觉得自己有责任把伦恩牧师叫到一旁来，表达一下自己的顾虑。虽然，吉姆现在皈依了主，但还是在变本加厉地酗酒。博蒙特警长还曾有一两次抓到过他醉酒驾车。而且，每次我开车去他家为他送食物的时候，他身上都是酒气熏天，就好像刚刚用威士忌洗过澡似的。我知道，吉姆的这种精神状态是绝不可能受得了一群陌生人整日在他家进进出出的。令我感到意外的是，伦恩牧师居然对我的想法表示赞同，这不禁让我重重地舒了一口气。“你说得对，瑞贝。”他对我说，“我每天都在感恩上帝派你来做我的得力助手。你总是我最信得过的人。”接着他又嘱咐我说，要多留意吉姆，因为他现在“仍在和内心的魔鬼作斗争”。在吉姆服丧期间，史蒂芬妮和我以及所有“核心小组”的成员一起设计了一个值班表，安排每一个人轮流到他家去照顾他的饮食起居，并随时关注他的情绪变化。与此同时，伦恩牧师一直在等待接回帕姆的骨灰，以便为她在教堂里举办一场体面的追悼仪式。为此，他还特意安排我去了解乔安妮何时会带着骨灰回国。可是，当我提及此事时，吉姆好像并没有在听我讲话。当然了，对此我也不是很确定。因为他即使是在滴酒未沾的时候也不是一个健谈的人。不过，我并不觉得他和他女儿针对此事进行过沟通了。很明显，他的状态说明他已经彻底放弃挣扎了。虽然大家不时会为他带来可口的饭菜和新鲜的牛奶，但大多数时候他都懒得把这些食物放进冰箱里，而是会任由它们腐烂发臭。

埃尔斯佩思，那几周过得可真是快呀！

在网站建好之后，伦恩牧师每天都会给我和史蒂芬妮打上好几个电话，跟我们讨论他所预言的那些征兆。“你看新闻了吗，瑞贝？”他会这么说，“英国爆发口蹄疫了。这就是主在用饥荒暗示那些没有信仰的无神论者，希望他们早日皈依。”接下来，一种病毒又开始在佛罗里达和加利福尼亚海域的所有邮轮上散播开来。自然，这又被解读成了瘟疫到来的预兆。至于战争嘛，是从来都没有停歇过的。“还没有结束呢，瑞贝。”他继续说，“我一直在想，那三个孩子的家人现在过得怎么样？主为什么要选择这样弱小的躯体来当他的信使呢？”我必须得承认，他的话音里隐藏着某种深意。虽然鲍比·斯莫出生在一个普通的犹太家庭（在上帝的安排中，犹太人有着他们特殊的角色），但史蒂芬妮说，她从《问询报》上得知他其实是试管婴儿。“不是自然怀胎的。”她神神秘秘地告诉我，“是人工授精的。”还有人说，那个英国女孩被迫要和自己的同性恋叔叔一起住在伦敦，而那个日本男孩的父亲则热衷于制作一些令人毛骨悚然的分身机器人。戴娜曾经给我看过视频网站上的一段影片，可把我吓了一大跳呢！那些机器人看上去和真人简直是一模一样，若是主看到它们会怎么说呢？还有一些荒唐的人在到处宣扬，说帕姆乘坐的航班坠落的那片森林里游荡着许多恶灵。如果帕姆真的是在那种可怕的地方死去的，那么我会为她感到更加难过的。不过日本人总是相信一些奇怪的东西，不是吗？光是想想就够人做噩梦的了。当然，这些内容在伦恩牧师的网站上也有提及。

我也记不清楚伦恩牧师和他的网站是从什么时候开始走红的了。有一次，我和史蒂芬妮到农场上去看望肯德拉。为了不给吉姆添麻烦，肯德拉把史努基带回了自己家中喂养，所以我和史蒂芬妮这次是专程去看看她和小狗相处得怎么样的。肯德拉一直都有精神紧张的毛病。我们一路聊着她最近愈加严重的病情，一边看着那些蜂拥进县城里的好事者。史蒂芬妮还特意带上了她最拿手的馅饼。不过说实话，肯德拉见到我们似乎并不领情。她刚给小狗洗完了澡，还在它的脖子上系了一条红丝带，所以它身上的气味不算太难闻，看上去还有点像某个名人家的宠物狗。在我们在她家做客的这段时间里，她只顾着围着那只狗忙前忙后了，根本就无暇理睬我们，连一杯可乐也没给我们倒过。

就当我们准备起身离去的时候，伦恩牧师突然开着他的皮卡车回来了。只见他飞一样地冲进屋子里来，脸上洋溢着一种格外满足的愉悦表情。

他跟我们打了个招呼，然后匆匆喊道："我做到了，肯德拉！我做到了！"

可肯德拉连眼皮都不屑于抬一下。史蒂芬妮和我只得识趣地追问他到底发生了什么事情。

"我刚刚接到了伦德博士的电话！他邀请我到休斯顿去参加他的一个会议！"

史蒂芬妮和我简直不敢相信自己的耳朵！我们每个周日都会准时观看西奥多·伦德博士的节目。记得某一年我过生日的时候，罗恩还特意送给我一份由雪莉·伦德亲手签名的《家庭挚爱》食谱书，让帕姆嫉妒得要命。

"你知道这意味着什么吗，亲爱的？"伦恩牧师对肯德拉说。

肯德拉放下狗，反问道："什么？"

伦恩牧师简直乐开了花："让我来告诉你吧，我终于能和那些大人物平起平坐了。"

2.

下文的作者马尔科姆·阿德尔施坦因是英国的一名记者兼纪录片制片人。该文最初于 2012 年 2 月 21 日刊登在《switch online》杂志上。

我此刻正站在休斯顿会议中心气势恢弘的大堂里，准备参加一年一度的“《圣经》末日预言大会”。我手里攥着一本封面上印着渔夫图片的《圣经》，耐心等待着一个大概叫做弗莱克西博·桑迪的人在这里发布他的新书。虽然这场会议的入场费价格高达五千美金，但还是吸引了来自得州等地成百上千个信徒前来参加。停车场上到处停满了从田纳西州和肯塔基州远道而来的房车和越野车。看起来，我比在场的许多人似乎都要年轻几十岁的样子，四周放眼望去全都是白发苍苍的老人。这不免让我觉得有些不自在。

弗莱克西博·桑迪有着十分丰富的职业背景。早在上个世纪七十年代，他便皈依了福音派基督教，但在此之前，他还曾做过柔术演员、空中飞人特技师和马戏团经理，简直活脱脱一个当代版的 P.T. 巴纳姆①。上个世纪八十年代，他曾出版过一本名为《走向耶稣的钢丝》的自传，并荣登畅销榜榜首。他还曾在西奥多·伦德——《圣经》预言界的后起之秀——的怂恿下，主笔创作过一系列以世界末日为主题的虚构类小说。该系列书籍以丹·布朗②的行文风格写就，主要讲述的是《圣经》中的“被提”情节发生后，那些被拯救的人类是如何在一瞬间消失，

①P.T. 巴纳姆（P.T.Barnum）：美国传奇马戏团经纪人，曾与对手合作创建了巴纳姆贝利马戏团，并发明了许多令人惊艳的马戏节目。
②丹·布朗（Dan Brown）：美国最受欢迎的畅销书作家之一，代表作为《达·芬奇密码》。

并留下那些没有信仰的人在地球上与传说中的“伪基督”苦苦抗争。当时，“伪基督”的角色原型是按照英国前首相托尼·布莱尔创作的。在出版过九本畅销书后（总计销售超过七千万册），弗莱克西博·桑迪又准备东山再起了。与此同时，他还创建了自己的网站——http://rapturesacoming.com，专门记载世界各地发生的全国性灾难，并借此告诫他的信徒们，末日审判随时都有可能到来（当然，阅读网站的内容是要收费的）。虽然早已在业界名扬四海，但已经年过八旬、一身黝黑皮肤的弗莱克西博还浑身散发着中年人的活力。面对着眼前成百上千个虚与委蛇的信徒，他脸上的笑容一丝都不曾松懈过。我一直都希望自己能够说服弗莱克西博，参与我导演的一部以美国末日论运动崛起为主题的纪录片的拍摄工作。在过去的这几个月里，我一直都在和他的公关通过电子邮件商榷此事，并希望能够与弗莱克西博本人当面讨论一下。他的公关是一名很能干却有些冷淡的女士，大概从第一眼见到我起就对我没有什么好感。上周，她让我来参加这场会议，并暗示我可以借机和弗莱克西博本人见上一面。

对于那些不太了解情况的人，我觉得自己在这里有必要解释一下。末日预言的主要内容就是说，在未知的某一天里，那些信奉耶稣为救世主的人（也就是因皈依宗教而得到重生的人）会被主带到天堂里去（也就是所谓的“被提”），而其余的人则要留在人间，在伪基督的奴役下忍受七年惨无人道的折磨。这些信条是由几位《圣经》中的先知（包括《启示录》里的约翰、以结西和丹尼尔）翻译出来的。仅在美国，总共就有大约六千七百万人相信《启示录》里的这一幕将会在他们有生之年在地球上演。

许多高层的牧师对于非福音教派的媒体一向都是三缄其口的，而我则非常天真地以为自己的英国口音能够助我一臂之力，让我能够顺利与弗莱克西博搭上话。如果我不能达成此行的目的，那么花五千美金只换来一部主题《圣经》就太不值得了。（顺便说一句，大堂里还有人在贩卖专供儿童、猎人及枪支爱好者阅读的《圣经》，还有以婚姻为主题的《圣经》。不过这本专门写给钓鱼爱好者的《圣经》倒是一下子就吸引了我。我也不知道为什么，我可是个从来都没钓过鱼的人。）此外，我还乐观地以为，如果弗莱克西博愿意和我谈谈的话，我也许能请他把我引荐给西奥多·伦德博士本人（我对此并没有抱太大希望，因为曾有同行的记者朋友告诉过我，要想见到伦德博士可比登天还难）。作为福音教派的当红牧师，伦德博士一直颇为他自己经营的电视台而感到骄傲。这家电视台是他所在的“真实信仰”教会名下的特许经营产业之一。据悉，该教会仅每年所获的“募捐款”一项就多达数亿美元。同时，这家电视台还是前任共和党领导人“爆炸头”布莱克的耳目。除此之外，伦德博士的麾下还有不少一线好莱坞明星追随者，而且他每周日主持的三次礼拜活动都会进行全球直播，有超过一亿名观众会定期收看他的预言主题访谈节目。虽然不像基督国教主义者以及基要主义者[①]那样强硬（这些人一直在积极宣扬要在美国实行严厉的基督教道德准则，包括对堕胎者、同性恋者和顽童实施死刑等），但伦德博士对于同性恋和堕胎行为一向也是颇为反对的。而且，他对防治全球变暖问题十分积极，并在涉及许多重要政治决策的问题上，尤其是那些有关中东政策的议题，都十分乐于参上一本。

等待让弗莱克西博签书的粉丝队伍正缓慢地向前移动着。“这些

①基要主义者：近现代基督教新教神学思潮之一，其主张是恪守基督教基本信仰。

书改变了我的人生。”站在我前面的女士主动和我攀谈着，只见她的购物车里高高地堆满了弗莱克西博各个版本的书籍，“它们为我带来了耶稣。”接着，我们又聊了聊她最喜欢的书中角色（她十分喜欢那个叫做彼得·基安的直升机飞行员角色，当他眼看着自己因皈依宗教而重生的妻子、子女以及副驾驶员被提时，他那日渐衰弱的信仰又重新回归了，可是为时已晚）。我突然觉得自己没有买本弗莱克西博的书就想找他谈话，未免显得有些鲁莽。于是我从一个书摊的抛售箱里随便买了几本。在这些书堆里，一沓用铜版纸印刷的书引起了我的注意。我一眼便认出了封面上那个化着浓妆、眼角上提的女人就是伦德博士的妻子雪莉。她和丈夫总是合作主持每周布道后的谈话节目，而且她的食谱书也是《纽约时报》畅销书排行榜上的常客。更值得一提的是，早在上个世纪八十年代，他们夫妇二人合作出版的一本性爱手册——《基督教方式的亲密》，就曾经红极一时。

就在弗莱克西博忙着兴致勃勃地与自己的老年粉丝团互动时，我又参观了一下现场的展台，简单了解了一下他这几日准备出席的脱口秀节目、研讨会以及同祷会等活动。这些展台上一般都会摆上活动中最引人注目的那些名人牧师的人形展板。除了有关“你为被提做好准备了吗”之类的演讲外，我还注意到了一场关于神造论的座谈会以及一个刚刚加入的新活动：伦恩·沃西牧师“见面会”。这位伦恩·沃西牧师是末日论运动“名人堂”中的新晋一员，他最近那番有关“黑色星期四”的言论在推特网上曾引起了一阵不小的轰动。据他推测，坠机事故中幸存的三个孩子就是《启示录》中四名骑士的化身。

排在队伍前面的人终于一个个离开了，该轮到我了。那个傲慢的女公关俯身在弗莱克西博耳边说了句什么，于是他抬起头来微笑地望着我，小小的眼睛像两个黑亮的纽扣在闪闪发光。

“英格兰人，是吗？”他说，“我去年去过伦敦。那个充满了异教徒的国家在等待着被救赎，我说得对吗，孩子？”

我赶紧附和地点了点头。

“你是做什么工作的，孩子？派蒂说你想采访我是吗？”

我诚实地表达了自己的想法，告诉他我是为电视台拍摄纪录片的，最近十分想为他和伦德博士拍一部有关他们职业生涯的纪录片。

弗莱克西博更加专心致志地看着我的眼睛，问了一句：“你是英国广播公司的人吗？”

我回答说自己确实曾经在英国广播公司工作过。这是实话。刚入这一行时，我是英国广播公司曼彻斯特分公司的一名外勤人员，但刚刚工作两个月就因在演员休息室里吸大麻而被开除了。我决定不提这一部分。

弗莱克西博听了似乎松了一口气。“等等，孩子。让我来看看我能做些什么。”这比我想象的要容易多了。他又挥手把那个一直在冲着他微笑，但却怒气冲冲地瞪着我的女公关叫到了身边，两人低声耳语了一阵。

“孩子，泰迪现在很忙。这样吧，要不然你几个小时以后到顶楼公寓里来吧。我看看能不能让你们俩见上一面。他可是你们那里的电视剧《卡文迪什大楼》的忠实粉丝呢。”

我不知道一部矫揉造作、红遍全国的历史题材电视剧跟我有什么关系，大概弗莱克西博还以为我是英国广播公司的人吧。在他的公关还没来得及劝他改变主意之前，我赶紧溜走了。

我没有直接返回自己那小巧玲珑的酒店房间里（幸亏入场费里包括了住宿的费用），而是决定去看看自己能不能听一场演讲会。当我到达伦恩·沃西牧师“见面会”现场时，会议已经开始三十分钟了。不过，我对引导员谎称自己是弗莱克西博·桑迪的朋友，他便放我进去了。

此时，礼堂里已经站满了人，将演讲台围了个水泄不通。只有当伦恩·沃西牧师在观众面前来回踱步时，我才能勉强看到他的头顶。他的声音不时有些颤抖，但从那些“阿门”的和颂声中可以听出，在场的每一个人都在认真聆听。我模模糊糊地记得，伦恩牧师匪夷所思的理论已经在末世论信徒中引起了激烈的争论，这多半是由于他的推论与那些相信《启示录》中的末日预言已经实现的人的理念大相径庭。据我所知，伦恩牧师天马行空的猜想正是以《启示录》的内容为原型的。《启示录》中，先知约翰曾说到四骑士将把战争、瘟疫、饥荒和死亡带到人间，而伦恩牧师为了证明自己的论点，也列出了一些近期发生的时事作为印证。其中，有狗仔摄影师在混入鲍比·斯莫的病房后离奇地被家中的宠物巨蜥咬死的故事（动物袭击也是《启示录》中列举的灾难之一），以及席卷了众多邮轮、致人呕吐不止的诺瓦克病毒。他还宣称，战争很快便会在非洲各国爆发，而禽流感也将置大批的亚洲人于死地。由于突然很想小酌一杯，我从房间里偷偷溜了出来。

泰迪·伦德博士是亲自到门口迎接我的，他那一脸灿烂的笑容就好像是在故意炫耀着自己的一口好牙，让我看得目瞪口呆。“很高兴见到你，孩子。”他一边说着，一边用双手紧紧地握住了我的手。他的皮肤闪耀着某种不自然的光芒，让他看上去就像是一颗发光的水果一样。“我能帮你倒杯什么饮料吗？你们英国人好像爱喝茶，是吗？”我嘟囔着应和了一声：“是呀，没错。”他将我领到了一对铺着软垫的扶手椅前，我一抬头便看到弗莱克西博和一个五十岁出头、身着高级套装的男子正坐在旁边的椅子上面。我迟疑了一下才意识到，那个男子便是伦恩·沃西牧师本人。他显然不如在场的另外两人显得那么自在，看上去就像是一个想要努力表现自己的孩子一样。

在做过一番简短的相互介绍后，我坐在了他们对面的那张松软的沙发上，而他们三个人则带着一种皮笑肉不笑的表情齐刷刷地盯着我看。

“弗莱克西博告诉我说，你在英国广播公司工作。”伦德博士打破了僵局，“我跟你说，孩子，我不是一个喜欢看电视的人，不过我倒是很喜欢那部叫做《卡文迪什大楼》的电视剧。那个年代的人知道该如何约束自己的道德言行。你说，你是想拍一部纪录片还是怎么着？”

我还没来得及回答，他便自顾自地继续说道：“有很多人都在排队等着采访我们呢。他们可都是从世界各地专程赶来的。不过我告诉你，现在也许是将我们的信念传播到英格兰去的大好机会。”

我正要接话的时候，套房里一间卧室的门口突然出现了两位女士。我一眼便认出其中高个子的那位就是伦德博士的妻子雪莉，因为她那一头鬈发和她食谱书封底照片里的发型看上去一模一样。而紧跟在她身后的那位女士则与雪莉形成了鲜明的反差。她不仅骨瘦如柴，而且满是干纹的嘴上一点口红也没有涂，怀里还懒洋洋地靠着一只白色的迷你贵宾犬。

我本想起身上前去打个招呼，可伦德博士却示意我不要拘礼。他向我介绍道，这两位女士就是他的妻子雪莉和伦恩牧师的妻子肯德拉。在这个过程中，肯德拉几乎没有朝我的方向看一眼，而雪莉的目光也是匆匆在我身上一扫而过后，便转向了她的丈夫。“泰迪，别忘了米奇正在过来看你的路上。”她向我投来一撇老练的微笑，“我们要带着史努基去外面散散步。”说完便拉着肯德拉、带着小狗离开了房间。

“我们接着说正事。”伦德博士对我说，“你是怎么筹划这部片子的，孩子？你想拍一部什么类型的纪录片？”

“嗯……”我停顿了一下。突然不知怎么的，我精心准备好的台词像是被丢到了九霄云外似的，一个字也想不起来了。情急之下，我将目光锁定在了伦恩·沃西牧师的身上。“也许我可以从……我听了您的演讲，沃西牧师……非常有趣。我能了解一下您的推论吗？”

“那不是推论，孩子。”弗莱克西博大声地打断了我的话，不过脸上还挂着一丝笑意，“那是事实。”

我也不知道眼前的这三个人为什么让我感到如此紧张，也许是由于他们共同的信仰和各自的性格给人所带来的压迫感吧。如果你没有点个人魅力，想必也是无法登上世界500强牧师的榜单的吧。于是，我试图控制自己紧张的情绪，继续追问道：“但是……您的理论是否有悖于您的信仰呢？教会不是应该在四骑士来到人间之前就已经被提了吗？”末世论——专门研究世界末日预言的一门宗教学科——其实很容易就自相矛盾的。根据我的调查，伦德博士和弗莱克西博都是灾前被提理论的信徒，也就是说，教会的被提将在七年天灾之前发生（即被提应该发生在伪基督统治世界并将祸害人间之前）。而伦恩牧师的信条则与灾后被提理论相符，也就是说，重生的基督教徒们在被提之前将留在人间目睹其他人遭受炼狱般的折磨。在伦恩牧师的演讲中，他提到这个阶段已经开始了。

伦恩牧师俊俏的脸上似乎泛起了一丝波澜。他伸手整了整西装的领子，而弗莱克西博和伦德博士则在一旁窃笑着，就好像在嘲笑我说错了话似的。“这并不矛盾，孩子。”弗莱克西博说，“马修 24 章中提到，族群之间会相互残杀，政府之间也会针锋相对，而饥荒和地震将会席卷地球的各个角落。这些都只是大难临头的开端而已。”

伦德博士在一旁接着说道：“此时此刻，这样的剧情正在世界各地上演着。我们知道，这正是最初四个封印被揭开后，灾难到来的预兆。《启示录》和《撒迦利亚书》上都写到，四骑士被送往了世界上不同的地方。白骑士去了西方，红骑士去了东方，黑骑士策马向北，而浅白骑士则扬鞭向南。眼下，四枚封印中所带的惩罚都已经被开启，并会分别在亚洲、美洲、欧洲和非洲开始散播。”

我试着跟上他们话中的逻辑，但却只留意到了最后的一句话。“那澳洲呢？还有南极洲呢？”

弗莱克西博又笑了起来，冲着我频频摇头。“孩子，它们都不属于道德沦陷的区域。不过，它们也会有自己的劫数的。各国政府和联合国已经勾结在一起，正对它们虎视眈眈呢。”

看出他们还没有要赶我走的意思，我的信心逐渐回归了一些。我指出，国家运输安全委员会认为这四起坠机事故分别是由于飞行员失误、飞鸟撞击以及机械故障所引起的，并非是遭到了某种超自然力量的干涉（我努力让自己的措辞听起来不是那么地排斥外星人或是鬼神之说）。

正当伦恩牧师想要张嘴进行评论的时候，伦德博士突然插进话来。“伦恩，让我来回答这个问题。你觉得上帝的神力还不足以让这些惩罚看起来像是几起意外吗？他是要测试我们的信仰，好将那些异教徒从信徒的队伍里区分出来。孩子，我们已经接收到了他的召唤，但我们还想要拯救更多的灵魂。等第四个骑士出现的时候，连那些最不屑于皈依我主的人都一定会回心转意的。”

我觉得自己的嘴呆滞地微张着：“第四个骑士？”

“没错，孩子。”

“不过非洲的坠机事故中并没有幸存者呀。”

伦恩牧师和伦德博士彼此交换了一下眼神，伦德博士轻轻地点了一下头。

“我们相信，那里是有幸存者的。”伦恩牧师说。

我结结巴巴地反驳道，根据国家交通安全委员会和非洲各机构的调查，达鲁航空公司的空难中不可能还有人幸存。

伦德博士一本正经地咧了一下嘴，说道：“那是他们针对其他三起事故说的。那只是上帝使用的障眼法之一。”他停顿了一下，接着问了我一个我早知会被问到的问题：“你是基督教徒吗，孩子？”

弗莱克西博·桑迪用他那双奇特的、如纽扣般大小的眼睛直直地盯着我，我一下子就仿佛回到了小学时代，有一种站在校长面前接受训话的感觉。我本想撒个谎说自己是基督教徒，但那个念头只是一闪而过，马上就消失了。“我是犹太教徒。”

伦德博士赞许地点点头，而弗莱克西博·桑迪则继续露齿微笑着。“我们需要犹太人。”伦德博士说，“你是未来即将发生的事情中很重要的一部分。”

我知道他说的是什么意思。在被提完成以及伪基督开始统治世界之后，基督又回来征服了异教徒，并将伪基督赶下了王位。这场战争发生在以色列，而就像许多预言的信徒一样，伦德博士也是一名以色列的拥护者。他不仅依据《圣经》的内容坚信以色列是属于犹太人的，而且反对以色列与巴勒斯坦之间进行和谈。更有谣传说，当初总统布莱克就职期间，伦德博士还是白宫的常客。我当时真的恨不得问问他，为什么一个相信世界末日即将到来的人却偏偏喜欢插足政治问题。这个在别人看来可能有点忌讳，但就在我仍在措辞的过程中，伦德博士突然站起身来。

“我们谈得不错，孩子。”他说，“和我的公关保持联系吧，她会为你提供帮助的。”又一轮握手过后，我不得不离开了。（几天后，我再次联系到了他的公关，但只收到了一句简单的“伦德博士没有空”的回复，而我发给弗莱克西博·桑迪的邮件也是石沉大海。）

当我夹着那本《圣经》和一堆弗莱克西博的书离开大会所在地时，路遇了一群高大魁梧的保镖。他们中间包围着一个男子，穿着一身比伦德博士的套装还要精致的衣裤。我一眼就认出了他，他就是得州的前任州长米奇·雷纳德。几周前，他刚刚宣布准备代表共和党参加新一轮的总统大选。

3.

以下内容摘自弗莱克西博·桑迪的网站（http://rapturesacoming.com）。

信徒们，今天要说的是我的一点儿个人意见。我们的兄弟西奥多·伦德博士（当然不用再介绍他了）以及萨那县的伦恩·沃西牧师已经向我们揭示了事情的真相，《启示录》中记载的最初四枚封印已经被揭开，这是无可厚非的了。而四骑士已经带着饥荒、瘟疫、战争和死亡奔赴世界各地去惩罚那些无神论者了。你们中有些人可能会说，弗莱克西博，这四枚封印不是很早以前便被揭开了吗？这个世界已经有好几辈人都丧失了他们的道德心，不是吗？我觉得这不无可能，不过上帝的惠泽会在适当的时候为我们展示真相的。信徒们，如果你们对这个问题仍感到不解，那么就请参阅我的系列书籍《离去》之中的第九部《黑夜中的窃贼》。不用我说大家也知道，这些书都可以通过本网站进行订阅。

我的话还没有说完。本周，随着针对主要事故的调查不断深入，你们还将看到更多的预兆。让我们等待着被召唤到耶稣的身边吧！

弗莱克西博

请通过点击标题查看全文。我们推荐的文章包括：

瘟疫（本网站可能性评分：74 分）

曾蔓延在一系列邮轮上的诺瓦克病毒现在已经席卷了美国：

http://www.News-agency.info/2012/february/norovirus-spreads-to-US-East-Coast

（感谢北卡罗来纳州的伊斯拉·史密斯发来此条信息！弗莱克西博对你的信仰表示赞赏，伊斯拉！）

战争（本网站可能性评分：81 分）

嗯，我还怎么说好呢？战争从来都是一个强烈的征兆，而今天它也没有让我们失望！有关在阿富汗打响的反对恐怖主义的战争细节，请参考以下链接：

http://www.atlantic-mag.com/worldnews/north-korea-nuclear-threat-could-be-a-reality

饥荒（本网站可能性评分：81 分）

口蹄疫似乎正在欧洲其他国家寻找落脚点。请见以下头条新闻报道："英国政府警告：最新迹象表明口蹄疫可能会大规模危害农业"。（来源：http://www.euronewscorp.co.uk/footandmouth/）

死亡（本网站可能性评分：91 分）

"我就观看，见有一匹灰白色的马。骑在马上的名字叫做'死亡'，地狱也跟随着他。他们被赐予了用刀剑、饥饿、死亡以及野兽来杀害地球上四分之一的人的权力。"《启示录》第 6 章第 8 节。

正如这段引文所预示的，最近有关动物袭击人类的案例层出不穷。例如以下链接所报道的新闻内容：

"美国游客在博茨瓦纳遭遇土狼群的袭击"

（http://www.bizarredeaths.net）

"洛杉矶摄影师遭宠物蜥蜴吞食案后续调查"

（http://www.latimesweekly.com）

来自弗莱克西博的友情提示：这条新闻尤为有趣，因为该摄影师与鲍比·斯莫有关，因此与世界末日预言关系十分紧密！是继 9·11 事件以来最值得我们关注的事件之一。

4.

萝拉·坎多

自从他给我讲了帕米拉·梅·唐纳德的事情后，我就再也没有见到过伦恩。直到有一天他突然打电话给我，约我在一间汽车旅馆里见面。刚好我有一笔生意取消了，是我的一个常客，曾是个海军陆战队队员。他人很不错，但最近心情有点抑郁，所以想要推迟见面的时间。

不管怎样，那天，伦恩气冲冲地进房间以后，便把我为他倒的酒一饮而尽，然后就开始在房间里来回踱步。他告诉我说，自己刚从休斯顿开会回来。他看上去就像是一个第一次去迪士尼乐园的孩子一样激动，喋喋不休地最少说了半个小时的话。他提到自己是如何与伦德博士谈笑风生，并受邀去参加了他周日节目的录制。他还提到自己又是如何与弗莱克西博·桑迪共进晚餐的，就是那个写了一堆我没空读的书的家伙。他又继续说到了自己演讲的会堂里是如何挤满了虔诚的听众的。

“猜猜还有谁来了，小萝？”他一边拽掉自己的领带一边问我说。我不知道该怎么回答，要是他说是耶稣本人我也不会觉得惊讶，他每每提到这些人的时候声音里总是有着一种敬畏的语气。“是米奇·雷纳德。”他自己回答道，“米奇·雷纳德！伦德博士一直非常支持他。”

像我这样对政治一向不闻不问的人都知道他说的是谁。我曾在德妮莎喜欢看的新闻节目里偶尔看到过他。他看上去像是个十分圆滑的人，之前也曾做过牧师，长得与比尔·克林顿有几分相似，身上散发着一种自信的气质，过去还曾是茶党①的成员。自从他被提名为共和党总统候选人之后，就总是出现在大大小小的报道中，并因自己对女权运动的不当评价和对同性恋婚姻的反对而备受诟病。

伦恩渐渐地越说越远了，甚至幻想此事能成为他步入政坛的一种方法。“一切皆有可能，小萝。伦德博士说我们必须尽自己所能操纵选票，以确保我们的国家回到正确的道德轨道上来。”

说到道德问题，据我所知，伦恩从来都不觉得请我来为他服务有什么不妥，他可能甚至不认为这是一种通奸的行为。他不常提起他的妻子，不过我感觉他们已经有很长一段时间没有过亲密行为了。当然了，前几次见他的时候，我们之间也没做什么苟且之事，他只顾着向我一个劲儿地倾诉了。

我是不是想说他被名誉冲昏了头脑呢？是的，没错。自从他开设了那个网站，并且开始和伦德博士来往之后，他就像是一个有了新玩具的孩子。他说他收到了来自世界各地的网友们的热烈回应，甚至在遥远的非洲都有他的信徒。而且，他每天都要与一个叫蒙蒂的人以及一个叫做杰克的驻日美军士兵通信。虽然我记不清那个士兵的名字了，但是后来他的新闻也闹得沸沸扬扬的。伦恩告诉我说，杰克曾被派往帕姆乘坐的飞机坠机的那片森林里参加救援工作。“就是在那里，帕姆咽下了最后一口气。”他是这么说的。他还说，伦德博士一直在尝试与鲍比的外婆取得联系，希望能够邀请她和鲍比去参加他的节目，不过一直未果。我和德妮莎都对那个可怜的老太太感到十分同情。试想一下，在悲痛之际还要承受如此多的关注是件多么不容易的事情呀。

伦恩还在不断地向我吹嘘自己接到多少个节目的邀请，这其中不

①茶党：全名“茶叶党”，是美国的一个政党，1773年发源于波士顿，是革命的代名词。

仅有脱口秀节目、广播节目，还有网络博客，而且还不仅仅是以宗教为主题的节目与网站。“伦德，难道你不担心他们会在节目上调侃你吗？”我问他。他在无意中曾向我透露，伦德博士的公关团队已经警告他要谨慎对待那些非基督教媒体的邀约了。我觉得这个建议十分中肯。因为肯定有不少人对他所谓的骑士附身幸存儿童的理论嗤之以鼻。

“我正在传播真相，小萝。”他每次都会这么说，“要是他们想要故意忽视真相，那是他们自己的事情。等到被提真正到来的那一天，看看谁才能笑到最后。”

我们那一天什么也没有做，因为他只顾着说话了。临走前，他还提醒我要记得看伦德博士周末的“纯真信仰论坛”节目。

其实，我很好奇伦恩在节目上的表现如何。于是，在周日那天，我便坐下来认真地观看了那期节目。德妮莎有点不明白我怎么会突然对宗教感兴趣起来，所以我只好告诉她伦恩是我的一个客户。一般来讲，我都十分注意保护自己客户的隐私。不过我也知道，自己在这里滔滔不绝地爆料我和伦德之间的事情让这话听起来很虚伪！但是我真的不是一个爱打小报告的人。而且，又不是我主动去找记者的。不管怎么样，刚开始时，伦德博士站在了一个巨大的金色讲道坛上，一大群唱诗班的人站在他的身后。虽然他所在的教堂大小足以赶上一座小型的商场了，但里面还是人满为患。他简单地陈述了一遍伦恩有关帕米拉·梅·唐纳德遗言的推论，每说五分钟便会停下来让唱诗班唱上一小段，并和教友们齐呼“阿门”或是“赞颂耶稣”。接着他又继续说上帝审判的时机已经到来，所有有不道德行为的人，包括同性恋者、女性解放论者、堕过胎的妇女以及推行进化论的学校老师，都将受到惩罚。德妮莎看着节目不停地发出啧啧的声音。虽然她所在的教堂对她的工作内容一清二楚，却从未排斥过她，也从未与同性恋者有过任何嫌隙。“小萝，这些人可真是多此一举。”她说，“人就是人，要不就选择面对事实，要不就选择逃避事实。上帝不会对任何一个人品头论足，不是吗？当然，除了那些放高利贷的人。”大部分富有的传教士和高级牧师都有自己见不得人的丑事，这种情况已经屡见不鲜了，几乎每天都会有媒体爆出类似的丑闻。不过，伦德博士在外界看来一直是洁身自好的。可在德妮莎的眼里，他肯定有某种特殊的手段可以让媒体不去挖掘他的陈年往事。

布道结束后，伦德博士走向了舞台侧边的一个区域。这里装饰得很像一间客厅，里面铺满了昂贵的地毯，墙上还悬挂着巨幅的油画，点缀着金色流苏饰边的灯具。坐在沙发上的依次是伦德博士的妻子雪莉、伦恩以及一个看上去营养不良的纤细女子。那是我第一次见到伦恩牧师的妻子肯德拉，她和雪莉简直形成了天壤之别。在德妮莎看来，雪莉的眼妆实在是太重了，而身上的衣着则很像是变装皇后。伦德在节目中的表现还算不错，虽然他看上去不时会有点焦灼不安，声音也有点飘忽不定，但并没有给自己丢脸。节目中，伦德博士掌握了大部分的话语权，肯德拉却一言未发，脸上还总挂着一丝难解的神情。我不知道她是不是太紧张了，或是觉得来参加节目显得自己有点蠢，又或是别人谈论的内容太无聊了。

5.

2012年3月8日，伦恩·沃西牧师受邀参加了纽约广播电台主持人艾瑞克·卡文那臭名昭著的节目《大嘴巴》。以下内容为当天节目的广播内容脚本。

艾瑞克·卡文那（下文简称“艾瑞克”）：今天和我一直主持节目的是来自得州萨那县的伦恩·沃西牧师。我可以这么称呼您吗，伦恩牧师？

伦恩·沃西牧师（下文简称“伦恩牧师”）：当然可以，先生。

艾瑞克：这倒是第一次有人称呼我为先生。我不得不说，您比我过往的任何一位嘉宾都有礼貌。伦恩牧师，听说您现在也在使用推特网。那么请问，您觉得自己作为一个福音派基督教徒，使用社交媒体合适吗？

伦恩牧师：先生，请恕我直言，我认为我们应该尽可能地使用一切方式来将这个好消息广而告之。自从我在推特上传播这个消息以来，很多人涌入了萨那县，迫切地希望自己也能够被拯救。这又有什么不好呢？在我教堂里排队的人都站街对面去了。（他笑了。）

艾瑞克：怎么听上去有点像是《大白鲨》里的情节呀！所以您现

在需要一间更大的教堂喽？

伦恩牧师：（停顿了一下）这个我还不确定……

艾瑞克：让我们来直接聊一聊您的推论吧。有些人认为您相信那些孩子是骑士化身的理论简直就是——我也找不到什么其他的方法来形容——简直就是疯话。

伦恩牧师：（紧张地笑了笑）好吧，先生，这种语言实在是不适合……

艾瑞克：据说您的推论来自您教区的一名教友——帕米拉·梅·唐纳德——的遗言。她就是那架坠毁的日本飞机上唯一的美国乘客。请问是这样的吗？

伦恩牧师：啊……是的。没错，先生。她的遗言是专门说给我听的，其中的含义也是不言而喻的。"伦恩牧师，"她说，"警告他们，小心那个男孩。"她指的男孩只可能是在空难中唯一幸存下来的日本男孩。唯一的幸存者。而且，遇难飞机的标志也……

艾瑞克：在遗言中，她也提到了她的狗。如果您坚信她所指的日本男孩是某位末日先驱的话，您是不是认为我们应该将她家的宠物狗也视为某种神灵呢？

伦恩牧师：（静默了几秒钟）嗯，我应该是不会这么说的——

艾瑞克：在您的网站 http://pamelaprophet.com 上——各位听众朋友一定要去看一看，相信我——您说自己有证据可以证明这个推论，也就是证明四骑士所带来的惩罚已经在世界各地展开。请让我给还没有听说过您的推论的听众朋友举个例子。您提到，口蹄疫在欧洲的爆发就是四骑士之一所带来的灾难，对吗？

伦恩牧师：没错，先生。

艾瑞克：可是世界上每时每刻都在面临类似事件的发生。英国几年前便爆发过一次口蹄疫。

伦恩牧师：这并不是唯一的预兆，先生。如果您把所有的事件都拼在一起的话，便会发现其中有一个模式……

艾瑞克：按照您的推论来说，这些所谓的预兆都昭示着世界末日即将到来，那些被拯救的人们将面临被提。那么我能否说福音派的教徒们都在盼望着世界末日的到来呢？

伦恩牧师：我认为“盼望”这个字眼用在这里并不合适，不，先生。重要的是，听众朋友们应该知道，说到主……

艾瑞克：难道这些预兆不正是上帝在告诉我们，时间到了，要是再不选择被救赎的话，就要在地狱里遭受永世的折磨了吗？

伦恩牧师：呃……我也不能这么说……

艾瑞克：您的推论还遭受到了许多传统派别宗教领袖的强烈抨击。他们中很多人都指出您的推论是——请允许我引用——“制造恐慌的、彻底的谎言”。

伦恩牧师：质疑的声音是永远都不会消失的，先生。但我希望您节目的听众朋友可以……

艾瑞克：您的背后有几位重量级人物在支持您，比如末日论运动的西奥多·伦德博士。他是不是真的与前总统布莱克交往甚密？

伦恩牧师：呃……这个问题您还是需要问他，先生。

艾瑞克：我知道他在女权运动、以色列和平问题、堕胎问题以及同性恋婚姻问题上一直有着自己坚定的立场。请问您与他在这些问题上也有共识吗？

伦恩牧师：（又是一阵静默）对于这些问题，我觉得我们应该从《圣经》上寻找解决的办法。《利未记》上曾经说过……

艾瑞克：《利未记》上似乎认为，奴隶制是合法的，而且那些不回答父母问话的孩子应该被乱石打死。为什么你们这些人要选择反对同性恋等问题，而故意忽略这些鬼话？

伦恩牧师：（静默了几秒钟）先生，我不赞成您问话的语气。我来参与这个节目是为了告诉您的听众朋友们……

艾瑞克：我们继续聊吧。您对于三个幸存儿身份的大胆设想并不是一家之言。还有一些疯子认为，这些孩子是被外星人附身了的。您觉得这些人的想法是不是比您的更离谱呢？

伦恩牧师：我不是很明白您的意思……

艾瑞克：这三个幸存儿只是孩子，不是吗？他们遭遇的还不够吗？基督教徒们是不是应该停止与他们针锋相对呢？

伦恩牧师：（又是一阵静默）不……我……

艾瑞克：就算他们是被附身了，那么他们孩童的灵魂是否还存留在体内呢？如果还在的话，他们的身体里会不会有点拥挤呢？我说得对吗？

伦恩牧师：上帝呀……耶稣显灵的方式只能……

艾瑞克：啊，又是那一套“耶稣的神谕不是世人可知”的借口。

伦恩牧师：呃……但是你不能……你不能否认那些预兆……那些孩子怎么可能在空难中逃过一劫？这是……

艾瑞克：您是否相信非洲的空难中还有第四个孩子幸存，而他就是那第四个骑士？就算是调查人员百分之百确认事故中没有幸存者，您也还是坚持自己的看法，不是吗？

伦恩牧师：（清了清嗓子）呃……那里的坠机现场……十分混乱。非洲……非洲是一个……

艾瑞克：那么四骑士是怎么使飞机坠落的呢？从技术层面上来讲，这很难做到，不是吗？

伦恩牧师：嗯……我也不能很确定地告诉你，先生。不过我可以说，当空难报告出来的时候，会有预兆显示……显示……

艾瑞克：显示有超自然力量的干扰？就像那些相信外星人存在的人想的那样？

伦恩牧师：您这是在曲解我的话，先生。我并没有说……

艾瑞克：谢谢您，伦恩·沃西牧师。我们现在会开通热线电话。接听听众朋友们的提问。

6.

2012年3月13日，美国国家运输安全委员会在弗吉尼亚州的华盛顿召开了一场新闻发布会，公布了针对这四起坠机事故的全部初步调查结果。会后，调查员埃斯·凯尔索接受了我的采访。

就像我在新闻发布会上所说的，我们很少在这么短的时间内就向民众公布我们的调查结果。但此次的案件实属特殊——大家需要了解的是，这些事故与恐怖主义无关，更与超自然现象无关。而我们也希望这些结果能够给遇难者的家属们带来一些安慰。你肯定不会相信，华盛顿办公室已经接到了无数个电话，询问我们这个机构是否和电影《黑衣人》里演的那样，和外星人勾结在了一起。毋庸置疑，“黑色星期四”之后，全球航空业普遍都遭受了经济重创，因此急需回归正轨。你也一定听说了，一些缺乏职业道德的航空公司已经开始大肆宣传，号称幸存者的座位都位于飞机后部，并借此机会将机舱后部的座位加价销售，甚至还在考虑将头等舱和商务舱挪到后面去，以弥补机票销售上的损失。

其实我们一开始就知道，恐怖主义袭击并非是引起这四起事故的原因。从事后找到的遇难者尸体和飞机残骸上也可得知，四架飞机都未在半空中发生断裂，也就是说机上当时并没有爆炸装置。当然，我们首先便想到了劫机的可能性，不过至今仍没有任何组织出面表示对这些事故负责。

你知道的，虽然我们仍在Go!Go!航空公司的飞机事故现场努力寻找驾驶舱语音记录仪和黑匣子的下落，但我们其实已经知道了引起这起事故的真正原因。首先，从飞机的飞行轨迹和气象数据中可知，飞机当时进入了一个雷暴区域。该公司技术中心最后一次与飞机取得联系时，一条自动遥感勘测信息显示，飞机遭遇了多种电力故障，其中最明显的便是静态端口供暖系统的失灵。这导致了静态端口产生冰晶，从而引发了气流速度读数的误读。由于判断气流速度过低，飞行员进行了急加速的操作，以避免飞机停滞在空中。他们不断地持续加速，直至超过了飞机可承受的限度。我们坚信，杰西卡·克拉多克身上的烧伤就是由事后引发的燃料火灾或故障爆燃造成的。

达鲁航空公司的飞机故障与此不同。实际上，有一系列的因素早已预示着事故的发生。首先，安东诺夫 AN–124 机型是上个世纪 70 年代设计的，比具备自动驾驶功能的空中客车还要早好多年。而且，飞机是由尼日利亚的一家小型机构运营的，该机构一般只使用飞机来搬运货物，并且缺乏完善的安全维修记录。在此，我不想再赘述过多的技术术语，但开普敦国际机场的仪表着陆系统在事发当日并没有正常运行。同时，安东诺夫飞机也不能适用于横向导航系统，因此不足以应付复杂多样性的飞行轨道系统。飞行员对轨道的判断出现了失误，导致飞机的实际飞行高度比规定标准低了大约 30 米，飞机右翼撞到了一根高压线，最终坠毁在了机场附近一个人口稠密的小镇里。不得不提的是，由民用航空管理局和开普敦灾难处理小组联合进行的调查行动完成得十分高效，所有工作人员都非常敬业。虽然事发地在一个第三世界国家里，但他们很快便组织相应人员针对事故现场展开了调查工作。其中，调查组组长诺玛富·那卡沙（我不确定自己是否读对了他的名字）在事故发生后第一时间便收集了目击证人的叙述，还有几个人用他们的手机摄像头记录下了坠机前的一系列画面。

目前，调查员依旧在事故现场辨认遇难者遗体，进展还算顺利。目前看来，很多遇难者都是前来小镇避难的人，因此想通过 DNA 来寻找家属基本上是不可能的。驾驶舱语音记录仪已经被找到了。不过，当地居然还有人将搜集来的飞机残骸贩卖给游客。你能相信这种荒唐事吗？总而言之，我还是想给予那里的工作人员最高的褒奖。

接下来我要说的便是少女航空公司的坠机事故了。在我被调任去监管所有事故的调查进度之前，这也是我主要负责的调查案。有证据表明，飞机的两个发动机都因为堵塞问题而在瞬间停转，这很有可能是由于飞机在空中遭遇了鸟群袭击而造成的。事故发生的时间为飞机起飞后的两分钟左右，此时正是机身艰难爬升的阶段。而飞行员已经来不及将飞机开回机场了，于是在起飞后三到四分钟之内便一头栽进了大沼泽地里。我们已经找到了飞机的黑匣子，上面记录的数据和我们的猜测也大致相符。两台发动机的 N1 涡轮均有被飞鸟撞击的痕迹，不过并没有找到鸟的尸体。根据我的建议，委员会已经判定发动机失灵的可能原因就是机身与飞鸟相撞。

最后一起有关太阳航空公司的坠机事故是四起事故中最富有争议的，因此围绕这起事故的流言飞语也是最难控制的。其中最离谱的要数有关机长濑户有自杀倾向的传闻了。除此之外，日本交通部长的妻子还公开表示，她相信坠机事故与外星人有关。所以说，这起事故带给我们的调查压力是前所未有的。事实上，从我们找到的驾驶舱语音记录仪上来看，是飞机的液压系统遭遇了故障，黑匣子所记录的数据更是显示飞机的坠毁与粗陋的检修过程有关。由于维修人员没有按照基础维修程序来检修飞机的尾部，导致机尾的螺丝钉出现了脱落的状况，从而导致了机身的不完整，并在起飞仅 14 分钟后便引发了爆发性的减压。飞机方向舵随即损坏，液压系统失灵。尽管飞行员使出了浑身解数，也根本无法操控飞机。对于他们在临终前的努力，我们表示十分敬佩。我们在模拟器上进行了比对测试，却没有人能够像他们那样在空中坚持如此长的时间。

当然，在新闻发布会上，我们也面临了许多新的问题。很多记者想要知道几位乘客提到的亮光来自哪里。这有可能是由许多原因造成的，而其中最有可能的便是闪电。这也是我们为什么在第一时间就公开了驾驶舱语音记录仪内容的原因。我们希望这些材料能够使流言尽快终止。

7.

以下内容为太阳航空公司 SAJ678 次航班驾驶舱语音记录仪的录音内容脚本。这些内容是由美国国家运输安全委员会于 2012 年 3 月 20 日首次公开的。

记录开始于 21 点 44 分（飞机从成田机场起飞后的 14 分钟）。

大副：达到飞行高度 300，机长，还要爬升 300 米。爬升至飞行高度 340 应该会很顺利，履带并没有异常。

机长：很好。

大副：你有没有……

（一声巨响。降压警报响起。）

机长：面罩！戴上你的面罩！

大副：戴上了！

机长：机舱气压快要失控了，你能够控制得了吗？

大副：机舱气压已经 14000 了！

机长：改为手动模式，关闭出流阀门。我们应该是遇到减压了。

大副：啊，机长，我们需要紧急降落！

机长：再试一次！

大副：阀门已经完全关闭了，但没有用，我根本没法控制它！

机长：你确定已经关闭出流阀门了吗？

大副：是的！

机长：好的，明白。告诉空中交通控制中心，我们要开始紧急下降了。

大副：求救，求救，求救——SAJ678 次航班开始紧急下降。我们的飞机遭遇了突发性减压。

空中交通控制中心：收到。呼救的 SAJ678 次航班，你们可以下降，附近没有其他航班干扰。请做好准备。

机长：我控制住了。我们的网格最低偏航高度是多少？

大副：140 度。

机长：断开自动节流阀，输入飞行高度 140。

大副：飞行高度 140 已设定。

（机长进行机上广播）

机长：女士们先生们，我是你们的机长。飞机正在进行紧急下降，请戴上您的氧气面罩，并听从客舱乘务员的指挥。

机长：开始紧急下降。关闭推力操纵杆，松开减速板。复查紧急降落清单。

大副：推力操纵杆关闭，减速板松开，前进方向已选定，降落高度已选择，启动开关开启，安全带指示灯打开，氧气自动交换机开启，噪声 7700，已通知空中交通控制中心。

机长：飞行方向失控，飞机向右侧偏航，我无法保持机翼平衡！

大副：（咒骂）飞机方向舵和副翼呢？

机长：我已将副翼向左打满，但没有任何反应。

大副： 液压系统发出警告。我已将指示灯熄灭。我们已经失去了所有的液压，系统 A 和 B 的低压指示灯都亮了！我马上开始查阅快速参考手册中的液压清单。

机长： 给我来点液压呀！

大副：（咒骂）

机长： 我要给 3 号和 4 号发动机加大推进力。

大副： 好像备用系统也失灵了。液压量为零。

机长： 接着尝试。

大副： 我们还有 600 米可以扭转方向！

大副： 300 米！

（飞行高度警告报警器的响声）

机长： 我正在踩减速板，并给 1 号和 2 号发动机加大推进力。

大副： 机头正在下坠，快拉呀！

机长：它没有任何反应！快加大推进力，降低降落速度。

机长：好的，终于平衡了，不过还是不能控制飞行方向。飞机还是在向右偏航。

大副：试试再给 3 号和 4 号发动机加大推进力。

机长：好的。3 号和 4 号发动机加大推进力……

机长：没用的，飞机还在向右偏转！

空中交通控制中心：呼救的 SAJ678，请报告你们的飞行方向。

大副：SAJ678 回复，我们的液压失灵了，正在往机场返航。

机长：我们已经完全无法操控飞行方向了！

大副：我们必须手动转向！

机长：（咒骂）我们好像已经开始进行手动转向了！我正在尝试控制它，看看我们能不能减掉一点速度，风速为 300 节。

大副：机头又开始下坠了！

机长：附近还有其他机场吗？

大副：那个……

机长：再给 3 号和 4 号发动机加大推进力！

（地面迫近警告系统的声音，呜呜，提升，呜呜，提升，距离地面过近，距离地面过近，呜呜，提升，呜呜，提升，距离地面过近。）

机长：四个发动机都加满推进力……提升！提升！

大副：（咒骂）

机长：提升！提升！

（录音结束）

8.

下文摘自 2012 年 3 月 24 日发表的文章《深红色的回音》一文。

末日论牧师开始追寻“第四名骑士”

在休斯顿近期举行的一场新闻发布会上，福音派末日论运动的先驱西奥多·伦德博士向与会的世界媒体宣布：“第四名骑士至今仍逍遥法外，但我们迟早会找到他的。”伦德博士所指的这一推论，最先是由得州的一名名不见经传的牧师提出来的。他认为，在“黑色星期四”的系列坠机事故中奇迹生还的三个孩子都被末世骑士附了身，是上帝派来昭示世界末日的到来的。而他做出这一推论的基础来自帕米拉·梅·唐纳德的遗言，她也是坠毁在“自杀圣地”青木森林里的日本航班上唯一美籍乘客。伦德博士和他的信徒坚信三个幸存儿此次得以奇迹生还一事必有蹊跷，还相信发生在全球各地的其他事故灾难——例如欧洲的洪水、索马里的干旱和朝鲜日益紧张的局势——都是世界末日即将到来的预兆。

如今，伦德博士再次语出惊人，宣称在南非开普敦的达鲁航空公司坠机事故中应该还有第四名幸存的孩子，也就是第四名骑士。他援引达鲁航空公司的乘客名单，指出机上应该有一名叫做肯尼斯·欧杜华的七岁尼日利亚男孩，而他很有可能和三个幸存儿一样，在事故中仅受了轻伤。“我们相信肯尼斯也是上帝派来的先驱之一。”

面对南非民用航空局有关“达鲁航空公司 467 航班上无幸存者”的斩钉截铁的结论，伦德博士似乎并不买账。

“我们会找到他的。”他说，“坠机之后，现场一片混乱。非洲是个蛮荒之地，这个孩子很可能迷路或走丢。等我们找到他的时候，那些不相信耶稣的安排的人便无话可说了。”

当有人问及他此话中有何深意时，他是这样回答的：“伪基督降临的时候，谁也不会想被留在人间，因为那样的话你必须经历难以想象的折磨。正如《帖撒罗尼迦前书》中描述的，‘主的日子会如潜伏在深夜里的小偷一般悄悄到来’，耶稣现在随时都有可能将我们召回。”

20000 美元悬赏！！！

悬赏寻找肯尼斯·欧杜华，七岁，尼日利亚人，曾于 2012 年 1 月 12 日乘坐安东诺夫客货两用飞机。飞机于当日在南非开普敦的卡雅丽莎镇坠毁。据悉，肯尼斯很有可能在生还后擅自离开了灾后儿童集散中心，现在正流落在开普敦街头。

据他的姑妈维罗妮卡·爱丽丝·欧杜华介绍：肯尼斯头部很大，深黑色肌肤，头皮上有一条月牙形的伤疤。知晓肯尼斯下落的人请通过邮件与 findingkenneth.net 联络，或致电 +00-789654377646 留言。收取普通通话费。

Chapter5

第五章 幸存者

三月

“你猜，他晚饭的时候说了什么？”

“什么？？？”

1.

消息记录 2012/03/05 16:30

龙：你这一整天都去哪里了？我都开始担心你了。

千代子：今天有六位遗孀、遗孤来我家了。

龙：一起来的？

千代子：不。有两个是上午来的，其余的分别是下午来的。我好累呀。母亲大人总是说，我们应该对他们以礼相待。我也知道他们还沉浸在悲痛中，但是她难道没有想过，宏整天听着这样的对话会作何感想吗？

龙：他怎么样？

千代子：他肯定觉得很无聊。他们都频频向他鞠躬，然后问他同样的问题："耀西，或是小樱，或是真司等人死前有没有受什么罪？他们有没有留下什么遗言？"就好像宏认识那些人似的。听得我简直是一身鸡皮疙瘩，龙。

龙：我也起鸡皮疙瘩了。

千代子：如果这些人来的时候母亲大人不在家，我就会赶他们走。母亲大人总是诚实地告诉他们，宏到现在为止还是没有张口说过话，但这好像并不能阻止他们发问。所以今天，趁母亲大人在厨房里泡茶的工夫，我做了一个实验。我告诉那些来访者，宏虽然已经能够开口说话了，但他很害羞。我还说他总是提到在飞机坠落前，机上一切平静，没有任何恐慌的迹象。除了那个美国女人以及那两个死在医院里的人之外，其他人都没有受任何的罪。我是不是很坏？

龙：你只是说了他们想听的话而已。如果非要给你的行为定性的话，只能说你很善良。

千代子：是吗，好吧……我这么说只是想让他们赶紧离开我家而已。我那副“节哀顺变”的表情只能坚持一盏茶的工夫。哦，我本来还想跟你说呢。你知道吗，大部分来我家看望宏的人年纪都很大。不过今天却来了一个年纪轻一点的女士。我说她年纪轻是指她走路不用拐杖，而且也没有对我胡乱上茶的行为表示震惊。她说，自己的丈夫就坐在那个美国乘客的旁边。

龙：我知道你说的是谁……江渡橘。他留下了一条遗言，是吗？

千代子：没错。她走后我又重温了一遍那条遗言，里面的内容主要是说，他在上飞机之前其实是有自杀倾向的。

龙：你觉得他的妻子知不知道他死前是怎么想的？

千代子：我觉得她肯定知道。

龙：那她一定很痛苦。她想从宏这里知道些什么？

千代子：和别人差不多。比如她丈夫在飞机坠毁前是否表现得很英勇，他除了那条遗言之外还有没有说其他的话之类的。她问的都是很现实的问题。我总觉得她除了想要获得一些答案之外，对宏本人也很好奇，就好像她是来看展览一样。这让我很生气。

龙：这样的人很快就不会再来了。

千代子：你觉得会吗？坠机中一共死了五百多人。可能有上百个家庭还想来看看他呢。

龙：别这么想。至少现在他们知道飞机是为什么坠毁的了。这也许会带给他们一些慰藉。

千代子：是呀，你说的也许是对的。我希望这也能带给机长的妻子一些安慰。

龙：她真的打动你了。

千代子：是呀。我承认我常常会想到她。

龙：为什么？

千代子：因为我知道她面临的是怎样的局面。人人见到她都会退避三舍，还会在背后对她说三道四。

龙：你在美国的时候也遇到过这种情况吗？

千代子：你真的是不会放过任何一个打听我私生活的机会，是吗？不过我给你的答案是否定的。我在美国生活的时候从来没有遇到过这种事。

龙：你在那里交到朋友了吗？

千代子：没有，只有几个点头之交的人而已。你知道的，我觉得大部分人都很无聊，包括美国人。不过我知道你很羡慕他们。

龙：我没有！你怎么会这么想？

千代子：那你为什么对我在美国生活的经历那么感兴趣？

龙：我跟你说了，就是好奇而已。我想知道关于你的一切。别生气。

千代子：哎！又来失意体前屈这一套。

龙：我就知道这能哄你开心。不过我想对你说……我很高兴，因为反社会的冰雪公主觉得我是一个值得交心的人。

千代子：你和宏是这世界上仅有的两个我能够忍受的人。

龙：不过这两个人中，有一个你从来都没有见过，而另一个又不会张口说话。你是不是就喜欢这种沉默相对的感觉？

千代子：你是不是嫉妒宏呀，龙？

龙：当然不是了！我不是那个意思。

千代子：话语有时候并不能表达你的心声。要是你知道宏可以用自己的眼神和肢体动作表达多少情感的话，你肯定会很惊讶的。是的，我承认自己和不会说话的人交流反而觉得很放松。不过，有时候这样的方式也会让人感觉有点低落。别担心，我不会放弃你而选择一个沉默不语的男孩子的。而且，他现在开始喜欢看《笑一笑又何妨》和《爱的围裙》这两个节目了。我知道你永远不会喜欢这些的。我希望他已经开始康复了。

龙：哈！他才六岁嘛。

千代子：是呀。不过这些节目是拍给那些愚昧的成年人看的。我真不

知道他看上它们哪一点了。母亲大人很担心如果他不尽快回到学校里去的话，有关机构就会来找她麻烦。不过我觉得他不应该这么快就回去，因为我每每想到他要被其他的孩子围在中间，就感到很难受。

龙：我同意。孩子们的童言无忌有时候更加伤人。

千代子：如果他不能说话，如何保护自己呢？他需要保护。

龙：可是他也不能永远待在家里呀，不是吗？

千代子：我得想个办法教他如何保护自己。我不能让他经历我们所经历的这些。我没法忍受。

龙：我知道。

千代子：嘿。他现在就在这儿，正和我坐在一起呢。你想不想和他打个招呼？

龙：你好，宏！(/ ω)(ω)

千代子：太棒了。他也向你鞠躬了。母亲大人总是说要再带他回医院做个检查。我一直都很反对。这有什么意义呢？他的身体又没有任何问题。

龙：也许他只是没有什么好说的。

千代子：没错，也许是这样的。

龙：你有没有听到美国最近盛行的那个传言？他们说非洲还有第四个幸存的孩子。

千代子：当然听说了。他们真蠢。母亲大人说，今天也有一个在《读卖新闻》工作的美国记者给我家打来了电话。他们和宇利部长的妻子一样疯疯癫癫的，嘴里离不开外星人的话题。你说，一个部长的妻子怎么会这么愚昧？我收回我说的话。我不应该这么惊讶。我很害怕她回来看望宏。

龙：是呀。“带我去见你的领袖吧，宏。”

千代子：！！！听着，龙。我只是想说，感谢你一直陪我说话。

龙：怎么突然这么说？

千代子：其实我很早以前就想告诉你了，但一直没法放下我冰雪公主的面子问题。不过你的陪伴真的给了我很大帮助。

龙：嗯……千代子，我也有事想跟你说。这很难开口，不过我还是想说出来。我猜你知道我想说什么。

千代子：等一下。母亲大人又在冲我喊叫了。

消息记录 2012/03/05 17:00

千代子：机器人叔叔来了！他没有提前告诉我们他要来，所以母亲大人吓坏了。我会告诉你后续进展的。

消息记录 2012/03/06 02:30

千代子：龙。龙！

消息记录 2012/03/06 02:40

龙：我在！抱歉，睡着了。你的信息把我吵醒了。

千代子：听着……我要告诉你一件非常诡异的事情。但是你千万不能告诉别人。

龙：这还用说吗？

千代子：好吧……机器人叔叔给宏带来了一件礼物。

龙：是什么？别吊我胃口了。

千代子：是一个机器人。

龙：！！！

千代子：还有更精彩的呢。这个机器人是宏的复制品，和他长得简直是一模一样，只是头发有点不同。你真应该听听母亲大人看到这家伙时是怎么叫出声来的。

龙：你说的是真的吗？一个机器人版本的宏？

千代子：当然是真的。机器人叔叔说，早在裕美姑妈去世前，他就已经做好了这个机器人。它看上去真的很吓人，比他自己的那个分身机器人还要可怕。而且，这还不是最离奇的事。

龙：还有什么事能比这更离奇？

千代子：你等等嘛。机器人叔叔把它带到这里来，是因为母亲大人告诉他，宏一直不肯开口说话。他觉得这个机器人没准能帮帮他。你知道机器人叔叔的机器人都是怎么运作的，是吧？

龙：大概知道吧。他用摄像机拍下自己的面部表情，然后把这些数据通过电脑上传到机器人的感应器里。

千代子：满分！机器人叔叔花了好多年才研究出了这项技术。我和母亲大人在一旁观看的时候，他便专心致志地用镜头对准了宏的脸，让他试着说几个字。宏的嘴唇动了动，似乎在轻声说着什么。接着，那个小机器人说话了……等等……它说的是："你好，爸爸。"

龙：！

千代子：母亲大人差点昏过去了。它实在是长得太真实了，连胸腔里都安装了能够模仿呼吸状态的装置。而且，它还会时不时地眨眼睛呢。

龙：你有没有想想，要是你把当时的画面录下来上传到论坛里，会引起怎样的反响？

千代子：不行！！！记者看到了会疯狂转发的！！！

龙：不过，要是他说话了……那些调查员会不会想知道他在坠机事故中看到了什么？

千代子：这还有什么意义呢？他们已经有答案了。你去看看那位飞行员生前遗言的脚本吧。当局已经知道事故原因了。我们现在所能做的就是看看如何能够让宏和我们交流。这方法看上去不错。你猜，他晚饭的时候说了什么？

龙：什么？？？

千代子：因为机器人叔叔突然到访，所以母亲大人决定给他做他最喜欢吃的纳豆。

龙：好恶心。

千代子：我知道。我也不喜欢吃那个东西。我把宏的碗递给他，他低头看着碗，张了张嘴，然后他的小机器人就说："我不喜欢这个，请问能否为我做碗拉面。"连母亲大人都笑了。后来，母亲大人让我送宏去睡觉，我便偷偷溜回去偷听她和机器人叔叔的对话。我父亲和往常一样不在家。

龙：然后呢？

千代子：母亲大人说，她很担心宏没法回去上学，而有关机构一定会盯着这事不放的。机器人叔叔说，他会尽其所能让宏再休息一阵子，直到他能够正常开口说话，且不会再招惹来不必要的麻烦的时候，再送他去学校。机器人叔叔还叮嘱我们要对小机器人的事保密。母亲大人同意了。

龙：他一定很感激你对宏的悉心照顾。

千代子：我猜是吧。不过听着，龙，你不能把这件事情告诉任何人。

龙：我能告诉谁呢？

千代子：我哪知道。你总是和你心爱的“失意体前屈”标志一起泡在论坛上。

龙：真好笑。你看，你把它叫回来了。

千代子：哎！赶紧收起来！！！我得走了，该睡觉了。不过，嘿，你早些时候想跟我说什么来着？

龙：没什么。以后再说吧？

千代子：好呀。请不要换台，稍后继续观赏冰雪公主与不可思议男孩的疯狂故事。

龙：你真幽默。

千代子：我知道。

2.

莉莉安·斯莫

鲍比回家后的第六周，鲁宾终于醒了过来。那一天，我找了一位护工来看护鲁宾，自己则打算带着鲍比到公园里去走走。我一直担心鲍比没有和其他孩子一起玩耍的机会，但现在似乎还不适合送他回到学校里去。眼下，媒体对我们的关注依旧没有放松，而我也总是梦到自己没有按时去学校接他，导致他被某些狂热的宗教分子给绑架了。不过，我们还是得到外面去走一走，因为我们已经好多天都没有出门了。坠机事故调查报告公布后，大家对于我们的关注空前高涨，因此附近总是有几辆该死的新闻采访车出没。至少，我们现在已经知道飞机是为何坠毁的了。在新闻发布会召开之前，国家运输安全委员会的一名女调查员特意跑来将调查结果告诉了我，让我着实吃了一惊。她说，事情发生得很快，因此萝莉并没有受什么罪。这让我的心中感觉宽慰了不少，却同时也让我再度想起了自己刚刚丧女时的痛楚。于是，我不得不抱歉地独自跑出去待了几分钟，以稳定自己的情绪。那名女调查员的眼睛一直都离不开鲍比，我能看出她不敢相信这孩子居然逃过了如此劫难。而且，是飞鸟撞沉了飞机……飞鸟！怎么会发生这种事情呢？

就在一切都好不容易偃旗息鼓之际，那些该死的末日论支持者又开始站了出来，大肆宣扬非洲的坠机事故中还有第四个幸存者。这不仅又引起了一批记者和电影人的强烈兴趣，还招惹来了一群睁着大眼睛、虔诚地等待世界末日降临的宗教信徒的注意。贝琪对此十分恼火："这群疯子，真应该把他们抓起来，以惩戒他们四处散播谣言的罪行！"自从报纸上也宣扬鲍比是"超自然"的生命开始，我也不再看报纸了。到最后，我甚至不得不请贝琪不要再拿那些文章来烦我，因为我对那些胡言乱语连听都不想听。

由于外面的情形实在是太混乱了，所以我和鲍比不得不绕道出去。我先请贝琪帮我到公园里查看了一番，确认那里没有外星人支持者或极端宗教分子在集会游行，才敢推着鲍比出门。除此之外，我还给鲍比戴上了一顶棒球帽和一副平光眼镜，以免他被不必要的人认出来。我可怜的孩子，他已经把此事当做了一种游戏，每次都喊着："要换装了，外婆！"自从萝莉的追悼仪式结束后，我与鲍比的合影便被登上了各大报纸。为此，我还不得不染了个头发。这是贝琪的主意，我们花了半个小时时间才在沃尔格林的药妆店里挑选了一款赤褐色的染发剂。我本来还担心这个颜色会太显眼。我多希望自己能够问问鲁宾的意见呀！

那天，我和鲍比的散步进行得还算顺利。天空下着雨，所以公园里没有其他的孩子，不过我们祖孙二人倒是自得其乐。有那么一个小时，我仿佛觉得自己的生活是正常的。

从公园回来后，我便扶着鲁宾上了床。自从鲍比回来和我们一起生活以来，他就变得安静了许多，不仅睡得香了，而且也不怎么做噩梦了。

我很难得地为鲍比和自己做了一份烤牛肉三明治。我们窝进沙发里，开始用网飞公司[①]的账户看电影。我选了一部叫做《尼姆岛》的电影。

①网飞公司（Netflix）：一家在线影片租赁服务提供商。

不过，电影一开始我就后悔了。因为片头就出现了一名母亲死去的情节。不过鲍比对此似乎并没有什么反应，他应该还在内化（这是医生教给我的专业术语）萝莉离世的事实。他很快便适应了与我和鲁宾在一起的生活，就好像他一直都和我们生活在一起似的。此外，除非我先提起萝莉，他对妈妈也是绝口不提的。

我跟他说过一遍又一遍，他的妈妈爱他胜过于爱自己的生命，她的灵魂会与他同在。不过这些话似乎都被他当成了耳旁风，他一句也没有听进去。虽然他看上去很好，但我还是带着他去看了另一位创伤治疗顾问。为以防万一，我一直都与潘考斯基医生保持着密切的联系。她劝我不要着急，还说一般孩子的内心都会有一套独特的化解创伤的机制，只要他的言行没有什么明显的变化，我就无须紧张。在鲁宾刚刚生病的那段时间里，我曾经帮忙照看过几次鲍比。这孩子原本的脾气就不小，但自从经历了坠机和丧母的打击之后，他好像一夜之间就长大了，知道我们祖孙二人需要团结在一起共渡难关似的，人也比以前惹人喜爱多了。我很少在他面前显露出难过的神情，但只要看到我哭，他便会用小手臂抱着我说："外婆不要难过。"

看电影的时候，他紧紧地依偎着我，突然冷不丁地问我一句："老公公为什么不来陪我们一起看，外婆？"老公公是鲍比对鲁宾的称呼，我也记不得是怎么来的了，但萝莉觉得很温馨，就一直鼓励他这么称呼外公。

"鲍比，老公公在睡觉。"我回答。

"老公公总是在睡觉，对吗，外婆？"

"是的。那是因为……"我该怎么向一个孩子解释老年痴呆症是什么呢？“你知道老公公已经病了很久了，对不对，鲍比？你记得吗，在你搬过来和我们一起住之前，他就病了。”

“记得，外婆。”他严肃地回答道。

我不记得自己是怎么睡着的了，不过我睡得很死。一阵笑声突然把我从睡梦中惊醒了。那时，电影已经播完了，所以说笑声绝不是电视里发出来的。

是鲁宾！

埃尔斯佩思，我吓得一下子从沙发上坐起身来，简直不敢呼吸。接着，我听到鲍比好像在说些什么。虽然我听不清是什么，但随后又传来一阵笑声。

我已经几个月没有听到笑声了。

我的脖子好像有点落枕，因此十分酸痛。但我已经顾不得那么多了，飞快地跑进了卧室。

只见鲁宾正顶着一头乱发坐在床上，而鲍比则趴在床尾的位置上。

“你好，外婆。”鲍比说，“老公公醒了。”

鲁宾脸上那种呆滞的表情此时已经烟消云散了。“你好呀。”他字字清晰地对我说，“你看到我的阅读眼镜了吗？”我用手捂住了嘴巴，以防自己叫出声来。“鲍比想让我读故事给他听。”

“是吗？”我记得我是这样回答的。我开始浑身颤抖。如果不算上当初鲍比在事故中生还的消息时，他握住我的手那一次的话，这是鲁宾这几个月来第一次清醒过来。要知道，老年痴呆症最先夺走的便是鲁宾说话的能力。而现在，他却在我面前一字一句都说得十分清楚，连语序都没有错。

我觉得自己可能是在做梦。

鲁宾接着对我说："我在'橱'屉里找了半天也没找到。"我根本就没注意到他用错了词，满脑子都在想自己到底是遇到了怎样的奇迹呀。

"我来帮你找，鲁宾。"我回答道。他已经几个月都没有用到自己的眼镜了。患上了老年痴呆症还怎么读书呢？我的脉搏就像一辆奔驰的火车一样在不断加速。我找遍了自己所能想到的每一个地方，翻遍了屋子里的每一个角落，生怕自己若是找不到那眼镜的话，病魔便会再一次带走他。最终，我在他的内衣抽屉底部找到了他的眼镜。

"谢谢你，亲爱的。"鲁宾说。太奇怪了，他可是从来都没有叫过我"亲爱的"呀。

"鲁宾……你是不是……你感觉怎么样？"我仍然有点支支吾吾说不出话来。

"有点累。不过整体上感觉还不错。"

鲍比趁我不注意的时候，一溜烟跑回了自己的卧室，拿来了一本旧图画书。这是萝莉在好几年前买给他的，叫做《蔬菜胶水》。他把书递给了鲁宾。

"嗯。"鲁宾瞟了一眼书的封皮，说道，"这些字眼……用得不对。"

他又有点迷糊了。我从他的眼神中能够看到一丝征兆。

"老公公，我能不能让外婆念给我们听？"鲍比问道。

他的眼神中又闪过了一丝迷茫，不过很快便回过神来。"当然。莉莉呢？"

"我在这儿，鲁宾。"我说。

“你的头发是红色的。我的莉莉应该是黑头发的。”

“我染头发了。你喜欢吗？”

他没有回答，再次陷入了迷茫中。

“念给我们听，外婆！”鲍比喊道。

我坐在床上，开始念书，只是声音一直颤抖着。

鲁宾很快就睡着了。当我抱着鲍比到床上睡觉时，我问他在跟外公笑什么。

“他在给我讲他的噩梦。我告诉他，如果他不喜欢这些梦，就不会再做这些梦了。”

那一夜，我本以为自己会失眠，不料一合眼便进入了梦乡。我醒来时，发现鲁宾竟然不在床上。于是，我连鞋都没来得及穿就跑进了厨房，心都要提到嗓子眼了。

眼前的一切让我惊呆了。只见鲍比正坐在厨房的流理台上，和鲁宾唧唧喳喳地说着些什么，而鲁宾则在往一杯牛奶里加糖。令我惊讶的不是满桌撒着的咖啡粉末和面包渣，而是自己穿好了衣服的鲁宾！虽然他的夹克衫穿反了，但其他的衣服穿得都很整齐。他甚至还尝试刮了胡子，而且还刮得挺干净的。他看到我后冲我招了招手。“我想找些贝果饼，可是找不到橱柜的钥匙。”

我试着冲他笑了笑。“你今天感觉怎么样，鲁宾？”

“很好，谢谢你的关心，不客气。”他自顾自地说着。他大概还没有完全清醒过来，身上总是有什么地方让人觉得不对劲，眼神里也总是缺少了些什么。不过，至少他起来走动了，也会穿上衣服并与别人交流了。

鲍比抓住了鲁宾的手，撒着娇说：“来吧，老公公。我们去看电视吧。可以吗，外婆？”

我点了点还在眩晕的头。

我不知道自己该做些什么好了。我给护理中介打了个电话，告诉他们我那一天不需要护工了，然后又打电话给了罗米耶医生。在整个过程中，我就像是一个上了发条的机器人一般，麻木而机械地安排好了一切。

其实，即使是在鲁宾清醒的状态下，要想走出公寓也不是一件容易的事情。他已经好几周没有出过门了，因此我担心他很容易便会感觉到疲惫。我本想请贝琪帮我出门去看看外面是否有记者，但不知怎么就是没有勇气去敲她家的门。于是，我直接打电话叫了一辆出租车。我想，罗米耶医生的诊所就在几个街区以外，应该是不会出什么问题的。在鲍比穿好了自己的“伪装”后，我们一家三口便踉踉跄跄地出门了。那天我们的运气似乎很好，既没有碰到任何的记者，也没有引起路人的注意。出门时，一名犹太老师正好带着一群犹太小孩从我家门口经过，我吓得不由倒吸了一口气，但他连看都没有看我们一眼。上车后，出租车司机奇怪地从后视镜里看了鲍比一眼，不过并没有说什么。他看上去大概不是美国人，也许是孟加拉人之类的。我甚至在想，他也许连英语也说不好呢，怪不得他连路都认不清楚。

我可能得简单介绍一下罗米耶医生。埃尔斯佩思，我必须承认，尽管他是个尽职尽责的好医生，但是我并不喜欢他，尤其是不喜欢他和鲁宾说话的方式。因为，我每次带着鲁宾来找他做体检的时候，他说话的方式都好像鲁宾本人并不在现场一样。“斯莫太太，鲁宾今天怎么样，有没有遇到什么麻烦？”

他也是第一个表明，鲁宾的健忘症也许是老年痴呆症的先兆的人，因此鲁宾也不是很喜欢他。“我为什么偏偏要从他这么个浑蛋嘴里知道自己到底得了什么病？”相比之下，我们花大价钱找的专家就显得人性化得多了，不过我们也不能老是往曼哈顿跑呀。截至目前，罗米耶医生的诊所就够用了。这一次，我之所以带鲁宾来找他看病，就是想要寻求一个答案。我需要知道他为什么会突然清醒过来。

这一次，当我们迈进诊室时，罗米耶医生似乎比往常要友善许多。“这是鲍比吗？”他问道，“久仰大名，年轻人。”

“你在用电脑做什么？”鲍比问，“上面有好多照片呀。我想看看！”

罗米耶医生吃惊地眨了眨眼睛，然后将电脑屏幕转了过来，上面是一幅阿尔卑斯山的风景照。“不是这张。”鲍比抗议道，“是那些摸着屁股的女人的照片。”

诊室里的气氛尴尬极了。突然间，鲁宾也张嘴附和道：“来吧，医生，给他看看那些照片。”鲍比则在一旁洋洋得意地朝他坏笑着。

罗米耶大夫惊讶得下巴都快掉下来了。埃尔斯佩思，别以为我在故意夸大其词，你真该看看那个男人当时的表情。

“斯莫太太。”他问我，“这种情况持续多久了？”

我告诉他，鲁宾是从昨晚开始自己开口说话的。

“他昨晚说话的时候，条理就这么清晰吗？”

“是的。”我回答道。

“我知道了。”他说罢坐回了自己的椅子上。

我心中暗暗希望鲁宾当时能够说上一句“嘿笨蛋，我就在这儿呀”

之类的话，但是他却只字未发。

“斯莫太太，我不得不说，如果你说的情况属实的话，鲁宾的病情已经……实际上，看到他能够自如行走，我就已经感到十分不可思议了。其实我曾经一度想要推荐你们去更大的医院接受治疗的。”

我的怒火突然一发不可收拾，新仇旧恨似乎全都从心里喷涌了出来。“不要这么说他！他人就在这儿。他是一个活生生的人呀。你这个……你这个……”

“浑蛋？”鲁宾轻声应和道。

“外婆？”鲍比看着我说，“我们现在能走了吗？这个人好像有病。”

“鲍比，是你的外公病了。”罗米耶医生说。

“哦不。”鲍比说，“老公公没有病。”他握住了我的手。“我们走吧，外婆。这里好无聊呀。”此时，鲁宾已经站起身来，径直向门外走去。

我也跟着站了起来。

罗米耶医生的情绪仍然十分激动，灰白的脸也瞬间变成了紫褐色。“斯莫太太……我是真心地劝你，请尽快再约个别的医生看一看吧。我可以再帮你引荐西奈山医院的艾伦医生。如果鲁宾的认知能力有所改善的话，说明我处方的药效比想象中的还要管用。”

我当时都不屑于告诉他，鲁宾已经好几个星期都没有吃药了。不管是什么原因引起了他的转变，反正绝不可能是那些大大小小的药片。因为以我的力量根本就没法强迫他把药片吞进去。

3.

伊索贝尔·穆尔－威尔森曾是鲍比·斯莫的同班同学。她的父亲穆尔－威尔森先生于2012年5月通过网络视频电话接受了我的采访。

毋庸置疑，当听说萝莉在坠机事故中身亡的消息时，罗伯特·赫尔南德斯学校的所有学生家长都感到万分悲痛。我们都无法相信这样的惨剧会发生在一个我们认识的人身上。萝莉和我的关系一直很好。而我的妻子安娜对此虽然说不上是嫉妒，但对萝莉在几次家长会上的表现颇有微词。在她的眼中，萝莉不仅人很轻浮，还是个一等一的怪人。当然，我倒觉得萝莉是个彻头彻尾的好人。虽然本校的大部分孩子都是西班牙裔，但这里的校风对于民族多元化的问题处理得很好。萝莉一直都觉得，自己送孩子来公立学校是为了接近寻常百姓的生活。你知道的，有些专门送孩子去上贵族学校的白人家长看上去总是一副自负的表情。不过，萝莉也并非没有能力送鲍比去上犹太教的学校。话说回来，我依稀记得安娜最看不惯萝莉的地方好像都与鲍比有关……这么说吧，他并不是一个讨人喜欢的孩子。

怎么说呢？在坠机事故发生前，鲍比的言行举止实在是有点出格的。我的意思是说，萝莉教育孩子的方式让我想起了雪莉·杰克逊的一个短篇小说《查尔斯》。你知道这个故事吗？它讲的是一个叫劳里的男孩子每天从幼儿园回家后，都会向父母讲述一个坏孩子“查尔斯”在班上兴风作浪、欺凌弱小的事情。有一天，这个“查尔斯”甚至还害死了全班一起饲养的宠物小仓鼠。劳里的父母对此多少都有点幸灾乐祸，还总是问劳里说：“查尔斯的父母为什么不管管他呢？”结果，当他们去学校参加家长会时，却发现班上根本就没有一个叫查尔斯的孩子。那个传说中调皮捣蛋的孩子就是他们的儿子劳里。

事实上，有好几个家长都找萝莉告过鲍比的状，不过这些抗议似乎并没有什么作用。去年的某一天，伊索贝尔一回家就开始哭诉着鲍比想要咬她的事情，把安娜给气坏了。她一气之下本打算去找校长的，但最终还是被我劝阻了。我一直盼着事情迟早能够有所改善，或是萝莉终有一天会清醒过来，好好地教育教育鲍比。那孩子看上去应该是有非常严重的多动症。

这么说可能有点荒谬，但是鲍比在经历了坠机事故后简直像变了一个人似的。据说，媒体过多的关注使得鲍比的外婆莉莉安不得不选择在家里自行教育鲍比。不过，我在三月底的某一天曾经遇到过他们祖孙俩。我记得那一天的天气很不好，但伊索贝尔一直叫嚷着要去公园玩，所以我只好非常不情愿地带着她出了门。

当我们到达公园附近的时候，伊索贝尔突然大喊了起来：“看呀，爸爸，那是鲍比。”在我反应过来之前，她已经朝着他一路小跑了过去。鲍比那天头戴一顶棒球帽，脸上还架了一副小眼镜。陪鲍比一起来玩的那位女士说自己叫贝琪，是莉莉安的邻居。她告诉我，鲍比的外公鲁宾今天身体不太舒服，所以请她来帮忙照看一下鲍比。那个贝琪还挺能说的！

“鲍比，你想和我一起玩吗？”伊索贝尔问道。她一向是个大方的小姑娘。鲍比点了点头，两个人便牵着手一起跑向了秋千那边。我一边紧紧地盯着两个孩子，一边侧耳倾听着贝琪的唠叨。她似乎觉得我留在家里照顾伊索贝尔，而让妻子安娜出去工作是一件很奇怪的事情。“在我那个年代，这是绝对不可能发生的事情。”她不停地强调着。其实，在我生活的地方，很多家庭都是这样的。做“家庭煮夫”并不会让你的男子气概有所减弱，况且我们也没有闲着。我们一群人合力组织了一个竞走俱乐部，还常常到娱乐中心里去打壁球。

伊索贝尔好像对鲍比说了些什么，鲍比开心地笑了。见到这样和谐的画面，我一直提着的心开始慢慢放了下来。两个小家伙在秋千上头挨着头，说着悄悄话，看起来玩得十分开心。

“他好久没有好好和其他的孩子一起玩了。”贝琪接着说，“我不怪莉莉安，她实在是忙不过来。”

在回家的路上，我问伊索贝尔当时都和鲍比聊了些什么。我很怕鲍比对她说了些有关坠机的事情，或是谈及了自己母亲离世的事情。我还没有正式和伊索贝尔讨论过有关死亡的话题。她养的仓鼠已经一天天老去了，不过我计划趁她不注意为她换一只健康的。在类似问题上，我一直是一个懦夫。而安娜的看法则与我截然不同。“死亡不过就是生命的一个必然阶段嘛！”可是你也不想让自己的孩子太早成熟起来，不是吗？

“我在跟他聊那个老太太的事情。”她回答说。我知道她指的是谁。从伊索贝尔三岁起，她便总是做噩梦，医学上称这种现象为“睡前幻觉”。她说自己总是看到一个面目可憎且弯腰驼背的老太太在她的眼前晃来晃去。会出现这种问题的原因大概和我的岳母总是给她讲那些稀奇古怪的故事，例如吸血鬼艾尔·楚帕卡的故事之类的脱不了干系。安娜和我为此还曾吵过好几次架。

去年，伊索贝尔做噩梦的情况开始越来越频繁，我不得不带她去看心理医生。可是医生似乎也束手无策，只是安慰我说情况会慢慢好起来的，于是我只能默默祈祷。

“鲍比和那个老太太很像。”伊索贝尔说。当我问她这是什么意思的时候，她只是回答说：“就是有点像。”老实说，我有点被吓到了。

我知道这并不意味着什么，不过……自从她那天见过鲍比之后，就再也没有从梦中哭着醒过了，也不再抱怨那个老太太来梦中“看望”她了。几周后，我又问了一遍她当初说的话是什么意思。可她却表现出了一副不知道我在说什么的样子。

4.

保罗·克拉多克的录音内容脚本，2012年3月。

3月12日 凌晨5点30分

我就只喝了一杯酒，曼迪。就一杯而已……我前几夜也喝过一杯。史蒂芬又回来了，不过这一次他没有说话，他只是……

（砰的一声，接着传来马桶冲水的声音）

我再也不会喝酒了。绝对不会。达伦几个小时后就要到了，我可不能让他闻出我身上的酒味。不过不可否认的是，酒真的能帮我放松下来。

哦天哪！

3月12日 上午11点30分

我想我又逃过了一劫。我一直小心翼翼地不让嘴里廉价的漱口水味道散发出来。我还在浴室的橱柜里找到了一瓶同样廉价的除臭剂喷雾。喷了它，我的全身上下都散发出了一种人工麝香的味道。不过，我再也不会这样冒险了。

其实，我和达伦并没有相处太长时间，而是杰西一直在缠着他。“达伦，你想来和我一起看《彩虹小马》吗？保罗叔叔给我买了一整套光盘呢。”我确定，她在坠机事故之前可不是这么外向的。她和波莉姐妹俩并不是很早熟，在陌生人面前一向十分害羞。不过我觉得性格上发生一点点改变也不一定是一件坏事。达伦向我提议，在复活节假期结束后就送杰西回学校去。为此，我们还特意咨询了她的主治医生的意见。

谢谢你能够理解我为何这么久都没有给你发录音内容来。其实……这样对着录音笔说话……真的对我很有帮助。你知道吗？我保证我的生活很快就会走上正轨的。很多人都说，人的悲痛情绪会经历几个衰竭的阶段。幸亏杰西没有经历这几个阶段。她看上去对自己现在的生活状态安之若素，连哭都没怎么哭过。甚至是在她第一次拆线并看到脸上的伤疤时，也没有掉过一滴眼泪。她脸上的伤疤并不严重，用一点点化妆品便能盖住了。她的头发也开始重新长了出来，我们还曾经一起在网上帮她挑了顶帽子。她选中了一款很时髦的黑色呢帽。要是在坠机之前，她是绝不可能喜欢这种样式的，因为它和 K 小姐的风格相去甚远。要知道，K 小姐的穿衣风格十分艳俗，我甚至觉得她有色盲的毛病，每次都把自己打扮得像变装皇后一样。

不过……像她这样平静地接受这样的创伤……并不是正常现象，对吗？我好多次都试图想要把自己那些收藏已久的全家福拿出来，看看她会有什么反应。可是，连我自己都还没有做好重温那些照片的心理准备，又怎么能让她去承受这样的压力呢？现在，当局已经发布了所谓的初步调查结果。我也希望自己能够从中得到些慰藉和解脱。与此同时，“277 互助会”也给了我很大的帮助。不过，我还没有向他们提起过自己的噩梦。我是绝不会告诉他们的。虽然我相信他们，特别是梅尔和杰夫，但是人心隔肚皮，不是吗？那些该死的报纸什么都敢登。你有没有看到《每日邮报》上刊登的那则报道？史蒂芬过去总是称那份报纸为《每日呼喊报》。里面简直就是生生杜撰出了一篇有关玛丽琳的悲情血泪史。在报道中，她声称自己患上了肺气肿。“我唯一的愿望就是在死前再看看小杰西，呜呜呜。”这简直就是情感勒索。我甚至会不时幻想亚当斯兄弟俩此刻正鬼鬼祟祟地蹲守在我家门外，想要绑架我的小杰西。不过。我觉得他们一家再蠢也不至于冒着违反限制令的危险闯到我家来。要是他们敢来，我就立刻打电话叫梅尔那个孔武有力的儿子加文过来，杀杀他们的锐气。

老天呀，请听我说。我是不是又开始像个白痴一样喋喋不休了？一定是压力太大的原因。最近我一直睡眠不足。难怪那些驻在关塔那摩的美军不允许囚犯睡觉，原来这还真的是一种酷刑。

（电话铃声——《日瓦戈医生》的主题曲）

稍等。有电话。

上午 11 点 45 分

太好了，真是太好了……又是小报记者打来的电话，不过这回是《独立报》的记者。相比之下，这个报社是不是会稍微理性一点？他们想知道，我对于“第四个幸存儿”的猜想作何感想。你能相信这样的鬼话吗？

这和我到底有什么关系呀？天哪。还有第四个幸存的孩子？真是鬼话连篇。他怎么没有同情心来问问我，最近杰西的言行有没有什么变化。真的吗？媒体现在都只会关心这种事情了吗？他们连油腔滑调的小人和宗教极端分子的话都敢信？难道如今的社会已经是疯子当道了吗？哦，真是糟糕透了。记得要在书里把这段加进去，删掉那些跟噩梦有关的事情。

好吧。我得先来杯咖啡，然后给杰西穿好衣服，带她去维特罗斯超市买点东西。今天门口只有两个狗仔队在蹲点，溜出去应该不成问题。

3月15日晚上11点25分

嗯……我不知道该说些什么。真是奇怪的一天。

今天一早，不管外面有没有狗仔队，我都决定要带着孩子出去逛一逛，因为我已经快要被逼疯了，杰西除了看电视之外，整天什么事情也不做。不过，我们实在是不能想走就走，因为那样只会被门口的狗仔队逮个正着。感谢上帝，幸好杰西对电视的新闻频道并不感兴趣，只是一遍又一遍播放着《彩虹小马》的动画片。但是在听了几百遍的动画主题曲以后，我的脑袋都快要炸开了。我们沿着小巷一直走到了街尾的马厩那里，身后还尾随着几个可恶的秃顶小报记者。

“冲着相机笑一下，杰西！”他们围着杰西气喘吁吁地喊着，就好像是一群刚从精神病院放出来兜风的恋童癖患者一样。

我竭尽所能地压抑住了心中的怒火，努力保持着“好叔叔”的笑脸，而杰西也一直在勉强应付他们，偶尔站在马的身旁摆上几个姿势供他们拍照。才过了一会儿，她就迫不及待地要拉着我回家了。

由于第二天约好了要与卡萨比恩医生见面，因此我决定试着和杰西聊一聊波莉、史蒂芬和谢莉的话题。她现在过于独立自主……甚至有点自得其乐，而这种精神状态让我非常担心。她整个人简直像极了上世纪八十年代庸俗美国肥皂剧中的小孩，甚至还学会了骂脏话。

和往常一样，她安静地听我说着，脸上却带着一丝傲气十足的表情。

我指了指正在重播的一集《彩虹小马》——我必须承认，除了主题曲有点糟糕外，这部动画片还是很有吸引力的。到现在为止，我已经差不多能够背出每一集的剧情了。“杰西，你记不记得在有一集里，苹果嘉儿拒绝接受小伙伴们的帮忙，结果却给自己惹了大麻烦？”我小心翼翼地用一种充满活力的音调问她，“最后，暮光闪闪和其他的小伙伴还是帮她脱离了困境，让她明白了危难时刻应该和朋友共渡难关的道理。”

杰西默不作声，只是直直地盯着我，好像我是个傻瓜一样。

“我的意思是说，你随时都可以寻求我的帮助，杰西。而且，如果真的觉得很难过，偶尔哭一哭也没有关系。我知道你肯定非常地想念波莉和爸爸妈妈。我也知道自己是没有办法代替他们的。”

“我不难过。”她言简意赅地回答道。

也许，她已经将他们锁进了内心深处，然后假装告诉自己他们其实从未存在吧。

于是，我只好问了一个我已经问过上千遍的问题：“需不需要帮你找几个朋友来家里玩玩？”

她打了一个哈欠，说：“不用了，谢谢。”然后就继续回过头去看她的动画片了。

凌晨 3 点 30 分

（啜泣声）

曼迪。曼迪。我再也受不了了。他就在这儿……可我看不见他的脸。他又对我说了同样的话：

“你为什么让那个东西留在这儿？”

哦老天，该死……

凌晨4点30分

我真的没有办法睡着。

梦境是那么的真实，真实得可怕。还有……该死。我肯定是要疯了……不过这一次我能闻到他的味道，那是一种淡淡的死鱼的味道。就好像，史蒂芬的尸体正在腐烂似的。而且，我还是看不到他的脸……

好吧。够了。

我得阻止这一切。

我的精神就快要崩溃了。

不过……我觉得这一切没准都来源于我的愧疚感。也许这是我潜意识里想要做的事情。

为了杰西，我已经倾尽所能。但我还是不免觉得自己错过了些什么，或是还能再做些什么。

就像是爸爸妈妈离世的时候，我把所有的烂摊子都推给了史蒂芬，由他来筹办二老的葬礼，而我却仍在跟着剧团四处巡演。我当时以为，事业才是最重要的，而且还说服自己说，爸爸妈妈一定希望我不要错过这么好的机会之类的。其实，那时候若是每晚的票房能够过半我们就已经很知足了。我想，我对爸爸妈妈是充满了怨恨的。虽然我没有直接告诉过他们我是同性恋，但他们心里知道。除此之外，在他们的心里，我就是家里的害群之马，而史蒂芬才是他们的心肝宝贝。曼迪，我知道自己以前可能跟你提起过，从小时候起，大家似乎就比较偏爱史蒂芬，对此我倒是并没有感到嫉妒，但不免也会纳闷命运为何总是眷顾他而冷落我。要不是谢莉的关系，我们兄弟俩可能会越走越远也说不定。

但是我知道……我一直都知道……史蒂芬确实很优秀，比我要强上一百倍。（啜泣声）他总是会挺身出来维护我，尽管我根本不值得他心疼。

在内心深处，我知道他觉得我不够格来照顾好杰西。

他和谢莉……他们是成功的一对夫妻，不是吗？可是看看我呢……

（用力吸鼻子的声音）

听我说。可怜的自怨自艾小姐。

是愧疚感，没错，是愧疚感。不过我会努力照顾好杰西的。我会向史蒂芬和谢莉证明，他们当初把孩子的监护权交给我的这个决定是多么的明智！这样的话，他的鬼魂也许就不会再来找我了。

3月21日晚上11点30分

我妥协了。这一次，在去参加“277互助会”的活动之前，我将杰西托付给了艾琳顿·伯恩太太照看。通常我都会带着杰西去参加活动的，她也总是表现得像个小天使一样乖巧。梅尔会在社区中心的休息室里给她找点事情做，比如填色之类的。我偶尔也会把史蒂芬的电脑带上，好让她可以在那里看看《彩虹小马》的动画片。我也不是很清楚，不过……每次我带着杰西去参加活动的时候，都会感到互助会里的气氛有些尴尬。当然，大家对她都很友善，只是……好吧，这也不能怪他们。杰西的存在就好像是在时刻提醒着所有人，他们的亲属都在事故中遇难了，不是吗？我也知道，这对他们来说太不公平了。他们一定很想问她，在飞机坠毁前的最后几秒钟内，机上是什么样的景象。可是，杰西说她什么都不记得了。是呀，她又怎么会记得呢？事情发生的一刹那，她就被撞昏了过去，不省人事。尽管英国的调查员在新闻发布会召开之前，极力地想要帮她唤起记忆，但她就是坚持说，她记得的最后一个画面就是自己躺在特纳利夫岛酒店的游泳池里。

艾琳顿·伯恩太太迫不及待地把我送出了门，看来是等不及要和杰西玩了。这也许是因为她孑身一人吧。除了上帝之外，我从没有看到过任何一个人来拜访过她。平日里，她看上去就是一个可怜的独身老太太。好在，她并没有把她家那只顽皮的贵宾狗带到我家里来，不然我的被子上一定会沾满了狗毛的。我一直觉得，艾琳顿·伯恩太太喜欢到处闻来闻去的毛病不是针对我一个人的。连杰夫都说，她闻得那么起劲，就好像是他的鞋底踩到了大便一样。因此我得出了一个结论，她每次闻别人身上的味道时，都是她势利眼的毛病又发作了。我对让她来帮忙照顾杰西不免有点担心，但杰西却欢天喜地地挥手和我作别。我从没有这么大声地把这话说出来过……不过有时候我甚至不知道她是否真的在乎我的陪伴。

总而言之……我说到哪里了……哦对，“277 互助会”的活动。天哪，我差点就在会上把我梦到史蒂芬鬼魂的事情说出口了。除此之外，我一直喋喋不休地讲述着来自媒体的关注，倾诉着这些压力是如何把我压垮的。我知道自己是在耽误别人的时间，可我就是停不下来。

最后，随着天色渐暗，梅尔不得不出面打断了我。正当我们坐下来准备喝杯茶的时候，凯尔文和凯莉双双站了起来，说他们有事要向大家宣布。凯莉的脸涨得通红，不停地抠着自己的双手。因此，只好由凯尔文来告诉大家，他们已经开始约会了，并且有订婚的打算。所有的人都开始尖叫和鼓掌。说实话，我的心中有一点点嫉妒。我已经有好几个月都没有遇到任何感兴趣的对象了。像我这样的人，自然是不会再有约会的机会了，不是吗？我甚至可以想到《太阳报》会怎么爆料我的八卦。“杰西的疯子叔叔回家后变身色情狂”之类的。凯尔文比凯莉要大好几岁，尽管他们才开始交往几个月便考虑到了订婚，听上去让人不免觉得有点草率，但我还是真心地对他们表示了祝福。

不管怎么说，凯尔文是个好小伙子，凯莉能够遇到他真的是很幸运。他虽然肌肉发达，性格有些粗犷，但内心却是感情十分丰富的。自从在追悼仪式上听他朗诵了一首诗歌后，我便对他刮目相看了。不过，我对他可没有非分之想，因为他一看就和我不是一路人。其实，他们和我都不是一路人。我是互助会里唯一的同性恋。在接受了大家的祝福后，凯尔文动情地说道，他在空难中故去的双亲如果还活着的话，一定会很想见到凯莉的。过去，他们总是催着他早点成家。现在，他终于找到了自己的心上人，父母却已经不在了。凯尔文的一番话又让大家陷入了悲伤的气氛中，杰夫甚至号啕大哭了起来。我们都知道，凯尔文是为了帮他的父母庆祝结婚四十周年纪念日，才为他们预订了特纳利夫岛之旅的。因此，这场灾难对于他来说无疑是更加难以接受的。这不禁又让我想起了鲍比·斯莫的妈妈。她飞去佛罗里达的原因好像也是为了给父母找一处可以养老的房子，不是吗？好人没好报，真的是太可怕了。

会后，互助会里的很多人都表示，想要一起去酒吧喝一杯以示庆祝。可我却觉得自己最好还是不要跟去了，因为酒精对我的诱惑实在是太大了。不知道是不是我想多了，但在我婉言谢绝他们的邀请后，有好几个人看起来似乎倒是如释重负。可能是我妄想的老毛病又犯了吧。

当我到家的时候，艾琳顿·伯恩太太正懒洋洋地窝在沙发上读着一本帕特里夏·康薇尔的小说。她看上去并没有要急着回家，因此我决定和她聊聊杰西最近的变化。我当然不是指外貌上的变化，而是指她在坠机事故之后言行上的改变。我迫切地想知道，别人是否也注意到了杰西的性格莫名其妙地发生了三百六十度的转变。

针对我的提问，老太太想了很久。接着，她摇了摇头，表示自己也不能确定。不过，她倒是说杰西当晚“乖得很”，而且令人意外的是，她居然提出，想要看些除了《彩虹小马》以外的动画片。艾琳顿·伯恩太太有点不耐烦地说，她俩一起把各种真人秀给看了个遍，从《英国达人》到《全美超模大赛》。后来，杰西不用人催便自己跑回屋里睡觉去了。

由于她看上去仍然没有要离开的意思，因此我不得不再次对她的帮忙表示感谢，并且满脸期待地对她微笑着。她会心地点了点头，起身站了起来，但突然又回过头来直直地瞪着我，说道：“给你点建议，保罗。要注意你扔进回收桶里的东西。”

我吓了一跳，顿时开始胡思乱想起来。我想，她该不会是发现了我的几瓶“以备不时之需”的藏酒，准备敲诈我吧。我曾经就因为酗酒的话题而给自己惹来了不少麻烦，所以这一次我无论如何都不想再重蹈覆辙了。“你知道的，那些媒体……唉……”她叹了口气，“我发现他们好几次都在翻你们丢出去的垃圾。不过别担心，我已经把他们给打发走了。”接着，她拍了拍我的手臂：“你做得很好。杰西恢复得非常不错。我相信没有人比你更能够胜任照顾她的工作了。”

我目送着她走出了家门，一下子感动得泪如雨下，两腿也一下子感觉有点无力。在这个世界上，至少还有个人愿意肯定我为杰西所付出的努力。虽然这个人只是个执拗的邻居老太太而已。

于是我接着想，自己必须要战胜噩梦的侵扰。我要重拾信心，把那个惶惶不安的自己抛到九霄云外去。

3月22日下午4点

我们刚刚从卡萨比恩医生那里回来。

杰西一如往常地配合着医生的检查。结果很乐观，相信我们很快就能送她回学校去上学了。等医生给杰西检查完身体后，我试着跟他聊起了自己最近遇到的问题。当然了，我只是轻描淡写地告诉他，我近期总是噩梦连连，除此之外并没有透露太多的细节。卡萨比恩医生是一个很健谈的人，胖胖的，人很和善，看上去像是一只大熊。不过，是让人很想抱一抱的那种大熊，而不是那种吓得让人想拔腿就跑的大熊。他告诉我，会做噩梦可能是潜意识在处理悲伤和焦虑情绪时的一种发泄形式，随着媒体关注度的下降，一切就会恢复正常了。他还提醒我，不要小看那些小报记者、亚当斯一家以及其他奇奇怪怪的人给我带来的精神压力。他建议，如果我实在睡不着的话，还可以服用一些助眠的药物，并给我开了一张处方，说保证我能够睡上好觉。

那么……让我们来看看这药灵不灵吧。

不过，老实说，即便是吃了药，我也很怕进入梦乡。

3月23日凌晨4点

（一阵啜泣声）

没有噩梦，也没有史蒂芬。可这一次……似乎……更糟糕……

我又在史蒂夫的鬼魂通常来打扰我梦境的时间醒了过来，那大约是凌晨3点多的事情了吧。我听到房间的什么地方有些声音，随后还伴随着笑声，是谢莉的笑声，我听得清清楚楚的。于是我一下子便从床上蹦了起来，跑到楼下去查看，心都快提到嗓子眼了。我也不知道自己在期待些什么，也许是谢莉和史蒂芬回来了，在门口等着向我诉说他们的遭遇……该死的，我也不知道，没准他们被索马里海盗绑架了或者是遇到了什么事情，所以才这么久没有回家。我想我当时应该还处在半梦半醒之间，所以想法乱糟糟的。

但出现在我眼前的却是杰西。只见她正坐在距离电视屏幕很近的地板上，看着谢莉和史蒂芬的婚礼录影带。

“杰西？”我轻声唤着她的名字，生怕吓到了她。我在想，天呀，难道她终于鼓起勇气决定直面父母离世的事实了吗？

不料她头也没回地问了我一句：“你嫉妒史蒂芬吗，保罗叔叔？”

“我为什么要嫉妒呢？”我问道。我居然没有意识到自己应该问的问题是，你为什么要直呼自己爸爸的名字。

“因为他们深爱着彼此，你却没有人来爱。”我真希望自己能够模仿她当时的语气。她听上去就像是一个科学家在饶有兴致地研究着显微镜下的标本。

“不是这样的，杰西。”我回答说。

她接着问道：“那你爱我吗？”

我说当然爱呀。不过这是假话，我爱的是以前的那个杰西，那个兴趣古怪、有些任性的杰西。

我真该死。我真不敢相信自己是这么说的。什么叫做“以前的杰西”？

我留下她继续看着电视，然后溜进了厨房，翻出我珍藏的一瓶雪莉酒。我以前一直都把它藏在自己看不见的地方，眼不见心不烦。

杰西还在一遍一遍地看着录像，现在应该已经是第四遍了。我能听到录像里又响起了杰克·强森的《婚姻狂想曲》的旋律。谢莉一直在不停地笑着，可到底是什么事情那么好笑呢？

曼迪，我现在正坐在床上，看着眼前的酒瓶。

不过，我是不会碰它的，绝不会。

5.

杰夫里·莫兰和他的妻子梅兰妮·莫兰是“277 互助会”的发起人。这个互助会是专门为那些在 Go!Go! 航空公司空难事故中失去亲人的遇难者家属组建的互助性组织。杰夫里于 7 月初接受了我的采访。

我要郑重地谴责那些媒体，他们应该对此负责。你肯定听说了他们使用下流手段窃听保罗电话的事情，他们居然还脱逃了罪责。对于保罗的妄想症，我想我真的不能怪他。那些狗仔队的记者们甚至还试图用一些有诱导性的话来向我们提问，企图从我和梅尔的嘴里套出保罗的坏话。当然，梅尔已经清清楚楚地告诉了他们，让他们去见鬼吧。我们“277 互助会”是一个团结的大家庭，自然会责无旁贷地照顾好家庭里的每一位成员。的确，这三个孩子的生还真的是一个奇迹。这或许就是人生中无法解释的几件怪事之一吧。不过要不是那些小题大做的记者在从中作梗，什么外星人传说和宗教邪说都不可能出来蛊惑人心。这些人都应该被判死罪。

我们当然知道保罗是个什么样的人。我不是指他的性取向问题。人们在关上家门后在家里做什么，那是他们自己的事情。我说的是他喜欢表现自己的那种性格。他总是希望自己能够成为人们注意的焦点。我们刚认识的时候，他就告诉过我们他是一名演员。虽然我没有听说过他，但他说自己过去曾在几部电视剧中客串过一些角色。你知道的，都是一些跑龙套的角色。也许正因如此，没演过主角、得不到世人的注意这些问题都对他的自尊心产生了极大的伤害。这倒是让我想起了自己的女儿罗琳。当然，她比他的年纪还要小几岁，不过她也花了很长时间、做了很多种尝试后才决定要从事美容行业。有些人总是要费上一番工夫才能找到自己人生的方向，不是吗？

在保罗开始……这么说吧……在他开始变得有点郁郁寡欢之前，他常常会惹怒梅尔。如果你不管他的话，他可以在会上滔滔不绝地说上几个小时。不过，只要有机会，我们便会过去帮他照顾杰西。要知道，这对我们来说并不容易，因为我们还有自己的孙子孙女们要照顾。我们的儿子加文有三个子女。不过保罗是个特例，这个可怜的小伙子，他需要周围的所有人都给他必要的支持。这不仅仅是因为媒体给他带来的巨大压力，也因为他嫂子的家里人实在是不像话，居然让他一个人扛起了所有的重担。梅尔总是称呼那些人为“坏坯子”。记得在追悼仪式上，加文就曾经和他们正面交过锋，他可是个明年要考警校的人。加文肯定会是个好警察的。像他这种曾经看到过社会黑暗面的人，都会知道如何做一个好警察。我倒不是说他曾经给自己惹过什么麻烦。

保罗的那个自大的邻居老太太也帮了他不少的忙。虽然她有点傲气，但是心肠还是不错的。我曾看见过她为了轰走一群围在保罗家门口的狗仔队，往他们的头上倒了一大桶的冷水。虽然这么说也许改变不了她的名声，但也不失为是对她的一种夸奖。

就在调查结果公布后不久，探索频道的一个制片人打算为“黑色星期四”拍摄一个专题片，并找到了梅尔和我，希望邀请我们担任节目的嘉宾。他希望我们能够在节目中谈谈初闻坠机噩耗时的感受。这个瞬间对我们来说自然是不堪回首的，可就在我们的罗琳在坠机事故中遇难之前，梅尔和我最喜欢看的便是一档和坠机事故调查有关的节目。我记得节目主持人是美国调查员埃斯·凯尔索。当然，我现在是多么希望自己从来没有看过这种节目呀。后来，梅尔直截了当地拒绝了那个制作人的要求，听说凯莉和凯尔文也没有答应同样的邀请。他们那时候应该已经在一起了。凯莉在事故中失去了丈夫，而凯尔文一直是单身，所以何乐而不为呢？没错，他比她要大很多，但是忘年恋也有可能是会长长久久的，不是吗？看看我和梅尔吧，她比我大七岁，可我们的婚姻已经坚定地走过了二十个年头。凯莉和凯尔文本来计划要在今年八月份结婚，不过他们目前正在商议推迟婚礼。然而，我告诉他们，人生苦短，应该及时行乐，不要让小杰西的遭遇影响你们自己的生活。

我说到哪儿了……哦对了。我早就应该意识到保罗的状态有些不对劲了。我是说，当他告诉我，他不想上探索频道的节目时，我就应该发现问题了。在这一点上，我觉得自己有必要替他说句话，他真的没有故意要把自己和杰西推到聚光灯下的意思。恰恰相反，他一直在保护那个可怜的孩子。不过，说实话，事故刚发生的时候，他可是从来都不吝惜于频繁出现在各种早间节目中，在沙发上大方地谈论杰西的恢复情况的。但是，这并不意味着媒体就有权利去刺探他的私生活，或是阴魂不散地到处跟踪他们。我本以为在戴安娜王妃的车祸事故后，这些媒体会吸取一点教训。到底要有多少人为此付出生命，才能让他们停止这样疯狂的行为？我知道，我说多了，但是这些想法让我血脉贲张。

至于杰西嘛……她可真是个小甜心，是互助会所有人的掌上明珠。她给人的印象是比较早熟。但是考虑到她经历的事情，这一点也并不难理解。她总是保持着微笑，从不会抱怨脸上的伤疤，性格很是开朗。孩子们从创伤中恢复过来的速度真是让人惊叹不已呀，不是吗？我曾读过那个埃塞俄比亚女孩的自传，她也曾是一次空难事故的唯一幸存者。在她的叙述中，事故后的生活在她看来就像是一场梦境一样。也许这正是杰西目前生活的写照吧。对于那本书，梅尔则是碰都不敢碰的。大部分“277 互助会”里的成员也是这样。凯尔文甚至说，他在看电视之前必须要让朋友先帮他审核一遍节目内容，以保证其中没有任何与飞机或是与坠机有关的事情。现在，他甚至连罪案节目都不敢看了。

不过，杰西的状况一直都很正常，我敢保证。那些可怕的美国人和那些末日骑士的谎言之类，总是让梅尔气到快要中风。不过话说回来，我和梅尔都觉得杰西恢复得很好。而且，要是有什么问题的话，我们肯定会听学校老师提起的。要知道，她的老师可是个唠唠叨叨的女人。此外，连她的心理医生和社工居然也没有发现任何异样，这不是很奇怪吗？

我最后一次见到杰西的时候，身旁没有别人。梅尔去帮凯莉挑选婚礼地点了，而保罗则忙着和他的经纪人开会。我从学校里把杰西接了出来，然后带着她到街尾的马厩里去玩了一会儿。回家的路上，我总是会问问她课上得怎么样，同学有没有欺负她之类的。虽然杰西脸上的伤疤并不是很严重，但一直都没有彻底长好，因此我很担心其他的孩子会嘲笑她。但是她却说，从没有人敢欺负她。她真是个小女强人呀。那天下午，我们过得很开心。回家后，她还拿了一本名为《狮子，女巫和魔橱》的书，让我给她念了好几页。其实，那时候她已经能够看懂书中的内容了，可她却坚持要我模仿书中角色的声音读给她听。

那本书似乎很吸引她，让她爱不释手。

当听到保罗进门的声音时，她冲我笑了笑。那甜美的笑容仿佛又让我想起了我的女儿罗琳。“你是个好人，杰夫爷爷。”她说，“很抱歉你的女儿死了。”现在，每当我想起她的时候，都会想起那个画面。而每当我想起那个画面的时候，都禁不住会泪流满面。

6.

千代子和龙（这段对话发生在他们双双失踪之前的三个月）。

龙：你在吗？

消息记录 2012/03/25 13:31

龙：你在吗？

消息记录 2012/03/25 13:45

千代子：我在。

龙：我好担心呀。你从没有沉默过这么长时间。

千代子：我刚才在和宏一起聊天。因为母亲大人不在家，所以我们俩正好有时间独处。

龙：他有没有谈到坠机的事情？

千代子：嗯。

龙：他说什么了？？？

千代子：他说他记得自己被吊上了救援直升机。他觉得挺好玩的。“像飞一样。”他说自己还想再玩一次。

龙：他可真是个怪孩子。

千代子：我知道。

龙：对于坠机这件事，他就只记得这么多吗？

千代子：到目前为止，他就说过这么多。要是他还知道点什么的话，只要他不想说，我就不会强迫他。

龙：他有没有说起他妈妈的事？

千代子：没有。你为什么对这件事情这么感兴趣？

龙：我当然感兴趣了！为什么不可以呢？

千代子：我说话又刁难你了，是不是？

龙：我现在已经习惯了。

千代子：冰雪公主发射的冰雪烈焰。

龙：千代子……当他通过机器人和你说话的时候，你会看谁？宏还是机器人？

千代子：哈！这个问题问得好。大部分时间我会看着宏，不过说来也奇怪……我现在已经习惯了。就好像那个机器人是他的双胞胎兄弟一样。昨天，当宏离开房间后，我还不自觉地和那个小机器人聊天呢。

龙：！！！

千代子：我真高兴我们俩中间至少有一个人笑了。不过，能让人们把小机器人当做真的宏而不是一个机器来看待，正是机器人叔叔制造分身机器人的初衷。

龙：？？？

千代子：他想知道，当我们终于开始把机器人当做人类来看待的时候，会不会有一种被机器人鸠占鹊巢的感觉。现在，我们已经开始迈向这个阶段了。至少本公主已经开始了。

龙：对不起，我有点笨。

龙：嘿……你有没有看过机器人叔叔做过的一个采访？他说，有些时候，当有人触碰他的分身机器人时，他在千里之外也能够感受到手指划过他皮肤时的感觉。大脑真是个奇妙的东西。

千代子：没错。我好想知道为什么宏只愿意通过他的机器人来和我们交流。我知道他没有变成哑巴，他还可以说话。也许，这样做能够给他创造一种情感上的距离感。虽然我们全家人都同住在一个屋檐下，但我们彼此之间都有情感距离。哈哈。

龙：就和摄影师拍摄恐怖画面时不会吓得转身逃跑是一个道理。没错，距离感这件事算你说对了。

千代子：听听这个——我今天问了他是否想要回学校去。

龙：他怎么说？

千代子：他说："要是我能把自己的灵魂带上，我就愿意回去。"

龙：他的什么？

千代子：这是他给自己的分身机器人起的名字。

龙：这件事你可得保密。外面有那么多和宇利惠子一样痴迷于外星人理论的人。你肯定不想给他们什么灵感吧。

千代子：她现在又说什么了？她又提起宏了吗？

龙：没有。不过她好像确信自己曾被外星人绑架过。论坛上有一段很好玩的视频，拍的就是她在叙述自己是如何被外星人抓去做研究的事情。做这个视频的人还特意在片子里穿插剪辑了很多《E.T.》电影里的画面。太好笑了。

千代子：她和那些扬言还有第四个幸存儿的美国牧师一样欠揍。这些话肯定又会引得大家折腾不休的。好不容易一切都尘埃落定了，他们却非要再来火上浇油。

龙：哈！说得还挺押韵的！你真应该当一个作家，我可以给你的书画插画。

千代子：我们可以开一间属于自己的漫画工厂。有时候我在想……等一下，门口有人。可能是推销员吧。

消息记录 2012/03/25 15:01

千代子：你猜刚才敲门的是谁？

龙：我不想猜。

千代子：猜猜嘛。

龙：濑户机长的妻子。

千代子：不对。再来。

龙：宇利惠子和她的外星人朋友们？

千代子：不是！

龙：坐着猫巴士的龙猫？

千代子：哈！这个答案我可以讲给宏听。我有没有告诉你，我不顾母亲大人的反对，让他看了《龙猫》的动画片？她总是说那片子会让宏更难过的。

龙：没有！你没告诉我。那他看了之后难过吗？他的机器人难过吗？

千代子：没有。他笑得可开心了。他甚至觉得女孩的母亲住院的那个情节很好笑。

龙：这个孩子可真是怪异。所以呢？是不是猫巴士开到你家门口了？

千代子：是那个美国女人的女儿。

龙：∑(O_O;)!! 帕米拉·梅·唐纳德的女儿？

千代子：没错。

龙：她怎么知道你们家住在这里？

千代子：可能是从某个互助组成员那里得知的吧。除此之外也没有别的途径了。杂志上只是说我家离代代木车站很近，还有一家叫做“东京先驱”的网站上登过我家门口的几张照片。

龙：她什么样子？

千代子：你不是在追悼仪式上看过她的长相了吗？

龙：我的意思是，她人怎么样？

千代子：起初，我以为她只是个典型的老外而已。从某些方面讲，这话没错。不过她人很沉静，没什么话，衣着也很保守，和我打招呼的语气就好像知道我是新宿第一的冰雪公主似的。

龙：你让她进门了？？？

千代子：不行吗？她和其他人一样，都是事故的受害者之一。不仅如此，我还让她跟宏说话了呢。

龙：宏还是宏的灵魂？

千代子：宏的灵魂。

龙：你让她通过分身机器人和宏说话了？？？我以为你很不喜欢她呢！

千代子：我为什么会不喜欢她？

龙：因为她妈妈说的那些话呀。

千代子：那又不是她的错，是那些愚蠢的美国牧师惹的祸。她来的时候看上去怅然若失。我想，她一定是鼓起了勇气才大老远跑来看望宏的。

龙：这话听上去有什么不对劲。冰雪公主通常是不会这么做的。

千代子：也许我想听听她准备和宏说什么呢。没准我只是好奇而已。

龙：当她看到宏的灵魂的时候，有什么反应？她是怎么知道自己必须通过机器人才能和宏交流的？

千代子：她只是直愣愣地盯着它，然后礼貌地鞠了一躬。我能听到宏通过机器人发出了一阵窃笑声。我那时候正躲在我的房间里，开着电脑和照相机。我很惊讶她看到机器人的时候居然没有吓得叫出声来。

龙：她问什么问题了吗？

千代子：首先，她对宏愿意和她说话表示了感谢。接着她问了那个所有人都会问到的问题，她的母亲在临死前有没有受任何折磨。

龙：他怎么说？

千代子：宏回答说："有。"

龙：哎呀呀。那她作何反应？

千代子：她对他的诚实表示感谢。

龙：所以说，宏承认自己曾经和她的妈妈说过话啦？

千代子：也不算是吧。他从来没有正面回答过她的问题。正当我觉得她可能会失望的时候，宏突然用英语说了一句："别这样！"

龙：宏还会说英语？

千代子：裕美姑妈或者机器人叔叔之前可能教过他几个短语。接着，她给宏看了一张她母亲的照片，并请他确认自己是不是见过她。这一次他又对她说："别难过。"于是，她忍不住哭了起来，简直是号啕大哭。我担心她的哭声会惹宏伤心，所以我就请她离开了。

龙：千代子，我可能没有资格这么说……不过……我觉得你不该这么做。

千代子：不该把她赶出去吗？

龙：不。不该让她和宏的灵魂说话。

千代子：我没有问你的意见，龙。你是不是喜欢上那些美国人了？

龙：你为什么又故意刁难我？

千代子：这不公平，你凭什么想让我内疚？

龙：我不是想让你内疚。我只是想做你的朋友而已。

千代子：朋友是不会对彼此品头论足的。

龙：我不是在对你品头论足。

千代子：你就是在对我品头论足！我不需要你来这么说我。类似的话母亲大人已经跟我说得够多的了。我要走了。

龙：等等！我们能不能至少把话说开？

千代子：没什么好说的了。

消息记录 2012/03/25 16:34

龙：你生气了吗？

消息记录 2012/03/25 16:48

龙：_|7O

消息记录 2012/03/26 03:19

千代子：龙。你还醒着吗？

龙：对于昨天的事我很抱歉。你看到我给你发的“失意体前屈”的表情了吗？

千代子：看到了。

龙：你还好吗？

千代子：不好。母亲大人正在和父亲吵架。自从宏来我们家以后，他们就没吵过架了。所以我担心这会让宏不开心。

龙：他们为什么吵架？

千代子：为了我。母亲大人怒斥父亲应该对我更严厉一些，并送我回公立学校去。她说我应该要为了自己的未来努力学习。可那样的话谁来照顾宏呢？

龙：你现在真的很在乎那个孩子。

千代子：是的。

龙：所以……你对未来有什么打算？

千代子：我和你很像，我们都是不会去顾及明天的人。未来那些已知的选项有什么了不起的？我既不想做个公司白领，也不想成为生活的奴隶，更不想做什么自由打工族。我最后大概会和那些流浪汉一起住在公园的帐篷里吧。母亲大人最希望我早日结婚生子。

龙：你觉得这个可能发生吗？

千代子：绝不可能！！！我爱宏，可是想到自己要为其他人的生活担起一辈子的责任……我宁愿孤独终老。我一直都是这么想的。

龙：你不孤独，小千。

千代子：谢谢你，龙。

龙：冰雪公主是在和我说谢谢吗？？？

千代子：我得走了。宏醒了。我们明天再聊。

龙：☆ *:.。.(●≧▽≦●)ˆ。.:* ☆

第六章 阴谋论

三月至四月

那些孩子都是杀人凶手，是他们杀了飞机上所有的人……可是现在世人都被真相给蒙蔽了。

1.

萝拉·坎多

伦恩最后一次来看我的时候，发了一次很大的脾气。他一到汽车旅馆就灌了自己一杯波旁酒。喝完还嫌不过瘾，就又喝了一杯。过了好久他才冷静下来，一五一十地告诉我发生了什么事情。

原来，伦恩发现伦德博士在沃斯堡市给米奇·雷纳德举行了一场声援以色列的群众集会，名为“信徒联合大会”。而伦恩生气的原因正是自己没有被伦德博士邀请到大会上发言。这还不够，自从上次伦恩在那档纽约的广播节目中颜面尽失之后，伦德博士就派了一个公关来找他谈话。那名公关（伦恩形容他为“穿着西装的自大马屁精”）告诉他，伦德博士和弗莱克西博·桑迪希望他尽量保持低调，改由他们二位来代为传播帕米拉的信息。而且，让伦恩更为光火的是，伦德博士居然不让他参与第四个幸存儿的搜救工作。

“小萝，我得想个办法让他意识到他是多么需要我。”他说，“帕米拉选择了我，是她选择了我来帮她把那条信息传遍天下。他必须明白这一点。”

我不能说自己为伦恩感到惋惜，不过伦德博士这样过河拆桥的行为，让伦恩看上去就像是一个在学校里备受欺凌的孩子一样。而且，我也不认为这一切都是伦恩在争名夺利。他说了，自己的网站已经收到了来自世界各地的募捐。在我看来，我倒是觉得有钱比什么都重要。

尽管伦恩最近在职场上受到了冷遇，但不可否认的是，他的理念就像是野火一样快速地传播了开来。就连那些我认为不可能信教的人，都开始皈依教会了。我的几个客户便是其中之一。不过，他们有些人这么做其实就是为了给自己上一份双重保险，以防世界末日和被提的预言某一天成真了。你知道吗，尽管那些圣公教会和穆斯林教派的领导人都说没什么好慌张的，但世人已经开始相信了。因为人世间已经遍布和预言相符的征兆了，瘟疫、饥荒和战争之类的。诺瓦克病毒和口蹄疫的传播愈演愈烈，非洲也闹上了干旱，这还只是个开始。还有流言说，鲍比的祖父突然从老年痴呆症中好了起来，而那个日本男孩则有了一个可怕的分身机器人。似乎每一次伦恩的理论被某些人驳倒之后，都会莫名其妙地发生一件事情来印证他的话。要是你问我初识伦恩的时候，有没有看出他会有这么大的本事，我肯定会摇头的。

"我需要一个更加坚实的后盾，小萝。"他还在不停地念叨着，"伦德博士把我的胜利果实全都抢走了，就好像这一切都是他的主意一样。"

"亲爱的，这些事情本身不就是为了拯救那些苦难的灵魂吗？"我问他。

"是呀，这当然是为了拯救世人的灵魂。"他越说越生气，愤愤不平地说着什么时间就要不够了，他和伦德博士必须要通力合作之类的话。他实在是太兴奋了，所以根本就不想碰我。他还说，自己无论如何也要再去和那个叫做蒙蒂的人见一次面，策划一下如何让他尽早地回到那些大人物的圈子里去。他告诉我，已经有好几个像蒙蒂这样的"信使"选择站在他这一边了，我猜他此刻大概是在琢磨要怎么继续招兵买马。

伦恩走后，我便开始收拾东西，准备回到自己的公寓去接待下一位"客人"。就在这个时候，一阵敲门声响了起来。我猜大概是伦恩回来了，后悔自己花了一个小时的时间只和我聊了聊天。可是我一开门，却看到了一个女人站在门口。我一眼就认出了她。其实，光是看她的那只狗——史努基，我也知道她是谁。她本人比我在伦德博士的节目上看到的还要消瘦，甚至有点骨瘦如柴的感觉，和那些患有厌食症的人没什么两样。不过，她此刻的表情可不再是怅然若失了。虽然她看上去算不上是暴跳如雷，但眼神里却散发着一种"别和我过不去"的信息。

她上下打量着我，就好像在猜测伦恩到底喜欢我哪一点。"你们这样私会有多长时间了？"她直截了当地问我。

我跟她说了实话。她听过之后点了点头，一把推开我，走进了房间。"你爱他吗？"她问道。

我差点笑出声来。我告诉她，伦恩不过是我的常客之一，因此我既不是他的女朋友，也不是他的情妇。我知道自己的有些客户已经结婚了，不过那是他们自己的事情，与我无关。

这话似乎让她舒坦了许多。她坐在床边，问我能不能给她倒杯酒喝。于是，我给她倒了一杯伦德常喝的酒。她先是闻了闻，然后便一饮而尽。那酒一下子就让她变得脸色通红，微微作呕，不过她似乎并没有在意。突然，她站起身来，开始挥着手在屋里来回晃悠，嘴里还不忘对我说道："全部的这些……这些你为他做的事情……都是我付的钱……全都是我付的钱！"

我一时间不知道该说什么好。虽然我知道伦恩的日常开销都来自她的收入，但我不知道他居然拮据到了这个程度。她把那只狗放到了旁边的一张床上。只见它先是在床单上闻来闻去，然后像是要死了一样侧卧着蜷缩在床上。我知道汽车旅馆是不让带宠物进来的，不过我也没打算告诉她。

她问我伦恩都喜欢做些什么，我也一五一十地全都告诉了她。她说，至少伦恩这么多年来并没有向她隐瞒什么性爱上的怪癖。

她又接着问我，是否相信伦恩关于幸存儿和末日骑士的理论。我说自己对此不置可否。她点了点头，站起身来便离开了，什么也没对我说。我从看到她的第一眼，就知道她大概已经伤心透了。我猜，事后一定是她向《问询报》告发了伦恩和我之间的关系，因为在她与我见面后的一两天里，就有记者佯装成客人来我这里打探消息。还好我早有防备。

德尼莎坦白对此似乎并没有感到大惊小怪。她是个见过大世面的人，什么大风大浪都经历过。你大概想知道我现在对伦恩是什么看法吧。就像我说的，大家都希望我把他形容成一个怪兽。不过他真的不是。他就是个普通人而已。我想，要是我有一天真的听从了那些出版商的意见，把我的生平写成一本书，我可能会对他再多说几句。不过对于你的提问，我能说的也就只有这么多了。

2.

下文的作者是曾经获奖无数的网络部落客兼自由撰稿记者乌尤·莫莱费。他的这篇文章最早是于 2012 年 3 月 30 日发表在一份名为“Umbuzo”的网络期刊上的。

落叶归根：达鲁航空遇难者遗体的回乡成本

虽然现在距离达鲁航空坠机事故追悼仪式还有一天的时间，但是各路媒体摄影师已经纷纷来到卡雅丽莎的会场附近蹲守了。现场工作人员也忙不迭地在一座匆匆建好的追悼雕塑四周拉起了黄色的警戒线。那是一座看上去有几分阴森的褐色玻璃金字塔雕塑，外形与那些二流科幻片场景里常见的道具有几分相似。为什么要选择金字塔形状呢？这是一个好问题。除了几篇抨击这座雕塑设计理念的时评文章之外，我采访到的每一个人——包括订购它的开普敦市议员拉维·穆德利，以及雕塑艺术家莫娜·凡·德·莫维在内——似乎都没有准备好给我一个完整的答复。

现场由一大群打扮得十分显眼的保安人员值守着。他们每个人都穿着笔挺的黑西装、戴着耳麦，用一种掺杂着蔑视和怀疑的眼神打量着每一位与会的代表。在即将出席追悼仪式的达官显贵中，既有即将就任南非非洲人国民大会青年联盟领袖的安迪斯瓦·卢梭，也有号称与美国几大教会联系紧密的尼日利亚高级教士约翰·迪奥比。据传，迪奥比教士还与那位大名鼎鼎的西奥多·伦德博士私交甚密。还有传闻说，迪奥比教士和他的手下已经悬赏了重金，来寻觅达鲁航空空难事故中的“幸存者”肯尼斯·欧杜华的下落。尽管南非民用航空管理局和美国国家运输安全委员会都坚称，这起事故中无一人生还，但巨额的赏金还是引起了大批当地民众和旅游者的寻人热情。据悉，虽然事故现场并没有找到肯尼斯的遗体和DNA线索，但是他的名字依然被写进了遇难者的名单中，这也引得一些尼日利亚福音教会组织十分恼火。为此，追悼仪式的组织方特意在现场布置下了各种高级的安保措施，以确保仪式能够顺利进行。

不过，我今天既不是来挑拨现场安保人员，也不是来找与会嘉宾做专访的，而是为了一个我自己非常感兴趣的故事而来的。

来自马拉维[①]布兰太尔的21岁青年拉维·班达和我在马厩路社区中心的门口见了面。三周前，他一路奔波到了开普敦，来寻找他哥哥伊莱亚斯的遗体。他觉得，哥哥应该是在卡雅丽莎镇上被坠落的飞机砸死了。当初，伊莱亚斯为了养活身在马拉维的家人，不得不远赴开普敦做了一名园丁。事故发生后，伊莱亚斯有一周多都没有和家人联络了，这不免让弟弟拉维起了疑心。

“他过去每天都会给我们发短信，每周还会按时寄钱回家的。所以，我只能亲自过来看看能不能找到他。”

伊莱亚斯并没有被列在死难者的名单中，不过，既然事故中还有那么多的无名遗体在等待DNA检验结果，那么拉维还是有可能会找到哥哥的遗体的。何况，很多无名尸体都被认为是当地的非法移民或难民，所以一直无人认领。

在许多非洲部族的文化中——包括我本人所属的豪萨文化——将

①马拉维：全名马拉维共和国，是非洲东南部的一个内陆国家，毗邻莫桑比克、赞比亚和坦桑尼亚。

亡者的尸骨送回故乡去，让他与祖先的灵魂团聚，是一项十分重要的祭奠仪式。如果不能够将尸骨送回去，那么死者的灵魂将不得安息，并会给生者带来诸多的困扰。要知道，在非洲地区，要想让死者落叶归根可是一件耗费巨大的事情。举个例子来说，将一具尸骨从津巴布韦用货运飞机运回马拉维，至少就要花费14000兰特①。如果没有人资助，一般平民是很难支付这笔高昂的费用的。而对于那些流离失所的难民家庭来讲，要想把亲人的尸体通过陆路走两千多公里运送回去，就更是一个遥不可及又耸人听闻的目标了。过去，我就听说过曾有殡仪主持让家属把尸体伪装成干货，混上货运飞机，以此来逃避高昂的交通费用的。

就在坠机事故发生后的几天，卡雅丽莎镇里到处都能够听到扩音器的嘈杂声音。那是遇难者家属在恳求社区居民来募捐，以帮助他们把遗体运回故土安葬。运气好的话，不少遇难者的家属都能够获捐到两倍左右的路费。因为很多从东开普省移民到开普敦来工作的人都十分乐意帮助别人。与此同时，难民社区和福利社的人也会慷慨解囊。

“这里的人都很大方。”来自津巴布韦奇平加52岁男子大卫·阿曼在接受我的采访时这样感叹道。和拉维一样，他此次来开普敦的目的就是为了等待当局允许他把堂兄洛夫莫尔的遗体领走。洛夫莫尔也是坠机事故的遇难者之一。然而不同的是，大卫在离开津巴布韦之前就已经知道堂兄的死讯了。可是，这一消息并不是从现场工作人员的口中得知的。“起初，我们失去洛夫莫尔的音讯时，并不知道他已经死了。”大卫对我说，“我的家人找来了一位草药师（巫医）作法，请他与我堂兄的祖先们通灵。是他们说，堂兄的灵魂已经和他们团聚

①兰特：南非的货币单位。

了的。我们这才知道他已经死了。”洛夫莫尔的遗体已经通过了 DNA 比对测试得到了身份确认，大卫希望自己明早就可以把他带回奇平加[①]去。

那么，那些找不到亲人遗体的家属该怎么办呢？

因为实在找不到伊莱亚斯的遗体，拉维唯一的选择就是到坠机事故现场去收集一些灰尘和泥土，并将它们带回家中安葬。不料，这一举动居然引起了一场风波。正当他在现场收集泥土时，一个情绪激动的警察突然朝他扑了过来，指控他要不就是想要偷取“纪念品”卖给那些无知的游客，要不就是所谓的“肯尼斯·欧杜华赏金猎人”。尽管他百般解释，但最终还是被抓了起来，关进了监狱。为了活命，拉维连续数周在牢房里受尽了折磨。幸而几个无政府组织听闻了他的遭遇，并请来了马拉维大使馆出面，才将他从牢里解救出来。现在，他的 DNA 数据已经被提取，正在等待着和那些无名遗体进行匹配，以便寻找伊莱亚斯的下落。“他们说，不久就会给我消息的。”他告诉我，“而且这里的人都对我很好。可是，如果我找不到哥哥的遗体，是没有脸面回去见我的家人的。”

在我离开现场的时候，收到了编辑给我发来的一条信息。信息里说，肯尼斯·欧杜华的姑妈维罗妮卡·欧杜华乘坐的飞机已经到达了开普敦。她是来参加明天的追悼仪式的。但是，截至目前，她一直都拒绝接受媒体的采访。这让我不禁猜想她现在心里到底作何感想。她是不是也像拉维一样内心矛盾着，希望自己的侄子并没有躺在那堆遗体里呢？

①奇平加：津巴布韦的一个城镇，旅游业较发达。

3.

兰德尔·阿兰德斯是开普敦卡雅丽莎镇C区警察局的负责人。他于2012年4月接受了我的采访。

第四个末日骑士？饶了我吧。每天都会有人带着一个新的“肯尼斯·欧杜华”跑到我们警局里来，但通常都是一些收了钱的流浪孩谎称自己就是肯尼斯。颇受其扰的其实不光是我们。听说，这些骗子几乎已经找遍了开普敦的每一所警局。那些美国浑蛋根本就不知道自己给我们惹了多少事端。二十万美金的赏金？那差不多相当于两百万兰特了。可能大部分南非人这辈子都没见过这么多钱。虽然我们手里有一张肯尼斯的照片，可是拿着它和那些来警局里投机取巧的人比来比去的，又有什么意义呢？我手下的大部分警员那天都去了事故现场，大家也都看到了飞机的残骸，因此是绝对不可能有人能够从这样的事故中侥幸逃生的。就算他们是世界末日的什么霹雳骑士也没门儿。

起初，只有一些当地人会跑到警局里来胡说八道，后来一些外国人也开始来坑蒙拐骗了。刚开始的时候，这样的人还不多，可后来就越来越多了。没过多久，就有一些当地的骗子开始趁机牟利了。他们中甚至还有人专门开设了在线报名的服务，组织游客们到镇子的各个角落去参观。当然，这些行为都没有获得我们的批准，但这似乎并不妨碍那些客户前去自投罗网。有些人甚至还特意提前交费、抢购名额呢。这对于那些骗子来说是十拿九稳的生意，而且我可以私下里告诉你，局里肯定有警察是与他们相互勾结在一起的。

我没法告诉你，在机场里等着接那些“套餐客户”的骗子到底有多少。除此之外，各式各样的赏金猎人也纷至沓来，其中还不乏退伍的警察和几个大牌的“玩家”参与其中！这其中自然有人是单纯为了赏金而来的，但也有人是真的相信那个牧师所说的预言。不过，开普敦是个鱼龙混杂的地方。不管你曾经有过哪些光辉业绩，也不可能坐着豪车浩浩荡荡地进城来为所欲为。有些人甚至还在“寻宝”的过程中被骗子抢走了身上所有的值钱物品。

我永远都忘不了那晚到警局里来的两个美国男子。他们都是光头，肌肉十分发达。据说，他们都曾是美国军官，并在海军陆战队里服过役。我本以为他们会很强势，说自己是专程来抓捕美国头号通缉犯归案之类的。结果，当我刚看到他们的时候，这两人却像小姑娘似的浑身颤抖着。他们是在机场和自己的“导游”接上头的，并由他指引来到了卡雅丽莎的中心地带。可刚一到目的地，那个自称是导游的人便抢走了他们身上携带的手枪、现金、信用卡、护照，甚至鞋子和衣服，浑身上下只给他们留了一条内裤。他还对他们百般恐吓，让两个人光着脚走进一间臭气熏天的公共厕所里，并把他们五花大绑起来。假导游还警告他们，若是敢喊出声来就只有死路一条。当他们终于趁机逃出来的时候，天色已经很晚了。这两人身上当时都是恶臭熏天，可那个恶棍却早已逃之夭夭，不知去向了。几个当地人很同情他们，便送他们来了警察局。由于局里所有的备用警服对他们来说都太小了，于是我们只好把他们赤条条地送回了美国大使馆。可想而知，这件事让我们局里的警察们笑了好几天呢。

正如你所看到的，这里的生活环境很不好，因此有些人为了生存下去不得不各出奇招，想办法钻些空子。当然，也不是每个人都是这样的，但你至少要具备一定的生存能力，学会尊敬别人，不然一定会被趁机痛宰一顿。要知道，这里可不是洛杉矶。其实，那些来这里投机的人还不如直接把身上值钱的东西都留给海关人员，然后跳过那些中介导游，自己来镇上碰运气。最后，非法导游的生意越做越大了，使得我们不得不在机场里立上了告示牌，警告那些游客不要轻易上当。可大家见钱眼开的样子还是让我想起了电影《查理与巧克力工厂》[①]里的情节——每个人都为了得到那张“金券”而打破了头。

我的意思是说，虽然赏金猎人的涌入给治安带来了很大的困扰，但从另一方面讲却大大促进了当地旅游业的发展。不仅城里的酒店爆满，而且旅游大巴上也是人满为患。不管是流浪街头的小孩还是酒店的老板，大家似乎都从中发了一笔横财。特别是当肯尼斯也许正流浪街头的传闻出来后，人们似乎都很乐意找那些流浪儿来碰碰运气。

其实，我十分同情肯尼斯的姑妈，她看上去是个好人。达鲁航空公司空难纪念雕塑揭幕之前，我的表兄杰米正好是作为她的保镖之一，一路陪同她从尼日利亚的拉各斯[②]赶了过来。她说，她一直都抱着一线希望，心想着既然那三个孩子能够从相似的事故中奇迹生还，为什么肯尼斯不可以呢？

话说回来，还是那些信教的浑蛋给她灌输了这么不切实际的期望。没错，就是不切实际的期望。

①《查理与巧克力工厂》：改编自罗尔德·达尔的同名小说，由著名导演蒂姆·伯顿导演，约翰尼·德普主演。
②拉各斯：尼日利亚的旧都和最大的海港城市。

4.

瑞贝·尼尔森

我已经忍无可忍了。伦恩牧师似乎已经背弃了所有“核心小组”的成员，转而亲近蒙蒂之类的人了。埃尔斯佩思，我有没有向你提起过蒙蒂这个人？我不记得自己之前说没说过了。这么说吧，他是随着第一批“好事者”来到萨那县里参拜的。在伦恩牧师从休斯顿的会议上回来之后，他也跟着回到了县里，并最终决定留下来。这些日子里，他一直都跟在伦恩牧师的身边拍马屁，忠诚得就像是牧师捡回来喂养的一只流浪狗一样。我一开始就不怎么喜欢他。这么说并不是因为他对可怜的鲍比做过什么坏事，而是因为他身上总是散发着一种狡诈的气质，引得周围的很多人都十分反感。“这家伙看起来该好好洗个澡了。”史蒂芬妮总是这么说。他的两只手臂上都刺满了文身，其中很多的花纹在我看来都不是一个基督徒身上应该出现的。而且，他那一头乱糟糟的头发看上去也该好好修剪一下了。总而言之，他整个人看上去就和《问询报》里描写的那些崇拜撒旦的人差不多。

自从蒙蒂来了以后，伦恩牧师对吉姆也不再是青睐有加了。当然，伦恩牧师有时候还是会把他从家里拽出来，逼他参加教堂里周日的礼拜活动。我猜他应该是还没有放弃在帕姆家售票接客的主意。不过，大多数时间里，吉姆还是一个人待在家里借酒消愁。

伦恩牧师请了史蒂芬妮的表兄比利来为他的农场改造项目估价。比利事后告诉我们说，那批皈依伦恩牧师的“好事者们”似乎已经决

定要集体搬到农场上去常住了。他还说，要是不知道的人看到那里的情形，说不定还以为牧师开了个嬉皮公社①呢。

埃尔斯佩思，这几周我夜里常常辗转难眠，可我无法向你形容自己心里有多难过。虽然伦恩牧师关于世界末日的那些言论听上去很有道理，但是……我就是无法忘掉帕米拉，也无法接受平庸的她居然是个先知的事实。所以，我只好喋喋不休地把这些想法都讲给罗恩听。估计他的耳朵都快要听出茧子来了。

“瑞贝，”他对我说，“我知道你是个忠诚的基督教信徒，耶稣无论如何都会拯救你的。所以，就算你真的不想再去伦恩牧师的教会了，没准也是上帝给你的安排呢。”

史蒂芬妮和我的想法一致，可是，要知道，在我们这样民风淳朴的社区里，脱离教会并没有说的那么容易。可以说，我一直都在等待时机。

史蒂芬妮和我总是很担心肯德拉不能应付那些纷至沓来的好事者。在我们看来，即便是我们无法苟同伦恩牧师最近的一些做法，也应该时不时去看看她。我们本来计划每周末都去看她的，可就在某个周五，伦恩牧师和那个妓女之间的丑闻突然曝光了。史蒂芬妮听说后，很快便赶到了我家，还带来了一份《问询报》。这条新闻被登在了头版头条，显眼的标题这样写着：“末日论牧师的畸形三角恋”。封面照片上的那个女人穿着紫色的裤子和紧身的上衣。不过由于画面实在是太模糊了，根本无法看清楚她的肤色，因此无从知晓她到底是黑人、西班牙裔或者是故意把肤色晒黑的白人。起初，我并不相信报道里所讲的内容。就算是有人指责他做出了如此不堪的事情，我也依然坚信原先的那个

①嬉皮公社：上个世纪七十年代，很多嬉皮士都组织了自己的公社，试图通过公社生活来逃避主流社会，追求自己所谓的“精神家园”。

伦恩牧师，那个为我们的教会做了十五年领头人的人，依然还存在于他内心深处的某个地方。我根本就不相信他会把这种事情故意隐瞒我们这么多年。此外，就像我对史蒂芬妮说的那样，伦恩牧师哪里会有时间和那样的女人纠缠在一起呢？他可是忙得连睡觉的时间都没有呀。

正当我和史蒂芬妮在聊着此事的时候，伦恩牧师本人突然驾车出现在了我家的车道上。看到他带着蒙蒂一起走向我家时，我的心一下子就沉到了谷底。

“瑞贝，”伦恩牧师一边推开纱门一边问道，“肯德拉在你这里吗？”

我告诉他并没有见到肯德拉。

蒙蒂倒是不客气，一屁股就坐在了餐桌旁，连问都不问便给自己倒了一杯冰茶。史蒂芬妮冲着他挤了挤眼睛，不过他压根就没有在意。

“肯德拉的所有衣服都不见了。”伦恩牧师说道，“狗也不见了。瑞贝，她有没有跟你说些什么？比如说她要去哪里？我给她在奥斯丁的哥哥打过电话了，他也说没有看到她。”

我和史蒂芬妮告诉他，我们真的不知道肯德拉的下落。其实，就算没有这件事，那么多陌生人都一股脑儿地跑到她家里去住，她不离家出走才怪呢。

“这样也许更好。”他说，“我和肯德拉……我们对于耶稣在彼此生活中的地位问题有点分歧。”

“阿门。”蒙蒂莫名其妙地应和了一声。

史蒂芬妮试图用她的手臂遮住怀中的《问询报》，但还是被伦恩牧师看到了。

“不要听他们胡说八道。”他告诉我们，“我没有做过任何不道德的事情。我的生活中只要有耶稣的陪伴就足够了。”

埃尔斯佩思，我相信他。在我看来，这个男人有足够的自制力。而且，我能看得出来他没有撒谎。

我又泡了一大罐新鲜的冰茶，打算借机跟他们说说自己真实的想法。“伦恩牧师，你打算怎么养活那些农场上的人？”一点也不难为情地说，我说这话的时候就直勾勾地盯着蒙蒂。

“主会关照我们的。好人都会得到好报的。”

不过，他们在我看来可不像是什么好人，特别是像蒙蒂这种人。我说了些类似“人们可能会利用你的善心”之类的话，惹得伦恩牧师对我大为光火。“瑞贝，”他说，“耶稣是怎么教导我们不要对别人妄加评论的？作为一个虔诚的基督教徒，我想你应该是再清楚不过了吧。”

接着，他和那个蒙蒂就转身离开了。

我对刚才的一番争执感到很难过，真的。那个周日也是我这么多年来第一次缺席教堂的礼拜活动。后来，史蒂芬妮告诉我，现在教会已经被新来的“好事者”给占领了，“核心小组”里的好几个老成员都不得不绕着他们走。

在之后的两天里，我都忙于给食品装罐的事，希望能够在周末之前把所有需要储备的食物都装好（到那时为止，我们家仓库里的罐装食品已经够吃两年了，但我们仍然觉得不够）。罗恩和我还在商量着订购些木头的事情，以便储备起来在将来电力中断时烧火用。有一天，我突然听到家门口有皮卡车在一顿一顿地刹车的声音。我向窗外望去，看到吉姆懒洋洋地坐在方向盘后面。自从几周前我去他家送过一个馅饼之后，就再也没有看到过他了。我记得他当时拒绝开门，惹得我很伤心，于是干脆把馅饼留在了他家门口。

只见他连滚带爬地下了车，我和罗恩见状连忙跑出去搀扶他。“我刚刚接到了乔安妮的电话，瑞贝。”他说着，身上还散发着阵阵酒气和汗臭，看上去好几周都没有刮过胡子了。

我猜乔安妮大概是在电话里说，帕姆的骨灰终于可以回家了，所以他才看上去那么低落。

我扶他在厨房里坐下，他接着说道：“你能不能帮我给伦恩牧师打个电话，叫他过来一趟？”

“你为什么不直接开到他的农场去？”我问。事实上，我这话有点明知故问了。随便一个正常人隔着老远就能闻到他身上的酒味，他本来就不应该开车出来的。看到他这副样子，我不由得湿了眼眶。要是他这时候被博蒙特警长抓到，肯定是要被送到监狱里关上几天的。我赶紧给他倒了一杯可乐，好去去他嘴里的酒气。自从我和伦恩牧师大吵一架之后，我就再没有给他打过电话。不过，这次为了吉姆我还是勉强拨通了他的电话号码。我本以为他是不会接我电话的，不料，他不仅接了，还说立刻就会赶过来。

在我们一起等待伦恩牧师的时候，尽管我和罗恩百般暗示，吉姆都没有透露任何信息，那几句勉强应付我们的话也大多是没有任何意义的。十五分钟后，伦恩牧师出现了，身后依旧跟着那个跟屁虫蒙蒂。

吉姆一见到伦恩牧师就马上开了口：“伦恩，乔安妮去见了那个日本男孩子。”

伦恩牧师一下子呆住了。在他和伦德博士分道扬镳之前，他们一直都在争取能和其中任何一个幸存的孩子说上话。“乔安妮说那个日本男孩……她说那个男孩已经可以开口说话了，但不是直接和她说的。”

看在上帝的分上，我们谁都没有听懂他说的话。“我没明白你的意思，吉姆。”伦恩牧师问道。

“她说自己是通过一个机器人和那个男孩沟通的。那个机器人长得和男孩一模一样。”

“一个机器人？”我惊呼，“他通过一个机器人来跟别人说话？就像网络视频里演的那样吗？怎么搞的？”

“这是什么意思，伦恩牧师？”蒙蒂问道。

伦恩牧师至少有一分钟都没有说出话来。“我觉得我应该给泰迪打个电话。”泰迪是伦恩牧师对伦德博士的昵称，不过我们都知道他们之间不和。事后，罗恩说他觉得伦恩牧师不过是想通过曝光这个事，来掩盖自己和妓女之间的丑闻，挽回一点名誉罢了。

令伦恩牧师感到颇为扫兴的是，吉姆说他已经把这事告诉了媒体。也就是说，他把乔安妮是怎么找到那个日本男孩，以及那个机器人长得和男孩有多像全部都一五一十地说出去了。

伦恩牧师的脸色顿时气得像罐装甜菜一样红。“吉姆，”他厉声喝道，“你为什么不在找那些媒体之前先通知我一声？”

吉姆露出了一种倔强的表情。“帕姆是我的妻子。他们说要出钱来买我的故事。我没有理由拒绝他们，因为我得生存呀。”

其实，帕姆的离世已经让吉姆获得了一大笔保险金，所以这话明显是个借口而已。我猜想，吉姆大概看出来伦恩牧师不过是想利用这条消息来帮自己解围罢了。

吉姆攥起拳头猛地敲在了桌子上。“我要让人们知道，这些孩子有多么的邪恶。凭什么那个男孩子活下来了，而帕姆却没有。你说呢，伦恩牧师？这不公平。这不对。帕姆是个好人，一个大好人。”说罢，吉姆开始歇斯底里地哭了起来，嘴里还不停地念叨着：“那些孩子都是杀人凶手，是他们杀了飞机上所有的人，可是现在世人都被真相给蒙蔽了。”

见状，伦恩牧师主动提出要开车送吉姆回家，于是便扶着他上了自己的车，然后由蒙蒂开着吉姆的皮卡车一路跟着他们回去。吉姆还在不停地哭喊着，颤抖着，哀号着。他不该一个人孤零零地承受这一切，他的精神已经崩溃了。但他实在是太倔强了。我心里也知道，如果我邀请他搬到我家来，他肯定会拒绝我的。

5.

就在此书即将出版之前，我终于设法得到了伦恩牧师的妻子肯德拉·沃西的联系方式，并说服她接受了我的采访。于是，我按照她提供的信息动身前往了在她目前居住的精神病疗养院里与她见面（她要求我不得在书中透露该机构的名称和位置）。

我被一位指甲修得很整洁的护工带到了肯德拉的房间。那是一间通风良好、阳光充裕的房间。肯德拉当时正坐在一张书桌前，面前摊开了一本书（后来我看到那是弗莱克西博·桑迪的一本新书）。那只小狗史努基则坐在她的腿上，冲我敷衍了事地摇晃着它的尾巴。我进门时，肯德拉似乎根本就没有注意到我的到来。当她终于抬起头来与我四目交接时，我发现她的眼神很清澈，脸上的表情也比我想象中的要精明许多。她实在是太瘦了，我甚至可以看到她皮肤下的静脉纹路。她说起话来拖拖拉拉的，可能是由于她有得克萨斯口音的关系，也可能是由于她长期服用安神药物的关系。

她招手示意我坐到桌子对面的一张扶手椅上。当我把录音笔放在她面前时，她也没有表现出任何反抗的表情。

我问肯德拉，她为什么愿意接受我的采访，而拒绝了其他记者的采访要求。

我读过你的书。就是那本有关几个小孩不小心用母亲的枪打死了自己的兄妹的书。里面还描写了另外几个孩子是如何想到要偷父亲的半自动步枪，谋杀班上同学的。当伦恩发现我在看这本书的时候，气得直跳脚。他当然会生气了，他可是那个荒谬的第二修正案的狂热支持者，觉得人人都有佩枪的权利。

不过，你可不要觉得，我这么做是为了报复伦恩和那个妓女之间有私情的事情。大家都叫那个妓女是“贱人”，是吧？说实话，我倒挺喜欢她的，因为她特别地坦率，有什么话都直说。这种人在当今的社会里可不好找了。我倒是希望她能够借助此事大红大紫一把，趁机多赚几笔。

我接着问道，是不是她把伦恩牧师出轨的事情透露给媒体的。她叹了一口气，摸了摸史努基，轻轻地点了一下头。于是我追问她，如果她不是想报仇的话，为什么还要揭穿此事。

因为，真相往往能够让你解脱！（她突然莫名其妙地笑起来）顺便说一句，你写到这里的时候可以加一句“你做得好，做得真好”。诚实跟你说吧，我这么做就是为了伦恩好，就是为了让他远离伦德博士。自从伦恩在纽约的那档广播节目中洋相百出之后，那几个“大人物”就把他踢出了他们的圈子。伦恩对此简直是伤心欲绝。不过我知道，只要伦德博士一声令下，他便还是会兴高采烈地跑回去。我觉得自己这么做是为了他好，因为明眼人都能看出来，伦德博士是一个善于摆布他人的高手，而他是绝不可能容忍一个有过性丑闻的人跟随在他左右、玷污他的名声的。他实在是太在意自己在政坛里的仕途了。这应该是我这辈子做过的最不堪的事情了。我每天都要把这些想法在自己的脑袋里想上几千次：如果我那天没有跟踪伦恩去汽车旅馆会怎么样？如果我假装一切都没发生过又会怎么样？可是我也一直在想，如果伦恩再次回到伦德博士麾下，情况又会如何呢？他会不会不再听信吉姆·唐纳德的那些鬼话呢？大家都在传说伦恩才是这一切惨案的罪魁祸首，不过事情其实远没有那么简单。事实上，一直是一种失望的情绪在把伦恩推向绝境。唉，都是伤心惹的祸呀。

我张开嘴本想要插一句，但她并没有停下来。

我没有疯，真的没有。我的精神很正常。这种装疯卖傻的日子简直是要累死我了。我总不能一辈子都把自己装成是一个精神病人吧？他们说，客观上我得的是抑郁症，而且还有可能是两极性的。谁知道那是什么意思？这地方的费用可不便宜。我一直是让自己那个一无是处的哥哥帮我付账，毕竟他拿了我爸爸留下的大部分财产去做生意。所以说，现在也该是让他出点血的时候了。除此之外，我还能问谁呢？我本想亲自去找伦德博士的。我记得自从我们在那次糟糕透顶的会议上见过面后，他就一直很嫌弃我。我也知道他根本就不想让我和伦恩一起出现在他的电视节目上。他的妻子也不是很喜欢我。不过我也不喜欢她。当我拒绝加入她的基督教女子社团时，你真应该看看她是一副什么嘴脸。“肯德拉，我们应该把那些女权主义者和堕胎的女人都关到监狱里去。”

她眯起眼睛看着我。

我能看得出来，你应该是个女权主义者，对吧？

我回答说，她想得没错。

要是伦德博士听到我下面说的这些话，肯定是会疯掉的。我不是个女权主义者，我什么都不是。我不属于任何一种人，而且我也知道萨那县里那些荒谬的女人在背地里是怎么谈论我的。我在那里生活了整整十五年。她们觉得我高傲，爱异想天开。她们还以为我温顺、软弱。

“温顺之人有福了，因为他们必承受地土。”伦恩总是能够让那些女人为他倾倒。我倒是很惊讶他居然没有和她们中的任何一个交往。我想，我大概还得感谢他没有“吃窝边草”吧。

这是什么样的生活呀！住在穷乡僻壤，和一个牧师丈夫相守终生。这和父亲对我的期待简直是相距太远了，和我对自己的期许也大相径庭。我算是一个小有野心的人，因为自己有大学文凭，所以一度想当个老师。可是那些女人却总想把我拉到她们的圈子里去。要是世界末日真的来了，或者是原子弹战争真的要爆发了，几千罐腌萝卜是救不了谁的命的，不是吗？

帕米拉可以算是那群人中比较有意思的一个了。下辈子没准我们俩还能够成为朋友。好吧，也许不一定是朋友。但她起码不会像其他人那么无聊，只会傻傻地关心些家长里短的事情。我很同情她的遭遇。虽然她和那样一个糟糕的丈夫生活在一起，但居然有勇气走出去看看这个世界。

她又开始抚摸史努基。

我经常想，若是帕姆知道史努基有人照顾，心中应该有所安慰吧。

我问她是如何和伦恩牧师相识的。

这还能有什么新鲜的？就是一次《圣经》研读的聚会而已。那次的聚会正好在田纳西举行，而田纳西也正是我上大学的地方。我们俩是在一个人满为患的大帐篷里相遇的（她冷冷地笑了笑），我对他一见钟情。直到很多年后，我才发现伦恩喜欢我是为了我的钱财。他一直都想有一座属于自己的教堂。“那是我终生的目标。我要散播主的恩典，拯救世人的灵魂。”他总是这么说。

当时，他和我一样，是浸信会的教友。不过，他那时候没有上过大学，而是一直都在南方工作打拼，还给塞缪·凯勒博士做过执事。我估计你可能不记得凯勒博士是谁了。上个世纪九十年代的时候，他本是个不知名的教会小人物，但却因为是个同性恋而声名鹊起。据说，他被人发现在某公共厕所里猥亵一个男童。我记得父亲早就说过他不是什么好人。一石激起千层浪，这件事情发生后，作为教堂执事的伦恩一直没有找到其他的工作。因此，他不得不白手起家，另辟蹊径。我们搬过很多次家，希望能够找到一个可以安身立命的地方。最终，我们来到了萨那县。那时候，我父亲刚刚去世，留给了我一笔财产。我们就是用那些钱在当地买下了一个农场。我本以为伦恩当初是想过要在农场上务农的，可他对此一窍不通。

说实话，他是个长得很养眼的男人。我想，他现在也应该还是老样子吧。他很懂得如何利用自己的良好形象。不过，我当初带他回家的时候，就遭到了父亲的反对。“记住我的话，这个男孩会让你伤心的。”他是这么说的。

父亲错了。伦恩并没有让我伤心，不过他倒是做尽了各种可能会让我伤心的事情。

两行眼泪从她的双颊上滑落了下来，但她似乎并不在意。我为她递过去一张纸巾，她心不在焉地接过去擦了擦眼睛。

不用管我，我不是个爱哭的人。我相信，我的信仰早就在上帝决定要夺走我生育子嗣的能力时便丧失殆尽了。生孩子是我嫁给伦恩之后的唯一心愿。如果我能有个孩子，生活可能就不会是现在这个样子了。我觉得自己的要求并不过分，可是伦恩却连领养一个孩子都不同意。“孩子并不在耶稣给我们的恩典之内，肯德拉。”

不过我现在有个值得我心疼的宝贝了，不是吗？哦是的。它需要我，也值得我去爱。我们都深深地爱着彼此。

她的手还在轻抚着史努基，可是那只狗一动也不动。

伦恩不是个坏人。不是的。我永远也不会这么说他。他是个被自己的野心挫败了的男人。其实他也知道，自己不是一个有号召力的人。不过，就在他的名字出现在了帕米拉的遗言中之后，他整个人都变了。

我这话听上去是不是有点偏激？

我不该生帕米拉的气。其实我一点也不怪她。就像我之前所说的，她是个好人。而伦恩和我……我猜大概是因为我们在一起太久了，感情变停滞了，需要做出些什么改变。他有他的广播节目、他的《圣经》和他的一大堆信徒陪伴。这么多年来，他一直都在努力，想让那些“大人物”对他刮目相看。我从没有见过他像收到休斯顿会议邀请那天那样激动过。

虽然，我心里有一个尚未死去的声音一直在安慰我说，我们之间也许还有希望，但他已经完全被喜悦冲昏了头脑，对于那条遗言中的深意也是越发地笃定。尽管周围开始也有不少人说他是个骗子，比那些宣扬外星人言论的狂热分子好不到哪里去，但他并没有因此而退缩。

在那些人纷纷涌入我家的农场后，我实在是忍无可忍了。他们的到来也让史努基非常的不舒服。我记得伦恩曾经想过要向那些人收住宿费，以此来大赚一笔，并借此机会向伦德博士证明自己也是有一批忠实信众的。但是这些来农场里混吃混喝的人全都身无分文。就说那个蒙蒂吧。我能感觉到他总是不怀好意地看着我，似乎有些精神不正常。

因此，大部分时间我都躲在自己的房间看电视。虽然伦恩有时候也会拉着我去教堂参加礼拜活动，但我越来越无法面对那些人了。有时候，我会带上史努基开车出去兜风。我们就那么一直开下去，不在乎要开到哪里去。

其实，我早就告诉过伦恩不要去参加那档纽约的广播节目，因为我知道那个油嘴滑舌的家伙是肯定不会给他什么好果子吃的。但伦恩就是说什么也听不进去。他一向不喜欢别人跟他作对。

我知道伦德博士最后一定是会过河拆桥的，我猜得没错。他霸占了伦恩的推论，还不知廉耻地把它当做了自己的创作。伦恩对此也是暴跳如雷，多次打电话给伦德博士和那个叫做弗莱克西博·桑迪的家伙，但最后就连那两个人的公关都不愿意和他说话了。随着报纸的不断转载，越来越多的人开始皈依教会，而伦德博士却把这其中的功劳全部都据为己有。你瞧，他是个有背景的人。自从那次他为米奇·雷纳德组织声援以色列的集会，却没有邀请伦恩去发言之后，伦恩便开始一蹶不振。我从没有见过他如此低落。《问询报》曝光他丑闻的那一天，我并没有留在家里看他的脸色，而是离家出走了。不出我所料，他对报道中的内容矢口否认。不过，和我的出走相比，因此事而被“大人物”一脚踢开似乎对他的自尊心打击更大。

事实就是这么残酷。就好像是伦德博士为他的仕途打开了一条门缝，在让他看到前方的一片繁华后，又残忍地当着他的面把门狠狠地关上了一样。

她叹了口气。

史努基该睡觉了。你也差不多该走了。我该说的都说完了。

在我离开之前，又问了问她现在对伦恩还有什么感觉没有。只见一丝愤怒闪过了她的眼睛。

我的心里已经容不下他了。我的心里已经容不下任何人了。

她吻了一下史努基的额头，让我觉得她似乎已经忘了我的存在。

你永远不会伤害我的，是不是，史努基？不。你不会的。

Chapter 7

第七章

幸存者

四月

几秒钟，录音里传来了一阵脚步声和喘息声。接着，三秒钟之后，杰西的声音出现了：“你好，保罗叔叔。”

1.

莉莉安·斯莫

我的生活一直处于一种半死不活的状态中。虽然有时候鲁宾能够头脑清醒地和我交流，就像我和你说话时这样，但每当我提起我们的老房子、老朋友或是一本他曾经喜欢的书，他的眼中便会浮现出一种焦急的神情，就好像在努力回忆些什么，但又什么也想不起来似的。有时候我甚至觉得，他对于自己清醒过来之前的生活记忆是一片空白的。于是，我决定不再和他提起往事。这对我来说并不容易……因为，比起他患上老年痴呆症的那些日子，现在的他已经彻底忘却了我们一起携手走过的那么多年，忘记了我们之间的“巴黎和得州”笑话，这让我感觉更加的心如刀割。

当然，老年痴呆的症状也会偶尔出现反复的情况。我也已经能够轻易分辨出，今天醒来的是清醒的鲁宾，还是老年痴呆的鲁宾。每当我为他端来清早第一杯咖啡的时候，就已经将一切都看在眼里了。鲍比对此却从不在意，无论外公今天是清醒还是不清醒，他都能和他玩得很开心。可是，在我看来，这样反复的病情却是一种无比痛苦的煎熬，因为我每天醒来时都不知道自己将要面对什么样的生活。只有当确定鲁宾今天会一直处于老年痴呆的症状中时，我才会打电话请贝琪或是护理中介的人来帮忙。我并不是不相信贝琪，但我就是无法忘怀罗米耶医生发现鲁宾可以和他自由对谈时的那副表情。我更不敢想要是外面的那些疯子知道了鲁宾的情况又会怎么说。他们至今还是不肯放过我。而我也已经不知挂上过多少次那些宗教极端分子要求和鲍比聊一聊的电话了。

而且……就算鲁宾是清醒的，他也常常是一言不发。不知为什么，他最近迷上了一个叫做《视野》的节目。要知道，他在患病之前可是对这个节目嗤之以鼻的。有时候，他还会和鲍比一起看上几个小时的老电影，而他原来可不是一个电影迷。不仅如此，他对于新闻频道也丧失了兴趣，无论里面播放的是什么政治辩论内容，他都不会留心多看一眼。

一天早上，我一边在厨房里忙着给鲍比做早餐，一边硬着头皮想该如何叫鲁宾起床。这时候，鲍比一路小跑地冲进了厨房，对我说道："外婆，老公公今天想要出去散步。他想要出门。"

鲍比牵着我的手走到了卧室里。鲁宾正坐在床上，试图给自己穿上袜子。"你感觉怎么样，鲁宾？"我问道。

"我们能不能进城去走走，瑞塔？"

不知道从什么时候起，他开始叫我瑞塔。好像是那个红头发的女演员——瑞塔·海沃斯的"瑞塔"。

"你想去哪儿？"

鲍比和鲁宾交换了一个眼神。"博物馆！"鲍比激动地喊道。

前一晚，这祖孙俩刚刚看过了一部名为《博物馆奇妙夜》[①]的电影，而鲍比一直在为电影里博物馆藏品都纷纷活过来的情节兴奋不已。那一天，鲁宾还是处于老年痴呆的症状中，所以我猜去博物馆的主意应该不是他出的。这倒是让我松了一口气。鲍比接着喊道："那些恐龙和你一样，老公公。它们醒过来的时候就和你一样！"

①《博物馆奇妙夜》：奇幻类喜剧电影，讲述的是自然历史博物馆的巡夜保安与各种奇妙"复活"的展品之间发生的趣事。

“鲁宾，”我问，“你确定今天想出去走走吗？”

他像个孩子一样渴望地点了点头。“是的。可以吗，瑞塔。我们去看看恐龙吧。”

“耶！恐龙！”鲍比也一起欢呼起来，“外婆，你觉得恐龙真的存在过吗？”

“当然，鲍比。”我回答。

“我喜欢它们的大牙。有一天，我要让它们都变成真的。”

鲍比的热情总是那么富有感染力。如果有谁值得获得一份奖励的话，那么一定是他了。说实话，这个可怜的小孩已经在家里待了好几天了，但都没有过一句怨言。我真的要一个人带着他们俩大老远地去一趟曼哈顿？这一路上似乎少不了艰难险阻。如果我们被认出来了怎么办？如果那些宗教狂人跟踪我们并且要绑架鲍比怎么办？而且我也担心，鲁宾的体力是支撑不了那么远的路程的。虽然他的精神状况已经比从前好了很多，但是身体还是很容易就会觉得疲劳。

不过，望着祖孙俩渴望的表情，我最终还是决定把所有的疑虑都抛到脑后去。于是，在自己还没有改变主意之前，我赶紧打电话叫了一辆出租车。

出门之前，我们去了一趟贝琪家。我心里一直在祈祷着鲁宾不要开口说话。事实上，除了罗米耶医生之外，我还没有把鲁宾的病情有所好转的事情告诉任何一个人。虽然我发自心底地想要找人聊一聊此事，而且也有过无数次机会能够跟别人说起他的现状，但我都只字未提。我向贝琪谎称，自己是要带着他们去“看医生”。贝琪点了点头表示知道了，但她那么聪明，一定看出来我没有说实话。

好心的出租车司机把车直接停在了我家门口，让我们避免了和那些一早就在公园里举着抗议板的疯子们直接碰面。

更加幸运的是，那个印度裔的出租车司机似乎没有认出我们。也许，他即便是认出来了，也没有打算要揭穿我们。我还请他专门绕一下威廉斯伯格大桥，好让鲁宾看看那里的风景。哦，埃尔斯佩思，那天我是多么享受那段旅程呀！那一天，天气晴好，远处的天际线就像明信片上的那样完美，温和的阳光照得水面上波光粼粼的。随着车子驶入曼哈顿市中心，我开始给鲍比介绍路边的景点，包括克莱斯勒大厦、洛克菲勒广场和川普大楼等，而他也一直贴着车窗向我提着各种各样奇怪的问题。这一趟的车费可不便宜，花了我差不多四十美金，不过我却觉得物有所值。在进入博物馆之前，我问鲍比和鲁宾想不想买根热狗当早餐，于是我们一家三口便像普通的游客一样坐在中央公园里大嚼大咽起来。萝莉曾经带着我和鲍比来过曼哈顿一次，不过不是去博物馆，而是去公园。虽然那一天天气很冷，鲍比的脾气很糟糕，但我想起那一幕来还是觉得很温馨。那时候，萝莉一直在不停地夸耀着自己刚接的几单生意，她对自己的未来是多么的有信心呀！

虽然那天是个工作日，但是博物馆里还是人山人海。我们不得不花了很长的时间来排队买票。虽然我一直都在担心自己会被人认出来，但好在周围的大部分人都是游客，其中还有不少是中国人和欧洲人。鲁宾看上去已经有点累了，豆大的汗珠从他的眉毛上渗了出来，可是鲍比却精力旺盛，一直盯着大厅里的恐龙骨架，眼睛都不舍得眨一下。

售票窗口里坐着的是一个话很多的非洲裔美国人，他反复打量着我问道：“这位太太，我是不是在哪里见过您？”

“没有。”我有点粗鲁地、斩钉截铁地回答道。正当我付完钱转身离开柜台的时候，突然听到他在身后喊了一句：“等等！”

我迟疑了一下，生怕他当着所有人的面揭穿鲍比的身份。结果他却开口问道：“太太，您是否需要我给您的丈夫找一张轮椅？”

我激动得差点冲过去吻他。大家都说纽约人自视甚高，但现在看来，这话显然有点以偏概全。

在我和售票员说话的时候，鲍比一直牵着我的手激动地喊道：“外婆！快点！我要去看恐龙！”

很快，那名售票员便推来了一张轮椅。鲁宾迫不及待地跌坐在了椅子上。这时候，我真的有点开始担心了，因为他看上去已经越来越不清醒了。我生怕老年痴呆症很快又会卷土重来，给我们这趟旅程招惹来什么麻烦。

售票人员热情地帮我们找到了一部直梯。“上去吧，小家伙。”他对鲍比说，“带你的外公外婆去看看恐龙。”

“先生，你相不相信这里的恐龙会在夜里活过来？”鲍比天真地问道。

“为什么不相信呢？奇迹随时都可能发生。”接着，他起身冲我眨了一下眼，我便更加确定他已经识破了我们的身份。“别担心，太太。”他说，“我会替你们保密的。你们去好好玩儿吧。”

我们直接坐电梯到了展出恐龙的楼层。我心里暗暗盘算着，打算让鲍比看上一眼就赶紧回家去。

恐龙展厅外人满为患，于是我叮嘱鲍比一定要紧紧地跟着我。为了早点挤进展厅里去，我花了不少的功夫。

就在这时，鲁宾突然抬起头来看着我说："我是谁？我好害怕呀。"接着他便号啕大哭起来。这可是他"醒过来"以后从来都没有出现过的状况。

我使出了浑身解数想要让他安静下来。周围已经开始有人在陆陆续续盯着他看了，而我此刻最不希望的就是引起别人的注意。当我再抬起头来的时候，鲍比又不见了。

"鲍比？"我喊道，"鲍比？"

我四处张望着，试图在人群中寻找他头上戴着的那顶洋基队棒球帽，但就是怎么也找不到。

一阵巨大的恐慌感向我席卷而来。我把鲁宾扔在一边，疯狂地跑了起来，像丢了魂一样推开挡在前面的路人。这个粗鲁的举动招惹来了很多人的不满。还有人冲我喊道："嘿，女士，看着点。"我的身上一阵一阵地出着冷汗。"鲍比！"我用尽了力气喊着，脑中不断地播放着他被宗教分子绑走、受尽折磨的画面。鲍比也许从此就要在纽约流浪街头了……一个女保安见状向我跑了过来。"女士，请冷静一下。"她说，"您不能在这里大声喧哗。"很明显，她一定是以为我精神错乱了。这也不能怪她，我确实感觉自己就要疯了。

"我的外孙！我找不到我的外孙了。"

"冷静，女士。他长什么样子？"她问道。

我当时并没有想到要直接告诉她鲍比是谁——要是我当时说了我的外孙就是鲍比·斯莫，他就是三个奇迹般从坠机事故中生还的小孩之一，还不知道会引起怎样的骚动呢。现在想起来，多亏我当时没有让这些话脱口而出，否则他们一定会马上报警，而当天的乱局也无疑会登上第二天的报纸头条。女保安安慰我说，她会马上通知出入口的所有同事，以防孩子擅自离开博物馆。可紧接着，我就听到一个天籁般的声音叫道：“外婆？”

我激动得差点要晕过去了，果然是鲍比突然出现在了我的身后。“你去哪里了，鲍比？你快把我吓死了。”

“我去看那个大家伙了。它的牙大得像狼一样！不过，快点吧，外婆，老公公需要我们。”

你能相信吗，我居然把鲁宾的事情抛到九霄云外去了。于是我急忙带着他跑回展厅里，好在他的人还安安静静地坐在轮椅上，好像已经悄悄地睡着了。直到我们坐上出租车回到了家里，我那一颗悬着的心才放了下来。

“它们没有活过来，外婆。”鲍比听上去有点失落，“那些恐龙没有活过来。”

“那是因为它们只有在晚上的时候才会活过来。”鲁宾说道。他又清醒过来了，拉过我的手紧紧攥着。“你做得很好，莉莉。”他对我说。莉莉，他这次是叫我莉莉，不是瑞塔！

“你说什么呢？”我问他。

“你没有放弃。你没有放弃我。”

我忍不住哭了出来，泪如雨下。

“你还好吗，外婆？”鲍比问道，“你是不是很伤心？”

“我没事。我只是很担心你。”我回答，“我以为我在博物馆里把你弄丢了。”

“你不会把我弄丢的。”鲍比肯定地说，“你真的不会的，外婆。不可能的。”

2.

这是龙和千代子之间的最后一段聊天记录。

消息记录 2012/03/25 16:34

千代子：我以为你是我的朋友！！！你怎么能对我做出这种事情来？？？ http://www.hirotalksthroughandroid/tokyoherald 我希望他们为你的故事付了一笔好价钱。不然都对不起你这么煞费苦心地骗我。

龙：千代子！我发誓，我发誓不是我干的。

千代子：母亲大人气疯了。机器人叔叔也扬言说要把宏接回大阪去。现在记者已经把我家围了个水泄不通。我宁死也不要失去他！你怎么能做出这种事情来？？？

龙：真的不是我！

千代子：你把我的生活给毁了，不要再跟我联络了。

龙：小千？小千？求求你。求求你！真的不是我。

3.

在被千代子屏蔽之后，龙登录了第二频道的“单身男子心碎论坛”，使用网名“下跪男”开辟了一个聊天室，题为“失败的宅男需要帮助”。他的故事很快便在网上疯狂地传播开来，让无数网友为之遐想联翩。

用户：下跪男 发表日期：2012/04/05 01:32:39.32

请网友们给我点建议吧！！！我想要和一个屏蔽了我的女孩取得联系。

用户名：无名 111

她为什么甩了你，下跪男？

用户名：下跪男

她以为我背叛了她的信任，可那真的不是我干的。_|7O

用户名：无名 275

我也有过类似的经历，兄弟。你得详细说一说。

用户名：下跪男

好吧……说来话长。我一直是在网上和她交流的，我姑且称她为冰雪公主吧。她属于我可望而不可即的那个类型。要知道，像她这样的一个女孩居然愿意花时间和我这样的废物聊天，让我多么的受宠若惊。我们的关系一直很好，每天都会聊天，分享彼此的心情。可是……突然发生了一些变故……她家里的一些事情被泄露了出去，使得她的整个家庭蒙羞。她误会这事是我干的，因此把我给屏蔽了。

我不想让你们以为我是个败类。但我真的很伤心，因为她已经不再回复我的信息了，我感觉自己的胃就像是玻璃做的一样，现在被摔得粉碎。

用户名：无名 111

“我感觉自己的胃就像是玻璃做的一样，现在被摔得粉碎。”说得好呀，下跪男。

用户名：无名 28

我都快哭了。

用户名：下跪男

谢谢。我现在心情很差，身体也不舒服，吃不下睡不着。我只能一遍又一遍地回顾我们以前的聊天记录。今天，我已经花了好几个小时分析我们之间说过的一字一句了。

用户名：无名 23

哎哟！！！你得明白，女人存在的意义就是为了让我们男人痛苦，下跪兄。让她们见鬼去吧。

用户名：无名 111

别理 23。我和你有过类似遭遇，下跪男。你有没有希望再和她联系上？

用户名：下跪男

我也不知道。我没有她活不下去。

用户名：无名 278

她长什么样子？辣吗？

用户名：无名 99

<叹气>你可真是个菜鸟，23。

用户名：下跪男

我只见过她一次，而且见到的不是她的真人。她看上去有点像独人叶月。

用户名：无名 678

“阳光少女”里的独人叶月吗？天哪！下跪男，你的品味不错，老兄。我也喜欢她这个类型的。

用户名：无名 709

叶月？？？啊哦哦哦哦哦哦哦哦哦哦哦哦哦哦哦哦哦。

用户名：无名 111

你们别那么露骨好吗，网友们。下跪男，你得去找她当面谈一谈，告诉她你的感受。

用户名：下跪男

哪有这么容易。说起来很不好意思。兄弟们……我还和父母住在一起，属于足不出户的那种宅男。

用户名：无名 987

这样挺好的。我也住在家里。

用户名：无名 55

我也是。没什么了不起的。

用户名：下跪男

我不是这个意思。我已经有……好久没有离开过家了，连屋门都没出过。

用户名：无名 111

很久是多久了，下跪男？

用户名：下跪男

我说出来你们可别笑话我！！！已经一年多了。_|7O

用户名：无名 87

物质世界是很残酷的。给你点建议，下跪男。要是你懒得去厕所，就在你的桌子下面放一个旧的塑料水瓶以备不时之需。我通宵打游戏的时候就这么干过。

用户名：无名 786

大笑！！！好主意，87！

用户名：无名 23

网友们，下跪男是个茧居族。

用户名：无名 111

下跪男在网络上有社交活动，这代表他是可以进行人际交往的。他只是个隐士，不能算是茧居族。

（聊天室一下子开始变为了争论茧居族定义的地方）

用户名：无名 111

下跪男，你还在吗？

用户名：下跪男

我在。听着……很抱歉浪费了你们的时间。开这个话题让我意识到……她怎么可能会看上我的？她怎么会喜欢像我这样的废物呢？看看我……既没有工作，也没有钱，更没有希望。

用户名：无名 111

你的公主死了吗？没有吧。那就总会有希望的。网友们，这个兄弟需要我们来帮他重振旗鼓。

用户名：无名 85

给枪都上好膛。

用户名：无名 337

瞄准你的公主。

用户名：无名 23

锁定目标，长官！

用户名：无名 111

首先，我们得让下跪男走出他的房间。

用户名：无名 47

下跪男，让我来给你点建议：

1. 梳洗一下，打扮得越精神越好。头发别乱七八糟的，脸上还带着痘痘。

2. 到优衣库[①]去买几件简单又不俗套的衣服。

3. 去见你的公主。

4. 请她出来吃晚饭。

5. 在晚饭时，告诉她你的感受。

如果你这样做还不能挽回她的心，那你就是死也无憾了。

用户名：无名 23

如果下跪男只在网上和她说过话，那他有可能连人家住在哪里都不知道。而且他也说了，他没钱，那怎么买新衣服？

用户名：下跪男

谢谢你的建议。我确实不知道她家住在哪里，但我知道她家就在代代木车站的附近。

①优衣库：日本知名服装品牌连锁店。

用户名：无名 414

那附近有一家不错的意大利面馆。

用户名：无名 23

第一次约会就吃意大利面？应该去吃点日式串烧、法国菜或是什么有特色的东西，这样才能有话可聊。

（聊天室的主题又变成了有关“第一次约会吃什么好的”讨论）

用户名：无名 111

这不是他们第一次约会。下跪男和他的公主是网络情侣。网友们，你们说跑题了。下跪男首先确实应该洗个澡，然后走出房门。

用户名：下跪男

你们真的觉得我应该找她本人谈谈？

（大家纷纷应和，说着“没错”、“去吧兄弟”、“你怕什么”之类的话）

用户名：下跪男

好吧。你们说得让我有点心动了。关于这个主意的实践性嘛……我想我能够弄到点钱，不过不会太多。公主住在另一个县里，所以我在找到她家之前必须得找个地方留宿。我住不起宾馆。大家有什么建议吗？你们有人曾经在网吧里过夜吗？这个选择如何？

用户名：无名 89

我不知道。不过我曾经在新宿附近的网吧里熬过一次夜。那里很便宜，你还能从贩卖机里买到吃的东西。

（网友们开始你一言我一语地给下跪男出主意，告诉他在哪里落脚以及如何引起公主的注意）

用户名：下跪男

我得去睡觉了，我已经有20个小时没有合眼了。谢谢大家。你们不仅帮了我很大的忙，还让我意识到了自己不是孤立无援的。

用户名：无名789

你会成功的，下跪男。

用户名：无名122

为了宅男的荣誉而战！

用户名：无名20

祝你好运！！！我们都会支持你的，下跪男。加油吧兄弟。你绝对可以做到！

用户名：无名23

放手去干吧兄弟。

用户名：无名111

保持联系！！！

（两天后，龙，也就是下跪男，再次出现在了这个聊天室里，顿时又引起了网友们的热情关注）

用户名：下跪男 发布日期 2012/04/07 01:37:19.30

不知道那天在聊天室里的朋友们还在不在网上。我又重温了一下你们那天说的话，不禁又被你们所有人给予我的热情支持感动了！我只是想告诉你们，我已经采纳了你们的建议，离开家了。

用户名：无名111

下跪男！你现在在哪里？

用户名：下跪男

我正在一家网吧的隔间里。

用户名：匿名 111

再一次重新踏入这个黑暗的大世界你有什么感受？我们想听更多细节，从头说起吧。

用户名：下跪男

啊。就像我说的，我听取了你们的建议。首先，我给自己梳洗了一番，刷干净了牙齿上的黄色烟渍。然后我洗了个头。因为我没有钱去理发，所以就自己动手了。不过，我觉得自己剪得还不错！

最困难的部分来了。我猜你们大家肯定会在这一点上说我的。我离开时，父母都去上班了。于是我拿了母亲藏在橱柜里的一些存款。数目虽然不多，但是如果谨慎些花费，应该还是足够支撑我在外几周的生活的。走之前，我留了一个便条，谎称自己不想再成为家人的负担了，因此决定外出去找一份工作。现在，每当我想起自己的这段谎言，心里就很难过。

用户名：无名 111

你做得对，下跪男。你自立之后可以再把钱还给他们。

用户名：无名 28

没错，下跪男。在这种情况下，这也是无奈之举。接着说说其他细节。

用户名：下跪男

谢谢大家。更多细节……好吧。

我的鞋依然被放在前门旁边的柜子里，和我一年前最后一次回家时所放的位置一模一样。只不过鞋面上已经积满了尘土。

踏出家门是我做过的最艰难的一件事。让我想想应该怎么来形容……当我真的迈出家门的时候，感觉自己就像是沧海一粟，周围的一切事物在我看来都是那么的光鲜和庞大。我的出现让很多街坊四邻都跑来围观。我知道，就是他们在背后对我说三道四，才给母亲带来了那么大的压力。

我出门的时候刚过正午，可是我家所在的街区却是车水马龙。我的心中仿佛有一股力量，一直想要把我拽回家去，但我努力克制着这种欲望，步履蹒跚地向车站走去。趁自己没来得及改主意，我赶紧买了一张去新宿的车票，心中隐约觉得周围的所有人都在对着我指指点点、冷嘲热讽。

到达新宿时，我差一点又乱了阵脚。我不知道该何去何从，于是走进了一家吉野家餐厅。不过我一点也不饿，只是跑到柜台去询问附近哪里有便宜的落脚点。柜台的那个服务员人很好，就是他告诉我这家网吧的地址的。

老实讲跟你们讲……我有点快要疯了……

用户名：无名179

别害怕，老兄。我们在这里陪你呢。下一步你准备怎么办？你要如何才能找到她家？

用户名：下跪男

我事先做了些调查。她家……不能说她家很出名吧，但我已经设法找到了她家的地址。

用户名：无名 188

你的意思是说，她还是个名人？？？

（在接下来的几个小时里，大家都在七嘴八舌地议论冰雪公主的家世背景到底如何。）

用户名：下跪男

我想，要是我想鼓起勇气去见她，最好的时机便是趁她父母都不在家的时候。

用户名：无名 902

你准备对她说什么？

用户名：无名 865

下跪男的五脏六腑不停地翻腾着。他站在一盏路灯下点燃了一根香烟，一边抽着，一边默默地望着公主家的房子。终于，他终于鼓起勇气用靴子踩灭了香烟，走到大门口，敲了敲门。

前来开门的竟是公主本人。望着惊为天人的公主，他简直喘不上气来，因为她比他记忆中的还要漂亮百倍。

“是我，下跪男。”他边说边走到灯光下来。

“带着我去浪迹天涯、远离这是是非非吧。”她恳求地一边说着，一边跪倒在他面前。

用户名：无名 761

写得好，865，我都笑出声来了！！！

用户名：下跪男

我一直在想这个问题……我大概知道如何能够引起她的注意。

用户名：无名 111

别吊我们胃口了。

用户名：无名 224

是呀，下跪男。我们跟你可是站在一边的，兄弟！！！

用户名：下跪男

我明天会告诉你们自己的计策到底有没有起作用。要是没成功的话，我可能真的要去忍痛割腕了。

用户名：无名 286

只许成功，不许失败！下跪男！你一定能做到的！！！

（龙从聊天室里下线之后，其余的人开始自顾自地聊了起来。）

用户名：无名 111

网友们……我想我应该知道公主是谁。

用户名：无名 874

是谁？

用户名：无名 111

下跪男说过，公主家很有名，而且就在代代木车站附近。宏就住在代代木。

用户名：无名 23

宏？？？？那个幸存儿宏吗？机器人男孩？

用户名：无名 111

没错。宏现在和他的舅舅舅妈住在一起，而他的舅舅舅妈有一个女儿。我看过这个女孩参加追悼会时的视频片段。当时在人群中，和宏的家人站在一起的，就只有她一个长得和叶月有几分相似的女孩，除了她之外，就只剩下一个相貌平平的女孩了。

用户名：无名 23

我们谦卑的下跪男居然爱上了机器人男孩的表姐？？？冲呀下跪男！

2.

下文摘自保罗·克拉多克的录音内容脚本，2012 年 4 月。

4 月 17 日，夜里 12 点 30 分。

天哪，已经过了好久了……你还好吗，曼迪？你知道吗，在经历了这些风风雨雨之后，我已经把你当做了我最好的朋友，或者是卡萨比恩医生的替代者。但是有一天我突然发现，自己居然都想不起你的长相来。我甚至还专门到你的脸书网站上去查看了你的头像照片，以便提醒自己你长什么样子。我告诉过你我有多么讨厌脸书网站了吧？这都是我的错，是我自己糊里糊涂地接受了一大堆的朋友申请，却忘了要事先去查看一下那些人的背景。后来，因为玛丽琳引起的那场风波，不少浑蛋都跑到了我的主页留言板上去胡言乱语。

曼迪，对于一直故意没有接你的电话，我想向你表示歉意。我只是不能……过去几天我过得很糟糕，你明白吗？好吧，诚实地讲，其实是过去好几周我都过得不好。哈哈。这样的苦日子似乎没有尽头。史蒂芬……好吧，你懂的，我也不想多说了。关于之前我在录音里说过的那些胡话，我还没有想好要保留哪一些。说实话，我最近什么都没有做。

这一切都发生得太快了。事故后的日子也如白驹过隙般飞逝着。我现在已经看清了很多事情。不过我们可以过段日子再重新修订之前写过的内容……等到我清醒一点的时候再说。你看，现在还不是时候。

曾几何时，我发现自己一直在反复看着杰西的照片，试图找到现在的她与以前的她有什么区别。有一天，我在看着照片发呆时，被她发现了。“你在做什么，保罗叔叔？”她用她那甜甜的、充满朝气的声音问道。该死，她总是有办法在不知不觉中出现在我面前。

“没什么。”我简短地应付了她一句。

第二天我就对自己的言行后悔了。为了弥补自己心里的内疚，我特意跑到玩具反斗城去，花了相当于一辆汽车订金那么多的钱买了许多的玩具。于是，杰西便拥有了一整套贵得离谱的“彩虹小马”玩偶，以及一整柜的主题芭比娃娃。要是一向支持女权主义的谢莉在九泉之下知道我都买了些什么玩意儿给杰西，一定会气得重新活过来的。

只是，我一直都在努力。天哪……难道我做得还不够吗？她……真的不是从前的那个她了。杰西和玻莉从前最喜欢听史蒂芬给她们编故事听，大约是类似《伊索寓言》之类的故事。那天，我也试着自创了一个新版本的《狼来了》的故事讲给杰西听，可她只是呆呆地看着我，就好像我是个疯子一样。

哈！也许我就是个疯子。

我这么说也不是没有依据的。昨天晚上，我又开始在谷歌上不停地搜来搜去，试图在这个过程中搞明白我和杰西之间到底出了什么问题。我找到了一个叫做“替身综合征”的医学名词，词条中解释说这是一种十分罕见的病症，患病者一般会幻想自己身边的人被某个替身代替了。就像是俗语里常说的“狸猫换太子”那样。我知道，光是有这个想法就足以证明我已经疯了，甚至可以说是有点危险了……但与此同时，知道确有一种病症能够解释我现在的精神状态，反而让我觉得很安心。不过，我现在仍然坚信这一切有可能只是压力太大造成的。

（清了清嗓子）

老天呀。今天是杰西第一天回学校上学的日子，所以我忙得不可开交。我觉得这个内容可以写到书里，因为读者就喜欢看这些，不是吗？我记得自己告诉过你，杰西在家自学的效果并不理想。我本身就不是个做老师的料，何况在家教杰西意味着要和她进行好多个小时的互动。所以卡萨比恩医生和达伦都认为在复活节假期开始前送她回学校比较好。

媒体和往常一样成群结队地尾随着我们，而我也依旧和平常一样强颜欢笑地扮演着“忧心忡忡的监护人”的角色，那敬业的程度甚至都应该能得一份英国影视艺术学院奖了。在记者们聚集在学校门口大呼小叫的时候，我一路护送着杰西走到了教室。杰西的班主任沃尔班克太太已经带着同学们将教室装饰一新，黑板上还挂着一条巨大的横幅，上面写着几个大字：“欢迎回来，杰西！”沃尔班克太太是个体型高大、性格开朗的女人，活脱脱就像是伊妮·布莱顿[1]小说里的主人公，看上去喜欢在周末参观历史遗迹，或是到植被茂密、微风拂面的山上去徒步旅行。光是看到她，就让我有一种想要喝得酩酊大醉，再抽上一包富乐门香烟的冲动了。（没错，没错，曼迪，我现在一天要抽二十根，不过不是在房间里抽。这个坏习惯还是不提为好，哈哈，不过我发现“伊妮·布莱顿”太太好像对我想要偷偷抽上一根烟的行为并不反感。）

很快我便发现，沃尔班克太太对孩子们的说话方式很像是在对待成年人，而在对成年人说话的时候却又像是在对待弱智儿童。“你好，

①伊妮·布莱顿（Enid Blyton）：笔名玛丽·波洛克（Mary Pollock），是英国著名的儿童文学家。

杰西的叔叔！现在你肯定是不会再担心杰西和我们在一起有什么问题了，对不对？”

“杰西，你确定自己已经准备好回学校上学了吗？”我假笑着问她。

“当然，保罗叔叔。”她脸上带着一种让我有些厌烦的、洋洋自得的微笑回答道，“你快回家抽根烟、喝杯伏特加吧。”

沃尔班克太太心领神会地朝我眨了眨眼，我赶紧开了个玩笑想要蒙混过去。

带着一种没有杰西在身旁时的解脱感，我很快离开了教室。

在教学楼外，那些记者的提问让我怎么躲也躲不开：“你打算什么时候让玛丽琳见见她的外孙女？”我喃喃自语道：“等杰西想要见她的时候。”接着，我便迅速地跳上了史蒂芬的奥迪车，一踩油门驶离了学校，开始四处游荡。开着开着，我来到了布罗姆利[①]的中心区域，便临时决定停下车，找一家玛莎百货[②]去为杰西采购一些晚餐食材，好庆祝她第一天返校。一直以来，我都清楚自己都只是在假装扮演着一个充满爱心的叔叔角色。但我就是不能……不能停止思念史蒂芬和谢莉——是真实生活中的史蒂芬，不是那个夜里会来找我的史蒂芬——是不想让他们对我失望的念头一直支撑着我走到了今天。我一直在想，如果自己长时间地将这个角色扮演下去，也许终有一天会变成一个真正关心她的叔叔也不一定。

话说回来，我提着一大篮速食意大利面站到了等待付款的队伍里。杰西对这种食物喜欢得不得了，而我却不是很感兴趣。我的眼神渐渐飘到了柜台附近贩卖各地美酒的区域里，幻想着自己正坐在那儿狼吞虎咽地灌下一瓶又一瓶的智利红酒，直到肚子都撑不下了为止。“快点，

①布罗姆利（Bromley）：位于英国伦敦市郊的一个自治市。
②玛莎百货（MarkSpencer）：英国最大的跨国商业零售集团。

亲爱的。”站在我后面的一个老太太催促我道，“那个收银台没有人。”她的话一下子把我从幻想中带回了现实。收银员一眼就认出了我，并给了我一个标准的“支持的微笑”。“她最近怎么样？”她低声问我。

“为什么大家只知道关心她？”我心里不免抱怨道。我勉强应付了几句类似“她过得很好，非常感谢你的关心”的话，便飞快地离开了，生怕自己控制不住，会对那个收银员大打出手，或是一口气买下柜台里所有的酒。

4月24日，夜里11点28分

曼迪，这一周我过得还不错。自从杰西开始上学后，我的生活就好过多了。我们甚至还花了一个晚上的时间一起看完了所有的《埃塞克斯是唯一的生活方式》[①]的片子。她对这个节目十分热衷，似乎看不够那些故意把皮肤晒得黝黑、在夜店里夸夸其谈的傻瓜们的言行。这让我不禁有些焦虑。不过，我猜她学校的同学大概都爱看这种节目吧，所以我应该把这种爱好当做是她这个年龄段的孩子的正常行为才对。她依旧是那么的开朗愉快、举止乖巧（我是多么希望她能够发一次脾气，或是拒绝上床睡觉呀）。我一直说服自己相信卡萨比恩医生的话，她经受了如此大的创伤，行为举止自然会有所改变，必须得花上一段时间才能够适应现在的生活。插播广告的时候，我好不容易把自己从那些庸俗不堪的剧情中解放出来，于是我问道：“杰西，你和我……过得很好，对吗？”

“那当然了，保罗叔叔。”那是我这么长时间来第一次想到，一

①《埃塞克斯是唯一的生活方式》（“The Only Way is Essex”）：风靡全英国的一个真人秀节目。

切都会好起来的，我会撑过去的。

我甚至给杰瑞拨了个电话，告诉他我已经准备好回去工作了。当然，他也问到了录音的事情，说出版商一直在催他，希望我能尽快多发些材料过去。而我则像往常一样回复了他一些推脱的说辞。要是我把这些内容未加编辑就发给他们，他们肯定会兴奋不已的。

不过我还是会从中理出一些头绪来的。没错。

4 月 25 日，下午 4 点

哎，曼迪，今天可是个重要的日子。达伦刚走（天哪，他可真是个娘娘腔，在我的碗橱和冰箱里翻了半天，说是要检查杰西平时吃的东西），电话就响了。这通常不是媒体打来的，就是那些顽固不化的宗教狂徒打来的。他们总是在绞尽脑汁、想方设法地想要从我口中骗到我的新手机号码。但出人意料的是，今天打电话来的竟然是一个相信外星人绑架理论的人。自从我在杰西出院时向警方申请了限制令之后，他们就一度偃旗息鼓了。正当我准备直接挂上电话的时候，一件很小的事改变了我的想法。打电话来的那个叫做西蒙的家伙提出了一个听上去十分合理的问题：他问我最近过得怎么样。他不是问杰西的近况，而是问我的近况！但我仍然不敢掉以轻心，因为这些电话十有八九都是有人监听的。尽管如此，我还是决定听听他想说什么。我那天居然愿意花时间和他说话，一定是疯了。他一直在讲有关外星人的事情（就像那些粗制滥造的不入流影片里说的那样，他称呼他们为“那些人”）。他说，他们会绑架人类，然后在他们的身上植入微型镜片，并通过“外星技术”来控制他们。他还说，那些外星人和政府是沆瀣一气的。这让我……为什么不诚实地说呢？反正也没有人会听到这些话。该死，好吧……听着，从某种程度上说，这话给我的感受很奇怪。

我的意思是说……“黑色星期四”会不会真的是政府和外星人合作的一项实验呢？我知道大部分人都不相信这些孩子能够在坠机事故中生还。我指的这些人不包括那些宗教疯子，或是那些相信幸存儿是被魔鬼附了身的人。我指的这些人甚至就是正常的普通民众。就连那个来看望杰西的调查员，眼神中都好像在说，杰西能够活下来真是一件不可思议的事情。没错，在日本的那次坠机事故中确实还有其他幸存者被奄奄一息地救了出来，但他们最后都没有活下来。那杰西到底是怎么死里逃生的呢？其他大部分人的尸体……嗯，都是支离破碎的，不是吗？当少女航空的那架飞机被人从大沼泽里打捞出来的时候，整个机身看起来就像是被搅拌机打散了一样。

好吧……深呼吸，保罗。赶紧冷静下来吧。你肯定是最近缺乏睡眠，脑子不太清醒了，对不对？

4 月 29 日，凌晨 3 点 37 分

他又来了。这已经是连续第三个晚上了。

这听起来一定很疯狂，但我已经渐渐习惯了。如今，每当我醒来时看到他坐在那里，都不会再感到恐惧了。

昨晚我又试着和他说话了：“你到底想告诉我什么，史蒂芬？”

可是他依旧只是重复一遍那个问题，然后便消失了。他身上散发出来的气味已经越来越难闻了，那种臭气甚至会在我的床单上久久挥之不去。那是一种如同臭鱼腐肉般的味道。该死。我就不能不去想它吗?

而且……我获得了一份工作。但我并没有为此而感到骄傲。

昨晚，我实在是忍不住了，凌晨四点便丢下杰西一个人在家，开车去了奥平顿的一家 24 小时乐购超市，给自己买了一小瓶酒。

当我回到家的时候，酒瓶已经是空空如也了。

我把空酒瓶和原来的那些酒瓶一起藏在了我的床底下。我已经渐渐失控了，需要赶紧迷途知返才行。我不能再这样下去了。

4 月 30 日

为了重新振作起来，我做了很多准备。

我刚刚去检查了一下杰西的卧室。其实我也不知道自己想要找到点什么。也许是一本《服务人类》的手册，就像是那部老片子《阴阳魔界》里的情节一样。哈哈。

（保罗的笑声逐渐演变成了啜泣声。）

我没事。我没事。

但她已经不是以前的她了。这已经是无法逃避的事实了。她甚至把自己从前最喜欢的 K 小姐的海报全部都摘下来。也许外星人的品位还不错吧。

（又是一阵笑声，接着再次转为了啜泣声。）

但是……她怎么可能不是杰西呢?

问题一定是出在我身上。

可是……

达伦似乎已经看出了些端倪，所以我不能让自己崩溃。起码现在还不行。我一定要彻彻底底地把一切可疑的迹象都隐藏起来。其实，我也曾想过要放弃，然后带着杰西去看玛丽琳。但是那个胖女人甚至连杰西有什么不同都看不出来。谢莉从来都不喜欢在她那里停留太长时间，所以玛丽琳和孩子们相处的时间比我还要少。不过那时候我想，这也不失为一条出路。毕竟她是杰西的骨肉至亲，不是吗？

有一天，当杰西的同学萨默来家里玩的时候，我和她漂亮的妈妈佩特拉聊起了自己的难处。佩特拉过去总是会不时发来邮件或是打来电话，询问我有没有什么事可以让她帮忙。所以这次她抓住机会赶紧向我示好，说她愿意帮我接杰西放学，再把她和萨默一起送到我家里来。

于是……我故意把录音笔留在了杰西的卧室里，以防万一。我就是想听听看，在我不在家的时候，杰西会怎么说我。凡是负责任的家长都会这么做的，不是吗？也许她会向萨默敞开心胸，谈谈心里的悲痛。这样的话，我就能知道她为什么一直表现得如此奇怪了，也就能理解卡萨比恩医生所说的“隐忍不发的创伤”是什么意思了。他们还有五分钟就要到家了。

（孩子们说话的声音渐渐靠近，越来越大。）

“……所以你可以当彩虹黛西，我来当月亮公主。还是说你想当瑞瑞？”

“你集齐所有的小马了吗，杰西？”

“嗯。都是保罗买给我的。他还给我买了穿选美礼服的芭比娃娃，你看。”

“哦，酷！它太美了。可最近又不是你的生日。”

“我知道。如果你喜欢的话，可以把它带走。保罗会给我再买一个新的。”

“真的吗？你最好了！杰西……你打算怎么处理波莉留下的那些玩具？”

“我没打算处理它们。”

“还有，杰西……你被烧伤的时候痛不痛呀？”

“痛。”

“那些伤疤会消失吗？”

“无所谓。”

“什么无所谓？”

“伤疤会不会消失都无所谓。”

“妈咪说，你能够从飞机里活着出来是个奇迹。她还要我不要问你这些问题，以免惹你掉眼泪。”

“我是不会掉眼泪的！”

“妈咪还说，你以后可以用化妆品来遮盖伤疤，这样别人就不会盯着你看了。”

“别说了！我们还是来玩吧！”

（接下来的十五分钟里，女孩子都在玩“我的彩虹小马在埃塞克斯遇见芭比娃娃”的游戏。）

（保罗的声音从远处传来，叫女孩下楼吃点心。）

“你不来吗，杰西？”

“你先去吧。我想把小马也带下去。这样它们就可以和我们一起吃了。”

“好吧。我真的能带走那只穿选美礼服的芭比娃娃吗？”

“当然。”

“你永远都是我最好的朋友，杰西。”

“我知道。你先去吧。”

“好。”

（录音笔录到了萨默离开房间的声音。几秒钟，录音里传来了一阵脚步声和喘息声。接着，三秒钟之后，杰西的声音出现了：“你好，保罗叔叔。”）

6.

莉莉安·斯莫

电话在早晨六点钟便响了起来。我赶紧跑过去接起电话，以免铃声吵醒鲁宾。自从那天带着他们祖孙俩去了趟博物馆之后，我便一直无法睡个踏实觉，甚至还养成了每天五点钟左右就起床的习惯，好独自坐一会儿，提前做好心理准备去面对自己时而清醒、时而糊涂的丈夫。

“是哪位？”我硬生生地问道。要是这么早打电话来的是哪家报社的记者，或者是哪个极端分子，我是绝不会给他留任何情面的。

电话那一端停顿了一下，接着传来了一个声音，说自己叫保罗·克拉多克，是杰西卡的叔叔。他清晰有力的英国口音顿时让我想起了贝琪嘴上常挂着的电视剧《卡文迪什大楼》。虽然你们会以为我和保罗之间一定会有说不完的话，但实际上那是一段极其尴尬的对话，其间充满了令人不安的停顿。我记得自己当时在想，我们此前居然没有想到过要联系彼此，这是多么奇怪呀。毕竟这三个孩子总是会一同出现在各大新闻报道中，而且不时会有脱口秀的制作人想要把他们集中到一个节目中亮相。不过，我一般都会婉拒这种邀请。我很快就发觉，保罗的声音听上去似乎有点不太对劲。我本以为这是时差的问题，或者是越洋电话导致的声音失真。过了一阵子，他才结结巴巴地表明了自己的意图，说自己是特意来询问一下，鲍比在事故后有没有出现什么性格或者是言行上的改变。

这个问题和那些该死的记者总爱提的问题如出一辙，于是我草草地打发了他几句。他对这么早打电话来打扰我表示了歉意，接着没有说再见便挂掉了电话。

挂上电话后，我心神不宁、坐立不安。他为什么要向我提这么一个问题呢？我知道，保罗一定和我以及那个日本小男孩的家人一样，在媒体的关注下承受着巨大的压力。我的心里其实也对自己刚才粗暴的态度有点内疚。他听上去像是遇到了大麻烦，需要找人聊一聊。

可是，我已经厌倦了无处不在的愧疚感。我为自己不能送鲍比回去上学而感到愧疚，也为自己不能够带鲁宾去找罗米耶医生以及其他专家看诊而感到愧疚，还为自己向贝琪隐瞒了鲁宾的病情而感到愧疚。夏尔曼现在还是会每周来看望我们一次，贝琪也是自始至终都陪在我的身边，但我仍然认为鲁宾病情的好转是一个属于我自己的秘密奇迹。当然，这个奇迹对我来说也是一个负担，因为我不知道如果他的情况被泄露出去会怎么样。比如说，那个日本小男孩和他父亲做的机器人之间的奇怪互动就已经在新闻上播了好几天了。

我给自己倒了一杯咖啡，坐在厨房里出神地望着窗外。那是一个晴朗的春日，我记得自己当时还在想着，要是能够出去走一走该有多好，我可以找个咖啡馆静静地坐一坐，享受一下属于自己的时光。

那时候，鲁宾已经起床了，一脸神清气爽的表情。于是我突然想到，也许可以自己出去走个十分钟，到公园里坐下来晒晒太阳，呼吸一下新鲜空气。

于是，我先是给鲍比做好了早餐，然后清理了厨房，最后问鲁宾是否介意我出去几分钟。

“你去吧，瑞塔。”他说，“出去好好玩一玩。”

我让鲍比向我保证，绝不会离开公寓，然后便匆匆离开了。我出了门便径直走到了公园里，挑了一张正对着体育中心的长椅坐了下来，冲着太阳扬起了头。我一直在告诉自己，只要再多待上五分钟就好。其实，我当时还在惦记着回家去换床单，然后带着鲍比去超市里买牛奶呢。一群推着婴儿车的年轻人从我的面前经过，我们彼此微微笑了一下。我低头看了一眼手表，突然意识到自己已经出来足有四十多分钟了——时间都去哪儿了？虽然我离家不过五分钟路程，但分分秒秒都有可能发生事故。突如其来的恐慌感让我感觉一阵恶心，于是我匆忙地向家里跑去。

我的直觉是对的。当我上气不接下气地跑回家时，一开门就看到有两个穿着一模一样套装的人正站在厨房里。其中一个人闭着双眼，将鲍比的手放在他的胸口上，另一个人则将双手高举过头，低声嘟囔着些什么。我吓得一下子大声叫了出来。

“放开他！”我用尽全身的力气喊道。他们身上散发着一种狂热的气质，让我马上就明白了他们的来意。“马上给我滚出去！”

“是你吗，瑞塔？”鲁宾在客厅里叫道。

“外婆，他们说想要进来和我们一起看电视。”鲍比说，“他们就是贝琪所说的骗子吗？”

“回你的房间去，鲍比。”我大声喝道。

我又转过身来盯着那两个男人，全身上下都散发着一种不可遏制的怒气。他们看上去像是一对双胞胎，金色的头发如出一辙地向两边散着，表情呆呆的，一脸自命不凡的表情。鲍比事后告诉我说，他们在我出去后不到五分钟便来敲门了。而在我回家之前，他们就一直保持着我看到的那个姿势站在厨房里。我猜，他们一定是看到我离开了家，感觉有机可乘才会过来捣乱的。“我们就是想要请鲍比的灵魂来为我们进行洗礼。”他们中的一个人说，“你欠我们的，斯莫太太。”

“她什么也不欠你们的！”贝琪的声音突然从我的背后响了起来。感谢上帝，她一定是在听到我的尖叫声后赶来的。“我已经报警了。所以你们赶紧带着那些《圣经》上的鬼话从这里滚出去吧。”

那两个人相互看了彼此一眼，识趣地向门口走去，可脸上的表情却似乎还意犹未尽。不过，贝琪脸上说一不二的神情让他们不得不闭上了嘴，快速逃离了现场。

贝琪答应会在我录口供的时候帮忙照看鲍比。我知道，她这回肯定会发现鲁宾的情况的。因此我此刻再担心什么，也已经为时已晚了。第二天，警察局长亲自来家里探望了我，并建议我考虑雇佣一个私人保镖，昼夜不停地保护我们的安全。但我并不想要一个陌生人出现在我的家里。

当我从警局回来时，一眼就看出贝琪的神色不对，好像有什么事很想要和我聊一聊。好吧……除了坦白之外，我还有什么别的选择呢大概只能怪自己太不争气了吧。

7.

六月下旬，莉莉安·斯莫的邻居贝琪·卡茨接受了我的采访。

最让我感到难过的是，我得时刻提防着那些记者。你知道的，那些报纸媒体实在是太精明了，而且他们的精明全都用在了如何打探更多的小道消息上面。他们经常打电话给我，用一些带有诱导性的问题来向我提问，就好像我是个傻子，听不出他们的真正意图似的。“卡茨太太。”他们会说，“鲍比是不是在言行上有点奇怪呢？”“你的言行才奇怪呢。”我会这么回答他们，“你们自己这么笨难道不会觉得自惭形秽吗？”

若不是为了鲍比，我真不知道莉莉在萝莉死后还能不能撑得下去。萝莉是个好姑娘，很有艺术天分，而且十分孝顺。要是换做是我，在经历了如此痛彻心肺的打击后还不知道会变成什么样子呢。至于鲍比嘛，他实在是个可爱的孩子！他从来都不会给莉莉添麻烦，而且还会时常跑到我的厨房里来帮我做饼干。而我也会像对待家人一样，让他自由地出入我家。有时候，我们还会一起坐下来看电视剧。不过，我也总是担心他身边没有什么朋友。毕竟，他这么小的一个孩子怎么会甘心总是和两个老太太在一起呢？但他对此似乎并不介意。我也曾多次向莉莉提起过，让她把鲍比送到托瓦祭司一家在贝福－斯图文森区开设的一家犹太教学校里去。但她就是不听我的劝告。但是我也不能责怪她总是要把鲍比留在身边。我本身没有子女，丈夫又在十年前患癌症去世了。当初，我刚刚听闻这个噩耗的时候，也感觉像是心上被狠狠地插了一刀。莉莉失去得已经够多了，先是她的丈夫鲁宾，后来又是她的女儿萝莉。

我知道莉莉一直都在对我隐瞒了什么，但我从没有料到真相居然是这样的。莉莉不是一个善于撒谎的人，她的一切秘密都写在脸上了。但我并没有逼她告诉我真相，因为我知道她终有一天会主动告诉我的。

那天，当听到莉莉大叫的时候，我正在清理厨房。我的第一反应就是鲁宾出事了，于是我赶紧跑到她家公寓的门口，只见两个穿着套装的陌生人正在那里徘徊，眼里闪烁着一种疯疯癫癫的光芒。我马上回家拿起电话报了警。我当然知道他们是什么人。自从那些形形色色的好事者开始在我家附近出入之后，我隔着一英里远便能感觉到他们有什么不轨的意图。即使他们自作聪明地装扮成商人的模样，我也能够一眼看出他们的真面目。那两个人还算聪明，在警察赶到现场之前便跑掉了。在莉莉忙着做口供的时候，我自告奋勇地到她家去帮忙照顾鲍比和鲁宾。

“你好，贝琪。”鲍比嘟着小嘴说道，“老公公正在和我看一部叫做《乱世忠魂》的老电影，里面的人物都是黑白的。”

突然，鲁宾在一旁一字一句地接了一句：“姜是老的辣，酒是陈的香。”

你以为我会作何反应？我吓得灵魂都快要出窍了。“你在说什么，鲁宾？”

“我在说，他们已经不再像以前那样拍电影了。你的耳朵有什么问题吗，贝琪？”

我一下子跌坐在了沙发上。自从鲍比出院之后，我就一直在帮莉莉照看鲁宾，可我从没有听到过他像今天这样神志清楚地和我对话。

不久，莉莉回来了，她一眼便看出我已经发现了鲁宾的事情。她拉着我进了厨房，倒了两杯白兰地，一五一十地开始给我解释鲁宾是如何莫名其妙地从某个晚上开始学会了说话。

“这真是个奇迹。”我说。

回家后，我依然激动得坐立不安。我必须找个人倾诉一下才行。于是，我试着打电话给托瓦祭司，但他并不在家。可是，我必须马上把憋在心里的话说出来才行。接着，我又打给了我的弟妹。她最好的朋友有一个侄子名叫艾略特，听说是个不错的孩子——至少我当时是这么以为的。艾略特是个医生，因此我的弟妹建议我和他谈一谈。说真的，我只不过是想帮忙而已，我以为自己的所作所为能够帮莉莉提供一些补充性的建议。

我知道，现在再回想起这事来，我就像是一个十足的傻瓜。

我不知道艾略特是否被记者买通了，但我知道肯定是他将这个消息泄露出去的。第二天，当我从家里出来，准备去为晚餐的热汤买些配餐面包时，赫然发现有大批的记者正围在我家楼下。当然，这个景象对我来说并不新鲜，我干脆地拒绝了他们的采访要求。

在面包店外的布告栏里，我看到了当天报纸的头条，上面写着一个令我毛骨悚然的标题：“奇迹发生！鲍比的外公从老年痴呆症中苏醒！”我吓得差点当场就晕过去了。请上帝宽恕我吧，但我当时确实想到了可以将责任推卸给那些闯进公寓里的宗教狂徒身上。但文章上清清楚楚地写道，消息是来自“莉莉安·斯莫的亲信”。

我一下子慌了神，因为我知道这对于莉莉来说意味着什么。在经历了这么多风波之后，媒体对于这样一个来之不易的消息自然是如获至宝。

我跑回家将实情一五一十地向莉莉坦白了。“我真的不是故意要把实情说出去的。”

听了我的话，她的脸一下子变得煞白。“怎么会是这样的呢？”她说，“他们为什么就不能放过我们呢？”

莉莉再也没有原谅过我。虽然她并没有把我赶出她的生活，但是从此却对我格外警惕。

我真的希望自己的这个无心之举不是事后酿成大祸的原因。请上帝宽恕我吧。

Chapter 8

第八章

阴谋论

四月至六月

唐纳德太太躺在地上，脸被一块白色的裹尸布罩着。她吸气的时候，裹尸布就会被顺势吸进她的嘴里，所以我不得不把布扯下来，以防她窒息。那块裹尸布在我手里又油又腻。

如果你仔细辨认就会发现，视频中的这个女人其实根本就不是人类……

1.

下文摘自 http://makimashup.com 网站 2012 年 4 月 19 日的一篇文章。该网站标榜专门报道“世界各地的奇闻逸事”。

日本搞怪女王——宇利惠子

在一间灯光昏暗但装饰高雅的房间中，一个漂亮的日本女子正坐在一张榻榻米垫子的中央。她先是理了理身上的亮红色和服，眨了眨眼睛，然后便开始朗诵木村亚纪的一本畅销回忆录《偷》中的选段。木村亚纪在上个世纪九十年代曾遭到三名驻日美军士兵的性侵。朗诵完毕后，她花了二十分钟左右的时间，详细地阐述了一件外星人绑架案的细节。她最后讲述的则是太阳航空公司坠机事故幸存者柳田宏的故事，并称他的生还是国家的财富，是日本国力长盛不衰的伟大象征。

上述这些内容源自几个视频片段。这些视频片段自出现在日本某视频网站上后，便被网友疯狂转发，总点击量甚至达到了该网站的历史最高值。让这些片段如此吸引人的原因并不在于那个播报女子不偏不倚的独白风格，而是在于她本人。如果你仔细辨认就会发现，视频中的这个女人其实根本就不是人类，而是前日本搞怪女王宇利惠子的分身机器人。上世纪九十年代，宇利惠子曾红极一时，隐退娱乐圈后嫁给了政治家宇利北条。对于惠子来说，她最擅长的事情似乎就是把自己搞得声名狼藉，因为各大媒体上从来都不会缺少有关她的丑闻。本世纪初，她就曾引起过一阵“剃眉”的流行风潮。除此之外，她还是一个积极反美人士（据说这是由于她未能成功跻身好莱坞的原因），总是穿着一身传统日本服饰，以表明自己反对西方、崇尚传统的时尚观点。在众多有关她的新闻中，最受争议的一条便是她坚信自己自孩提时代起就曾多次遭到过外星人绑架的事。

听宇利惠子的分身机器人说话，是一件令人十分不安的事情。你可能得花上几秒钟的时间，才能反应过来眼前这个口若悬河的女人身上有点不太对劲。她的语调是那么的冷漠，语速也稍显缓慢，听上去甚至有点缺乏说服力的感觉。更重要的是，她的眼神始终是十分呆滞的。

惠子承认，自从新闻上爆出柳田宏只愿意通过其父为他定制的分身机器人来与人交流之后，她便如法炮制，为自己也定做了一个分身机器人。惠子坚称，通过这种分身机器人来与外界交流，“能够带给我们一种返璞归真的感觉”。

事实上，惠子并不是唯一一个推崇这种生活理念的人。众所周知，日本年轻人一向都以“出格”的审美理念闻名于世，因此分身机器人一问世就受到了许多追赶时髦的年轻人的追捧。但是，并不是每一个人都能买得起货真价实的分身机器人的（这种机器人的造价最低也要四万五千美元左右）。因此，不少人便会退而求其次，买一些逼真的人体模型或者性爱娃娃回来进行改造。日本原宿地区一向是热爱动漫真人秀的青年男女聚集的地点。现在，这里的大街小巷都挤满了来展示自己的分身机器人的潮人，他们甚至还称自己为“宏迷”。

另有传闻称，日本当下最受欢迎的女子团体 AKB48 和阳光少女，也将先后推出自己的歌舞分身机器人。

2.

四月中旬，我乘机飞往南非的开普敦，目的是拜访一位名为文森特·哈提的私家侦探。他是受雇主之托，到开普敦当地去寻找肯尼斯·欧杜华（也就是所谓的“第四个骑士”）的下落的。

我的目的地开普敦国际机场里挤满了自称是导游的人。他们不停地冲我挥舞着手中那些写着“卡雅丽莎一日游”的牌子，嘴里喊着：“需要出租车吗，女士？”在嘈杂的人群中，我一眼便找到了前来接机的私家侦探文森特·哈提。他答应要陪我在开普敦逗留几天。身高一米九、体重两百多斤的文森特在那些“出租车司机”和“导游”中显得格外显眼，他露齿一笑对我表示欢迎，顺势从我手中接过了行李。我们在走向停车场的途中简单地聊了几句。我注意到身旁到处都是穿着蓝色警服、面带倦容的巡逻警，目光所及之处也都立着“不要轻信陌生人”的警示牌，但这些似乎都不足以吓走那些游商们。一路上，几个十分执著的游商一直在尾随我们，文森特不得不厉声喝道“滚开”，才把他们驱散开来。

在十六个小时的旅途奔波后，我只想先来一杯咖啡，再冲个热水澡。但当文森特问我是否想要在去酒店之前先参观一下坠机事故现场时，我还是一口答应了下来。他赞许地点了点头，催促我赶紧上车。那是一辆装着深色玻璃的炭黑色宝马轿车。“这辆车就足以帮我们摆脱不必要的麻烦了。”他是这么说的，“因为这里一般只有政府官员才会开这种车。”他停顿了一下，转过头来看了我一眼，然后莫名其妙地开怀大笑起来。

我将自己的身体舒舒服服地陷在了柔软的坐椅里，好奇地环顾着四周。我发现，除了仪表盘上摆着一张模糊不清的肯尼斯·欧杜华的照片外，车里并没有其他的装饰。照片中的肯尼斯大概只有四岁。

当我们离开机场时，我看到不远处就是著名的平顶山。此时正值入冬季节，平顶山上云雾缭绕，背后的天色格外湛蓝，散发着蛋壳般的光泽。当文森特驾车驶上高速公路时，我的目光一下子就被周围的贫困景象吸引住了。开普敦国际机场的设备无疑是十分先进的，但出入机场的高速公路两旁却布满了摇摇欲坠的棚屋。突然，一个小孩牵着一只小狗出现在了穿梭往来的车流中，害得文森特不得不一脚急刹停住了汽车，才没有撞到他们。

“路不是很远。”文森特一边对我说，一边发出了啧啧的声音，就好像他开的是一辆装满乘客的破旧迷你巴士，想要挤到快车道上一样。

当我问到是谁雇佣他来这里寻找肯尼斯的下落时，他摇了摇头。我记得，向我提供文森特联系方式的记者朋友曾向我保证，说文森特是个靠得住的人，但我心里还是有点不安。我向他求证，是否真的曾有追踪肯尼斯的赏金猎人反被当地人抢劫的事情。

他叹了口气说：“媒体总是爱夸大其词。其实只有那些笨手笨脚的人才会给自己惹上麻烦。”

我接着问他是否真的相信肯尼斯在某处流浪街头。

“我相信什么并不重要。也许这个孩子是真的存在的，也许不是。

只要真的有这么一个人，那么找到他的人一定会是我。”

我们渐渐驶离了高速公路。在我的右手边，依稀可见一大片拥挤的小砖房、铁皮屋和木棚，以及一排又一排看起来像是哨所一样的公共厕所。

“那就是卡雅丽莎吗？”

“没错。”

“你已经在这里找他找了多久了？”

“我从消息刚发布出来的时候就开始找他了。这可不是一件容易的事情。穆斯林社区里有很多人想要阻止人们雇佣我们这样的人来追寻他的下落。”

“为什么？”

“美国没有类似的传言吗？啊。有些喜欢惹是生非的人认为，肯尼斯是个穆斯林男孩，所以很多穆斯林人不希望美国人找到他，因为他们坚信肯尼斯是穆斯林的信使之一。虽然后来有报道澄清说他其实是来自一个基督教家庭，但那些人并不在乎！”他又哈哈大笑起来。

“我想你大概不信宗教吧？”

他的表情一下子严肃起来。“不信。我见过的事情实在是太多了。”

他将方向盘向右一拐，车子拐上了一条土路。几分钟后，我们便驶入了镇中心的区域。一路上，除了飞扬的尘土和无穷无尽的成排棚屋外，似乎没有任何路标。最显眼的莫过于无数个可口可乐的标志了，它们大多挂在一个个旧集装箱的外面。我仔细观察后才发现，那些集装箱实际上就是一家家的临时商店。一大群衣衫褴褛的小孩一边招着手，一边笑着朝我们的车子跑来，还一路尾随车子奔跑着。文森特把车子停在路旁，递给其中一个孩子十兰特，并叮嘱他看好这辆宝马车。那个孩子胸有成竹地点了点头。

在距离我们几百米的地方，一辆旅游大巴停在一个小市场的旁边。只见一对美国夫妇在一个摊位前拿起了一个用铁丝做成的飞机模型，看上去正在和售卖的摊贩讨价还价。

“我们要从这个地方开始，徒步走过去。”文森特说，“跟紧我，不要跟当地人有任何眼神交流。”

“好的。”

他又是一阵大笑。“别紧张，你会没事的。”

“你住在这里吗？”

“不。我住在古格勒苏。”

我曾看到过在坠机地点附近拍摄的航拍画面，飞机坠落的过程中在地面上划出了一道参差不齐的轨迹，几乎毁掉了镇子里所有的建筑。但这里的人无疑是十分坚强的，灾后重建工作已经展开，在大火曾经烧过的废墟上已经开始建立起新的教堂和民宅，杂乱的景象也已经不复存在了。一座闪闪发光、镌刻着所有遇难者姓名的黑色金字塔雕塑十分不协调地矗立在工地的中心（肯尼斯·欧杜华的名字也在里面）。

文森特蹲下来用手捻着地上的土壤。“他们现在还能在这里找到一些颏骨的碎片。它们是自己跑到地表上来的。你知道吗，就像是你因为粉碎性骨折而受伤一样。这里的土地不想接受它们。”

在我们回头往高速公路走去的过程中，气氛突然变得十分压抑。一辆又一辆的迷你巴士从我们身边擦身而过，带着整车的人向城市里驶去。平顶山仿佛在向我们步步逼近，而大片的云朵已经遮住了它标志性的平滑顶端。

“我先把你送到酒店去，然后晚上再带你出来寻人。可以吗？”

我所居住的酒店位于开普敦的滨海区域，它那用玻璃和钢筋撑起的建筑外形与刚才我所见到的民居形成了鲜明的对比。我甚至感觉自己好像正身处一个迥然不同的国家。

我洗了个澡，然后走到楼下的酒吧里，一边打着电话一边等着文森特来接我。我注意到，附近有一些中年男子正三五成群地坐着，于是便尽力偷听他们的谈话，发现他们大多数都是美国人。

在此之前，我曾经多次试图联系南非民用航空管理局的总调查员，但她总是说自己不接受媒体的采访。无论如何，我再次试着拨通了她的电话号码。一位声音听上去十分疲惫的秘书接听了我的电话。“就像报道里说的那样，此次事故并没有幸存者。”我这次无疑又碰了一鼻子灰。

正在我失意的时候，文森特大摇大摆地走进了酒店，那架势就好像这里是他的地盘一样。我不得不说，无论是对这家奢华无比的酒店还是对卡雅丽莎镇中心，他似乎都是了如指掌。

我向他讲述了自己被民用航空管理局三振出局的遭遇。

“你不用管他们。我可以试试看能否帮你找到个愿意接受采访的人。”

他用自己的手机打了个电话，并用豪萨语和电话那头的人进行了一番十分简短的对话。

“我今晚要去见一个线人。”他叹了一口气，“明知道这回肯定是不会有什么结果的，不过我还是得跟他们一起去。我的老板要求我每天都要向他报告工作进展。”

我跟随着他向码头走去，在快走到某地下通道的时候，他的步子渐渐慢了下来。这里十分幽暗，灯光也不是很明亮，不由让我又感到一丝不安。

文森特的线人是一个瘦高的男子，名叫艾瑞克·马伦加。此时，他正站在一座未完工的天桥下等着我们，身旁还站着三个衣衫褴褛的小男孩。那些孩子的站姿看起来都歪歪斜斜的。事后我才知道，很多流浪街头的孩子都对一种叫做“嗅胶”的东西很上瘾，而这种可吸食溶液的副作用就是会导致身体平衡感失调。文森特告诉我，这些孩子每日都在镇中心靠乞讨为生。“有时候会有游客给他们买麦片和牛奶，可他们会转手把这些东西高价卖给背包客。”他说，“有时候他们也会出卖自己的身体。”

走近之后，我注意到还有第四个孩子坐在他们不远处的一个倒置的箱子上。我看不出来他是因为害怕还是因为寒冷而浑身颤抖着。

个子最高的那个流着鼻涕的男孩一看到我们走过来，便兴奋地一跃而起，指着坐在箱子上的男孩说：“老大，就是他。他就是肯尼斯。我现在可以领我的赏钱了吧，老大？”

文森特说，他们带来的肯定不是肯尼斯，因为他根本就不是尼日利亚人，只是属于普通意义上的“有色人种”而已。听到这个词，我的心里抽搐了一下。

文森特懒洋洋地向艾瑞克点了点头，艾瑞克便心领神会地带着箱子上的那个男孩向他的车子走去。

“艾瑞克要带他去哪儿？”我问道。

“去一个避难所。”文森特回答，“远离这帮小混混。”

“但是，老大，他说他就是肯尼斯。”那个流着鼻涕的男孩哭诉道，

"是他自己说的，我发誓。"

"你知道为什么大家都在找肯尼斯吗？"我问那个男孩。

"知道，女士。他们觉得他是个恶魔。"

"不对。"另一个男孩插嘴说道，"他必须得去看巫医，因为他被巫师的灵魂附体了。如果你真的看见他了，你的小命也就没了。"

"他只在夜里出没。"第三个孩子也搭讪道，"只要他碰你一下，你那部分被碰到的身体就会马上坏死。他甚至还能传染艾滋病呢。"

"没错，我也听说了。"高个子男孩显然是这些孩子中的领头人，"我知道谁见过他，女士。如果你给我一百块钱我就告诉你。"

"这些小孩什么也不知道。"文森特一边说着，一边打发了他们每人二十兰特。这些孩子拿着钱欢天喜地地消失在了夜色中。"每天的情形都是一样的。但是我也不能放松警惕，因为我还得每天向我的老板汇报呢。有时候我还会去停尸房看看，以免他的尸首在那里出现。不过我就不带你去那里参观了。"

第二天，文森特来到我的酒店找我，说他要去西海岸"追寻一条线索"，同时安排我和一名卡雅丽莎警局的警官取得联系，说他愿意接受我的采访，并能够向我提供一个最先到达事故现场的急救员的名字，以及一个灾后无家可归的妇女的电话号码。"那个女人可能知道些什么。"他说，"没准她会愿意跟你聊聊，毕竟你是个外国人。"说完，他又冲我咧嘴一笑，和我握了握手告别后便离开了。

（十天后，当我已经返回曼哈顿时，我收到了文森特发来的一条短信，里面简短地写道："他们找到他了。"）

3.

下文节选自开普敦的毕腾坎特警局内某名嫌疑犯的口供，日期为2012年5月2日。

南非警局通告

姓名：布莱恩·凡·得·莫维

年龄：37

住址：开普敦贝拉维尔桉树街16号

电话：021 911 6789

工作单位：松林地，库格尔保险经纪公司

电话：021 531 8976

陈述并宣誓：

2012年5月2日夜里10点30分左右，我在开普敦中心商务区长街上的比尔斯家具店外被警察逮捕。警车向我开来的时候，我的车上正坐着一个搭便车的男孩。

当时，我告诉警官，我停车载上这个男孩完全是出于担心他的安危。这个男孩的年龄大约在八九岁左右。考虑到他这么晚了还在外面游荡很不安全，我便将车子停在了路边，准备捎他一程。

我不承认自己搭载男孩是出于嫖娼的目的。当警察扣留我的车子时，我也没有衣冠不整，更没有和男孩之间发生任何性关系。

曼吉特·库马尔队长把我从车里拽出来的时候，扇了我一巴掌。

这一点我坚持要警方记录在案。接着，他问那个男孩叫什么名字，男孩并没有回答。另一名巡警露西·皮斯托留斯问他是否叫肯尼斯时，男孩回答是。

我并没有抗拒逮捕。

BVDMerwe

HANDTEKENING/ 签名

4.

安迪斯瓦·玛塔贝列（化名）是开普敦某家专门收留被遗弃儿童机构的护士长（该机构的地理位置不方便透露）。安迪斯瓦通过电话接受我的采访，但条件是不许提及她的真名和她所服务机构的位置。

那个男孩刚被送到我们这里来的时候，身体严重营养不良。在给他洗澡之前，我先喂他吃了一大碗的蒸糕配炖羊肉。当时，他腿上和手臂上的溃疡已经全部感染了，因此我十分担心他的健康问题。医生给他做了个全面检查，还开了些抗生素给他服用，同时给他注射了抗逆转录病毒药物[①]，以防他曾经在街上卖过身。说实话，卖身对于无家可归的流浪儿来说是很常见的事情。很多流浪街头的孩子还曾受到过家长的虐待，因此为了生存，他们除了卖身之外别无选择。

关于这个孩子，我能跟你说些什么呢？据我所知，他并没有尼日利亚口音，但这也很难说，因为他很少开口说话。他看上去不止七岁，显得比肯尼斯·欧杜华的年纪大一些。在他吃饭的时候，我问他："你的名字是叫肯尼斯吗？"

"是的，我的名字是叫肯尼斯。"他回答。可是，之后我发现我问他的任何问题都会得到他肯定的答案。

第二天，警方鉴证科的人就来了。他们用棉签从他的嘴里采集了一些 DNA 样本，以便带回去进行比对试验。在鉴定结果出来之前，无论他是不是真的肯尼斯，都将留在我们这里休养一段时间。我从心底里希望，就算他不是真的肯尼斯，也能够很快和自己的家人团聚。

①抗反转录病毒药物：主要被用来防治艾滋病。

虽然我不是卡雅丽莎人，但我也去参加了悼念仪式，并参观了坠机事故的现场。我确实很难相信有人能够逃过如此的劫难。但是，另外几起空难事故中均有幸存者生还，因此我也不敢十分肯定。通过一点点地和他交流，我慢慢拼凑出了他的来历。他说，自己先是在布鲁堡的海边住了一段时间，然后又跑到了考克湾，最后才决定回到中央商务区来。

为了防止其他孩子欺负他，我对他关怀备至。要知道，欺凌弱小的事情在这里是很常见的。虽然我没有跟大家说过他可能是谁，但是大部分孩子对他还是敬而远之的。我应该算是这里唯一知情的人了。其他的同事对于这个孩子的来历也十分怀疑，而且已经有传闻认定他就是从坠机事故中生还的那个孩子，更有人怀疑他是个巫师。

两周后，有消息传来，他的 DNA 与肯尼斯·欧杜华的姑妈相符。当局很快便召开了一个新闻发布会来宣告这个消息。当时，我本以为肯尼斯应该很快就会被带走了，但警方却突然打电话来说，他的姑妈病重（大概是由于听闻侄子被找到的消息而过于激动），无法从拉各斯赶来亲自认领肯尼斯。他们还说，有另一位远房亲戚已经在赶来接他的路上了。

第二天，这个自称是肯尼斯表叔的人风尘仆仆地赶到了我们这里。我问他，是否肯定这个男孩就是他的亲戚肯尼斯时，他表现得非常肯定。

“你认识这个人吗，肯尼斯？”我问他。

“认识。”男孩说道。

“那你是想跟他一起走，还是想留下来和我们在一起呢？”

男孩默不作声，似乎不知道该怎么办。如果你问他：“你想留下吗？”他肯定会说：“想。”可你要是问他：“你想和这个人一起走吗？”他也会说：“想。”

他看上去对眼前所发生的一切并不是很理解。

当天晚上，他就被带走了。

5.

下文摘自 2012 年 5 月 18 日的伦敦《标准晚报》网络版。

美国刮起“被提”风潮

据悉，一位“异想天开”的牧师今日在德得州的圣安东尼奥开了世界上首家“免下车服务受洗中心”。在这里，顾客只需要花上相当于一份炸鸡套餐的价格，便可以坐在车里受洗，轻轻松松成为基督教徒，为自己在天堂获得一席之地。

“利用一顿午餐的时间接受救赎！”四十八岁的牧师文森特·加尔布雷斯满脸笑容地告诉记者，“您只需驾车进来，便能让耶稣进驻您的心间。在驾车回去的路上，您就已经是被提时被上帝召唤的灵魂之一了。”

加尔布雷斯牧师是宣扬末日论运动的西奥多·伦德博士的信徒。这个新鲜的主意是他发明的。那时候，他所在的教堂已经被无数急着想要皈依基督教的人踏破了门槛。这些人似乎都相信，在“黑色星期四”系列空难事故中生还的三个幸存儿，以及最新发现的幸存儿肯尼斯·欧杜华，都是宣告世界末日即将到来的先驱。目前，该受洗中心虽然仅开门营业了不到一周的时间，特意驾车前来排队受洗的客户就已经排到了隔壁的街区。“事实确实如此，人们已经开始越来越绝望了。”一位曾做过保险销售员的牧师评论道。对此，加尔布雷斯牧师也表示：“我们来者不拒，无论您之前的宗教信仰是穆斯林教还是犹太教，抑或是无神论者，我们都会敞开怀抱欢迎您的到来。而且，按照这样的情况发展下去，我还会考虑开办更多的加盟受洗中心。”

可见，加尔布雷斯牧师的新企业正是末日骑士理论的催生下，在美国《圣经》地带[①]数千名信徒中兴起的恐慌情绪的表现之一。在近期美国有线电视新闻网与《时代》周刊联合举办的投票活动中，竟然有约合 69% 的美国民众相信，“黑色星期四”系列坠机事件确实昭示着世界末日即将到来。

在肯塔基州，五十二岁的汉尼根·路易斯正在推动一场罢工运动。“被提随时都有可能发生。”这名曾任叉车司机的中年男子表示，“如果你在被提的瞬间正在驾驶一架飞机或是一辆大巴，那么好吧，当你突然被召唤到天堂去的时候，那些没有被救赎的人将遭遇怎样的灾难呀。”他还劝诫所有的等待被提信徒都“回复本原”，与一切可能在被提来临时给后人带来灾难的科技产物决裂。

不过，并非所有的美国人都相信这个理论。位于奥斯丁的基督教变革机构负责人肯尼迪·奥拉夫牧师对此就持有不同的意见：“我们建议大家对于国内的这股风潮不要盲目跟从。其实我们并没有理由恐慌。那些有关末日骑士的荒诞理论不但无证可查，而且只会引起更大范围的恐惧情绪。今年是选举年，这样的举动只不过是某些人想要利用宗教的力量来达成自己的政治目的罢了。”

另一群人似乎对于这场宗教狂潮所带来的政治和社会影响更为关心。目前，由末日论运动的倡导者伦德博士支持的共和党总统候选人米奇·雷纳德风头正劲，而他在政坛中的节节高升也让很多人感到十分担忧。“我们很担心。”三十七岁的同性恋联盟发言人波比·艾布

①《圣经》地带：美国保守的基督教福音派教会聚集的区域，主要集中在美国的南部各州。

拉姆斯说，“我们知道，伦德博士正在竭尽所能地召集基督教徒的力量，并支持米奇·雷纳德发起全面反对同性恋婚姻和反对堕胎的运动。虽然目前米奇在民意调查中的优势还没有显现出来，但不可否认的是，他的支持者数量正在日益增加。”

美国伊斯兰联合会的伊曼·阿里夫·哈米德对待此事的态度似乎更加冷静一些。“我们并不担心美国会出现当年9·11事件后那样大规模的反穆斯林运动。这一风潮的矛头似乎是直指提供堕胎服务的诊所以及同性恋社会的。到目前为止，还没有出现关于穆斯林教徒被排斥的报道。”

尽管末日骑士的言论还没有在英国引起同样程度的恐慌，但无论是天主教派还是英国国教均出现了教徒人数激增的情况。随着所谓的第四个骑士的“现身”，在大西洋沿岸开设英国连锁受洗中心的日子是否迟早也会到来呢？

6.

瑞贝·路易斯·尼尔森

埃尔斯佩思，每次提起这事我就感觉很心痛。但我觉得自己有必要跟你说一说我的立场。同时，我也想让大家知道，萨那县里还是有好的基督教徒不希望那些幸存的孩子受到任何伤害。

我猜想，伦恩牧师真正开始走火入魔应该是在肯德拉离他而去之后。那时候，伦德博士也背弃了他，开始“另觅新欢”。与此同时，所有的媒体记者都在嘲讽他（史蒂芬妮甚至看到过《周六夜现场》节目专门制作了一个讥讽他的短剧。她平时也是很少看那种节目的）。而那些曾经慕名而来的好事者却在一旁冷眼旁观着他腹背受敌的遭遇。在肯尼斯·欧杜华在非洲现身的传闻出现后，鲍比·斯莫患有老年痴呆症的外公重获新生的消息又接踵而至，再一次引得新一批好事者闻讯涌入了萨那县。我听说，由于这一次来的人实在是太多了，伦恩牧师不得不租来了许多间简易厕所，才勉强够留宿在农场上的人们使用。他家门口停满了各式各样的休旅车和皮卡车，以至于从马路上已经一眼望不到他的房子了。我的意思是说，这些人里当然不乏善良的基督教徒，但很多人在镇子上游荡的时候眼神十分空虚，就像是丢了魂儿似的。还有一些人和蒙蒂差不多，看上去总是畏畏缩缩的。

要是我想得没错的话，事情的转折点应该是发生在吉姆身上。

上天呀，那可真是糟糕的一天，每一个细节我都记得真真切切的。那天，我一边在厨房里为罗恩做着他最爱吃的腊肠起司三明治，一边看着电视里播放着米奇·雷纳德接受米兰达·斯图尔特采访时的片段。他滔滔不绝地讲着当今的美国社会是如何乱成了一团，而他又有什么好方法能够扭转国风（史蒂芬妮觉得米奇长得有点像乔治·克鲁尼，不过我可不这么想）。他和伦德博士最近频频在媒体上曝光，尽管二人的言论频频被自由党人批得体无完肤，但他们还是坚持己见。正当我准备去给罗恩送午餐时，电话突然响了，是伦恩牧师打来的。我承认，接到他电话的那一刻我心里有些不舒服。我本以为他是打来问我为什么没有去教堂参加礼拜或是《圣经》研读小组的，可他居然问我最近有没有看到吉姆。伦恩牧师说，他正计划着在农场举办一场特别的早课，吉姆答应作为嘉宾来为那些新来的人讲讲帕米拉的生平。我告诉他，自己已经好几周都没有看到过吉姆了。不过，我原本计划那天晚上要到他家去给他送一份千层面的。伦恩牧师问我能否早点过去看看吉姆，顺便确认一下他的状态怎样了。因为吉姆一直都没有接他的电话。他还说，希望周日能够在教堂见到我，说完便挂上了电话。

在接下来的半个小时里，我一直坐立不安，为自己背弃了教会而感到十分内疚。接着，我开始给"核心小组"的成员依次打电话，问大家最近有没有看到吉姆。事实上，那个时候大部分人都已经不再为他送食物或是定期去探望他了。史蒂芬妮、丽娜和我是三个还惦记着不时去看看他的人。不过，对于我们三个人的善举，吉姆也从没有表达过任何感激之情。然后，我试着拨了三四次吉姆家的电话，但都无人接听。这时候，罗恩回来了，于是我请他开车带我到吉姆家去看看，担心他会不会在家喝得不省人事而撞到头。

感谢上帝，幸好罗恩那天休假，不然我就只能一个人面对眼前的惨状了。车子刚在吉姆家门口时，我就感觉到有什么不对劲。吉姆家的纱门上密密麻麻地爬满了苍蝇，以至于整扇门看起来就像是黑色的一样。

罗恩马上打电话给了曼尼·博蒙特警长，然后和我一起坐在卡车里等待，直到警长带着他的副手赶来，强行进入了吉姆家。博蒙特警长事后说，吉姆明显是自杀的。他把猎枪放进了嘴巴里，一枪便击碎了自己的头骨。死前，他给伦恩牧师留下了一封遗书。直到吉姆葬礼的那一天，伦恩牧师才把这封遗书的内容拿出来念给了我们听。从此之后，萨那县的局势就急转直下。

虽然吉姆违背了上帝的意愿结束了自己的生命，但我、史蒂芬妮以及其他的几名“核心小组”成员还是决定为他的葬礼准备些鲜花。葬礼那天，教堂里挤满了伦恩牧师麾下的好事者以及一些与吉姆素不相识的陌生人。罗恩说，伦恩牧师那天一直在对着现场的电视转播摄像机说话，无疑是非常希望伦德博士能够在新闻上看到他。

“吉姆是一个殉道者。”伦恩牧师说，“他和他的妻子帕米拉一样，都是世界末日即将到来的强有力证据。时间已经不多了。但世界上还有成千上万的人在等待我们的救赎。我们还需要更多的时间，可是耶稣是不会永远等待下去的。”

罗恩说，警方当时就应该过去阻止他继续散播这样的谣言。但博蒙特警长又能做什么呢？这里是美国，每个人都有权利畅所欲言，况且伦恩牧师又没有犯什么法。至少那时候他还没有。而且，他起码也没有站出来呼吁人们处死那些幸存的孩子。

我必须承认，在过去很长的一段时间里，伦恩牧师一直都是我人生的指路明灯。我曾经是那么地相信他，听从他的布道，尊敬他的人格。但他有关帕米拉是先知的断言，以及说吉姆的自杀并不是一种罪孽，而是为我们揭开第五个封印的说法，使我实在不能苟同。我相信耶稣也在劝告我说，瑞贝，与他决裂吧，为了你自己，现在就与他决裂吧。于是我真的这么做了。而且，我从内心深处觉得自己的选择是正确的。

7.

上等兵杰克·华莱士在从冲绳美军基地逃走之前，曾试图销毁自己手提电脑的硬盘。但是，他邮箱里的信件仍被某名匿名黑客复原了出来，并发布在了一个名为“义警黑客”的解密博客上，举证伦恩·沃西牧师与杰克·华莱士共同策划了柳田宏的谋杀案。

收件人： bearingthecross@yahoo.com

发件人： messenger778@moxy.com

日期： 2012/04/25

尊敬的牧师先生：

感谢您给我发来了上次布道内容的网络视频。能够听到您的声音，知道您心中惦念着遍布在世界各地的使者，我的心情无比激动。可是看到视频下方那些不敬的留言，我又感到无比的愤怒。虽然我全心全意地想要帮您讨回公道，但我还是听从了您的忠告，没有理睬他们！！！我还按照您的吩咐用另一个名字新建了一个电子邮件地址来给您写信。

先生，我有好多话想要跟您说。您说过，如果我再做和帕米拉·梅·唐纳德太太有关的梦时，可以告诉您。我昨晚就做了这样一个梦。这一次，我梦到自己走出帐篷，到森林里的飞机坠落点执行清理任务。唐纳德太太躺在地上，脸被一块白色的裹尸布罩着。她吸气的时候，裹尸布就会顺势吸进她的嘴里，所以我不得不把布扯下来，以防她窒息。那块裹尸布在我手里又油又腻。突然间，唐纳德太太消失了，变成了我的妹妹凯西躺在那里。她的脸上也罩着裹尸布，嘴里还不停地对我喊着："杰克，我也不能呼吸了。"接着我便醒了。我感觉自己就像是身处森林一样寒冷，只得咬住自己的拳头，拼命让自己不要叫出声来。

先生，要是没有您的来信，我该多么孤单呀。现在，连基地里的基督教士兵都在拿那个日本男孩和他的机器人开玩笑。他们根本就不明白，这一切根本不是一个玩笑！他们反而还效仿男孩通过机器人说话的场景来取乐。我担心，伪基督的不良影响已经传播到了这座小岛上。按照您所说的，我一直保持低调，安心地尽忠职守，参加训练。但这实在是太难了。难道我们不能救一个是一个吗？这里还有那么多的美国家庭和孩子，以及无数的无辜民众。难道我不该尽一个使者的职责，尽快地去拯救他们吗？

您忠诚的：J

收件人： messenger778@moxy.com

发件人： bearingthecross@aol.com

日期： 2012/04/26

真理的使者：

和那些拒绝接受真理的人共存是我们的宿命和负担。要小心他们会用谗言扰乱你的内心，引起你的疑虑。疑虑是你的内心必须誓死抵御的魔鬼。这也是我为什么叮嘱你要低调行事的原因。我理解你对那些无辜民众的担忧之情，我自己也仍然在这个问题上挣扎踌躇着。但最后的大战终将展开，只有那些心怀真理的人才能够得到救赎。

听到你的梦境，我是多么的高兴呀！这又是一个预兆！就像我们的先知帕米拉·梅·唐纳德一样，你也在那片森林接收到了神谕，看到了下一个即将被拯救的人。帕米拉·梅·唐纳德正在为你指引寻找真理的路。她在向你昭示着，当考验真正到来的时候，当那些如弗莱克西博·桑迪和西奥·伦德博士一样的假先知向世人喷射着愤怒的火焰时，语言是空虚的，只有行动才能够改变一切。

杰克，你已经通过了考验。你已经在考验中向我主证明了你不会离经叛道。你，只有你，能够将我们的声音和心意传遍那个充满了异教徒的国度。我知道这个过程是孤独的，但你会收获上帝的奖赏。预兆正在一个一个出现，杰克。我的使者队伍也在随着更多被选中的兄弟的加入而不断地壮大。但你一个人坚守在那个异教徒的国度里，堪称是我们中最勇敢的一员。

“多种的多收；少种的少收。”

请记得伪基督的众多耳目在时刻监视着你们，请一定要随时保持警惕。

收件人：bearingthecross@aol.com

发件人：messenger778@moxy.com

日期：2012/05/07

尊敬的牧师先生：

能够经常收到您的来信，我感到非常高兴。我猜想，既然现在已经有越来越多的使者加入了我们的队伍，或是在精神上皈依了上帝，您一定非常繁忙。我全心全意地希望自己能够和他们并肩作战，但我知道这不是上帝安排给我的任务！！！

您的来信给我的内心带来了慰藉，您的叮咛我也会时刻牢记在心。先生，我会保持小心警惕，并按照您的指示随时删除这些邮件。

昨天又发生了一起反对美军驻扎在日本的抗议活动。我强烈地感觉到自己有责任尽快让他们皈依耶稣。《路加福音》告诉我们，要爱自己的敌人，为他们做善事，在他们危难之际要不求回报地伸出援手。但我知道，为了大局着想，我不能莽撞行事。

您忠诚的：J

收件人： bearingthecross@aol.com

发件人： messenger778@moxy.com

日期： 2012/05/20

尊敬的牧师先生：

我每天都会查收我的邮件，并将自己对你说过的一字一句都反复诵读，以免在言语上对您有所冒犯。我已经有一段时间没有收到来信了。最近，我从新闻中听闻了帕米·梅·唐纳德的丈夫的死讯。

新闻上说，他违背了基督教义，犯下了自杀的罪孽。这是真的吗？

我知道您一定在忙于筹办丧事，但能否请您给我写封回信，哪怕是您的只言片语也能给我带来无限的力量。我试图去找您的网站，但无论如何也登录不上去。这让我十分担心您和其他真理的使者已经被伪基督的随从们镇压了。

先生，我需要您的帮助。菲律宾的洪水应该是邪恶势力要占领世界的另一个征兆吧。有些人说，我们的部队要被派遣到那里去参与救援工作了。如果我离开了这里，还能够继续担任为您传播声音和心意的使者吗？

我在这里感到非常的孤立无援。

收件人： bearingthecross@aol.com

发件人： messenger778@moxy.com

日期： 2012/05/21

牧师先生？您在吗？我的部队三天以后就要离开这里了。我该怎么办？

收件人： messenger778@moxy.com

发件人： bearingthecross@aol.com

日期： 2012/05/21

真理的使者：

你并不孤独。你要坚信，即使我沉默不语，也会时刻陪在你的身边。我们遭到了伪先知和他们的追捧者的迫害和蔑视，但我们是不会被打垮的。

我将把最近的一篇博文转发给你，向你解释吉姆·唐纳德自杀的原因。

和他挚爱的妻子一样，吉姆·唐纳德牺牲了自己，将真理留给了我们。我从一开始就知道，那是帕米拉·梅·唐纳德用自己无价的生命所换来的真理。

你是上帝选中的使者之一。你是特别的。神圣的战争正向我们逼近，时间正在一分一秒地流逝。是时候让上帝的战士们站出来了。你准备好成为上帝的战士了吗？

我们必须找一个伪基督和他的耳目找不到的地方聊一聊。去找一个不会被人打扰的地方，然后告诉我何时可以给你打电话。

收件人： bearingthecross@aol.com

发件人： messenger778@moxy.com

日期： 2012/05/27

亲爱的牧师先生：

很抱歉我违背了您的意愿。但我实在是太愤怒了。我一直在想着我的家人，特别是我的妹妹。他们还没有被救赎。如果他们没有看到真理的话会怎么样？

我已经收到了您的捐款，我也联系好了一伙人，不过我不确定他们能否带我离开这里。

按照您的指示，我现在正身处医务室里，所以不能再和您多说两句了。我的部队已经离开了。我们还能再通话吗？我现在心里有很多疑虑，因此特别想听到您的声音。

J

收件人： messenger778@moxy.com

发件人： bearingthecross@aol.com

日期： 2012/05/27

不要再主动联系我了。我会主动联系你的。

8.

伦恩牧师的个人网站似乎已经闲置很久了。2012 年 5 月 19 日，网站突然更新了内容，发布了以下这篇文章。

自从我们的兄弟吉姆·唐纳德殉道之后，我的心一直都在被那些使者温暖着。

忠诚的使者们，吉姆·唐纳德就是这样的一位殉道者。他和自己挚爱的妻子一样，选择了舍弃自己的生命。我希望你们不要听信伦德博士的谣言，污蔑吉姆·唐纳德的自杀行为是一种罪孽。他的死是为了要让我们看清真理。他是我们荣耀的上帝选中来揭开第五道封印的先知。而为了传播这个福音，他必须要牺牲自己。

《启示录》第六章第九节中写道："打开第五道封印的时候，我看见在祭坛底下有那些为了神的话语、为了自己所持守的见证而被杀害的灵魂。"

忠诚的使者们，吉姆·唐纳德和帕米拉·梅·唐纳德一样，是他的信仰的殉道者。在他为自己挚爱的亡妻哀悼过后，他被上帝救赎了。那时我就在他的身旁。上帝在他临死前给了他一条预言。

而我被选中将他的遗言在这里昭示天下：

"为什么他们都得到了救赎，偏偏只有她没有得到？她是一个好人，一个好妻子。我再也不能忍下去了，他们都没有意识到自己是多么的邪恶。他们已经害死了上千个人的性命。如果没有人阻止他们的话，他们还会带走更多人的生命。"

和帕米拉一样，吉姆话中的含义再清楚不过了。留给我们的时间已经不多了，因此我们必须尽快行动起来，让更多的人加入我们的阵营。没有什么事情能够比揭开第六道封印的任务更加重要了。

帕米拉·梅·唐纳德就是主的渠道，通过她，主的福音才得以传播开来。吉姆已经用行动证明了伦德博士和他麾下的那些江湖术士是想要利用她的预言来为非作歹。而且，伦德博士并不相信第五道封印已经被打开了。可是他错了。

“那个男孩，警告他们。”帕米拉·梅·唐纳德是这样告诉我的。

“圣洁真实的主啊！你不审判住在地上的人，给我们申流血的冤，要等到几时呢？”

9.

2012 年 7 月，罗恩 · 尼尔森很不情愿地接受了我的采访。（下文是根据我们之间的对话编辑而成的。）

我就实话实说了。从伦恩 · 沃西来到萨那县的第一天起，我就从来没有相信过他。好吧，他是个很会夸夸其谈的人，但据我所知，他从来没有过什么实际行动。

但瑞贝很快就接纳了他，我想这大概是因为他的到来省了我们每周日都要开车前往德纳姆参加教堂礼拜的麻烦吧。当他开始宣称那些幸存的孩子其实就是四个骑士的化身时，我们都不知道该作何反应。瑞贝对自己的教会一向都十分忠诚，因此我也不打算逼她做什么。在我看来，伦恩很明显是在利用一个死者的遗言来为自己的利益服务，以便让自己能够与休斯敦的那些大牌牧师为伍。接下来，他又把吉姆·唐纳德给拉下了水。吉姆本来是个极其精明的人，但帕姆的死对他的打击实在是太沉重了。他不仅不再来上班了，而且也拒绝和朋友们说话。如果吉姆想要酗酒，甚至是想要喝到自己一命归西的话，伦恩真的不应该去插手管他。

事情最后发展到这一步田地，你知道我认为是谁的责任吗？我觉得这既不能怪吉姆，也不能怪那些把消息登上报纸和电视的记者。我认为，这全是伦德博士和那个作家弗莱克西博 · 桑迪的错，因为是他们从一开始就鼓励伦恩坚持自己的想法。不管他们用什么花言巧语来开脱自己，他们都是有罪的。

就在吉姆的葬礼结束后一周左右，史蒂芬妮的表兄比利开始为伦恩的农场运送伐木。他还邀请了我与他一同前往，说他自己不想一个人去，而他的工友又恰好染上了县里流行的诺瓦克病毒。瑞贝请我顺便帮她捎些桃子罐头过去。“分给农场上的孩子们吃吧。”

我已经有很久没有去过伦恩的农场了，记得上一次去的时候还是在圣诞节前后。当然，我已经目睹过无数个陌生人开着他们的皮卡车或者是休旅车奔赴伦恩的住所了，我心里也在好奇那里到底发生了些什么。比利说，农场上那些人让他觉得很不自在。他们中很多人就是本州的居民，而最远的则住在新奥尔良州。

我们驱车来到农场门口，看到那里站着几个男子，其中一个便是瑞贝最反感的蒙蒂。他们向我们挥手，示意我们把车子停下来，然后问我们是来干什么的，那语气就好像他们是这里的哨兵一样。比利向他们说明了来意，于是他们便让开了一条道让我们把车开进去。不过，他们的眼神中还是带着几分怀疑。

农场上并不像我想象的那样停满了拖车或是支满了帐篷，不过逗留的人并不少。孩子在四处嬉戏打闹着，妇女则三五成群地聚在一起聊着天。我能够感觉到他们一路上都在盯着我们的车子看。我对比利说，如果伦恩农场之前的主人格雷森·撒切尔看到这个场面，一定会气到突发心脏病的。

当我们向伦恩的房子驶去的时候，伦恩带着一脸微笑迎了出来。随后，从谷仓里走出了几个男子，开始将我们车上的伐木卸下来。

我彬彬有礼地和他打了个招呼，并将瑞贝送的桃子罐头递到了他的手里。

“请代我谢谢她，罗恩。”他寒暄道，“她真是个善良的人。告诉她我很期待能够在周日的礼拜上见到她。很抱歉我关闭了镇子里的教堂，但那是上帝昭示我这么做的。”

当然了，我才懒得把这些话转告给瑞贝。

突然间，从午后的草坪上传来了几声枪响，听上去像是某种自动武器的声音。“你们在那里干什么呢，伦恩？狩猎的季节不是已经结束了吗？”

“我们要时刻保持警惕，罗恩。上帝交给我们的使命不只有祈祷而已。”

每个人都有保护自己的权利。就像我和瑞贝时常教导女儿们要为预言中的太阳耀斑灾难做好准备一样，我也曾教过她们如何开枪。但这里的枪声有所不同，听上去像是他们正在为打仗做准备似的。我环顾四周，越发觉得不对劲。很明显他们正在修建某种防御工事。旧的牲口棚四周现在已经竖起了一排排带刺的铁丝，连比利都说他们好像是要用那些伐木来修建什么围墙。

于是，比利和我迅速地离开了农场。“你觉得我们应不应该向博蒙特警长通报农场上那些人的情况？”比利问我。

显而易见，事态已经急转直下了，空气中弥漫着一股杀气。

我们最终还是将此事告诉了曼尼·博蒙特，并问他是否知道农场上那些人的意图。曼尼说，除非那些信徒触犯了法律，否则警方也不能拿他们怎么样。我猜他们无论如何也想不到一个身处穷乡僻壤的牧师能够有实力在世界各地引起那么多的事端吧。或者是他们担心若是强行逮捕他，会引起不必要的伤亡吧。

10.

在上等兵杰克·华莱士从冲绳岛叛逃之前，他于2012年6月11日给自己远在弗吉尼亚州的父母发了一封电子邮件。在他被证实已经死亡后，媒体披露了这封信的内容。

妈妈、爸爸：

我这么做全是为了你们和凯西。

必须要有人为了上帝的灵魂之战充当战士，而我必须要站出来尽到自己的职责。那些预兆已经越发明显了，包括菲律宾的洪水和即将爆发的朝韩战争，以及他们在非洲发现的第四个骑士。

时间不多了，我必须要尽快行动。

我写这封信的原因就是为了恳求你们快点加入到被救赎人的队伍中，让耶稣常驻你们心中。不然就太晚了。

爸爸，我知道你并不信教。但是作为你的儿子，我恳求你再看看那些证据吧。上帝是不会对他的子民撒谎的。你过去常常跟我说，9·11事件是政府的阴谋。每当有人在此事上和你唱反调，你总是会格外恼火。求求你了，爸爸。带上妈妈和凯西去教堂皈依上帝吧。时间已经不多了。

我会在天堂等你们的。

你们的儿子：杰克

11.

蒙蒂·沙利文是伦恩牧师的信徒中唯一一个愿意接受我采访的人。他目前被囚禁在雷克岛[①]上的北方医院看守所，接收保护性拘留，并等待法院对其开庭审理。我们的采访是通过电话进行的。

埃尔斯佩思（以下简称“埃”）：你第一次听说伦恩·沃西牧师和他的四骑士推论是在什么时候？

蒙蒂·沙利文（以下简称“蒙”）：我想想看……应该是媒体刚开始报道有关他的新闻时我就听说了吧。那时候我还是一名卡车司机，负责从谢尔比县向全国各地运送鸡肉。那天车上的无线电异常地安静，所以我就开始调转收音机电台，想找个摇滚乐频道。那时我一点也不爱听宗教节目。真见鬼，我甚至对农村也没有什么好感。当我开车路过萨那县的时候，很偶然地听到了伦恩牧师的节目。他的声音里似乎有一种魔力，一下子就吸引了我的注意力。

埃：你可以详细描述一下吗？

蒙：他的声音听上去对自己所说的内容深信不疑。一般来说，很多牧师的电视节目或广播节目都会给你一种感觉，那就是他们想要的无非是那些穷人辛苦赚来的血汗钱而已。所以，我从年轻时起一直都不怎么喜欢宗教。这也许和我的妈妈也有关系。她是个虔诚的信徒，即使家里穷得已经揭不开锅了，她也还是会每个月按时给休斯顿的那些大教堂的牧师捐款。我能听得出来，伦恩牧师与他们不同，他从没有向他的信众们要过一分钱。而且他在节目上所说的内容一下子就吸

①雷克岛：位于纽约水域的一个中央小岛，岛上有著名的雷克岛监狱。

引了我。当然了，自从各种新闻铺天盖地地报道有关“黑色星期四”的事情开始，就有形形色色的牧师，特别是福音教派的牧师四处宣扬末日审判即将到来。其实，这群人在9·11事件之后就曾用同样的说辞大肆宣传过世界末日的预言。但伦恩牧师的观点一下子就正中我心。他关于帕米拉·梅·唐纳德遗言的阐释听起来是那么的不容置疑，而那些飞机机身上的色彩也与《启示录》中四骑士传说中的不谋而合。最重要的是，那些在坠机事故中奇迹生还的孩子的身世也实在是可疑。几天之后，我运完货回到了家中，便开始上网搜索有关伦恩牧师的信息。在他的网站上，白纸黑字地列举着所有的证据。我连忙翻出妈妈留给我的最后一件遗物——《圣经》，想要印证一下伦恩牧师的推论。其实，妈妈在去世后给我留下了不少东西，但是除了这本《圣经》之外，其他的物品早就被我变卖了。你大概可想而知，我那时候活得很潇洒，虽然我并不吸毒，但是十分喜欢喝酒。因此，变卖遗物的钱全部都被我拿来买酒喝了。

在听过伦恩牧师的节目并上过他的网站后，我整整三天都没有合眼。我能够感觉到我的内心正在起着微妙的变化。当然，伦恩牧师后来告诉我说，那是圣灵正在我心中扎根。

于是，我给他发了一封电子邮件，告诉他我已经被他的言论彻底打动了。当时，我并没有想到他会给我回信。不过，他在一个小时之内便给我回信了。而且信中的内容并非是自动回复的，而是他亲自写给我本人的。我大概已经把那封信读过不下一百万次了，里面说道：“蒙蒂，感谢你的来信。你的信仰和诚恳证明了我的选择是正确的。我将会坚持走下去，争取救赎更多像你一样的人。”

那天下班后，我连夜开车到了萨那县，找到了伦恩牧师的教堂。我站在排队的人群中，耐心地等待被救赎。当时，排队的人大约有五十多个，气氛十分热烈，因为我们都知道自己的选择是明智的。这时候，伦恩牧师走到了人群中，我便赶紧向他做了自我介绍。意想不到的是，伦恩牧师居然马上就想起了我是谁，并且真诚地欢迎我来到他的教会中。“你就是那个从肯德里克给我写信的小伙子吧！”他当时是这么说的。

伦恩牧师总是能够把世事都分析得很透彻，我这才意识到自己这么多年来生活得多么盲目。当年，不谙世事的我选择了背弃教会，妈妈为此伤透了心。现在，我多么希望她还活着，这样就能够看到我又重新回归到耶稣的身旁了。此刻，在这个世事纷扰的年代，我们都清楚地知道，世界末日即将到来，主曾经向我们承诺过的末日审判也已经拉开了帷幕。我知道的真相越多，心中就越是气愤。虽然西奥多·伦德博士最后背叛了伦恩牧师，但是他说得对，那些同性恋者、自由主义者以及支持堕胎行为的人，都在居心叵测地企图将美国变成一个无神论者的国度。与伦德博士不同，伦恩牧师是一心一意地想要拯救人类。

埃：你是什么时候决定搬到萨那县来的？

蒙：在被救赎了之后，我连续几周每天都坚持给伦恩牧师写信。三月初，我觉得自己有责任搬到他的教堂附近，成为帮他传播信仰的使者。这个决定并不艰难，因为是主昭示我踏上这条道路的。当伦恩牧师邀请我住到他的农场时，我毫不犹豫地就答应了。于是，我辞掉了工作，变卖了卡车，一路搭着便车来到了萨那县。伦恩牧师需要我来做他的左膀右臂。

埃：你曾有过暴力行为史吗？

蒙：没有，夫人。我顶多在学校里打过架，后来开始酗酒的时候曾和别人起过几次冲突。我不敢说自己是一清二白的，但我从来都不是一个暴力的人。而且我也从来没有犯过法。

埃：你用来射杀鲍比·斯莫的猎枪是从哪里来的？

蒙：那把枪是吉姆·唐纳德的。不是他用来自杀的那把，而是他之前交给我们保管的一把。我知道怎么开枪。在我爸爸还没有离开我和妈妈的时候，他教过我怎么用枪。那时候我才十二岁。

埃：你认识吉姆·唐纳德吗？

蒙：我和他算不上是很熟，夫人。我见过他一两次。伦恩牧师说，他还是很难接受他妻子已经遇难的事实。伦恩牧师已经尽其所能帮助他了，但他还是陷在悲伤里不能自拔。和帕米拉一样，他是一位忠诚的殉道者。他明白是四骑士给人世间带来了苦难，也知道是他们杀害了飞机上所有无辜的生命。

埃：是伦恩牧师指示你到纽约去杀害鲍比·斯莫的吗？

蒙：我所做的一切只是为了救赎世人的灵魂而已。任何一个虔诚的信徒都会像我这样做的。我是上帝的战士，因此有责任消灭世间的隐患，给那些等待救赎的人争取更多的世间。如果我们能在预兆出现之前阻止四骑士的行动，就能够留出更多的时间来传播耶稣的福音，让更多的人加入我们的队伍。第四个骑士已经在非洲现身了，地球上的自然灾害——包括菲律宾和欧洲的洪水以及亚洲的海啸——都在预示着我们，时间已经不多了。

埃：如果你相信四骑士是上帝派来的，那么你为什么不担心自己杀害鲍比·斯莫的行径会遭到上帝的惩罚呢？

蒙：请等一下，夫人。我们认为，这并不是谋杀。当伪基督降临、第六道封印被打开时，一切就已经不能够回头了。大灾难降临人间时，谁也不能保证自己能够逃过一劫。我是站在上帝这一边的，他知道伦恩牧师和我们这些信徒为了拯救更多的灵魂一直在不懈努力着。而且，大家都知道，那些孩子不是正常人。过不了多久，他们就会开始耀武扬威地玩弄自己的能力了。他们也许是借着上帝使者的身份来到人间的，但我坚信吉姆说的话——他们最后反而会变成伪基督的杀人武器。

埃：那到底是不是伦恩·沃西牧师指示你去枪杀鲍比的呢？

蒙：我无法回答你的问题，夫人。

埃：很多人认为，你的行为受到了伦恩·沃西牧师的影响，因此他和你一样负有不可推卸的责任。

蒙：耶稣因为代上帝向人们传播真理而被罚。对我来说，他们说什么已经不重要了。我很快就要去见耶稣了。他们也许会把我关起来，或是把我送上电椅。但对我来说都是一样的。也许一切都是耶稣的安排。虽然我和一群有罪之人关在了一起，但这没准是我拯救他们的另一个机会。

Chapter 9

第九章

幸存者

五月至六月

冰雪公主从门口跑了出来，身上除了条很透的短裙外什么也没有穿……

1.

自从龙首次现身第二频道论坛以来，有关他所说的公主是否真的就是柳田宏的表姐一事引起了网友们的讨论热潮。龙最终使用他的下跪男身份又回到了论坛中。

用户名：下跪男 发表日期：2012/05/01 21:22:22.30

大家好。不知道还有没有人在留意我的这个聊天室。你们的仗义执言使我收获良多。我只是想再次对你们表示感谢。

用户名：无名 23

下跪男！你回来了，真好。怎么样？？？成功了吗？？？你找到你的公主了吗？

用户名：下跪男

两个字：是的。我们现在正在一起呢。

（这条留言下至少跟了一百多条各式各样说着“噢耶”或是“好样的”、“天哪”之类的回复。接着，龙讲述了自己是如何在千代子家门外的马路上喷绘上 ORZ 的字样，以引起她的注意的。整个故事引来了网友们的一阵喝彩。）

用户名：无名 557

下跪男，我想知道，你的公主是不是就是机器人男孩的表姐？

用户名：下跪男

我就知道你们会提这个问题……我看过你们之前的一些讨论内容了。对此我无可奉告。

用户名：无名 890

下跪男，你见到机器人男孩了吗？

用户名：下跪男

请见我的上一条回复。_l7O

用户名：无名 330

公主本人有多漂亮，兄弟？

用户名：下跪男

我该怎么实话实说地回答这个问题呢……当我第一眼看到她的时候……她和我想象中的不太一样。但不管怎么样，都不重要了。

用户名：无名 765

所以说，她其实是追悼会上那个胖女孩，而不是那个长得像叶月的女孩，是吗？真扫兴，兄弟。

用户名：无名 111

欢迎回来，下跪男。别理 765。

用户名：无名 762

兄弟，直接说重点吧。你有没有对她做什么？？？

用户名：无名 111

别这么粗鲁。让下跪男自己说。

用户名：下跪男

我这么说可能有点多愁善感。但是，兄弟们，能够和她在一起简直就是我人生的重要转折点。虽然说她是我心目中的公主，但我们身上有许多的共同点。这是我从来都没有想到过的。她也和我一样曾经有一段艰难的过去。我们对于社会、音乐、游戏甚至是政治的观点都很一致。没错，我们有时候也会讨论一些比较严肃的话题！我甚至还对她倾诉了许多没有和任何人提起过的心事。她帮我在罗森便利店里找到了一份工作。所以我现在已经有点收入了（收入不多，但不至于饿肚子了）。这么说可能有点差劲……但有时候我会梦到我们结婚了，住在一间永远不需要出去的公寓里。

用户名：无名 200

嗷。你让我很嫉妒你呀，下跪男。

用户名：无名 201

这就是爱吧。

用户名：无名 7889

快点，下跪男，给我们讲讲宏的事情吧。你见到他的分身机器人了吗？

用户名：无名 1211

宏对自己的那些狂热粉丝是怎么看的？

用户名：下跪男

各位，我没有恶意，但这里是个公共聊天室，所以我无法向你们透露更多的细节。要是公主发现我说的话被登到了杂志上，一定会气得发疯的。

用户名：无名 111

你可以相信我们，下跪男。不过我明白你的意思。

用户名：下跪男

这么说吧，有些人会让你觉得和他们相处很舒心。和我之前见过的人不一样。我只能说这么多了。

用户名：无名 764

你多久和公主见一次面？

用户名：下跪男

我们几乎每晚都见面。她的父母管得很严，因此不会允许她和我这种人交往。不过她总是偷偷地溜出来和我见面。她家对面有一个很小的儿童游乐场，我一般会在那里等她。但是游乐场旁边有一栋居民楼，所以我总觉得有人在看我，真是让人受不了。

用户名：无名 665

在等待公主前来与他幽会的时候，下跪男又抽了一根烟。他知道自己的样子看起来很帅。也许就是今晚了。虽然有些邻居会不时地从窗口探出头来看他，但他知道他们不会捣乱的。他伸展了一下筋骨，那些探头探脑的邻居便都不见了。

用户名：无名 9883

冰雪公主从门口跑了出来，身上除了条很透的短裙外什么也没有穿……

用户名：无名 210

公主一下子冲到了他的怀里，完全不顾周围是否有人在看她……

（聊天室里仿佛顿时变成了露骨成人片的放映室）

用户名：下跪男

脸红

你们有没有想过她有可能会看到这些？

用户名：无名 45

兄弟，跟我们说说你到底和她一起都做了些什么。

用户名：下跪男

我得走了。她在等我呢。

用户名：无名 887

下跪男，别丢下我们。我们一直都这么支持你。癞蛤蟆居然吃到了天鹅肉，在现实世界里这种事情发生的几率能有多少？

用户名：无名 2008

是呀，下跪男。你欠我们一个解释，赶紧给我们讲讲后来怎么样了。

用户名：下跪男

我知道。虽然你们都是一群淫魔，但是知道有你们在支持我，对我来说意义很重大。知道自己不是孤立无援的感觉真好。

2.

2012 年 6 月，我通过网络视频电话采访了一位住在格林波因特的艺术家尼尔 · 马兰坎普。

自从鲍比的遭遇吸引了大批的记者前来采访报道之后，便给整个街区都带来了很多困扰。虽然邻居中没有任何人站出来表示希望他们能够搬到别的地方去，但很明显大家心里都是这么想的。

我家距离莉莉安的家不远，就在麦卡伦公园旁边。自从媒体发现鲍比住在那里之后，整个街区就一直像是个马戏团一样人声鼎沸，热闹非凡。首先，总是有记者或是博客作者会在半路上拦住你，说是想要采访你，要么就是为他们的报道、博客或是微博采集些资料："住在鲍比家附近是什么感觉？"虽然附近确实有人想借此机会大红大紫一番，但我总是会很不客气地拒绝那些人的采访。他们真是不知羞耻。

接着，那些坚信有外星人和不明飞行物的人也来凑热闹了。虽然他们个个都是彻头彻尾的怪人，但你可以看出来他们本身并无恶意。他们会聚集在鲍比家楼下，大喊着类似"我想跟你一起走，鲍比"的话，但很快就会被闻讯赶来的警察赶走。相比之下，那些宗教狂徒显得更执著一些。自从有传闻说，莉莉安丈夫的老年痴呆症被鲍比给治好了之后，就有一批又一批的疯子特意组团、租车来到这里，希望鲍比出面为他们"治病"。"鲍比！鲍比！"即便夜色已深，他们还是会坚持在楼下喊着，"我得了癌症，请帮我看一看吧。"然而，和那些总是在公园里徘徊、不断骚扰过路行人的小混混相比，他们就是小巫见大巫了。“上帝憎恨同性恋。”他们嘴里喊着。但是这和一个六岁的孩子有什么关系呢？这其中还有一批人看上去就像是刚从某部喜剧里走出来似的，整天穿着写有“世界末日来了”的T恤衫，举着“你被救赎了吗”的标语，在这附近来回游荡。像这样形形色色的怪人实在是太多了，我每天出门都会碰到他们。虽然这个社区本身就像布鲁克林一样鱼龙混杂，不仅有艺术家和潮男潮女，还有犹太人和多米尼加人，但是你总是一眼便能在人群中找到那些疯子。

不要误会我的意思，和许多人一样，我对莉莉安一直是倍感同情的。我的女朋友曾经因为有人在附近散播仇恨言论而报过几次警，但警察又能做些什么呢？那些疯子根本就不怕被逮捕，他们甚至还盼望着自己能成为殉道者呢。

那天早上，我像往常一样出门去上班。不知怎么的，我突然决定不坐公共汽车，而是改乘地铁出行。为此，我必须穿过公园，并经过莉莉安家所在的大厦。每天清晨，都会有一大群穿着时髦的“家庭煮夫”推着婴儿车在公园里散步。但是，那天早晨我却在公园的体育中心对面看到了一个十分可疑的男子。他安静地坐在一张长椅上，看上去并不像是个家庭煮夫想要利用闲暇时间出来买点吃的之类的。我越看越觉得他很可疑。我记得那天天气很暖和，既不炎热也不潮湿，只是有些雾气蒙蒙的。可他却穿着一身冬装，披着一件军用防水大衣，头戴一顶无檐小便帽。经过他身旁时，我向他微微点了点头，但他的眼神直愣愣地穿过了我望向远方。我一边继续向前走，一边告诉自己不要理他。但当我走到地铁站时，突然感到自己应该回去看一看，观察一下那个男人有没有什么不良企图。虽然我的直觉告诉我，他有可能只是个穷困潦倒的流浪汉而已，但我还是觉得有必要过去确认一下。这时，我环顾四周，想找一找平日里常常停在莉莉安家楼下的巡逻警车，可是那一天却一辆也找不到。我并不是一个相信鬼神之说的人，不过我记得当时脑海中一直有一个声音在对我说，尼尔，先买杯咖啡，再去看一眼那个男子，然后就直接上班去吧。于是，我给自己买了一杯不加糖的美式咖啡，转过头向公园走去。

当我拐进莉莉安家所在的街道时，发现那个吓人的男子正迈着十分缓慢的步伐向我走来。顿时，那种不祥的预感又回来了。我觉得这个男子身上肯定有问题。当时，街道上熙熙攘攘，大家都在赶去上班的路上。为了跟紧他，我不由得加快了脚步。这时，莉莉安家的门打开了，一位染着红头发的老太太牵着一个戴着棒球帽的小孩走到了人行道上。我一眼便认出了他们是谁，因为他们的化装术实在是太容易被看穿了。

“小心！”我尖叫道。接下来的一切都发生得太快了，但现在回忆起来又像是电影的慢镜头一样。只见那个诡异的男子从口袋里掏出了一把不知是什么牌子的枪，穿过湍急的车流向马路这边跑了过来。我已经来不及思考了，径直冲他奔跑过去，掀开杯盖，直接将一杯热咖啡泼到了他的脸上。不过，他还是开了一枪，好在这一枪打偏了，射中了街边停着的一辆雪佛兰汽车。

街上的行人都在惊声尖叫着。“趴下！都趴下！”

接下来，有一个男人不知从哪里跑了出来（后来我得知，他是一名刚刚下班的警官），冲着那个枪手大声喝道“放下武器”，那人闻声便乖乖地放下了武器。这个时候，我才看清了他的长相。他看上去并不凶狠，一边使劲号叫着一边揉搓着自己的眼睛和脸。看来，我泼的那杯咖啡实在是太烫了，他脸上的皮肤被烫得通红通红的。只见他一下子跌坐在了路中间，身旁的枪也被随后赶来的警察一脚踢开了。

我转身向莉莉安和鲍比跑去。只见莉莉安已经被吓得脸色惨白了，我担心她随时都会有突发心脏病或是中风的危险。不知是否因为受到了强烈的刺激，鲍比居然开始咯咯地笑个不停。莉莉安抓住他的手，把他拉进了楼里。很快，街区附近就停满了警车，而那个枪手也被五花大绑地带走了。我真希望他死后永世不得超生。

后来，出手救人的那位警官给我打了电话，并称赞我是个英雄。就连市长办公室都说要颁发一块“见义勇为好市民”的奖章给我。但我只是做了我应该做的，不是吗？

从那以后，我再也没有在附近见到过莉莉安和鲍比。据他家隔壁的老太太说，他们似乎被警方送到某个安全的地方去了。后来，莉莉安给我发来了一封感谢邮件，说她永生都不会忘记我对她的救命之恩。我含着眼泪读完了她的信，可我万万没有想到，下次再看到他们居然是在另一则新闻报道中。

3.

下文是莉莉安·斯莫最后一次给我发来的邮件。发件日期是 5 月 29 日。

埃尔斯佩思，我们已经尽了自己最大的努力了。我至今还惊魂未定。在经历了这么恐怖的袭击事件后，谁不会感到后怕呢？但是为了鲍比和鲁宾，我一直在佯装坚强。鲍比一切都好，我觉得他甚至不知道发生了什么。

对于你，我一向是知无不言，言无不尽。我能否请你在你的书里提一句，我们真的不知道鲁宾为什么又能开口说话了，但这肯定和鲍比无关。自从那些邪恶的人声称这又是一个预兆之后，我也曾经想过要否认他的病情有所好转。但是贝琪和鲍比都知道事情的真相。而且，我也不想让鲍比在长大以后读到相关的书籍和报道时，觉得自己的外婆是个爱说谎的人。我从心底里相信，是鲁宾自己战胜了病魔，他为的就是要和自己的外孙多享受几天天伦之乐。他能够好起来完全是出于他对鲍比的爱。

警方坚持要我们搬到一个安全的地方去。出于对鲍比自身安全的考虑，我想我也没有别的选择了。也有人建议我把鲁宾送到其他州的护理机构去，但我是不会那么做的。

我们是一家人，因此无论发生什么事情，我们都会一起面对。

4.

下文是保罗·克拉多克 2012 年 5 月至 6 月间的最后一段录音内容脚本。

5 月 14 日，早晨 5 点 30 分

我一直都摆脱不了那种鱼腥般的臭味。每次史蒂芬出现在我床脚时，这种臭味便会在我的房间里挥之不去。为此，我想尽了各种办法，甚至还用过漂白消毒液来刷洗墙壁。漂白水那股呛人的气味刺得我的眼睛直疼，但我就是停不下来。

和往常一样，杰西并没有注意到我有什么异常，当她的疯癫叔叔正抱着一筒漂白水刷洗房间的墙壁时，她却坐在客厅里看着《英国偶像》[①]。就像杰夫说的那样，她看上去一点也不在乎。我甚至还请了艾琳顿·伯恩太太过来帮忙，以为她能有什么偏方可以帮我消除室内异味（我骗她说，自己炸糊了杰西的冻鱼条）。但她却说她除了刺鼻的漂白水味之外什么也闻不到。她带着我走到花园里抽了支烟，拍着我的手问我说，是不是媒体给我的压力太大了。她还劝我，如果想哭的时候就尽情地哭出来，这样才能把悲伤的情绪宣泄出来，以免憋出病来。接着，她又开始喋喋不休地描述起她丈夫十年前去世的时候，她是怎么熬过来的。她告诉我，她那时觉得自己已经活不下去了，是上帝帮她重新找回了生活的方向。

你好，上帝，是我，保罗。你到底有没有在听我说话？

① 《英国偶像》（“Britains Got Talent”）：英国独立电视台（ITV）制作的一档选秀节目。

我感觉自己似乎分裂成了两个人，一个是理智的保罗，而另一个则是疯癫的保罗。以前，我只是时常会感到情绪很低落而已。我记得自己曾经不止一次想要打电话给卡萨比恩医生和达伦，请求他们把杰西从我身边带走。可是每当此时，谢莉的声音就会在我脑海中响起："他们需要的只是爱而已。保罗，你身上有取之不尽的爱可以和他们分享呀。"

我不能让他们失望。

我有可能是得了替身综合征吗？有可能吗？

我甚至……上帝。我甚至找了个借口把杰西送到艾琳顿－伯恩太太家去，为的就是看看她家的狗会不会对杰西有什么异常的反应。在很多电影里，动物都能够敏锐地察觉到别人身上有什么不正常的地方，例如他有没有被鬼附身之类的。但是，那只狗什么反应都没有，一整天老老实实地趴在地上。

那种强忍内心的挣扎，却在表面上装做若无其事的压力实在是……天呀。探索频道的人来找我，想要采访我在事故发生后的心路历程，被我冷冷地直接拒绝了。此外，我还彻底忘了几周前杰瑞帮我安排好的《星期日泰晤士报》的拍摄活动。当摄影师出现在我家门口时，我狠狠地当着他们的面关上了门。

杰瑞对此大发雷霆，他再也不相信我那所谓"还处在悲伤期"的借口了。曼迪，他还说你的出版商要告我。让他们告去吧。该死，我为什么要在乎呢？反正事情已经一塌糊涂了。

而且，医生开的那些药根本就不管用。

"你好，保罗叔叔。"杰西是这么说的。她到底是怎么发现我把录音笔藏在她房间里的？

2012年5月21日，下午2点30分

趁杰西去上学的时间，我又在网上做了些调查，搜索了一下有关帕米拉的信徒、外星人理论家甚至是那些相信幸存的孩子都被恶魔附身了的人的言论（这样的人还真不少）。

我搜索这些内容主要是因为，包括鲍比·斯莫和那个叫什么宏在内的孩子好像都不正常，不是吗？当我给莉莉安打电话时，我能听得出来她在企图向我隐瞒些什么。虽然她不说，但我知道，目前世界上是没有能够治愈老年痴呆症的方法的。鲍比身上肯定有什么不对劲的地方。还有那个只能通过机器人和别人说话的日本男孩，更是让人摸不着头脑。

除了一些言论激进的宗教网站（例如"我们所需的最后证据"）之外，网上并没有太多有关肯尼斯·欧杜华的信息。仅有的一些有用信息也只是提到，相关部门为了他的安全着想，已经将他送到了位于拉各斯的某处避难所里。

要是他们真的是末日骑士怎么办？我知道，我知道。要是梅尔听到我也这么胡说八道一定会抓狂的。但是请你先听我说完。神志清醒的保罗当然是不会听信这些胡言乱语的，但我觉得我们还是应该对这些言论保持一个开放的态度。杰西身上一定有什么问题，而其他的两个或三个孩子身上也出现了各种奇怪的问题。谁知道事情将会怎么发展呢？

（他又开始啜泣）

我是不是该再给莉莉安打个电话呢？我真的不知道该怎么办了。

5月28日，晚上10点30分

在鲍比遭到袭击后，我知道自己应该对他的遭遇表示同情，但我反而格外地同情莉莉安。

媒体正在针对此事大肆地报道，每个电视频道都在播着相似的内容。要是在以前，我肯定会阻止杰西看这些内容的。但是既然她一点也不在乎，我又何苦为之呢？

在天空电视台的报道中，他们播放了一系列坠机事故的照片，还将三个幸存的孩子的照片拼接起来展示了出来。我发现杰西就坐在离电视机屏幕不远的地方，周围的地板上散落着她最喜欢的彩虹小马的玩具。电视台主持人一边叙述着几起事故发生的前因后果，一边不时停下来和身边的一位看上去十分矫揉造作的时事评论员讨论着什么。

我悄悄地靠近杰西，问道："你想要和我聊聊这件事情吗，杰西？"

"聊什么，保罗叔叔？"

"聊聊为什么那个小男孩会上电视，或者是聊聊为什么你的照片会出现在电视里。"

"不用了，谢谢。"

我又在她身旁逗留了一会儿，然后跑出去抽了支烟。

达伦告诉过我，警方最近可能会严密监视我家，以免那些宗教极端分子会飞跃重洋来对杰西不利。

今晚，在杰西上床睡觉以后，我准备最后再试一次和史蒂芬交流一下。“你怎么会让那个东西进来？”他指的应该是杰西吧，对不对？

我早就该这么做了。

我准备一晚上都不合眼，多喝几杯咖啡，然后等到史蒂芬再次出现的时候，向他问个明白。

5月30日，凌晨4点

我一定是睡着了。但当我醒来的时候，他就坐在那里。虽然我房间里灯火通明，但他的身影却似乎还是笼罩在一片黑暗的阴影之中，并且依然是面目模糊。

他换了个姿势，这使得周围的腥气更重了。

“你到底想要什么？请你告诉我。”我恳求道，“求求你了！”

我伸出手想要去抓他，可是他突然就消失了。

我冲进了杰西的房间里，使劲摇晃着她的身体，然后将一张波莉的照片狠狠地摔在了她的面前。“这是你的姐妹！你到底为什么这么不在乎？”

她转过头来，伸了个懒腰，然后笑着对我说：“保罗叔叔，我得睡觉了。我明天早上还要上学呢。”

天哪，难道说她才是理智的吗？

上帝帮帮我吧。

6月1日，晚上6点30分

今天，家里来了几个警察。他们来得实在是太早了，我还没来得及穿戴整齐。实际上，这些自称是来自皇家警局政治保安处的警察说话并不客气。我心里那个神志清醒的保罗一直在偷偷地打量着他们。他们一个叫凯尔文，一个叫曼森。凯尔文和曼森！听上去多么像是一部血气方刚的警匪片的名字呀。凯尔文是个黑人，说起话来像是出身私立寄宿学校，两肩高耸，看上去孔武有力，是我喜欢的类型。而曼森相比起来年纪稍长一些，看起来很老到。

我给他们倒了杯茶，并为房间里的漂白水味表示抱歉（自从我看到艾琳顿－伯恩太太的反应之后，就知道自己不该提什么臭鱼的事情了）。他们这次过来就是想问我最近有没有接到什么恐吓电话。我诚实地回答说，没有。近日里唯一还在和我们纠缠不清的就只有各路媒体了。

杰西表现得很乖巧，一直对着他们开心地笑着，就像是个可爱的小童星一样。凯尔文和曼森也许长得很帅，但他们的侦查能力可真是不怎么样，居然没有发现杰西的言行有任何异样。他们全都上当了。曼森甚至还斗胆提出想要和杰西合个影，好拿回家给他的女儿看。

他们承诺最近会在我家附近加紧巡逻，并叮嘱我如果遇到任何问题一定要马上打电话给他们。我差点就脱口而出："你们能不能警告我的哥哥，让他离我远一点？"就是我那个死去的哥哥！还有"那个东西"！可想而知，要是我真的这么说了，事情还不知道会变成什么样子。

我不能再称杰西为"那个东西"了。这不对。我感觉自己就像是着了魔似的。

在他们走后，我又试着打电话给莉莉安，但是一直无人接听。

6月2日 凌晨四点

（啜泣声）

好吧。

我醒了。那个熟悉的重量依然坐在我的床脚上。但这一次却不是史蒂芬了，而是杰西。她那么小，怎么会有那么大的力气压得床垫都下沉了呢？

“你喜欢自己做的那些梦吗？”她问我，“是我给你托的梦，保罗叔叔。这样一来，你就可以随时见到史蒂芬了。”

“你到底是谁？”这是我第一次这么问她。

“我是杰西呀。”她回答，“不然你以为我是谁？你真是个大笨蛋，保罗叔叔。”

“滚出去！”我对她喊道，“滚出去滚出去滚出去！”我喊得嗓子都哑了。

她笑着跑开了。我赶紧跑过去锁上了门。

我已经没有选择了。要是他们发现我对杰西有这样的想法，一定会把她从我身边带走的。虽然有时候我觉得这可能是最好的解决方法了，但万一原来的那个杰西还在她身体里呼救，想要挣扎着跑出来，可怎么办？要是她需要我，可怎么办？

是时候该主动出击了。我要放下成见，多做调查，探索所有的可能性。

我已经没有其他选择了。

5.

格哈德·弗莱德曼自称是一位享誉欧洲的“驱魔人”。六月底，在我为他的“事业”募捐之后，他终于同意了通过网络视频电话来接受我的采访。

在我开始回答你的问题之前，我想先做几点说明。首先，我不喜欢“驱魔”这个字眼，因为它会引起很多歧义。我为客户提供的是能够帮助他们进行心理治疗和获得精神解脱的仪式。而且，我的服务是不收取任何费用的，全是凭客户的意愿来为我们募捐款项。与此同时，我与任何的教堂或宗教机构都没有关系，而我所采取的仪式与传统意义上的宗教仪式也有所不同。目前，我的生意还不错。这么说吧，我出行一般都是坐头等舱的。在克拉多克先生与我建立联系的那段时间里，我一直在英国和欧洲大陆之间来回奔波，每天最多要做三场仪式。

我问格哈德，保罗·克拉多克是如何联系上他的。

我有好几种联系方式可供潜在的客户选择。克拉多克是通过我的脸书网站账户与我取得联系的。除了脸书之外，我还有好几个网络平台账号，包括推特和一个专门的个人网页。鉴于他的实际情况不便我登门拜访，我们商议好在一个我常为客户进行治疗的地点见面。

（他拒绝透露该地点的具体地址）

我接着问他，在保罗·克拉多克联系他之前，他是否对保罗的事情有所耳闻。

当然。克拉多克先生的情况非常适合接受我的治疗。不过，我也向他保证了，我们之间的关系是对外保密的，就类似于医患关系一样。我也听说了有关杰西卡·克拉多克和其他那几个孩子的传闻。但这些都不会影响我的诊断结果。我之所以现在愿意接受你的采访，是因为我为克拉多克先生提供治疗服务的事情被他的辩护律师团队给泄露出去了。

我告诉他，我在他的网站上发现他曾经提到过，有一种鬼魂会以同性恋者的身份现身在人世间。我问他是否发现保罗·克拉多克就是一个同性恋者。

是的，我知道。不过我认为，在他的这个案例中，同性恋并不是问题的根源。可以这么说，他十分担心他自己和侄女都被某种负能量感染或附身了。当我见到他时，发现他整个人十分焦躁不安，还总是谈到自己是为了“排除这种可能性”才联系我的。他还要求我帮他调查一下这种情况的可能性有多少。克拉多克先生说，他近来一直被噩梦缠身，梦中他死去的哥哥总是会来找他。同时，他和侄女之间的关系也越来越疏远。这两点既有可能是由于被鬼附身所引起的，也有可能是由于负能量影响过度所导致的。

我问他，是否发现保罗·克拉多克有精神方面的疾病。

是的。他对于这一点也毫不隐晦。我一直都非常谨慎，以免将精神分裂症的症状和被鬼附身的症状混为一谈。但我一见到他就马上意识到了问题的严重性。我的直觉一向是非常准确的。

我向他询问治疗仪式的流程。

首先我要做的就是让病人冷静下来，放松心情。然后我会在他们的额头上抹上一些油。一般来说油的种类不是很重要，但我比较偏向于使用特级初榨橄榄油，因为它的疗效是最好的。

接下来我要做的便是确定自己要对付的是某种负能量还是某种附体的鬼魂。如果是附体的鬼魂的话，下一步便要分辨出它的种类，通过呼喊它的名字来将它从病人的体内抽离出来。这些鬼魂的存在是一种十分讨厌的超能力现象，它们是从另一个空间来到地球上的。它们会附着在一些软弱的人类个体身上。这些人也许长期受到虐待，或是由于受到了其他人身上的负能量影响从而出现了精神懈怠的情况，因此十分容易被鬼魂入侵。鬼魂的类型多种多样，而我最擅长对付的就是那些从负面事件爆发地乘虚而入、来到人间作乱的鬼魂。

我也可以提供为物品进行“净化”的服务，因为物品身上也有可能会积聚负能量。这也是为什么我总是提醒人们要谨慎对待古玩或是博物馆里的手工制品的原因。

我接着问他，如果保罗·克拉多克认为杰西卡被魔鬼附身了，为什么不要求对她进行“净化”。

这个要求对于他的现状来说是不现实的。保罗告诉我，他的家门外时刻都有媒体在监视，无论他带着杰西去哪里，都会有人跟踪他们。

后来，他更加细致地向我描述了他的病症，其中有一条便是他经常被一种幻觉所折磨，这种幻觉不断地告诉他，现在的杰西只不过是一个复制品而已。根据这一点我判断，在保罗家作乱的鬼魂其实并没有附着在杰西身上，而是附着在了保罗身上。自从他的家人在空难中身亡之后，他一直都沉浸在一种悲痛而愤怒的情绪中不能自拔，防御能力也随之急转直下，因此成为了最容易被鬼魂附体的目标人物。与此同时，他还坦言自己曾怀疑杰西是个外星生物，但我向他保证了外星人是不存在的，我们真正需要应付的是一股穷凶极恶的负能量。

当我的意念逐步向他的内心靠近时，我发现他的精力已经因为负能量的荼毒而变得十分匮乏，因此才会导致他常常感到心神不宁。我向他保证，经过涂油和触摸疗法这一套净化仪式之后，他就不会再被噩梦缠身了，也不会再幻想自己的侄女是个替身了。

仪式结束后，我警告他，虽然现在他的身体已经得到了净化，但他的精神仍然是缺乏抵抗力的，因此在他体内残留的负能量很有可能会随时将鬼魂再召唤回来。于是，我鼓励他要不惜一切代价，避免让自己身处在重压之下。

他对我表示了感谢。当他离开的时候，对我说了一句话："现在就只剩下一种解释了。"

我问他是否明白保罗・克拉多克的这句话到底是什么意思。

当时我也没听明白。

Chapter 10

第十章

终结篇

推翻所有推理的结局……

他们，看到了不该看到的东西……

1.

六月底，我通过网络视频电话采访了乔·德雷赛布。他是一名常年在马里兰州、宾夕法尼亚州和弗吉尼亚州奔波的销售员。

我的业务主要分布在三个州，销售的是各种五金类产品。现在，还是有不少人像我一样愿意与别人进行面对面的交流，而不是通过电脑来沟通的。一般来说，我会尽量躲开收费高速公路，而是选择一些僻静的乡间小道。就像我的外孙派珀说的那样，这就是我的风格。这么多年来，我已经自己开辟了不少鲜为人知的路径，沿路也找到了不少风味独特的咖啡馆。我时常会光顾那些老店，叫上一杯咖啡或是一个派，短暂休息片刻。不过，不少这样的老店最近都受到了经济危机的影响，不得不关门歇业了。同时，我一向不太喜欢住连锁的汽车旅馆。相比之下，我更偏爱家庭经营的传统小旅馆。在那里，你也许不一定能够随时看得上有线电视，或者吃得上一口墨西哥零食，但是友善的老板和香浓的咖啡比什么都强。何况，那里的房费价格也要便宜许多。

那天，我比预计的返程时间稍微迟了一些，因为我在巴尔的摩约见的那个批发商实在是太能说了，以至于我和他聊着聊着就忘了看时间。我本来是打算走州际公路回家的，但是又突然想到，在快到里溪路的地方恰好有一家路边酒吧，里面有上好的咖啡和煎饼。那也是我平时去往绿岭森林时最喜欢走的一条路线。因此，我决定绕道过去一趟。我的妻子泰米总是念叨着要我注意自己的胆固醇摄入量，但我想只要不让她知道就应该不会有事吧。

我大约是五点左右赶到那里的，那时候距离小店关门的时间还有半个小时。我把车子停在了一辆崭新的带有深色玻璃的雪佛兰越野车旁边。当我走进旅店时，看到有一小群人正坐在靠窗的卡座里喝着咖啡。我心里估摸着那辆越野车应该就是他们的。第一眼看过去时，我还以为他们是一家人——一对夫妇带着孩子和父母一同开车出游。可我仔细观察后发现，他们几个人相互之间似乎并不是很熟络，因为大家的脸上并没有那种与家人同行时的惬意表情。那对年轻夫妇看上去尤其的警惕，而那个小孩所穿的衣服还有褶子，一看就是刚从包装袋里拿出来的。

我认识这里的快餐厨师苏西，也知道她此时一定想早点关门回家。所以我很快点了一份煎饼，并在我的咖啡里加了双倍的奶油，这样才好一饮而尽。

“老公公想要去上厕所。”那个小孩一边说着，一边指向那个老头。可实际上，老头一句话也没有说。我一眼就看出他一定是得了什么病。因为他的眼神是那样的空洞，让我想起了自己的父亲临终前患病时的样子。

那个老太太听罢便扶着老头向厕所走去。当她经过我的桌旁时，冲着我疲倦地笑了笑。她那一头红发一看便是染过的，根部露出了足有一寸长的灰发。要是泰米在场的话，一定会品头论足地说她太不修边幅了。这时，我突然感觉有人在注视着我，好像是留在卡座里的那个年轻男子。我冲他点了点头，随口抱怨了几句天气，但他没有理我。

他们先我一步离开了酒吧，但当我出门时，发现他们还在那里费力地搀扶着老头坐上越野车。

“你们要去哪儿？”我试着用友好的口吻问道。

那个男子看了我一眼，答道：“宾夕法尼亚。”不过显然这个答案是他临时编造出来的。

“哦，那祝你们一路平安。”

红头发的老太太迟疑了一下，冲我笑了笑。

“上车吧，妈妈。”那个年轻的女子对她说道。于是，老太太像是被人掐了一下似的赶紧跳上了车。

那个小男孩在车里对我摆了摆手，我也向他眨了眨眼。真是个可爱的小家伙。他们的车子很快便开走了，可并不是要去宾州的样子。那辆越野车上应该装有导航系统，所以我感觉开车的年轻男子应该不会认错路。可这又不关我的事。

我并没有看到事故是怎么发生的。当时我正驾车走在回家的路上，一拐弯便看到了一堆闪烁的车灯。是刚才的那辆雪弗兰越野车！此刻，它正底朝天地倒在对面车道上。

我赶紧把车停在路边，翻出了车上的急救箱。像我这样常年在外开车奔波的人，难免会遇到些事故，所以我一直都有在车上准备急救箱的习惯，甚至在几年前还专门去上过一个急救课程。

他们的车撞到了一头鹿。我猜一定是开车的那个男子刹车踩得太死，才会导致车身侧翻。我一眼就看出，坐在前排的一对年轻男女已经没救了，大概是在事故发生的一瞬间便一命呜呼了。车的前身是一片狼藉，甚至分不出哪里是鹿的尸体，哪里是人的尸体。

坐在后排的那个老头也不行了，虽然他的身上没有血，但是眼睛却睁得很大，看上去走得很平和。

那个红头发的老太太则不同，她的身上也并没有太多的血迹，但我依稀可以看到她的腿被卡住了。她也睁着一双茫然的眼睛。

“鲍比。”她小声说着。

我猜到她指的大概是那个小男孩。“我会帮你找到他的，夫人。”我安慰她道。

起初，我遍寻不到那个男孩的踪迹。于是我推测他有可能是被甩出了车子的后窗。不出所料，我在距离车祸地点不到两百米的地方找到了他的尸体。他脸朝上躺在阴沟里，就好像是在望着天空。他的神情是那么的空洞，让人一眼便看出他已经没有生命体征了。可是他身上似乎是毫发无伤。

没有剪刀式液压设备，我根本无法将那个老太太从倾倒的车子里拉出来。而且我担心她有可能已经在车祸中伤到了脊椎。那时候，她已经哭不出声音来了，于是我就一直握着她的手，无奈地听着发动机的滴答声，等待着警察的到来。

我直到第二天才知道他们是谁。泰米甚至不敢相信我居然没有认出他们来。要知道，那个男孩的照片可是经常出现在她常买的各种杂志封面上。

事情有些不对劲。一个可怜的孩子居然被先后卷入了两起致命的事故中，这种事情的几率到底有多小？虽然泰米一直都在劝我退休，但我从来没有过这样的打算。不过，这样的一起事故也许正是上天给我的暗示吧，提醒我现在是时候回家颐养天年了。

2.

对于是否要在本书中附上鲍比·斯莫的验尸报告，我考虑了很久。在多个阴谋论网站开始宣称他是假死之后，我最终觉得自己有必要摘录报告中的一部分内容，向读者说明事实的真相。值得注意的是，据马里兰州首席法医艾莉森·布莱克伯恩的检验结果显示，鲍比的尸体解剖结果中并没有发现任何异常现象。鲍比·斯莫的尸体是由莫娜·格拉德维尔前来认明的。但是，事后莫娜拒绝再次接受我的采访。

（对血腥内容敏感的读者可以跳过此部分内容。读者也可以登录http://pathologicallyfamous.com/来查询验尸报告的全部内容。）

马里兰州

首席法医办公室

死者：鲍比·鲁宾·斯莫　　尸检编号：SM2012-001346

年龄：六岁　　尸检日期：11/06/2012

性别：男　　尸检时间：上午9：30

验尸过程及主要分析执行者：

艾莉森·布莱克伯恩，医学博士，首席法医

初检：加里·李·斯沃茨，医学博士，首席法医助理

骨骼形态检验：波林·梅·斯旺森，博士，法医人类学协会成员

毒理学检验：迈克尔·格林伯格，博士，美国法医毒理学家委员会成员

解剖发现

死者是一名年幼的男性，额头、鼻子和下巴处有轻微擦伤。C6、C7 以及 C7、T1 关节完全脱位。椎间盘和前部韧带 C6、C7 之间断裂。脊椎 C6 处骨折。背根纤维部分撕裂。可见多处出血点。

死因

颈髓创伤性损伤

死亡方式

从机动车上被抛出导致的意外死亡

详细总结

鲍比·斯莫，男，六岁，六个月前曾是一起空难事故的唯一幸存者。在这起空难事故中，他的母亲遇难，他则受了轻伤，但事后已经痊愈。由于鲍比已成为某宗教团体的袭击目标，因此有关部门决定将鲍比及其外祖父母转移到某安全地点。转移过程中，三人乘坐的是一辆雪佛兰萨博曼越野车，并有两名联邦调查局探员陪同。三人一同坐在车子的后部，鲍比的座位在其外祖父母中间，并有安全带保护。在下午五时许，一行五人在马里兰州的公爵公路餐厅歇息期间引起了旅行推销员乔瑟夫·德雷赛普先生的注意。德雷赛普先生发觉这一行人有些异

常之处。在休息过程中，大人们喝了几杯咖啡，鲍比喝了一杯草莓奶昔，吃了一盘炸薯条。一行人于下午五点三十分左右离开餐厅，德雷赛普先生也正好尾随其后，看到越野车加速离开了餐厅。大约在下午五点五十分左右，德雷赛普先生在拐过一片树林后发现该车已在路边发生了翻车事故。车头正对着一棵大树，一只死鹿的尸体一部分躺在引擎盖上，另一部分则撞进了破碎的挡风玻璃。汽车前座上的两人以及后座上的一名年长男子当场死亡，后座上另有一名年长女子严重受伤。德雷赛普先生在车内并没有找到小男孩的身影，后来在距离事故现场两百米处的阴沟中发现其尸体，当时男孩已没有生命迹象。他很快拨打了911报警电话。

检验文件与证据

1. 车辆检测中心关于事故车雪佛兰萨博曼的检测报告。车辆引擎盖与前挡风玻璃的损坏情况与车辆被鹿撞击后的效果吻合。车辆尾部的褶皱与车辆撞击树干后的效果吻合。车辆后方玻璃粉碎，后座中央安全带损坏。并没有车辆在事故前遭蓄意破坏的迹象。

2. 道路交通事故小组报告。刹车痕迹显示，事故发生时车辆正处于中速至高速行驶状态，驾驶员在与鹿撞击的瞬间急踩刹车导致车身旋转，并与路边的树木发生撞击，导致车身倾覆。成年人安全带未出故障，但后座男性儿童身上的安全带扣崩开并部分损坏，导致该名儿童从破碎的后窗被甩出。

身份鉴定

经诺福克县首席法医办公室进行身份鉴定后，鲍比·斯莫的尸体于2012年6月11日上午9点45分开始被进行全面的尸体检查。尸体剖检助理为大卫·迈克尔斯。

衣物及贵重物品

鲍比·斯莫头戴亮红色棒球帽（在事故现场找到），身穿一条蓝色牛仔裤，一件写有“博物馆奇妙夜”字样的红色T恤衫，以及一件灰白色带帽运动衫，脚穿一双红色匡威运动鞋。

外观检查

尸体属于一名白人年轻男性，营养状况良好，年龄为六岁。

尸体长度45英寸　　　　　　体重46磅

浅金色头发，中长微卷发质。体表无痣，无刺青。前额有一处微小疤痕。前额、鼻子及下巴有几处表皮擦伤。瞳孔大小一致，形状正常。虹膜为淡蓝色。乳牙健康，两颗门牙缺失。

3.

尽管保罗·克拉多克曾试图销毁自己的电脑硬盘，但是仍有一些包括下文在内的文件和电子文件被复原，并被人偷偷泄露给了媒体。

杰西今天说过的胡言乱语列举

（6月8日）

（她最近迷上了“厌倦”这个词。）保罗叔叔，你会不会厌倦了做你自己呀？我已经厌倦了做我自己。（她接着回去看她近期最爱看的节目了——该死的《埃塞克斯是唯一的生活方式》。）这些人也厌倦了做他们自己。（我问她说这话是什么意思。）厌倦就像是一个填不满的杯子。（这难道是禅道吗，她是从哪里听来这些话的？？？肯定不是从《名人老大哥》[①]里面听来的。）

（6月10日）

我把晚餐递给她，她问道：“保罗叔叔，史蒂芬现在身上的味道是不是和这些炸鱼条一样？”（我尖叫起来，她却笑了。）我留下她一个人在电视机前看新闻，却总是听到她不时地在对着什么咯咯地笑着。当我看到画面中鲍比·斯莫在一场车祸中身亡的消息时，我差点吐了出来。我质问她这有什么好笑的，还告诉她鲍比这回是真的死了，就像是她的爸爸妈妈还有波莉一样，不是在玩过家家！

（我站在厨房里，心想着到底要吃几片药才管用。）她悄无声息地溜进来，一下子冲到了我的面前，问我说：“我是不是很特别，保罗？

①《名人老大哥》(Celebrity Big Brother)：英国的一档真人秀节目。

学校里的老师和同学都这么说。太简单了。”

（6月14日）

杰西发现我在哭，于是问我：“你想不想和我玩彩虹小马的游戏？你可以来演月亮公主，史蒂芬可以演宇宙公主。”（笑）

1.中邪。她好像总是知道我在想什么，而且还知道许多她不该知道的东西，比如性取向问题、我有关史蒂芬的噩梦等。她还说，史蒂芬他们是她召唤来的。

2.没中邪。这话听起来很不理智，但却是我的真实想法。她的言行和网上所说的那些病症表现并不吻合，而且她也没有用假声跟我说话。那个格哈德说她并没有中邪，但是我不相信他的话。

3.赞同末日骑士推论的原因。飞机机身上的颜色，撞击时产生的破坏力太大不可能有人生还，其他的孩子言行举止也很奇怪，鲍比患老年痴呆的外祖父重新开口说话，宏要通过机器人才能跟别人交流。这么多人都相信这个推论，因此它应该不会错。虽然这一切也许都是胡说八道，但是他们居然找到第四个幸存的孩子了。

4.反对末日骑士推论的原因。都是鬼话连篇。连坎特伯雷大主教和回教首领都说这话不值得相信，他们也是相信各种天神传说的。如果现在的杰西体内附着的是一个末日骑士的灵魂，那么真正的杰西又去哪里了呢？她为什么有时候看起来又那么正常呢？那些宗教狂徒网站上所提到的预兆随时都有可能发生。爆发口蹄疫这种事情也没什么新鲜的，还有动物吃人的事件以及洪水暴发的事情等，也是如此。

5.我患上了替身综合征。我有精神病史，虽然这一般是压力引起的。要是我真的患上了这种病，就能解释我为什么总是觉得现在的杰西只是长得像原来的杰西，说话像原来的杰西，但是却不是真正的杰西了。我希望自己是真的病了。

6. 我没有患上替身综合征。我从来没有得过这种病，头部也没有受过伤（除非我是因为喝醉酒撞到了头，自己却不知道）。而且这种病的发病率极其罕见。

7. 有外星人。和中邪的理由一样。这样就能说得通为什么她看我的眼神有时像是在看一个试验品一样了。

8. 没有外星人。有外星人的这个推论实在是太不理性了。虽然证据很有说服力，但这也是唯一一个还没有被我排除的可能性。好吧保罗，我得再调查一番。

4.

收件人：actorpc99@gmail.com

发件人：openyreyes.com

主题：回复：有关自信心的建议

日期：2012 年 6 月 14 日

保罗，感谢你的来信，非常高兴我能够在这方面给你提供帮助。

就像我在电话里说的那样，外星人最常用的伎俩就是在实验对象的体内植入微型晶片。我相信，在坠机的瞬间，这几个孩子都进入了停滞状态，因此他们都没有受伤。接着，他们的体内被植入了芯片。这种芯片通过一种让“声音直达大脑”的控制方式，帮助外星人在言行上控制并影响这些孩子。这是一种新型的科技手段，其先进水平是我们人类目前遥不可及的。

你说，你已经查验过了所有的可能性，并且证明了这件事应该与鬼神之说无关。我为你的细致和周密感到由衷的钦佩。

关于杰西的奇怪表现和偶尔跳脱自身性格的言行，我并不感到惊讶。这是本来就会出现的情况。要知道，人格的改变其实并不是“创伤后精神紧张性精神障碍”的症状之一。就像你所说到的，那个日本男孩只能够通过机器人与外界交流，而那个美国男孩老年痴呆的外祖父突然恢复了神志，这都是常理所不能解释的。而且，那个美国男孩很可能还没有死，这起车祸也许正是政府勾结外星人一手捏造的。那些外星人应该已经从政府手中获得了做人类实验的豁免权，而政府也与外星人达成了协议，借他们的力量来统治我们。

你提出的那些有关帕米拉信徒的问题十分有趣。我相信，这几起事故中确实有不少细节与宗教典籍中的内容相似。虽然，他们的推论和我们的很相近，但是他们是错的，只是错得没有那么离谱罢了。

你现在的感受和替身综合征是不能混为一谈的，这种综合征是一种心理上的异常现象。

下一步该怎么办呢？虽然杰西应该不会做出任何伤害你的事情来，但是我劝你也要小心对待她。你的梦境也有可能是杰西身上的微型晶片发出的干扰信号。我建议你要看紧她，小心自己对她说的每一句话。如果还有什么事情可以帮到你的话，请随时联系我。

祝好

SI

5.

稻田法子（化名）住在釜本千代子家对面公寓楼的五层。下文是由《东京先驱报》的记者丹尼尔·三村在柳田宏谋杀案发生两天后，采访法子并编辑而成的（译者艾瑞克·贵霜）。

我一般早上五点多就会醒过来，然后就躺在床上一边等着太阳升起来，一边望着床边的闹钟。这也是为什么我会知道第一声枪响发生在几点几分的原因。虽然我家所在的大楼距离繁忙的初台高速公路只有两百米，但是隔音效果很好，不会受到车流噪音的影响。所以，当枪声响起来的时候，声音一下子就穿透了我的房间。那是一种很沉闷的巨响，吓得我不由得打了个寒战。接着又传来了第二声、第三声和第四声。之前，除了在电视上以外，我从没有听到过枪声，所以我当时脑子一片空白。我当时想，也许是爆竹的声音吧？而且，我也不知道这声音是从哪里传来的。

我花了几分钟时间才爬上我的轮椅，然后慢慢地晃到窗口观望。我很少出门，因此每天的大部分时光都是在窗口度过的。虽然大楼里有电梯，但若是没有人帮忙，我自己是很难将轮椅挤进电梯门里去的。每周，我妹妹都会给我送一些生活用品。我在这所房子里和我的丈夫共同生活了很多年。即使在他去世后，我仍然决定留在这里，因为这里是我的家。

当时，天刚蒙蒙亮，太阳还没有升起来。但是从我所在的地方借着路灯可以看到，釜本先生家的前门是敞开的。他平常每天早上六点钟才会出门上班，因此我的心中突然感到一丝疑虑。除了我之外，似乎没有其他的邻居被那些声音吵醒。第二天，有几个警察来到了我家请我配合调查。他们告诉我，有些邻居虽然也听到了枪声，但还以为是谁家的汽车发动机回火的声音呢。

我打开了窗户，想要换换新鲜空气，顺便听听外面那种声音还会不会继续传来，以便判断它是从哪家哪户传出来的。这时，我看到两个人影从初台高速公路的方向走了过来。当他们路过我家楼下时，我一眼就认出其中的那个女孩便是釜本千代子，而紧随其后的长发男孩子最近也常出现在附近的儿童游乐场。他还曾在附近的人行道上喷过什么图案，但是事后自己又清理掉了，所以我并没有就此事找他抱怨过。从两人走路的姿势上就可以看出，他们是截然不同的两种人。千代子一直是挺直了上身走路，一看便知道她对这里了如指掌，而那个男孩则是弯着腰驼着背，似乎很怕别人看到他似的。我曾经多次看到过千代子在夜里从她家偷偷溜出来与他见面，但这是我第一次看到她从外面回来。他们走路的时候蹑手蹑脚的，也听不清楚两人在说些什么。千代子一边笑着一边用手肘推搡着那个男孩，而男孩则不时地弯下腰来亲她。最后，她开玩笑似的推开了他，径直朝着自己家走去。

当她看到家门敞开的时候，似乎也犹豫了一下，转身对着她的同伴说了些什么，才慢慢地走进门去。大约三十秒之后，我听到了一声尖叫，不，不只是尖叫，而是一声哀号。那声音中还掺杂着几分令人毛骨悚然的愤怒感。

在外面等待的男孩听到叫声后，像是被人掐了一下似的立刻蹦了起来，跟着跑进了屋里。

周围有几户邻居听到女孩的声音也跑到门口来观望。此时，屋里的惨叫声还在源源不断地传出来。

不一会儿，只见千代子步履蹒跚地走了出来，手里抱着一个小男孩。我当时以为她身上沾满了黑色的颜料，但当她跌跌撞撞地走到我窗口下面的路灯下时，我才意识到她浑身上下都是鲜红的血迹。那个小男孩宏正无力地躺在她的怀里……而且……而且，我看不到他的脸，因为那里已经是血肉模糊了。高个子男孩和周围的邻居想要上前去扶千代子，但是她却尖叫着让他们都离她远一点。她只是大声地呼喊着“宏，你醒醒呀，别装了”之类的话。

宏是个十分可爱的小男孩。每次他出门时都会抬起头来，冲着我招手。当我第一次告诉我妹妹，那个在空难中奇迹生还的小男孩就住在我家街对面的时候，她还不相信我的话。全日本都在关注着那个男孩。有时，街上还会出现一些狗仔队摄影师，他们甚至还曾来敲过我家的门，希望能够从我的窗口拍摄釜本家的大门，被我一口拒绝了。

不到三分钟的时间，救护车就赶到了。三个急救员花了好大的力气才从千代子手里抢过了宏的尸体，而千代子对他们一直不停地又打又咬。随后赶来的警察也想要把千代子送上一辆警车，但她挣扎着逃脱了，并在他们还没有反应过来的时候便拼命地跑开了，身上还是血迹斑斑的。那个长发男孩见状立即紧追其后。

随着消息传播开来，前来看热闹的人和记者越来越多了。当一个个装着尸体的黑色塑胶袋从釜本家运出来时，人群静默了。我也不忍心再看下去了。

那一晚我失眠了。我想我可能再也无法安心睡觉了。

6.

在宏的死讯传开后几分钟之内，网友们就开始在第二频道的聊天室里展开了一场热烈的讨论。

用户名：无名 111 发表时间：2012/06/22 11:19:29.15

该死！你们听说宏的事情了吗？

用户名：无名 356

真不敢相信。机器人男孩就这么死了。一个浑蛋美军士兵冲进了他家，打死了宏和公主的父母亲。

用户名：无名 23

你们看到红迪网上的报道了吗？那个美军士兵是一个宗教狂热分子，和那个企图枪杀美国的幸存男孩的人是一样的。

用户名：无名 885

下跪男当时也在现场，就是他和公主一起发现那些尸体的。我从心里为下跪男感到难过。你看到他的照片了吗？虽然警察一直在阻拦他，但是他拼命地想要过去陪在公主身边。我一直在心里默默地为他加油。

用户名：无名 987

我们也一样，兄弟。我真高兴他们俩最后都逃走了。加油呀下跪男！

用户名：无名 899

公主没有我想象中的漂亮。倒是下跪男看上去就是个典型的御宅族，和我想的差不多。

用户名：无名 23

你说这话真冷血。滚开吧 899。

用户名：无名 555

你们觉得下跪男和公主会去哪儿呢？警察肯定会想要抓住他们问话的。

用户名：无名 6543

你们觉得下跪男现在好吗？

用户名：无名 23

你别那么幼稚了好不好 6543！他现在当然不好了！！！

（有关下跪男和公主的未来会因此事产生什么样的变化，网友们给出了各种猜测。接着，三小时后，龙出现在了留言板上）

用户名：下跪男 发表时间：2012/06/22 14:10:19.25

嗨，兄弟们。

用户名：无名 111

下跪男？？？真的是你吗？

用户名：下跪男

是我。

用户名：无名 23

下跪男，你没事吧？公主怎么样？你们现在在哪里？

用户名：下跪男

我没有多长时间跟你们说话了。公主在等我。我给她看了和你们的聊天记录。她说既然你们已经知道我们的真实身份了，就无所谓了。她还说你们永远也不要忘了那些人做了什么。她已经崩溃了。我也已经崩溃了。我只想说谢谢你们所有人的支持。这并不容易……我还想告诉你们，你们再也不会听到我的消息了。我们要永远在一起了，我们要去一个他们再也无法伤害到我们的地方去。我真的希望自己能够见见你们每一个人。要不是你们的鼓励，我是绝没有胆量迈出房门一步的。再见。你们的朋友，龙（下跪男）。

用户名：无名 23

下跪男？？？

用户名：无名 288

下跪男！！！回来，兄弟。

用户名：无名 90

他走了。

用户名：无名 111

网友们，我有种不祥的预感。这听上去像是一封遗书。

用户名：无名 23

下跪男是绝不可能做出那种事情来的……不是吗？

用户名：无名 57890

你们想想看，要是下跪男和公主昨晚没有夜不归宿，那么公主现在也有可能已经被那个美军士兵一起打死了。

用户名：无名 896

是下跪男救了她的命。

用户名：无名 235

没错。而且，如果 111 猜得没错的话，他们是要一起去自杀。

用户名：无名 7689

可是并没有证据证明他们想要自杀呀。

用户名：无名 111

那些美国的浑蛋，是他们一手策划了这件事。是他们谋杀了宏，毁掉了下跪男的幸福。他们是绝对不能逃脱罪责的。

用户名：无名 23

没错。下跪男是我们中的一员。我们要他们血债血偿。

用户名：无名 111

网友们，人生苦短，现在是该我们出手的时候了。

7.

七月中旬，在杰西卡·克拉多克的葬礼结束后不久，梅兰妮·莫兰通过网络视频电话接受了我的采访。

对于保罗叔侄俩的惨案，我感到深深的自责。虽然杰夫一直都在劝慰我，但我就是无法摆脱自己心里的内疚感。“亲爱的，你已经做得够多了。”他总是这么说，“你再怎么做也于事无补的呀。”

现在说这话虽然有点算是马后炮了，但是我总是觉得自己早就应该看出点端倪来。保罗已经有很长一段时间在言行举止方面显得很怪异了，其明显程度甚至连凯尔文和其他人都发觉了。最近的三次互助会活动他都没有来参加，也有好几周都没有请我或杰夫帮他接杰西放学或是过去看孩子了。老实讲，我和杰夫对此还感觉松了一口气呢，因为我们自己的事情也是多得忙不过来。自从加文提早去参加警察考试以来，我们就一直忙着照顾自己的孙子孙女们。而且，保罗总是倾向于把控制权握在自己的手里，让所有人的注意力都集中在他的身上，这让我们多少有点受不了。他现在虽然经济情况很不好，但是依然十分自恋。可是说到这里，我更觉得自己应该为他多做点什么了。我应该再多努力一些，时常抽空去看看他。

负责监督保罗照顾杰西的那个社工好像一直在某个广播节目中为自己辩解。他提到，保罗是个演员，他的特长就是扮演不同性格的人，因此他才能将身边所有的人都蒙在鼓里。可我觉得那只是个借口。实际上，那个社工并没有恪尽职守。他和那个心理学家一样，都只会互相推卸责任。杰夫不是也常说吗，保罗的演技并不怎么好。

当“277互助会”刚建立起来的时候，有些人认为，保罗是唯一一个有亲属在事故中生还的人，因此他的座位应该被安排在后面，把分享心情的机会留给其他的人。对此我和杰夫并不认同，因为保罗也失去了自己的哥哥、嫂子以及一个侄女，不是吗？保罗第一次带杰西来参加互助会活动的时候，在场的很多人都无法直视她。面对一个奇迹生还的孩子，大家到底应该作何反应才好呢？她能幸存下来真的只是个奇迹，而不是那些宗教狂热分子所说的那样有什么鬼神相助。你真应该听听杰瑞米神父是怎么骂他们的，他说他们是在“给基督教徒的脸上抹黑”。

保罗在外奔波时，我们帮他看过好几次孩子。杰西是个很可爱的小姑娘，冰雪聪明。当保罗决定把她送回学校时，我确实是松了一口气，因为只有这样才能够让杰西回归到正常的生活轨道上去。她上的那所小学似乎对她十分照顾，学校师生甚至还为波莉办了一场小型的悼念仪式。我想，和我们相比，保罗的生活应该更加艰难。因为他一方面要照顾一个幸存的亲人，另一方面又要哀悼其他遇难的亲人。

你可以听得出来，我一直拖拖拉拉，不想讲后面的事情。其实，我只对杰夫和杰瑞米神父讲过这些细节。如果我的罗琳还活着的话，一定会说我是个彻头彻尾的控制狂。她说话一向是直来直去的，这一点很像我。

不用理会我，我说到这里总是很想哭。我知道大家都以为我是个性格倔强的人，是个彪悍的老太太，可是其实我……这些生生死死、扑朔迷离的事情一直都压得我抬不起头来。这些牺牲都是无谓的。杰西不值得去死，罗琳也不值得去死。

那天，我突发奇想地把自己的手机关机了几个小时。罗琳的生日就快要到了，因此我的心情格外低落。于是，我决定放松一下心情，好好地泡一个澡。当我再打开手机时，看到了保罗发来的一条短信。他先是为自己刻意疏远我们表示抱歉，然后说他在过去几天里一直都在思考，努力地想要理清自己的思绪。他的声音听起来很低沉，毫无生命力。现在回想起来，我当时就已经感到了一丝不祥的预兆。他问我能否到他家去陪他聊聊天，还说他一整天都会待在家里。

我试着回拨他的电话，但被直接转接到了语音信箱里。其实，我也在为自己没能打电话询问他为何没来参加互助会的活动而内疚。于是，我赶忙向他家赶去。那时候，由于杰夫正在加文家帮忙带孩子，所以我是一个人前往的。

到了保罗家门口，我按了一会儿门铃，却迟迟没有人来应门。我又试了几次后，突然发现前门微微地开了一条缝。我马上就意识到事情不对，但还是决定先进去看看。

我是在厨房里找到杰西的，只见她四肢伸开脸朝上地躺在冰箱旁边。墙上、冰箱上还有四周的白色家具上到处都是红色。我起初并没有意识到那些是血迹，但是那股浓重的血腥味差点把我熏晕过去。要知道，那些罪案电视剧里可从没有描述过血腥味是这么难闻的。我一眼就看出来她已经没救了。外面的天气很热，几只大个儿的青蝇正围绕在她的尸体旁嗡嗡地盘旋着，不时还会在她的脸上和身上爬来爬去。那些伤痕……哦上帝呀……她身体上那些被刀子砍到的地方甚至都露出了白色的骨头，尸体下面还有一大摊的血迹。她睁大了眼睛直直地瞪着天花板，眼睛里也是血红血红的。

眼前的一切让我突然间感到非常恶心。我祈祷着，但双腿像被灌了铅一样沉重。当时，我本以为是哪个疯子闯进了房间袭击了她。于是我赶紧掏出电话拨打了999[①]。我到现在都不知道自己报案的时候是怎么设法让对方明白自己的意思的。

当我挂上电话时，忽然听到楼上传来了“砰”的一声。我知道谁都不会相信我说的话，但我确实感觉自己就好像是在被某种神秘的力量推着向前移动似的。我马上想到，袭击杰西的那个凶手此刻可能还在这间房子里。

我像个机器人一样慢慢走上了楼梯，大脚趾还不小心踢到了最后一层阶梯。但我当时一点儿都没感觉到痛。

进屋后，我发现是保罗躺在床上，脸色像床单一样惨白，床边上的地毯上散落着许多个空酒瓶。

我本以为他也已经死了，可是他突然呻吟了起来，着实吓了我一跳。这时，我注意到他手里握着一包安眠药，身旁还放着一个空酒瓶。

在一旁的桌子上，放着一封遗书，上面写满了愤怒的字眼。我至今仍然忘不了遗书上的内容：“我必须要这么做。这是唯一的方法。我必须把那张晶片从她身体里拿出来，这样她才能获得解放。”

虽然我没有昏过去，但是在等待警察到来的那段时间里，我的脑袋里一片空白。保罗家隔壁的那个老太太把我直接扶进了她家里去，也是一脸惊魂未定的样子。那天，她对我非常的好，不仅为我泡了杯茶，还帮我洗干净了衣服，并打电话叫杰夫过来接我。

他们说，杰西是因失血过多而死亡的，她死前应该在那里躺了很久。

① 999：美国的急救电话。

这个画面到现在为止还是来回地在我脑海里闪烁着。如果我能够早点去保罗家的话，也许就……也许就……

现在，我对保罗的态度已经不是愤怒了，而是同情。杰瑞米神父说，人必须要学会宽恕才能够继续向前。但我总是不禁会想，如果他那天死了，也许就不会身陷囹圄了。他要面对怎样的未来呢？

8.

2012年7月7日，记者丹尼尔·三村在《东京先驱报》网站上发表了下文。

西方游客成为“ORZ运动”的袭击对象

昨日下午，在涩谷地区的明治神宫外，一辆满载美国游客的旅游大巴在驶入停车场时遭到了一伙人的袭击。有目击者称，这伙暴徒不停地向大巴投掷红色颜料和鸡蛋，之后便在警察到场之前四散逃跑了，逃跑过程中口中还一直喊着“这都是为了下跪男”的口号。虽然在这起袭击事故中并没有人员伤亡，但车上几名年长的美国游客至今还是惊魂未定。

另有一条未经证实的消息称，昨天夜里也有几名来自美国语言学校的学生在秋叶原地区的一家电器商店里遭到了一伙人的骚扰。更有消息称，正在井之头恩赐公园内参观游览的一名英国游客也遭遇了一些人的言语攻击。

据悉，上述这些暴徒可能都属于一个叫做“ORZ运动”的组织。该组织成员频繁出击的目的是抗议美军士兵谋杀柳田宏的行径。除了袭击游客外，这伙人还打砸了几家西方品牌商店，并在一些宗教机构外涂鸦喷绘。6月24日，就在柳田宏谋杀案发生两天之后，清洁人员还在东京的表参道地区联合教会正门旁发现，有人在墙上喷绘了一幅画有带血手提包的图样。而这个教会正好就在著名的 LV 名品包商店隔壁。同天夜里，东京的两家温蒂零售店以及新宿地区的一家麦当劳外墙都被喷涂上了一个男子口喷呕吐物的图样，让人哭笑不得。一周后，美国大使馆的工作人员通过监控录像将一名正在毁坏大使馆标志的蒙面男子抓获。

在上述所有案件的事发现场，都留有 ORZ 的标志。ORZ 是一个绘文字表情符号，看上去很像是一个跪在地上磕头的人形，因此通常被用于代表压抑或绝望的情绪。该符号在第二频道等网络聊天论坛上非常流行。

目前，不断激增的极端行为案件已经令日本警方手忙脚乱，而日本各地（包括大阪在内）又兴起了一阵效仿“ORZ 运动”的浪潮，令混乱的局势迅速蔓延开来。

日本国家旅游局的发言人日前表示，日本从来都不是一个以“暴力抗议行为”著称的国家，因此各国游客不必为“少数迷失者”的行为感到担忧。

目前，“ORZ 运动”又得到了一个高层支持者——宇利惠子的声援。作为迅速发展中的争议组织“宏迷会”的领头人，她发表了以下声明：“谋杀宏的暴徒的行为是不可原谅的，而美国政府对此事漠不关心的态度使我们更加清醒地意识到，我们应该与美国马上一刀两断。日本不是一个需要美国来充当保姆的软弱国家。我为‘ORZ 运动’喝彩，也为我们的政府表现出来的软弱态度而感到羞耻。”与其他态度强硬的民族主义者不同，宇利惠子支持日本政府加强与韩国和中国之间的联系，并要求日本政府对其在二战中所犯下的罪行表示忏悔和道歉。不仅如此，她也是反对美日安保条约的前沿人物，并积极反对美军在冲绳岛上驻扎。同时，她的丈夫宇利北条也被公认为下一届日本首相的有力竞争者。

9.

第一版后记

下文于 2012 年 7 月 28 日发表于《东京先驱报》上。

下跪男遗体现身青木原森林

每年，仙梨县警方都会协同富士山巡逻队的守林志愿者对青木原森林进行一次地毯式的搜查，以寻找那些选择在这片臭名昭著的“林海”中轻生的自杀者尸体。警方在今年发现的超过四十具尸体当中，找到了一位22岁的年轻死者，外貌疑似最近失踪的新闻人物高见龙。网名“下跪男”的高见龙是第二频道论坛上的红人，曾凭借自己扣人心弦的爱情故事引起了众多网友的关注。据推测，高见龙的女友就是18岁的釜本千代子——她是太阳航空678次航班空难事故中的幸存者柳田宏的表姐。2012年6月22日，在宏和千代子的父母被驻日美军士兵杰克·华莱士枪杀后，千代子与龙就双双失踪了，凶手华莱士本人也在案发现场自杀。高见龙的尸体被发现时已经开始腐烂，身旁还散落着釜本千代子的鞋子、手机和钱包。警方推测，釜本千代子应该也在这片森林中自杀了，但他们至今尚未找到她的尸体。

造化弄人，找到高见龙尸体的正是六十八岁的宫岛树里——青木原森林的守林志愿者。半年前，就是他在坠机事故现场发现并营救出了柳田宏。宫岛说，当他听闻宏幼年早逝的消息时，感到十分心痛。

他是在森林的一处冰穴附近发现高见龙的尸体的。

高见龙的失踪在日本各地引起了一系列被称为“ORZ 运动”的暴力反美行为，领头人中不乏所谓“宏迷会”组织的成员。有关部门担心，高见龙遗体的发现可能会为愈演愈烈的反美行动火上浇油。

10.

第一版后记

2012年7月30日，记者乌尤·莫莱费在约翰内斯堡参加了一场由理性联盟南非分会召开的新闻发布会。下文摘录了他个人的推特网账号（@VMtruthhurts）于会议当天发表的部分内容。

乌尤·莫莱费 @VMtruthhurts

约翰内斯堡发布会入口处又在查验证件。这已经是今天的第三次了。# 放心我们不是恐怖分子

乌尤·莫莱费 @VMtruthhurts

流言满天飞。传说维罗妮卡·欧杜华今天会来现场致辞。

乌尤·莫莱费 @VMtruthhurts

@melanichampa 不知道发布会什么时候开始。我已经等了一个小时了。如果你也要来的话，请帮我带杯咖啡和几个多纳圈，谢谢。

乌尤·莫莱费 @VMtruthhurts

发布会终于开始了。南非理性联盟发言人凯莉·恩格斯正在就即将到来的美国大选发表讲话。

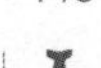

乌尤 · 莫莱费 @VMtruthhurts

凯莉提出，宗教右翼势力在全球范围内日益强大起来，恐会产生全球影响。

乌尤 · 莫莱费 @VMtruthhurts

流言被证实了。维罗妮卡·欧杜华来到了现场！她看上去不止57岁，是在旁人的搀扶下走到台上的。

乌尤 · 莫莱费 @VMtruthhurts

维罗妮卡 · 欧杜华看上去非常紧张，声音不停颤抖。她说自己是来澄清事情真相的。发布会现场鸦雀无声。

乌尤 · 莫莱费 @VMtruthhurts

维罗妮卡 · 欧杜华："他们一直把那个孩子关在某个安全屋里，好几周都没有让我见他。但我第一眼看到他时就告诉他们了，他不是我的侄子。"

乌尤 · 莫莱费 @VMtruthhurts

维罗妮卡 · 欧杜华："他们想用钱来让我闭嘴，但我并没有接受。"不过，据说肯尼斯的表叔最后接受了这笔封口费。

乌尤 · 莫莱费 @VMtruthhurts

英国广播公司 (BBC) 记者提问："是谁提出给您封口费的？" 维

罗妮卡·欧杜华："是几个美国人。我不知道他们的名字。"

乌尤·莫莱费 @VMtruthhurts

发布会现场沸腾了。凯莉·恩格斯说："约翰内斯堡实验室也有人检举，说'肯尼斯'的 DNA 检测结果与维罗妮卡并不相符。"

乌尤·莫莱费 @VMtruthhurts

该检举者也曾收到过一笔封口费，并指责南非政府与宗教右翼人士沆瀣一气。# 号外号外又是腐败

乌尤·莫莱费 @VMtruthhurts

又一个意外嘉宾现身！我旁边的津巴布韦记者说，今天的发布会比莫桑比克交通部长腐败案庭审现场还要精彩。

乌尤·莫莱费 @VMtruthhurts

一名家住东开普省的女士露西·英卡塔宣布，所谓的"肯尼斯"其实是她的外孙曼拉。

乌尤·莫莱费 @VMtruthhurts

露西·英卡塔："曼拉离家出走是为了去开普敦找他的父亲。只有八岁的小家伙一定吃尽了苦头。"

乌尤·莫莱费 @VMtruthhurts

凯莉·恩格斯:“我们正在努力协调,希望能够尽快送小曼拉回家。”

乌尤·莫莱费 @VMtruthhurts

维罗妮卡·欧杜华:“不得不承认的是,肯尼斯应该是已经遇难了。”一些记者面露感伤之情。

乌尤·莫莱费 @VMtruthhurts

凯莉·恩格斯:“如今已经真相大白,大家现在可以看清那些政治家是如何将一起悲剧为我所用了吧。”

乌尤·莫莱费 @VMtruthhurts

凯莉·恩格斯:“在此,我们要感谢那些敢于站出来讲述真相的人。”

乌尤·莫莱费 @VMtruthhurts

转发 @kellytankgrl 终于有人在混乱中还能保持理智了。# 别让那些浑蛋得逞

乌尤·莫莱费 @VMtruthhurts

转发 @brodiemermaid 宗教右翼势力的公关团队大概又得编造出一个新的奇迹来了。# 别让那些浑蛋得逞

乌尤·莫莱费 @VMtruthhurts

现场一阵骚动。大家都在等待末日论支持者的回应。这会影响他

们的信仰吗？

#别让那些浑蛋得逞

11.

编者注：

周年特别版后记

2012 年初，当埃尔斯佩思·马丁斯的经纪人第一次将《坠机与阴谋》的内容提案发给我时，我一下子就被深深吸引了。我很欣赏埃尔斯佩思的处女作《死亡快照》。如果说有谁能够将“黑色星期四”和“三个幸存儿”的主题描写得淋漓尽致的话，那个人一定就是埃尔斯佩思了。当全书的构思逐渐清晰起来时，我们清楚地认识到自己正手握着一个特殊的题材。最终，我们决定赶在2012年大选之前尽早将此书付印出版。

新书出版后仅仅一周左右，就接连加印了第二版和第三版。至今为止，尽管经济危机导致全球图书销售量大幅度下滑，此书还是售出了超过一千五百万册。包括埃尔斯佩思本人在内，我们都没有料到此书能够在读者中引起如此大的影响。

如果此书真的像理性联盟所说的那样“给这个兵荒马乱的年代平添了几分煽动性和危险性”的话，我们为什么还要特意编辑出版一个周年特别版呢？放下那些显而易见的理由不表，这本书在文化和历史上的重大意义无疑对于 2012 年的美国总统大选产生了一定影响。我们也因此获得了许多激动人心的新材料，并将其编辑成了本书新版内容的附录。很多细心的读者可能已经注意到了，在“黑色星期四”两周年纪念日之际，埃尔斯佩思·马丁斯消失了。事实上，2014 年 1 月 12 日，埃尔斯佩思在抵达日本后，便离开了位于东京六本木地区的酒店，从此再也没有现身，随身携带的信用卡和手机也再没有使用过。2014年10月，一本名为《“黑色星期四”背后的故事》的作品出现在了亚马逊网站上，作者署名为“E.马丁斯”。一时间，关于此书的作者是否就是埃尔斯佩思的争论也是众说纷纭。但也有人推测，此书的作者不过是冒名顶替、想要借此话题牟利而已。

埃尔斯佩思的前女友萨曼莎·西梅尔曼为此书的改版提供了大量帮助，并同意我们随书公开她与埃尔斯佩思之间的最后一封邮件内容。

埃尔斯佩思，如果你能够读到此书，请你尽快联系我们。

杰瑞德·阿瑟
编务总监
詹姆森 & 怀特出版社 纽约
2015 年 1 月

12.

收件人：<Samantha Himmelman>samh56@ajbrooksideagency.com

发件人：<Elspeth Martins>elliemartini@fctc.com

主题：请见正文

2014年1月12日上午7：14

萨姆：

我知道你让我不要再联系你了。但是此时正值“黑色星期四”两周年纪念时期，因此我觉得给你写这封信再合适不过了。而且，明天我就要去青木原森林了。我在东京的联系人丹尼尔一直苦口婆心地想要劝阻我，但是既然事情已经到了这个地步，就不如继续走下去吧。我不想让自己的话听上去太富有戏剧性，但是确实有很多人在进入那片森林后就再也没有出来过了，是吗？别担心，这并不是一封遗书。不过我也不确定我为什么要给你写信。我想我大概是想要得到一次为自己辩白的机会吧。而且还是希望有些人知道我为什么要来这里。

你肯定觉得我挑这个时候来日本一定是疯了，但实际上这里的情况并没有你想象的那么糟糕。无论是海关工作人员还是机场内的乘客都没有让我感到任何的敌意。如果硬要说这里的气氛有什么不同的话，那么我只能说这里的人都很冷漠。我居住的酒店坐落在所谓的西方人聚居地，原是凯越集团旗下的星级酒店，曾有着宏伟的大理石装饰大厅和设计感十足的旋转楼梯，但是现在这里的景象已是今非昔比了。我在排队入关时遇到过一个丹麦人，他告诉我，这家酒店现在已经被转让给了一群巴西移民，他们全部都是只持有短期签证、靠最低工资过活的人。因此，他们根本就没有动力去管什么星级标准。如今，酒店里只有一台电梯还能够正常运行，走道里的灯泡也时常会坏掉（我在酒店里寻找自己的房间时确实被吓了个半死），而且地毯也应该是好几个月都没有清理过了。我的房间里充斥着一种经久不散的香烟味道，浴室的地板上还有一块黑色的霉斑。好在那个长相奇特、带有坐椅加热功能的马桶还算舒适（衷心感谢日本工程师）。

不管怎么说，我给你写信的原因自然不是要抱怨我的酒店环境，而是想让你看看我这封邮件的附件。我并不想强迫你读完它，因为我猜你没准一看到邮件的主题就会马上把它删掉了。我知道你不相信我，但是从附件中那些反复剪切、粘贴的痕迹上可以看出来（你知道的，我总是本性难移），我从没有打算把这些内容用于另外一本书。至少现在还没有这个想法。我想说的就这么多了。

××

致萨姆的一封信

1月11日下午6点。东京，六本木山。

萨姆，我有好多话想对你说，却又不知从何说起。既然我今天晚上注定是要失眠了，不如就从头说起，能说多少是多少吧。

这么说吧，我知道你以为我去年“逃”到伦敦是为了躲避自己在新书出版后遭到的猛烈抨击。事实上，这只是一部分原因而已。很多人都认为我的作品多少对事态的发展有着推波助澜的作用，而你一定也觉得我是罪有应得。别急，我并不是想要为自己开脱，也不是想要为我的书辩白。我只是想要让你知道，我至今都在为没能给你看本书的定稿而感到内疚。我不该找借口骗你，说自己一采访完肯德拉·沃西以及莫兰夫妇之后，就要把书送到出版商那里去。

八月，我偶然发现亚马逊网上出现了一系列针对我作品的差评。你真应该去看看——我知道你看了肯定会很激动。在这些评价中，有一条格外引人注意。

用户评价

44/65 人认为此评论有用

一星评价 埃尔斯佩思以为自己是谁？？？

2013 年 8 月 22 日

评论者：zizekstears（英国，伦敦）– 查看所有评论

版本：《坠机与阴谋》（Kindle 版）

虽然这本所谓的“纪实类”小说去年引起了很多争论，但我觉得这些人都是在小题大做。很明显，宗教右翼势力在竞选中引用了书中的部分内容，作为证明三个幸存儿不只是患上了“创伤后精神紧张性精神障碍”的孩子的“证据”。

我对美国理性联盟对于本书作者的严厉指责并不感到意外。马丁斯女士故意用一种具有操控性的感性手段编辑了书中的每一条采访内容（“流血的眼睛”？？？还有那段关于患有老年痴呆症的老人的做作描述）。对于那些在“黑色星期四”事故中遇难的乘客和他们的家属，还有那几个幸存的孩子，她没有表现出半点的尊重与同情。

恕我直言，马丁斯女士只不过是想借此书出人头地罢了。她应该为自己的所作所为感到羞耻。我以后都不会再买她的书了。

唉……

然而，新书遇到的阻力并不是我逃避的唯一原因。我是在萨那县大屠杀发生当天决定离开美国的，而就在两天前，你把我赶出了家门，还叫我再也不要联系你了。后来，我只好躲进了一家连锁酒店，想要一个人在房间里整理一下自己的心情。我就是在酒店看到有关萨那县发生枪战的报道的。画面中，农场上布满了尸体，周围有大群的苍蝇嗡嗡飞舞着，鲜血浸透了附近的土地。我必须承认，在看到这条新闻之前，我已经喝遍了房间迷你酒柜里所有的酒。所以，当电视里开始播报这条新闻时，酩酊大醉的我一时间还有点搞不清楚状况。而当我依稀看到字幕上写着“萨那县发生集体自杀，33 人死亡，其中包括 5

名儿童”时，我一下子就吐了出来。

我愣在电视机前面，一坐就是好几个小时。电视里不断重播着记者们在现场周边争相拍摄的画面，画外音讲道：“伦恩·沃西牧师因蓄意煽动他人采取暴力行为而遭到了起诉。在取保候审期间，他和他的信徒们却选择将矛头转向了自己……”你有没有看到和帕米拉亦敌亦友的瑞贝接受记者采访的片段？虽然我们从未谋面，但从她的声音上判断，我一直觉得她应该是一个烫了一头鬈发的胖女人（当我在电视上看到她其实身材纤细，而且梳着一条银色的辫子时，心里突然产生了一种很奇怪的疏离感）。采访瑞贝的记者应该会感到很困扰吧，因为她说着说着就会跑题，开始口若悬河地说到伊斯兰法西斯主义以及自己为世界末日所做的应急准备上去了。不过，我是发自内心地对她的遭遇感到同情。和伦恩牧师的大部分旧部一样，她也认为，牧师与他的帕姆信徒之所以这么做，是想要跟随吉姆·唐纳德的脚步，成为和他一样的殉道者。“我每天都在为他们的灵魂祈祷。”从她的眼神中可以看出，伦恩牧师等人的离世将会成为她心中永远驱散不去的阴影。

这么说也许很没有良心，但是除了为瑞贝感到惋惜之外，我很快便开始为这件事可能给我带来的影响感到焦虑不安起来。我清楚地知道，这场惨剧必定会掀起又一场轩然大波，而各路小报记者也肯定会来缠着我打探肯德拉·沃西的联系方式。这无疑是一场永无止境的拉锯战。而最让我忍无可忍的其实是雷纳德那段惺惺作态的公开演讲。他装出了一副电影巨星的架势，抓住这个时机来表达自己的“虔诚”的信仰：“虽然自杀是一种罪行，但我们还是必须要为那些堕落的灵魂祈祷。让我们以此为戒，从此团结一心，化悲痛为力量，让美国重新成为一个道德水平崇高的国度！”

从此之后，这片国土上便再也没有什么东西值得我留恋了。就让雷纳德、伦德、末日论者以及他们的那些愚昧的支持者称霸美国吧。萨姆，你真的会怪我吗？那时，我和你的感情已经支离破碎了，朋友们也纷纷唾弃我的做法，就连我的事业也是一落千丈。于是，我不禁想起了自己随父亲在伦敦度过的无数个夏天，于是毅然决然地想要到那里去寻得一份内心的平静。

但是萨姆，你一定要相信我，雷纳德和伦德等人虽然用自己的手段在短时间内凝聚了不少基督教信徒的心，但是他们想要用宗教伦理来统治国家的理念纯粹只是黄粱美梦而已。如果我能够早些预料到事态的发展，肯定是不会丢下你，一个人只身赴英的。

你大概也听够了我的这些借口了吧。

所以……

我现在已经从伦敦东南边的一家酒店搬了出来，住进了诺丁山地区的一间公寓里。这里的邻居总是会让我不由得想起住在布鲁克林高地上的那些人。他们中不仅有梳着油头的白领，也有穿着时尚的潮人，还有沿街翻看垃圾桶的流浪汉。可我对自己的未来还是一筹莫展。继续把书写完肯定是不可能的了，我甚至不敢相信自己曾经为了写好《“黑色星期四”背后的故事》那样孜孜不倦、废寝忘食地工作过。我不仅采访了坠机事故受害者的家属（包括濑户机长的妻子和“277 互助会”的全体成员），还拜访过那些至今还在卡雅丽莎寻找自己亲人下落的马拉维人，并目睹了假“肯尼斯”从被追捧到被揭露的全过程。

来到伦敦的第一周，我一直在郁郁寡欢、无精打采地四处闲逛，终日里靠着泰国小吃外卖和伏特加酒过活。除了便利店的收银员和泰餐外卖店的送货员之外，我很少跟别人说话。我还曾一度尝试过像龙一样做个足不出户的蛰居族。除此之外，我努力遮掩着自己的美国口音。因为，自从肯尼斯·欧杜华事件的丑闻被曝光以后，英国人对于雷纳德是否能够当选一直持怀疑态度，而我可不想因为自己的口音而被他们扯进什么关于“民主堕落”的话题中去。其实，和我们一样，英国人以为美国人已经在布莱克从政之后吸取了教训。

这段时间以来，我一直试图不去关注任何的新闻报道，倒是手机上的一条推送信息着实吓了我一跳。从这条新闻信息上来看，奥斯丁现在似乎是一片混乱，到处充斥着催泪瓦斯和防暴警察。由于我一直都在推特上悄悄关注着你（对此我感到很不好意思），因此我知道你已经跟着反保守主义姐妹团一起去得州与理性联盟的代表团会合了，担心得我两天都没有睡好觉。最后，我终于忍不住给凯拉打了个电话，询问你是否一切都好。她事后有没有告诉你呢？

不管怎么样，我就不再多向你赘述自己在伦敦离群索居的生活细节了，还是直接切入正题吧。

在奥斯丁暴乱发生几周之后，我在去超市的路上被《每日邮报》当天的头条新闻吸引住了——“凶宅或成纪念馆”。根据报道中的描述，一群市议员正在申请将保罗·克拉多克叔侄俩的房屋改建成一处新的“黑色星期四纪念馆”。记得我当初飞到英国去会见我的出版商并顺便采访玛丽琳·亚当斯时，曾刻意不去参观那所房子，因为我实在是不忍心在脑中重塑保罗杀害杰西的过程。可就在这条新闻登报后，我居然莫名其妙地坐上了一辆前往奇瑟赫斯特的火车，似乎是想要在英国国民托管组织[1]接手之前最后再看一眼房子的原貌。但是，事情并没有我想象的那么简单。你是否记得我在采访梅兰妮·莫兰时，曾听她提起过自己是如何鬼使神差地走上了二楼，并发现凶手其实就是保罗本人吗？我当时就是被这样一种奇怪的力量驱动着动身前往奇瑟赫斯特的，我的心里有一种声音一直在对我劝说着，让我必须去看一看（我知道这听上去很诡异，但我说的全是实话）。

这所神秘的房子隐藏在一条看上去十分古朴的小街上，四周的窗户都已被木板封了起来。还有人用血红色的颜料在房子周围的墙壁上涂上了几个十分骇人的大字："魔鬼出没，请注意"。房子一旁的车道上长满了杂草，一块写着"出售"的指示牌歪歪斜斜地立在车库的旁边。最让人感觉毛骨悚然的，是正门口那个堆满腐坏的毛绒玩具的小祭坛。而门口的阶梯上还摆放着几个没有拆封的彩虹小马玩具。

我本想翻过紧锁的花园大门到后院去看一看，突然听到身后传来了一声大喝："嘿！你想干什么！"

我转过身来，看到一位一头银发的矮胖女人正站在车道上怒视着我，手里还牵着一只小狗。"小姑娘，你这是非法入侵！这里可是私人住宅。"

我一下子就认出，她就是艾琳顿·伯恩太太，我曾经在杰西葬礼上的一张照片里看到过她。她可是一点都没有变。

她一边瞪着我一边伸直了自己的肩膀，脸上隐约透露出一种哀伤的神情，就好像是一个提前退休的将军不甘寂寞似的。"我才懒得问你呢。你是不是也是个记者？你们这些人就不能放过这家人吗？"

①英国国民托管组织（National Trust）：英国专门保护历史遗迹的组织，主要工作是保护和展示英国历史与文化。

“我不是记者。至少现在已经不是了。”

“你是个美国人。”

“是的。”我朝着她走过去，她手里牵着的小狗见状马上把头蹭了过来。我俯身挠了挠它的耳朵，它顺势抬起头来，用一双布满了白内障的眼睛看着我。无论是从外形上还是从气味上，这只小狗都像极了史努基，这让我不禁想起了肯德拉·沃西（我最后一次听说她的消息是在萨那县大屠杀事件爆发后，她说自己准备隐姓埋名地搬到位于科罗拉多州的一个素食者社区里去）。

艾琳顿·伯恩太太听我这么说，不由得眯起了眼睛，上下打量着我。“等等……我是不是在哪里见过你？”

我心里一边埋怨着出版商为什么非要在《坠机与阴谋》一书背面印上我的照片，一边忙不迭地否认道：“我觉得您大概没有见过我。”

“不，我见过你。就是你写了那本耸人听闻的书。你跑来这里到底想要做什么？”

“我只是很好奇，所以想要来看看这所房子。”

“不知廉耻。你应该为自己感到汗颜。”

但我并没有放弃追问。“您最近还见过保罗吗？”

“见过又怎么样？这和你有什么关系。赶紧离开这里，不然我就要报警了。”

要是在一年前，我肯定会等到她回家后，再在附近逗留片刻，但这一次我马上头也不回地就离开了。

一周之后，有人给我的新手机拨了个电话，让我感觉非常纳闷。因为，除了即将和我分道扬镳的经纪人玛德琳知道我的新手机号码之外，会打电话来的就只有那些电话推销员了。当电话那头的人介绍自己就是保罗·克拉多克时，我的心都要跳出来了（我事后才知道，是玛德琳的新助理因为保罗操着一口英音便将我的电话告诉了他）。他在电话里告诉我，是艾琳顿·伯恩太太向他提起了我曾去他家拜访的事情，还说他的心理医生鼓励他阅读了我的作品《坠机与阴谋》，以帮助他“正视自己的所作所为”。萨姆，这个曾经凶残地用刀捅死了自己侄女的男人居然在电话里听上去是那么的口齿伶俐。他建议我去跟进一下莫兰夫妇（听说他们已经搬到了葡萄牙，为的就是要离罗琳遇难的地方近一点）以及他的影子写手曼迪·所罗门（他也加入了位于科茨沃尔德[①]的一个末日论分会）的近况。

他还建议我去申请一张探访许可证，这样他就能够和我进行一次“面对面的交流”了。

我二话没说便同意了，并且很快就开始准备起来。也许我当时还沉浸在一种自怨自艾的压抑情绪当中，也许我当初到伦敦去就是为了逃避现实，但我又怎么能够错过这样一个绝好的机会呢？萨姆，你是最了解我的，所以我想自己就没有必要再多说什么了。

在答应他邀约的当晚，我又听了一遍他的录音（我承认，他说话的语气让我直起鸡皮疙瘩，不得不起身去把卧室的灯都打开）。我一遍又一遍地放着杰西卡说的那句“你好，保罗叔叔”，试图想在她半开玩笑的语气里发掘出一些别的东西来。可是我什么也没有发现。根据我在谷歌上搜索出来的图片显示，保罗所在的肯特精神病院是一栋阴森的灰色单体建筑，这让我不禁开始思考，为什么所有的精神病院外观看起来都如出一辙。

①科茨沃尔德（Cotswold）：英国的一个地区名称，位于莎士比亚故乡的南边，历史上曾出过不少名人。

为了获得那张探访许可证，我不得不签署了一张弃权书，声明自己不会将与保罗会面时谈论的内容公之于众，并提交了一张自己的无犯罪证明。十月底，在万圣节期间，我终于收到了期待已久的探访许可证。碰巧的是，就在同一天，红迪网就爆出了雷纳德想要废除宪法第一修正案的新闻。那时候，我已经很久都不关注电视新闻节目了，但还是不可避免地会偶尔看到报纸上的一些报道。我记得自己当时还在想，国内的局势怎么会恶化得如此迅速，而且雷纳德的这条建议大概不会获得议会三分之二以上议员的同意吧。但令我颇感意外的是，最后连天主教和摩门教都表示他们愿意支持雷纳德的竞选了。看来摩门教的信徒也学会了趋炎附势呀。

由于对英国不靠谱的火车服务不太放心，我选择了乘出租车去见保罗，因此到得格外准时。眼前的肯特精神病院和图片上看起来一样阴森恐怖，只不过在大厦的一侧又加盖了一间砖体玻璃建筑。然而，这却让房子看起来与周围的建筑更加格格不入了。在接受了一群保安七手八脚的搜身检查后，一名一头灰发、肤色惨白，但看上去面容和蔼的男护士带我走进了那栋加盖的建筑。我本来想象着自己会在一间装有栅栏的昏暗小屋里见到保罗，四周还有警惕的护士和疯疯癫癫的病人在关注着我们的一举一动。但男护士却一路带着我穿过玻璃门，来到了一间宽敞明亮、通风良好的大屋子里，屋子里还摆放着一些颜色异常鲜艳的坐椅。男护士告诉我说，今天除了我之外没有其他的探视者，这明显是因为医院门口的公交车被临时取消了的原因。

（萨姆，为了防止我录下自己和保罗之间的对话，保安扣留了我的手机，所以我只能凭记忆来回想我们当时的对话。我知道你不会在乎这些琐碎的细节的，但是我很在乎。）

只见房间另一边的门轻轻地打开了，从里面蹒跚地走出一个穿着肥大T恤衫的肥胖男子，他手里还提着一个乐购超市的购物袋。男护士见到他后说道：“你还好吗，保罗？你的客人到了。”

我当时觉得自己一定是弄错了。“这怎么可能是保罗·克拉多克呢？”

“你好，马丁斯女士，”保罗用我十分熟悉的声音朝我打了个招呼，“见到你很高兴。”

在此之前，我曾在视频网站上看过保罗演出的片段，但我现在完全无法在眼前的这个面部下垂、两颊苍白的男人身上找到那个英俊的保罗的影子，只有那一双眼睛还和从前的他有点类似。“请直接叫我埃尔斯佩思就好了。”

“那我就直呼你的大名了。”我们彼此友好地握了握手。他的手掌是那么的冰冷黏腻，让我不得不极力阻止自己想在裤子上擦擦手的欲望。

男护士拍了拍保罗的肩膀，并抬起头冲着距离桌子几百米外的玻璃隔间点了点头说：“保罗，我就在那边。”

“谢啦，邓肯。”保罗坐下时，身下的坐椅发出了“吱扭”的一声。“啊！我差点忘了。”他从塑料袋里翻出了一本《坠机与阴谋》的书以及一支红色的记号笔，对我说道，“介意帮我签个名吗？”

萨姆，接下来的事情就更离奇了。“嗯……当然没问题。你想让我写点什么？”

“致保罗。没有你我不可能完成这本书。”他的话吓得我哆嗦了一下，他却自顾自地笑了起来。“不用管我，你想写什么就写什么吧。”

于是，我潦草地写下了一句“最美好的祝福，埃尔斯佩思”，然后就赶紧把书推回到了他的面前。“请原谅我的不修边幅。”他说道，“我现在已经胖得不成样子了，因为我在这里除了吃之外也没有什么别的事情可做。你看到我变成了如今这副德行是不是也吓了一跳？”

我当时实在是太紧张了，便赶紧说了几句“胖几斤又不会怎么样”之类的话安慰他。说实话，保罗看上去并不像是一个丧心病狂的疯子（其实我也不知道自己想看到一个什么样的保罗，我大概原来想象他会是一个穿着紧身衣、眼珠乱转的精神病人吧），但我还是很担心他会突然丧失理智跑过来掐住我的脖子，到那时候全场就只有一个瘦弱的男护士能救我了。

保罗似乎读懂了我的心声，开口问道：“你是不是觉得这里的监管不够严格？是因为人手不够的原因。别担心，邓肯可是个空手道的黑带高手。是不是，邓肯？”保罗冲着那个护士挥了挥手，只见他远远地冲着我们笑了笑，无奈地摇了摇头。“埃尔斯佩思，你来伦敦做什么？你的经纪人说，你已经搬到这里居住了。你离开美国是为了逃避那里的政治氛围吗？”

我回答说，政治确实是我离开的原因之一。

“这就不能怪你了。要是那个家伙真的能竞选成功、入主白宫，你们以后就要像《利未记》里的人一样生活了。说不定那些同性恋和淘气的小孩都会被拉出去用乱石砸死呢。太好了，我真为自己能够远离那种环境而感到庆幸。”

"你为什么想要见我，保罗？"

"正如我在电话里所说的，我听说你也在英格兰，所以就想亲自见见你。阿特金森医生也认为，如果我能够和你见个面，对我来说应该是有好处的。"他用手捂着嘴打了一个嗝，"就是他推荐我阅读你的作品的。而且，能够在这里见到一个新面孔我很开心。虽然艾琳顿－伯恩太太每个月都会来探望我一次，但是我们的交流并不多。此外，想见你并不是因为没有人来看我。"他望了望坐在远处隔间里的护士，"最多的时候，我一周能有五十个访客呢。当然了，他们大多都是热衷于阴谋论的疯子。但也确实有过几个访客是来向我求婚的。虽然没有尤根那么多，但是也不少。"

"尤根？"

"哦！你应该听说过尤根·威廉姆斯吧，他也被关在这里。虽然他曾经谋杀过五个小学生，但你从他的外表上绝对看不出他是个杀人犯。实际上，我觉得他看起来呆呆的。"听了这话，我有点不知道该说什么才好。"埃尔斯佩思，当你把我的故事写进书里时……有没有听过我的录音，或是读过录音内容的脚本？"

"都有的。"

"怎么样？"

"里面的内容把我吓坏了。"

"精神病可不是什么好玩的事情。你肯定有很多问题想问我。你随便问吧。"

于是，我很认真地开始问了起来："如果你觉得我的提问很出格的话，你可以随时说出来……在杰西死前的那几天，到底发生了什么事情？她到底说了什么，让你忍心……能够……”

“把她捅死？没事，你可以直言不讳。这些都是事实。不过，实际上她什么也没说。我的所作所为是不可原谅的，我本应该照顾好她的，可我却杀了她。”

“在你的录音里……你说她常常嘲讽你。”

“那些全是我妄想出来的。”他皱着眉头说，“全都是我的幻觉。阿特金森医生说得很清楚了，杰西的言行没有任何奇怪之处，奇怪的人是我。”他说着又瞟了一眼那个护士，“我当时是因为酗酒和压力的问题导致了精神失常。不过现在已经痊愈了。你可以把我说的话写进你的下一本书里。我能请你帮个忙吗，埃尔斯佩思。”

“当然可以。”

他又开始在塑料袋里翻来翻去，这一次抽出了一个薄薄的练习簿，随手递给了我。“我最近写了点东西，内容不是很多……就是一些诗歌之类的。你能帮我看看，给我点反馈意见吗？你的出版商没准也会对其中的内容感兴趣呢。”

我决定还是暂时不要告诉他，已经没有出版商和我合作了。不过我想，一个臭名昭著的谋杀儿童的凶手所写的诗歌，没准还真的会引起他们的兴趣呢。但是我什么也没多说，只是应付了一句，又和他握了握手。

“你答应我，一定要读完里面的内容。”

“我会的。”

我望着他一瘸一拐地离开房间之后，那个肤色惨白的护士又把我送回了入口处。在回家的出租车上，我迫不及待地开始阅读保罗给我的东西。只见练习簿的前三页上确实是写着几首乏善可陈的诗歌。但是第四页突然出现了一片空白，只见一张硬纸板的背后写着这样的一段话："是杰西逼着我写这段话的。是她逼我的。在她死前，她说，他们过去就曾经来过，她有时候并不想死。她还说，他们有的时候会对人们欲与欲求，有的时候则不会。问问其他人吧，他们都知道。"

萨姆，如果换做你的话，你会怎么办？我猜你大概会马上联系保罗的心理医生，让他知道保罗现在仍处在精神分裂的状态中。

我想你这么做应该是对的。

但我和你不同。

在《坠机与阴谋》一书出版后，我想我可能是这个世界上唯一一个不相信三个幸存儿与某种超自然现象有关的人了。我已经记不清有个疯子曾经来求过我帮他们力荐他们的新书了，书中的内容无疑是一些无稽之谈，什么三个幸存儿其实还活着，正和某个毛利女人住在新西兰，或是正在开普敦的某个军事基地里接受试验，或是在新墨西哥州的杜尔塞空军基地里和外星人为伍之类的。（他们总是会说，马丁斯小姐，我有证据！！！我知道为什么地球即将毁灭！！！）除此之外，还有不计其数的阴谋论网站会引用我书中的内容，作为他们推论三个幸存儿被外星人附体或其实是穿越时空的旅行者的"力证"。（下面这些就是频繁被他们"盗用"的内容）

鲍比："终有一天，我会让它们（恐龙）全都活过来的。"

杰西："这个故事根本就不可能是真的。一个该死的破衣橱而已。说得像真的一样，保罗叔叔。"

"这并没有错。有时候只是我们理解错了而已。"

千代子："宏说他记得自己坠机并被钓上了救援直升机。他觉得挺好玩的。'像飞一样。'他还说自己还想再玩一次。"

甚至还有几个网站是在专门探讨杰西为什么会那么喜欢看《狮子、女巫和魔衣橱》那本书的。

当然了，对于这些问题最理智的答案就是：这些孩子是纯凭运气从坠机事故中生还的；保罗·克拉多克对于杰西言行的怀疑完全是出于他精神分裂的原因；而鲁宾·斯莫身体情况的好转也只是因为病情得到了缓解而已；另外，宏对于机器人的依赖也完全是因为他父亲一直沉迷于机器人制造。这些孩子举止上的改变在一定程度上说全都是由事故导致的创伤引起的。除此之外，我还在写作的过程中故意省略了许多的细节，比如保罗·克拉多克对于自己一直没有性生活的抱怨，莉莉安·斯莫的生活琐事等。事实上，他们的生活完全没有产生翻天覆地的变化。但是仍有书评人在亚马逊网上指责我使用了"充满操控性的感性手段"来编辑书中的内容。

但是……但是……"她说，他们过去就曾经来过，她有时候并不想死。她还说，他们有的时候会对人们欲与欲求，有的时候则不会。"

其实，我有好几种选择。我可以再去探望保罗一次，让他解释一下这些内容是什么意思。我也可以忽略它们，把它们当做是一个疯子的胡言乱语。或者，我可以暂时把理性抛到一边去，好好研究一下文中的字面意思。我首先尝试了第一种选择，但医院里的人告诉我保罗不想再和我有任何的联系了（这无疑是因为他担心我会把他给我的这本练习簿交给他的心理医生）。第二种选择也十分有诱惑力，但我猜保罗把这些信息交给我一定有他的原因："问问其他人吧，他们都知道。"

我想，我当时大概是觉得调查一下也无伤大雅，反正除了坐在家里删除那些广告邮件以及在附近街道喝得酩酊大醉以外，我也没有什么好做的了。

于是，我当即就下决心要和理智唱反调，放手一搏了，既然保罗总是在说，是杰西让他动手杀她的。但这话到底是什么意思呢？要是这些信息落到那些阴谋论爱好者的手里的话，他们肯定能够衍生出成百上千种推论来。不过我可没有打算要咨询他们的意见。“他们有时候会对人们欲与欲求，有时候则不会。”这句话又是什么意思呢？确实，三个幸存儿给人们——至少是那些末日论的支持者们——带来了他们想要的东西：证明世界末日即将到来的征兆。而且，杰西也给保罗带来他梦寐以求的名声。而宏则给千代子带来了一个活下去的理由。至于鲍比嘛……鲍比还给了莉莉一个丈夫。

我想，是时候该食言了。

萨姆，我知道自己向你隐瞒实情的习惯总是会让你很抓狂，但是我曾经向莉莉安·斯莫保证过，不将她在那场车祸中生还的消息告诉任何人。在我采访过的所有人当中，莉莉安的故事是最打动我的，而且当她从医院打电话给我时，她对我的信任也深深触动了我的心。联邦调查局曾经建议将她安置到另一个地方去，之后我们也决定最好不再互相联系，因为只有这样才能避免再提起她的伤心往事。

我觉得联邦调查局应该不会再轻易把她的电话号码告诉我，于是我决定去找她的邻居贝琪试一试。

电话接通了：“喂？”

“我想找一下卡茨太太。”

“她已经不住在这儿了。”（我听不出来对方是什么口音，所以猜对方大概是个东欧人吧。）

“您知道她现在住在哪里吗？我找她有很重要的事情。”

“你等一下。”

我听到一阵电话听筒被放下时产生的沙沙声，随后背景里又传来了一阵乒乒乓乓的噪音。接着对方又接起了电话：“我这里有一个电话号码。”

我在谷歌上搜索了一下电话的区号，发现这是一个位于加拿大多伦多的号码。不知为什么，我一点也没想到贝琪会搬到加拿大去。

（萨姆——以下就是我打的那通电话的脚本——没错，我知道，为什么我没有把通话内容录下来并编辑起来，以便以后出书时使用呢？请在这一点上相信我，你永远都不会看到书店里会卖一本叫做《埃尔斯佩思·马丁斯——三个幸存儿背后的真相》的。）

我：你好……请问是贝琪吗？贝琪·卡茨？

贝琪：你是谁？

我：埃尔斯佩思·马丁斯。我曾经在写书的过程中采访过您。

（一段很长的沉默）

贝琪：啊！那个作家！埃尔斯佩思！你好吗？

我：我很好。你呢？

贝琪：我有什么好抱怨的呢？纽约发生的事你怎么看？新闻报道里说，那里现在到处都是暴乱，而且还出现了能源短缺的情况。你的情况安全吗？有没有受冻？有没有挨饿？

我：我没事，谢谢你。我想问你……知不知道怎么才能够联系到莉莉安？

（又是一段很长的沉默）

贝琪：你难道不知道吗？好吧，你怎么会知道呢？我很抱歉地告诉你，莉莉安已经去世了。就是一个月以前的事情。她走得很安详。

我：（我静默了几分钟，试图控制住自己的情绪。萨姆，我当时脑子里一片混沌）我很抱歉。

贝琪：她真的是个好人，你知道吗，她甚至还邀请我来和她一起住呢！在纽约第一次出现大停电的时候，她就突然给我打了一个电话说："贝琪，你不能再孤身一人生活下去了，来加拿大吧。"加拿大！我！老实说我真的很想她。但是我已经找到了一个很好的社区，在那里会有一个犹太教的牧师照顾我。莉莉还说，她很感谢你在书中为她维持了一个良好的形象，看上去比她本人要聪明多了。但是她很难接受那个莫娜在书中所说的话。

我：贝琪……在莉莉安去世之前，她有没有提到过……任何有关鲍比的事情？

贝琪：有关鲍比的事情？她还能说什么呢。她唯一能说的大概就是她的人生简直就是一场灾难了吧。她挚爱的所有人都先后离开了她。上帝对她真的是太残忍了。

挂上电话之后，我哭了整整两个小时。这一次，我流下的终于不是自怨自艾的眼泪了。

可就算是我联系到了莉莉安，她又能对我说什么呢？难道她还会说，劫后余生的鲍比已经不是原来的鲍比了吗？几个月前，当我采访她的时候，每当提到鲍比，她的声音里都会充满了爱意。

“问问其他人吧，他们都知道。”

和这件事情有关联的人中，我还能问谁呢？萝莉·斯莫的好朋友莫娜肯定是不会再理我了（在新书出版之后，她否认自己曾经接受过我的采访），但一定还有人曾经接触过鲍比，而且并没有受到此书的影响。

埃斯·凯尔索

萨姆，我猜你读到这里肯定又会恼羞成怒了。你说得对，我应该首先考虑到他的名誉问题，并且应该在发表他说自己“从鲍比眼中看到鲜血”这个情节之前，先征得他的同意（我想这也是导致我们感情破裂的导火索之一）。我为什么就没有听你的话呢？

我最后一次见到他还是在出版商律师的事务所会议室里。当时的他看上去肌肉松弛、双眼充血，应该已经有好几天都没有刮过胡子了。他那破破烂烂的牛仔裤松松垮垮地挂在腰间，一件褴褛的皮衣散发着阵阵汗臭味。我采访过的那个埃斯和电视上常见的那个埃斯一向都是一表人才、长着一双迷人的大眼睛。按照保罗·克拉多克的话来说，埃斯与“美国队长”还有几分相似呢。

我完全不知道埃斯是否会愿意再跟我说话，但我再试一试又何妨呢？于是，我满怀希望地给他拨了一个网络视频电话，心中暗暗思量着他会不会故意不接我的电话。令人意外的是，电话居然接通了。他的声音听上去很含糊，像是刚睡醒似的。

埃斯：谁呀？

我：埃斯……你好，我是埃尔斯佩思·马丁斯。嗯……你好吗？

（他停顿了几秒钟）

埃斯：我还在无休止地休病假，也就是说，我被永久停职了。你到底想要知道些什么，埃尔斯佩思？

我：我想我应该让你知道……我去见了保罗·克拉多克。

埃斯：所以呢？

我：我和他见面的时候，他坚称自己对杰西的所作所为是由于精神分裂所引起的。但当我要离开之前，他给了我一个练习本。这听起来有些不可思议，但是他在本子里写道，“他们曾经来过”，而且还说“她有时候并不想死”。

（又是一阵沉默）

埃斯：你为什么要跟我说这些？

我：我是想……我也不知道。我想……你说过的那些有关鲍比的事情……就像我说的，这些话听起来有点匪夷所思，但是保罗对我说，让我“问问其他人”，所以我……

埃斯：埃尔斯佩思，你知道吗？我明白你因为这本书已经备受诟病，但是在我看来，那些批评你的人都没有说到重点上。你在书里对于那些孩子的个性和言行举止的变化进行了大量煽动性的描写，给人们丢下了一个重磅炸弹，然后就这么堂而皇之地走了，并没有给读者一个答案。你天真地以为万事自会有解答，还以为所有的读者都会和你一样从同一个角度去看问题。

我：我的本意并不是要……

埃斯：我明白你的本意。你到处采访取证就是为了想要看看那些孩子身上是不是真的有问题，对不对？

我：我只是在调查而已。

埃斯：（叹了一口气）实话跟你说吧，我确实有东西想要发给你看看。

我：是什么？

埃斯：你先看完再说吧。

他的邮件很快就发来了。我点开了那封名为《SA6780RG》的附件。刚开始时，我以为这就是太阳航空公司驾驶舱话音记录仪内容的副本，我在书中曾经原封不动地引用过这段内容。但其中却多了一段发生在坠机之前几秒钟内的对话。

机长：你看到了吗？

副驾驶：看到了！是闪电吗？

机长：不是。我从没有看过这样的闪电。空中防撞系统上没有显示任何东西，问问航空管控中心的系统中有没有看到有另一架飞机在尾随着我们——

我：这是什么东西？

埃斯：你必须要明白，我们并不想要火上浇油。我们需要让民众相信，这几起事故的发生原因是有据可查的。何况那些被停飞的航班也必须要早点恢复运行。

我：所以说，国家运输安全委员会居然捏造了一份脚本？你难道是想告诉我，你们真的相信事故是由外星人袭击造成的？

埃斯：我想告诉你的是，摆在我们眼前的事实是常理无法解释的。除了太阳航空的事故以外，只有达鲁航空的事故原因是确凿的。

我：你到底在说什么呀？那少女航空的事故呢？

埃斯：我们编造了一个借口说，飞机在遭到飞鸟撞击后导致了发动机起火。但是一架双引擎的飞机怎么会被几只飞鸟撞击之后就着火爆炸了呢？那家英国航班的事故也是如此，我们确定飞行员会驾驶飞机闯入一个风暴团中的记录是十分罕见的。不管怎么说，这三个孩子都不可能在如此致命的事故中生还。

我：也许他们和埃塞俄比亚空难中幸存的那个女孩一样，运气很好也说不准呢？

埃斯：你知道的，这些都是一派胡言。

我：这些内容……你为什么要发给我？你想让我把它们公之于众吗？

埃斯：（苦笑了一声）就算是公之于众又有何妨？要是这真能证明三个幸存儿并非是常人，雷纳德没准还会给我颁发一块奖牌呢。你想怎么办就怎么办吧。反正美国和日本的运输安全委员会都不会承认的。

我：所以说，你也觉得这其中有什么蹊跷……我不知道……难道这三个孩子是转世投胎来的？

埃斯：我在第一眼看到鲍比的时候就知道这事不对劲。埃尔斯佩思，这并非是幻觉。那个被自己的宠物蜥蜴咬死的摄影师也一定是看到了什么不该看到的东西。

（又叹了一口气）

其实，我知道你只是在尽自己的作为一个作家的职责而已。我当初不该追着你不放。我也不知道自己是否说过要你不要把那个情节写到书里去。但是那是事实。实际上，傻子都能看出那三个孩子身上有问题。

我：所以你现在想让我怎么做?

埃斯：随便你，埃尔斯佩思。不过不论你打算怎么做，动作都一定要快。那些相信末日论的人还在固执己见地践行着他们的理念。你是完全无法和一个推崇末日论、相信只有把美国变成神权主义国家才能够拯救所有国民的总统去理论的。

当然了，我也不敢相信国家运输安全委员会真的会去篡改那些数据，就算是怕引起更大范围的恐慌，他们也不应该这样做。公开这段脚本大概可以算是埃斯对于自己“满是鲜血的眼睛”一事遭到攻击后的一次辩白吧。要是我把这件事情公布出去了，理性联盟的那帮人就又有一个理由来吊死我了。

但是你知道事情会怎么发展下去，对吗?现在，我手里既有保罗的留言，又有了埃斯的脚本（当然，这也有可能是他捏造的假材料）。埃斯还向我再三保证，自己真的在鲍比的眼睛里看到了鲜血。

在接下来的几天时间里，我都在寻找有关千代子和宏的信息。在网络上出现的新内容大多都与龙和千代子的悲剧爱情故事有关，但与宏有关的却很少。于是，我又联系到了为我翻译日语材料的艾瑞克·贵霜，试图从他那里寻找到可用的新线索。但是，他已于几个月前因《日美双边合作协议》的破裂而回国了。他唯一能够给我的建议，便是去研究一下“宏迷会”的情况。

我本以为“宏迷会”会逐渐发展壮大，成为类似奥姆真理教之类的邪教组织，或是极端民族主义社团。但是，实际上这个“宏迷会”最终居然退化成了一种奇怪的名人热潮。另一方面，自从宇利惠子的丈夫当选了日本首相之后，她便摒弃了自己先前的那套外星人理论和钟爱的分身机器人玩具，全身心地扑在了宣传“亚洲三国联盟”的重要性上。而“ORZ 运动”也早已经销声匿迹了。

你还记得《东京先驱报》的记者丹尼尔三村吗？他曾经允许我在书中引用过他的几篇文章。他是少数几个在我的新书收到抨击后还给我发来慰问信息的人之一（除了他以外，就只有伦恩牧师的情妇萝拉以及那个纪录片制片人马尔科姆还在支持我了）。他接到我的电话时显得很高兴，还一起聊了聊未来有望成立的中日韩三国联盟。

我将当天的通话内容整理如下：

我：你觉得千代子和龙是不是真的死在青木原森林里了？

丹尼尔：龙应该确实是自杀了。警方还特意为他的尸体做了一次全面的解剖检查。要知道，日本警方可是不会轻易给青木原森林里的死者做尸检的。而千代子的尸体至今都没有找到。所以，谁知道呢。

我：你觉得她有可能还活着吗？

丹尼尔：说不好。你听到那些关于宏的流言了吗？已经在社会上流传了好一阵子了。

我：你是说那些认为“三个幸存儿还活着”的鬼话？

丹尼尔：没错。你需要我告诉你一些细节吗？

我：当然。

丹尼尔：这些推论一听就像是那些阴谋论者编造出来的……首先，他们指出警方在案发后很快便封锁了案发现场。急救人员和现场调查人员也被要求不准和任何媒体进行交流。除了警方的正式声明以外，连警察厅的其他警员都无法从办案人员嘴里套出什么细节来。

我：好吧……就算事情真的如此，他们又为什么要捏造他已死亡这样一个事实呢？

丹尼尔：这背后一定有政府的人在指使。我的意思是说，还有什么比这件事情更能挑起公众对美国的仇恨呢？他们完全有可能秘密计划好了一切细节，伪造了现场，并杀害了釜本夫妇和那个美军士兵，让人们误以为宏也被暗杀了。

我：这完全说不通。上等兵杰克·华莱士是个帕姆信徒，因此他完全有动机去谋杀宏。他们又怎么可能笼络他来参与这样的一个暗杀计划？

丹尼尔：嘿，你不要冲我发火呀。我只是在给你转述流言的内容而已。我也不知道该怎么解释，也许他们事先知道了美军士兵的谋杀计划，顺水推舟地嫁祸于他也说不定。对于这些人来说，窃取别人的邮件并不是件难事。

我： 但有目击证人说，她看到了千代子抱着宏的尸体跑出来呀。

丹尼尔： 没错。但是你有没有看过柳田建二为宏做的那个分身机器人？除非你离得很近去观察他们，否则它和宏本人简直是难分彼此。

我： 等一等……那是不是意味着，千代子也有可能参与其中？

丹尼尔： 有可能。

我： 就算你说的是真的，那么千代子怎么会允许他们谋杀自己的父母呢……这又是为什么呢？

丹尼尔： 谁知道呢？也许是为了钱吧。有了这笔钱，她和宏就可以远走高飞，过上无忧无虑的生活了？可怜的龙只不过是一个替死鬼而已，最终惨死在森林里。

我： 你知道我听说过多少个类似的推论吗？

丹尼尔： 肯定很多吧。就像我之前说的，这全部都是胡说八道。

我：你调查过吗？

丹尼尔：我曾经简单地调查过，但没有什么重大发现。你知道现在的媒体有多厉害，如果有蛛丝马迹的话，一定早就被公之于众了。

我：柳田建二来认领过宏的尸体了吗？

丹尼尔：那又能怎么样？

我：如果说有谁还能知道事实真相的话，一定就是他了。你说他会愿意和我说实话吗？

丹尼尔：（笑着）绝对不可能的。你不要再去想那些流言飞语了，这个孩子肯定已经死了。

我：那柳田建二现在还住在大阪吗？

丹尼尔：据说，他被那群“宏迷会”的人奉为了领袖。但是他不堪其扰，果断从大学里辞了职。现在他可能已经更名改姓地搬到东京去了。

我：你能帮我找找他吗？

丹尼尔：你知道有多少人想要采访柳田建二，却一个个都吃了闭门羹吗？

我：但我手里有他们没有的材料。

丹尼尔：是什么？

我并没有把实话告诉丹尼尔，因为我已经把那些材料当做了自己找柳田建二的王牌之一。当然，这也有可能会打水漂。

我知道你在想什么。你肯定在想，我之所以没有对丹尼尔实话实说，是因为这是我的独家信息，我一定要好好地利用它。再不济，这些曝料还能用作自己的新书呢。但是，萨姆，我真的不打算那么做。

接下来的几周，我一直都无所事事。穷凶极恶的末日论者还企图在圣殿山上的一座清真寺里防火，以便在“被提”的路上快人一步。消息一出便震惊了世界。我可不会傻傻地在这个风口浪尖上飞到亚洲去，充当第三次世界大战的炮灰。

与此同时，从美国传来的消息一样令人沮丧。虽然我很久都不问世事了，但是来自对岸的报道还是铺天盖地席卷而来。据说，针对同性恋青年的袭击事件发生频率还在不断攀升，而大量的生殖健康门诊也被迫关闭，互联网上的信息传播被实施了管制，理性联盟等组织的领导人也被所谓的国家安全法律禁锢了手脚。在英国其实也有许多反美人士。一方面，英国正在逐渐与雷纳德的统治势力划清界限；另一方面，移民观察机构正计划要阻止美国移民大量涌入英国境内。当然，我也一直在担心你的安危。每逢佳节，这份思念就会更重一点（我就不抱怨感恩节时自己是如何孤零零地在冰冷的公寓里喝着外卖冷汤了）。当那群英国名人也成为了美国“拯救我们的人权法案”运动的中流砥柱时，我不由得又想到了你，因为这样的事肯定会引发你愤世嫉俗的一面的。看来，多少个网络视频和在线歌曲都无法改变那些认为道德才能够拯救人心的人的信念了。

可我就是无法释怀。

我一直都记得埃斯曾叮嘱我说，行动要快，不要拖拖拉拉的。于是，我在十二月初的某一天又给丹尼尔打了个电话（好吧，我承认那天自己有点微醺），并告诉他我准备到东京去，需要他的帮忙。他以为我疯了，因为所有在日旅居的西方人的生活和安全都已经受到了很大的影响。日本方面甚至公开表示，他们不欢迎西方人来日。丹尼尔本身是日本混血儿，但连他本人的工作合约都被取消了，看来这场运动的杀伤力确实不小。就算我现在持有的是英国护照，根据规定也还是需要获得一张旅日的有效签证，并找到一名日本公民来做我的担保人和代表。丹尼尔很不情愿地答应会帮我找一位朋友来帮忙。

同时，我也联系到了建二的老朋友帕斯卡尔·德·拉·克罗瓦博士，央求他帮我联系建二。为了达到这个目的，我向他透露了自己刚刚获得了有关太阳航空空难事故的一些新材料，因此急需告诉健二。我还告诉他，自己专程飞到东京去就是为了能够见他一面。帕斯卡尔当然也并不情愿帮我这个忙，但他最终还是给建二发了一封邮件，并要求我答应他不得将此次会面的内容发表出来。

从那以后，我每天都要查阅我的收件箱不下五十次，满心期待着能够收到建二的回复。但是时间一天天过去了，除了一些攻击性邮件和垃圾邮件之外，我什么也没有收到。

可是就在我获得日本签证的那一天，建二回信了。信中除了一个地址之外，什么也没有。

我立即买了一张飞往东京的机票，并将它作为生日礼物送给了自己。幸亏由于燃料限制的缘故，燃油费大幅度地下降，为我此行省下了一笔不小的费用。

萨姆，不瞒你说，在启程前我好好深刻反省了一下自己。我到底在做什么？继续调查下去的话，我不就变得和那些末日论者和阴谋论者一样疯狂了吗？就算是在我追问下，柳田建二最终承认了宏还活着，而且他和其他的幸存儿一样，被末日骑士附了身，或是他们都是精神不正常的外星人，那又能怎么样呢？我是否真的有责任要把事实"公之于众"呢？就算是我公开了真相，又能改变些什么呢？看看肯尼斯·欧杜华的丑闻事件就知道，尽管他的DNA检测结果最终被证明是虚假的，但是这不并妨碍上百万人听信伦德博士的话，相信"第四个骑士的隐世也许是上帝的旨意"的鬼话。

飞往东京的航班简直是一场噩梦。我甚至在飞机起飞前就开始像帕米拉·梅·唐纳德当初那样心神不宁了。我一直在想象她在飞机坠毁之前那几分钟时间内都在想些什么，自己也不由得开始打起了遗书的腹稿，以防自己的飞机也会遭遇不测。不过，机上的其他乘客似乎并没有被我的紧张情绪所感染。他们中90%的人都来自英国或者是北欧，而且大部分人在上飞机前就已经昏昏欲睡了。坐在我身旁的是一个电脑专家，他此行去东京是为了解散IBM在六本木的分公司。一路上，他为我讲述了到达东京以后的注意事项。“你看，虽然他们不会公然对你表示敌意，但你最好还是留在六本木和六本木山的西方人聚居地比较安全。那地方不错，有很多酒吧。”他一边说着一边将自己杯中的双料威士忌一饮而尽，满口酒气地靠到我身边继续说道：“不管怎么说，谁愿意跟日本人打交道呢？如果你喜欢的话，我可以带你到处逛逛。”我委婉地拒绝了。感谢上帝，他不久便也昏睡了过去。

飞机降落在成田机场之后，机上所有的乘客都被送到了一个特殊的等候区，并有专人仔仔细细地查验我们的护照和签证。接下来，所有人又被簇拥着登上了几辆大巴。起初，我并没有在沿途的景象中看出日本经济衰退的迹象来。可当车子驶上了一座通往市中心的大桥时，我突然发现路边的广告牌、告示牌甚至是东京铁塔上的灯都是半明半暗的。

第二天，我在酒店里与丹尼尔见了面。他仔仔细细地帮我写下了如何到达建二位于神田区的住址。由于建二所居住的地方地处老城区，而且已经不属于西方人准入的区域了，因此丹尼尔建议我把自己的头发包起来，并戴上眼镜和口罩。虽然我觉得这么做有点太夸张了，但他还是坚持己见，说这么做是为了防止我惹上任何的麻烦，还叮嘱我一定不要引起别人的注意。

萨姆，我真的好累，但还有很多事情在等着我去做。天已经蒙蒙亮了，可我还有一件事没有写完。我昨天去见了柳田建二，但还没来得及将我们之间的对话整理出来。我想你会在正式定稿里看到对话内容的。

要是没有丹尼尔的指导，我肯定就要迷路了。和六本木地区的西式建筑风格相比，神田地区错综复杂的地形简直就像是一座迷宫。在纵横交错的小街道上，布满了小吃店、迷你书屋和烟雾缭绕的小咖啡馆，每一间里面都挤满了穿着黑色西装的上班族。我根据丹尼尔给我的地图拐进了一条小巷子里，在一间售卖鱼干的小店隔壁停了下来。在仔细核对过门口标牌上的日文字牌后，我提心吊胆地按下了电铃。

“你好。”一个男人的声音从门禁的喇叭里传了出来。

“请问是柳田建二吗？”

“是的。你有什么事吗？”

“我叫埃尔斯佩思·马丁斯。我是通过帕斯卡尔和您联系的。”

不一会儿，门就咔哒一声开了。

我走进了充满霉味的大厅，并沿着一条短短的阶梯爬了上去，走到一扇虚掩着的大门外。推开门后，出现在我眼前的是一间杂乱的作坊，屋子中间站着一小群人。一番仔细分辨之后，我惊讶地发现那些并不是人类，而是分身机器人。

我数了数，屋中间一共有六个机器人，其中有两男三女，还有一个小孩（真是让人毛骨悚然）。这些机器人站在一排架子上，卤素灯在他们光滑的肌肤和闪亮的眼睛上反射出了一道道光亮。在一个昏暗的角落里，还有几个机器人正坐在塑料椅或扶手椅上，其中甚至还有一个机器人像人类一样跷着二郎腿。

建二从一张布满了线路、电脑屏幕和焊接设备的工作台后面走了出来，看上去比出现在网络视频上的他要老上十多岁，而且更加消瘦些。他的眼睛周围布满了皱纹，高高的双颊像骷髅一样突出。

他并没有向我打招呼，而是直接问道：“你有什么消息可以告诉我？”

我将埃斯的供述告诉了他，并递给他一份脚本复印件。他面无表情地看了一遍，然后就把脚本折起来塞进了口袋里。“你为什么要告诉我这些？”

“我觉得你有权利知道事情的真相，因为你的妻儿都在那架飞机上。”

“谢谢你。”

他直愣愣地看了我几秒，让我觉得自己仿佛要被他看透了似的。

我伸手指了指那些分身机器人，问道：“你在这里做什么？这些是给‘宏迷会’的人做的吗？”

他愁眉苦脸地说：“当然不是。我是在给别人做分身机器人。他们大多数都是韩国人，在空难事故中也失去了自己的至爱亲朋。”他说着，眼神飘向了长椅上的一排蜡质面具。

“就像是你给宏做的那个机器人一样吗？”我的问话似乎吓了他一跳（这又怎么能怪他呢，任何经历过这种事情的人都会对逝者的名字感到很敏感的）。“柳田先生……你的儿子，宏……被杀之后，你去认领过他的尸体吗？”

我本以为自己鲁莽的问题会引来他一顿劈头盖脸的臭骂，但他却异常平静地回答说：“去了。”

“很抱歉这么问您……因为外界有很多传闻，说宏实际上没有……他可能还……”

“我的儿子确实死了。我看到他的尸体了。你是不是就想知道这些？”

“那千代子呢？”

“这就是你来找我的原因吗？你想知道有关宏和千代子的事情？”

“没错。但是那脚本——肯定是真的。你可以相信我。”

“你为什么想知道千代子的事情？”

我决定把实话说出来。不过我猜他对此一定是满不在乎的。“我正在跟踪调查一些有关三个幸存儿的新线索。是它们引导着我找到您的。”

“我帮不了你。请你离开吧。”

“柳田先生，我花了很长时间才来到日本找您的。”

“你为什么就不能接受现实呢？”

从他的眼神中，我能够看到一种深深的悲伤之情。说实话，我确实对他逼问得太紧了，连我自己都为自己的行为感到不齿。正当我准备转身离开时，突然看到在一个黑暗的角落里，某个身形肥胖的机器人背后，半掩着一个穿着白色和服的女性机器人。她是这群机器人里唯一一个在呼吸的。“柳田先生……那是您妻子的分身机器人裕美吗？”

在一阵长久的沉默后，他终于应了一声：“是的。”

“她真美。”

“是呀。”

“柳田先生，她有没有……留下什么遗言？”我不禁问道。

“森林。她在森林里。”

刚听到这句话时，我本以为他在说自己的妻子。可我转念一想，突然明白了些什么。“她？您是指千代子吗？”

“是的。”

“森林？是青木原森林吗？”

他微微点了点头。

“她在森林里的什么地方？”

“我不知道。”

至此，我也不打算再追问下去了，于是便向他话别：“谢谢您，柳田先生。”

正当我迈步走下楼梯时，他突然喊了一句：“等一下。”我转过身去看着他。他脸上的表情依旧和身旁的分身机器人一样冷漠。只听他小声说道：“裕美在她的遗言里说，宏已经死了。”

这就是我此行的全部收获。我不知道建二为什么要把他妻子的遗言内容告诉我。也许他是为了感谢我把脚本送给他的原因。也许，他和埃斯一样，觉得再把这个秘密保守下去也没有任何的意义了。

也许，他在撒谎。

我现在最好赶紧把这封信给发出去。这里的无线网信号很糟糕，必须要到楼下的大厅里才能够连接到稳定的信号。森林里越来越冷了，已经开始下雪了。

萨姆，我知道你可能读不到这封邮件了。但是，我只是想告诉你，做完这件事之后我就会回到纽约去，回到你身边去。我不会再逃跑了。我希望你能够在家里等着我，萨姆。

我爱你。

艾丽

故事是这样结束的

可是门突然开了。

一个穿着脏兮兮的粉色和服的胖女人出现在了门口……

他们是不是真的死了?

他们应该是玩腻了。

他们总是这样。

不过他们也知道结局会是什么样子的。

埃尔斯佩思“墨镜加口罩”的伪装在乡下似乎同样有效。到目前为止，她身旁的乘客都没有人多看她一眼。她在一个名为大月的车站下了车。这里看上去破破烂烂的，仍然是上世纪五十年代的样子。一个穿着制服的人冲着她喊了一句，吓得她不禁打了个寒战。但她很快就意识到，那个人只是想让她出示车票而已。她点了点头，顺手把票递给了那个人。只见他挥了挥手，示意她到临近站台去坐另一辆陈旧的火车。不久，火车汽笛便响了起来。她懒洋洋地靠在座位上，感受着火车一颤一颤地向前抖动，最终轰隆轰隆地开了起来。窗外，雪花正在不停地飘落，很快便洒满了沿途那些倾斜的屋顶，湮没了四周贫瘠的土地。冷冰冰的空气不时地从车体的裂缝中钻进来。她暗暗提醒着自己，距离火车的终点站河口湖还有十四站。

她专心致志地听着火车轱辘和轨道碰撞时发出的隆隆声，试着不去想自己即将要去的地方。火车在停靠第三站时，一个满脸皱纹、衣衫满是褶皱的男子登上了她所在的车厢，并选择坐在了她的对面。这一举动不禁让她紧张了起来，默默地祈祷着他不要和自己说话。只见他清了清嗓子，从一个很大的购物袋里拿出了一包类似海苔卷的东西。他取了一个放进自己的嘴里，并把剩下的一包顺手举到了她的面前。她觉得自己若是拒绝恐怕会显得很不礼貌，于是低声用日语说了一句“谢谢”，然后从里面拿了一块出来。咬了一口之后她发现，海苔里包裹的并不是米饭，而是一种淡甜的脆皮糖果。于是，她小口小口地慢慢吃着，以防他再请她吃第二块（这时候她已经有点晕车了）。不一会儿，她慢慢低下了头，佯装睡着了。可是实际上，她一直都很清醒。

当她再次抬起头来望向窗外时，顿时被沿途的一个巨大的过山车轨道给吓了一跳，那高耸的轨道上还挂着一条条的冰柱。这肯定就是丹尼尔提起过的被废弃的富士山乐园了。远处，一座恐龙雕像正突兀地立在园区中央。

最后一站了。

坐在她对面的那个男人在下车前给了她一个灿烂的微笑，这让她不由得为自己之前装睡的行为感到很内疚。她犹豫了一下，跟着那个男人跨过铁轨，走进了荒无人烟的车站。这间车站是全木质结构的，四壁都是由松树树干搭建的，看上去似乎更适合矗立在阿尔卑斯山的某处滑雪胜地里。一阵手风琴的音乐声带领着她走到了火车站前的广场上。她右手边的旅游问询台不知为何看上去散发着一种阴森的气息。放眼望去，广场的公车站旁边只有一辆出租车在等候客人，一股白色的尾气缓缓地从车尾升了起来。

她从兜里掏出丹尼尔帮她写好的目的地的纸条，并用它包裹着一张一千日元的钞票递给了出租车司机。司机冷漠地瞟了一眼纸条上的地址，点了点头，随即把钱塞进了夹克衫的口袋里，然后直直地望向了远方。出租车里弥漫着一股浓重的香烟味道。她不禁想到，这位司机曾经搭载过多少轻生的乘客到那片森林里去呢？他明知道这些人此行必然是有去无回，又为什么还要带他们去送死呢？还没等她系上安全带，司机便一踩油门把车子开动了起来。半路上，车子经过了一座废弃的村庄，沿街的商店都被人用木板封了起来，连加油站也是大门紧锁。整个过程中唯一与他们擦肩而过的，便是一辆空空如也的校车。

没过几分钟，车子便开上了广阔湖面旁边的一条湖滨小路。出租车司机每次拐弯的时候都没有任何要减速的意思，这使得埃尔斯佩思不得不抓紧了门把手，生怕自己会在下一个路口被车子甩出去。看起来，这位司机和她一样，想要尽快地结束这段旅程。此时，一间巨大的庙宇映入了她的眼帘，门口的一大片墓碑让她触目惊心。不远处，几艘被遗弃的独木舟停泊在湖边，旁边则是几处堆满积雪的假日小木屋。慢慢地，富士山的身影逐渐地清晰起来，山顶上似乎是烟雾弥漫。

车子渐渐驶离了湖区，开上了一条荒无人烟的高速公路。突然，司机一个急转将车子拐上了一条铺满冰雪的蜿蜒小路。埃尔斯佩思眼前骤然出现了一片黑压压的森林。她凭借着满地的火山岩地貌判断，这里应该就是青木原森林了。车子还在飞驰着，路边不时会出现几辆被废弃的小轿车。在其中一辆小轿车里，埃尔斯佩思隐约看到方向盘后面趴着一个人形的黑影。

出租车司机一个急刹车便把车子停在了一个停车场上。车子对面有一间挂着百叶窗的建筑，里面反复用日语播放着一段录音。司机伸手指了指人行道上的一块木牌，示意她前方就是森林的入口了。

在入口处似乎也停着几辆汽车。

她之后要怎么回到火车站去呢？虽然路对面有一个公车站，但是谁知道那条公交线路是否还在运行呢。

出租车司机不耐烦地敲着方向盘。

埃尔斯佩思无奈之下只得试着和他交流：“嗯……你知道我在哪里能够找到釜本千代子吗？她就住在这附近。”

司机摇了摇头，又冲着森林的方向指了指。

现在该怎么办才好呢？她到底想要找到些什么呢？难道说千代子会坐着加长礼车来亲自迎接她吗？她真应该听丹尼尔的话，不要到这里来。这就是一个错误。但是既然她已经来了，如果不试试看就灰头土脸地回到东京去的话，该有多丢脸呀。她知道，这附近一定会有村庄，于是她决定如果等不到公车就徒步到最近的村子里去过夜。她小声用日语向司机说了一句谢谢，但是那个司机一点反应都没有，并且在她关上门的一瞬间便踩下油门开走了。

她在原地愣了好一会儿，直到四周彻底安静下来才回过神来。她转过头去望了望黑暗的森林入口。那里会不会有饥饿的灵魂想要引诱她去送死呢？她想，不管怎么样，应该是只有那些脆弱而绝望的人才会被它们盯上吧。她既不脆弱也不绝望，怎么会有危险呢？

太荒谬了。

她试着不朝路边停放的那些车里望去，绕过一些沙堆，向楼前的一个环形小山坡走去。走近之后，她发现坡上有几个为空难遇难者建造的小祭坛，于是便伸手拨开了其中一个祭坛上的冰霜，只见里面是一块木制的墓碑。在墓碑后方不远处，一个类似西式十字架形状的东西引起了她的注意。埃尔斯佩思走过去，用手拂去了上面的积雪。从十字架上融化的冰雪顿时浸透了她的手套，上面写道“永怀帕米拉·梅·唐纳德”。她不由得想到，这里会不会也有濑户机长的牌位呢？虽然证据显示他与空难事故并无关联，但很多乘客的家属还是将事发原因怪罪在了他的头上。也许这其中真的有什么隐情呢？

突然，一阵叫声吓了她一跳。她转过身去，只见大楼的背后出现了一个穿着亮红色防风夹克的人影，并且一边喊着一边朝她走了过来。

她的周围已经无处可躲了。于是她顺手摘掉了墨镜，眼睛一下子被亮光刺得生疼。

那个男人犹豫了一下，用英语问道：“你来这里做什么？”他的英语中似乎掺杂着一丝加利福尼亚的口音。

“我是来参拜这些祭坛的。”她撒了个谎，但是实际上她也不知道自己是来做什么的。

“为什么？”

“我很好奇而已。”

“现在几乎没有西方人会到这里来了。”

“我知道。嗯……你的英语很好。”

他突然大笑起来，露出了一口凌乱的牙齿，嘴里还含着一块口香糖。“我是很多年前从广播里学的英语。”

“你是森林的管理员吗？”

他皱了皱眉头。“我听不懂你说什么。”

她指了指那栋破烂不堪的房子。“你就住在这里吗？是专门看护这片森林的吗？”

“啊！”他对她露齿一笑，“没错，我就住在这里。”她突然想到，眼前的这个人不会就是曾救过宏、并发现了龙的遗体的宫岛先生吧？那也太凑巧了，不是吗？“我经常到森林里去搜寻自杀者留下的东西，然后拿到外面去卖。”

埃尔斯佩思的双颊因为寒冷而不断颤抖着，眼睛里也是泪汪汪的。她试着跺了跺脚，但是还是感觉冷风刺骨。“这里常有人来吗？”她冲着停车场上的那些车子点了点头。

“是的。你也要进去吗？”

“到森林里去？”

“这里距离飞机坠毁的地方还有很远一段路程。但是我可以带你去。你身上有钱吗？”

“你要多少？”

“五千日元。”

她把手伸进口袋里去，掏出了一张纸币递给他。她不由得问自己，你真的想这么做吗？答案似乎是肯定的。但这并不是她来到这里的真正目的。她本可以直接问问他知不知道千代子的下落的，但是……既然她已经不远万里地来到了这里，何不去森林里面走走呢。

那个男子转过身去开始大步流星地朝森林的方向走去，埃尔斯佩思赶忙紧随其后。他的双腿已经站不直了，看上去至少比她要大上三十岁左右。但是他整个人却像个二十几岁的小伙子一样充满了活力。

他取下了拦在人行道上的一条锁链，然后绕过了一块斑驳的木牌。周围的树木上不时地会洒下些雪花来，钻进她的脖子里去。周围安静得让她几乎能够听到自己的呼吸声。这时，男子走下了主路，开始向森林里的一条岔路走去。埃尔斯佩思犹豫了一下。除了丹尼尔之外，这个世界上再没有第二个人知道她在这里了（萨姆可能也没有看到她今天早上发的邮件），而且他几天之后就要离开日本了。所以说，如果她现在遇到什么麻烦的话，肯定只有死路一条了。她赶紧翻出了自己的手机，却发现在这里根本就收不到任何信号。于是，她又开始想办法在四周做上些记号，以便自己能够找到返回停车场的路。但是，没过几分钟，她就被无边无际的树海包围了。令她感到惊讶的是，这片森林并没有她想象的那么阴森恐怖。事实上，这里的景色甚至还有几分迷人呢。森林上空成群的树冠不时会遮蔽住天空，并在地上投射出一个个黑色的影子，而周围树干底部盘踞着的多瘤形树根看上去也十分新奇。不过，在曾来此地参与过救援行动的美军士兵萨缪尔·霍克米尔眼里，这里可不是什么好地方。

她一边跟在男子身后踏着冰雪赶路，一边不断地暗暗感叹着，这就是一系列噩梦的始发地。从这里开始接连发生的几起坠机事故并没有因为几个孩子的幸存而引起什么关注，却因一个遇难的得州主妇而受到了全世界的瞩目。

男子突然停住了脚步，并向右边走去。埃尔斯佩思犹豫了一下，不知道他为何突然改变了方向。他并没有走太远便停下来了。她小心翼翼地探身过去查看，赫然发现雪地中有一个深蓝色的影子。那是一个人影蜷缩在一棵大树的脚下，隐约可见一根断掉的绳子还挂在上空的树枝上。

只见引路的男子蹲下身去，开始在那个死者的深蓝色防风服口袋里摸索着。尸体的头低垂着，因此她无法看清楚那是个男人还是个女人。而尸体旁边的背包是半开着的，露出了一部手机和几本像是日记本似的东西。死者的双手已经被冻得发蓝了，同样卷曲着，指尖煞白煞白的。她一下子恶心得快要把火车上吃的糖果都吐出来了。

埃尔斯佩思仔仔细细地端详了一阵子那具尸体，脑中一片空白。突然间，一阵突如其来的反胃感冲上了她的嘴边，她抱着旁边的一棵大树猛地干呕了起来。过了好一阵子，她才喘上气来，伸手擦了擦眼睛。

“你看到了吧？”男子认真地说道，“我觉得这个人应该已经死了两天了。上周，我一共找到了五具尸体，其中还有两对是情侣呢。这里常有一起来殉情的人。”

埃尔斯佩思浑身颤抖着问："那你怎么处理这具尸体？"

他耸了耸肩。"他们一般只有在天气暖和点的时候才会来这里收尸。"

"那他的家人怎么办？他们也许正在寻找他的下落呢。"

"不可能。"

他说完便把死者的手机塞到了自己的兜里，继续大步向前走去。

眼前的这一幕让埃尔斯佩思的内心受到了强烈的刺激，她再也不忍心继续跟着他走下去了。

"等等。"她喊道，"我其实是来找一个人的。她叫釜本千代子，是个小女孩，就住在这森林附近。"那个男子听到后停下了脚步，但并没有转过身来。"你知道她住在哪里吗？"

"我知道。"

"你能带我去见她吗？我可以付你钱。"

"多少钱？"

"你想要多少钱？"

他的肩膀松了下来，对她说了一句："跟我来。"

她给他让出了一条路，然后跟着他往停车场的方向走去，再也没有回头看那具尸体一眼。

埃尔斯佩思在试图跟上男子的过程中，不小心踩到了一片冰面，差点还摔了一跤。

回到停车场后，男子一溜烟钻进了房子的后门。不一会儿，她便听到里面传来了一阵发动机的轰鸣声。

只见男子将一辆汽车从后门倒了出来，从车窗里对她吆喝道："上车。”她明显感觉到自己刚才似乎冒犯到了这个男子，但又不知道是因为自己拒绝去看坠机现场，还是因为自己提到了千代子。

趁他还没有改主意，埃尔斯佩思飞快地跳上了车。他很快便驾车驶离了停车场，像刚才的那个出租车司机一样飞快地在冰雪交加的路上奔驰了起来。看样子，他是一直在绕着森林的边缘开。突然间，在一个转弯后，她的眼前出现了几座落满了积雪的小木屋。

车子开始减速了，慢慢地驶过了几间破损的平房门口。她注意到，沿路有一台生锈的自动贩卖机，一辆儿童三轮车，还有一堆结了冰的木条。正当车子驶近村口时，男子将车子向森林的方向倒了几步，开到了一条十分隐蔽的小路上。路面上似乎从来都没有人踩过，一层积雪完好无损地铺在地上。

“这里有人住吗？”

男子没有回答他的话，只是径直向一个小山坡上开去，最后停在了森林边缘的一个破旧的建筑旁边。要不是门口还有一条摇摇欲坠的门廊，整座房子看起来和常见的路边木棚并无两样。“这就是你想要来的地方。”

“千代子就住在这里吗？”

男子舔了舔自己的牙齿，直直地望着前方。埃尔斯佩思脱掉湿乎乎的手套，开始在兜里翻找身上所剩的现金。“谢谢。”她用日语说道，“如果我需要找人带我回去的话……”

“赶紧走吧。”

“我有什么地方冒犯了你吗？”

“没有。我只是不喜欢这个地方而已。”

这话居然是从一个盗取死人遗物的人嘴里说出来的。埃尔斯佩思不禁又打了一个寒战。男子收了钱之后便催促她赶紧下车。她站在原地，望着他的车在一阵黑烟中缓缓地开走了，压抑着自己心中那股想要让他等一下的欲望。很快，车子便消失在了她的视线中，四周又恢复了原来的死寂。她隐约觉得背后有人在盯着她看。

她艰难地爬上了那座木屋门口的门廊，注意到门口的地板上还散落着一些烟灰。这是有人在此生活的迹象。她敲了敲门，感觉自己的嗓子就快要冒烟了。这么多年来，这是她第一次想要抽上一支烟。没有人应门。她又敲了敲门，心想如果这次还没有人来应门的话，她就要想办法赶紧离开这里。

可是门突然开了。一个穿着脏兮兮的粉色和服的胖女人出现在了门口。埃尔斯佩思开始努力地将眼前的这个人和自己在照片上看到过的千代子联系在一起。可是她记忆中的千代子应该是一个冷漠清高的少女呀。于是，她望着她那双似曾相识的眼睛，小心翼翼地问道："你是千代子吗？釜本千代子？"

眼前的女子脸上露出了一丝微笑，并朝她微微鞠了一躬，说道："请进吧。"她的英语听上去没有一丝瑕疵，和刚才为她带路的那个男子一样，甚至还夹杂着几分美国口音。

埃尔斯佩思将信将疑地随她走进了这间狭小的屋子。即便是在屋子里，她也没有感受到一丝的温暖。冷风还在不断地从地板缝里钻上来，冻得她的腿脚都要僵硬了。她脱下靴子，将它们顺手放在了鞋柜上一双血红色高跟鞋和几双拖鞋的旁边。

穿过一道门后，女子（埃尔斯佩思现在还不能确定她是否就是千

代子）招呼着她进了里屋。只见里屋的空间比外面看起来更加局促，一个短短的走廊将房子分成了两个部分，而正对着门不远的地方，则是一间小小的厨房。

埃尔斯佩思跟着女子走进了位于左手边的一间四四方方的昏暗房间里，只见地上铺着几块破烂的榻榻米草席。屋子正中间摆着一张脏兮兮的矮桌，四周还散落着几个掉了色的坐垫。

“坐吧。”女子指着其中的一个坐垫说，“我给你倒点茶来。”

埃尔斯佩思听话地坐下来。这里似乎比外面要暖和一些，空气中弥漫着淡淡的鱼腥味。面前的桌子上还隐约可见蘸料的污渍和几颗米粒。

不一会儿，她仿佛听到了一阵低语，紧接着传来了一个孩子咯咯发笑的声音。

女子很快便回来了，手里还端着一个托盘，上面摆着一个茶壶和两个圆形的茶杯。她把手里的东西放在了桌子上，优雅地蹲坐在了桌子旁，然后为埃尔斯佩思斟了一杯茶。

“你就是千代子吗？”

她得意地笑了一下，回答道：“是的。”

“你和龙之间……到底发生了什么事情？他们在森林里找到了你的鞋子。”

“你知道为什么人在死之前都得脱掉自己的鞋子吗？”

“不知道。”

“这样你来生就能投胎到一个富贵人家了。这就是为什么有那么多的鬼魂都没有脚了。”她咯咯地笑了一下。

埃尔斯佩思喝了一口茶，感觉茶水不仅是冰凉的，而且还有几丝苦涩。于是，她又强迫自己喝了一口，差一点没吐出来。“你为什么要搬到这里来？”

“我喜欢这里。不时还会有人来看望我。他们中有一些人是在去森林里自杀之前特意来此看望我的。特别是那些殉情的情侣，都以为自己的感情是坚贞不屈、永世不会被人遗忘的。可是谁又会在乎他们呢？很多人常常会问我自己到底应不应该去死。”千代子冲着埃尔斯佩思斜着眼诡异地笑了一下，“我都会给他们一个肯定的答案。有些人甚至还会给我送来食物和木柴，就好像我这里是一座庙似的。他们还为我写过书、写过歌，甚至还出过一系列的漫画书。这些你都看过吗？”

“我看过一些。”

她点了点头，做了个鬼脸。“哦对。你在你的书里提到过。”

“你知道我是谁？”

“当然。”

突然间，另一个房间里传来了一声尖叫，埃尔斯佩思吓得一下子就从地上蹦了起来。“那是什么声音？”

千代子叹了口气，说：“那是宏。是该喂他吃饭的时候了。”

“什么？”

“他是龙的孩子。我们之间只做过一次那件事。”她又不好意思地咯咯笑了一下。

“不过那一次并不是很令人满意。他当时还是个处男。”

埃尔斯佩思本来打算等着千代子起身去喂孩子，但她看上去并无此意。“那龙后来知道自己要当爸爸了吗？”

“不知道。”

“那他们在森林里发现的是他的尸体吗？”

“是的。可怜的龙。他只不过是一个无缘无故被牵扯进来的宅男而已。我已经帮他得到了他想要的东西。你想要我给你讲讲事情的来龙去脉吗？这可是个很好的故事，你甚至可以为它写本书呢。”

“请讲。”

“他说，他会一直跟着我走到天涯海角去。当我告诉他，我想自杀的时候，他也毅然决然地表示要陪我一起殉情。你知道吗，在认识我之前，他曾经加入过一个网络自杀小组。”

“我不知道。”

“没人知道这事。其实，这是在他遇见我之前的事情。可是他一直都下不了决心去死。他需要有人来推他一把。”

“所以你就决定要推他一把。”

她耸了耸肩。“我其实也没有费太大的劲。”

“那你呢？你也试图自杀来着，不是吗？”

千代子笑着，伸手把衣服的袖子卷了起来。只见她的手腕和前臂上没有丝毫伤痕。“当然没有。那些都是别人瞎说的。你有没有过这种感觉？这种想死的感觉？”

“有过。”

“每个人都曾有过想死的感觉。但是恐惧让很多人最后都放弃了这个念头。那是一种对未知事物的恐惧。一种由于对死后世界不确定性而产生的恐惧。不过，实际上根本就不用害怕。一切总是在不断地轮回的。”

“什么总是在轮回？”

“生命。死亡。宏和我经常谈论这件事情。”

“你是说你的儿子宏吗？”

千代子冷笑了起来。“怎么可能呢。他只是个婴儿而已。我说的当然是另一个宏了。”

“柳田宏？”

“没错。你想和他说话吗？”

“宏怎么会在这里？他不是已经被那个美军士兵开枪打死了吗？”

“是吗？”千代子站起身来，“来吧。你肯定有很多问题想问他。”

埃尔斯佩思也站了起来，感觉自己的大腿肌肉因为长时间蹲在地板上而感到格外酸痛。她的视线有点模糊，五脏六腑像是被搅在了一起一样，她一时间甚至怀疑千代子是不是在她的茶里下了什么药。千代子肯定是疯了，而且如果刚才所说的有关龙和其他自杀者的事情都是真的，她肯定是个危险人物。埃尔斯佩思又想起了刚才那个指路人脸上险恶的表情。这时，她猛地掐了一下自己的左胳膊，让自己不要昏过去。她一定是累坏了，有一种头重脚轻的感觉。

她跟着千代子跨过走廊，走进了另一个房间。

“进来吧。”千代子边说边推开了房门，让埃尔斯佩思进来。屋子里一片漆黑，墙上的木制百叶窗也关着。她努力地眯起眼睛，隐约看到房间左边有一张婴儿床，而另一侧的窗户下面则有一张蒲团，上面堆着几个枕头。这间屋子里的鱼腥味更重了。这让她不由得想起了保罗·克拉多克形容自己哥哥的鬼魂时讲到的事情，因而打了个哆嗦。

千代子从婴儿床抱出了一个孩子，那个孩子顺势一下子搂住了她的脖子。

“我记得你刚才说，宏也在这里？”

“没错。”

千代子把孩子背到背上，伸手打开了一扇百叶窗，让外面的光线透了进来。

埃尔斯佩思错了，那蒲团上的根本就不是枕头，而是一个靠在墙边，劈着腿的机器人。

“你们两个自己聊吧。”千代子说道。

埃尔斯佩思什么话也没有说，只是呆呆地望着柳田宏的机器人。突然间，机器人的眼皮缓慢地眨了一下，让人一看便知它和真实的人类之间还是有些差别的。它的皮肤上有几道划痕，身上的衣服也是破破烂烂的。

“你好。”机器人的身体里发出了一个孩子般的声音，吓了埃尔斯佩思一跳。“你好。”它又说了一遍。

“你就是宏吗？”埃尔斯佩思问道，心里想着自己一定是疯了，居然大老远跑到日本来，为的就是和一个机器人说话。

“是的。就是我。”

“我可以和你说话吗？”

“你现在不就是在和我说话吗？”

埃尔斯佩思又向前迈了一步，只见它黯淡无光的脸上有几滴棕色的液体，很像是干涸的血迹。“你到底是什么人？”

机器人懒洋洋地回答道：“我就是我呀。”

埃尔斯佩思的心里突然又产生了一种疏离感，就像是她当初身处柳田建二家感受到的一样。她的脑子里一片空白，根本不知道该问些什么了。“你到底是怎么从空难中生还的？”

“这是我们自己的选择。不过有的时候我们也会犯错误。”

“那杰西卡和鲍比呢？他们又是什么人？他们是不是真的死了？”

“他们应该是玩腻了。他们总是这样。不过他们也知道结局会是什么样子的。”

“什么结局？”机器人又冲着她眨了眨眼睛。在静默了几分钟后，埃尔斯佩思问道：“到底……还有没有第四个幸存的孩子了？”

“没有了。”

“那第四起空难到底是怎么回事呢？”

机器人的头微微地向一边倾斜了一下，回答道：“我们早就知道要选那一天来完成这件事情。”

“什么事情？”

“到地球上来。”

“那……你们为什么要以小孩子的身体示人？”

“我们不总是选择小孩子的身体。”

“你说的是什么意思？”

机器人的头抽动了一下，又打了个哈欠。埃尔斯佩思仿佛觉得它在嘲笑自己，说着：“你自己去想吧，贱人。”接着，它果真张开大嘴，笑了一声。埃尔斯佩思觉得这个机器人说话时的方式似乎很眼熟，就像是她在电视里看到的那样，仿佛是有人在通过摄像机操控它的嘴巴。但是这里是不会有电脑信号的吧。而且，就算是真的有人在控制它，也应该要有信号才对吧？她又拿出了自己的手机查看，发现房间里确实是没有任何的信号。难道说，是千代子在另一个房间里操控着机器人？

“千代子？是你吗？一定是你，对不对？”

分身机器人的胸腔还在起伏呼吸着，但是一句话也没有说。

埃尔斯佩思跑出了房间，还差点因为踩到了地上的榻榻米草席而滑倒。她一把推开了厨房旁边房间的门，发现里面是一间小小的浴室，浴缸里还泡着一些脏兮兮的尿布。她又跑了回去，推开了另一扇门，发现千代子的儿子正躺在地板上，抱着一个黑乎乎的毛绒玩具傻笑着。

于是，她跑回了前门，终于看到千代子正站在门廊上抽着烟。难道是她在这里搞出的名堂吗？埃尔斯佩思也不是很确定，于是便穿上了靴子和她一起站到了门外。

“是你吗，千代子？是你在通过机器人和我说话吗？”

千代子把手里的烟蒂在栏杆上摁灭之后，又点上了一根新的。“你觉得刚才都是我搞的鬼？”

“是的。不是。我不知道。”

阵阵的冷风仍没有让埃尔斯佩思清醒过来，连说话都开始颠三倒四了起来。“好吧……就算刚才不是你。那他们——到底是谁？我是说，三个幸存儿到底是谁？”

“你已经见过宏了。”

“我见到的不过是一个破机器人而已。”

她耸了耸肩。“万物皆有灵性。”

“就是这样而已吗？他就是一个灵魂？”

“可以这么说吧。”

“天哪，你能不能给我个直截了当的答案？”

千代子又朝着埃尔斯佩思无奈地笑了笑，这让她的心中更加恼火了。“那你得问我一个直截了当的问题。”

“好吧……宏——那个真的宏，有没有告诉过你三个幸存儿来到地球上是为了什么，他们又为什么选择了那几个孩子的肉身？”

“如果是他们自己想来地球的话，还需要什么理由吗？食物充足的时候，我们为什么还要去打猎呢？我们又为什么要为了鸡毛蒜皮的小事而杀害彼此呢？他们其实就是为了要来看看事态会怎么发展下去才来的。”

“宏曾经暗示我说，他们很早以前就来过地球。我也从杰西卡·克拉多克的叔叔那里听到过类似的话。”

她再次耸了耸肩。“每个宗教都有属于自己的末日先知。”

“所以呢？这和三个幸存儿重返地球有什么关系？”

“作为一个记者，你的理解力还真是有限。他们先前来的时候有可能就是为了给之后的这些事情埋下伏笔呀。”

埃尔斯佩思反驳道：“不可能。你的意思是说，他们在几千年前来到地球上设计了这一切，就是为了在几千年后再回来看看事情的进展？真是一派胡言。”

“就是这样的。”

埃尔斯佩思已经听不下去，她觉得自己浑身上下都酸痛无比。“那现在该怎么办？”

千代子打了个哈欠，埃尔斯佩思看到她嘴里少了几颗槽牙。千代子用袖子擦了擦自己的嘴巴，说道："你自己看着办吧。你是个记者，而且你也找到自己想要的答案了。现在你赶紧回去把这些真相公之于众吧。写篇文章之类的。"

"你觉得，如果我说自己和一个鬼魂附了身的机器人说了话，他们会相信我吗？"

"愿意相信的人自然会相信。"

"如果他们相信的话，他们会觉得……他们会说……"

"他们会说宏是一个神。"

"他是吗？"

千代子摆了摆手："这又有什么关系呢。"她顺手又在栏杆上按灭了烟蒂，转身走回了屋里。

埃尔斯佩思在门廊上呆呆地站了一会儿，便拉上衣服的拉链，向雪地里走去。

故事是这样开始的

帕米拉·梅·唐纳德侧躺着，

她伸出手来摸索着自己的手机。

“史努基。”她小声念叨着。

其实，

这是她死前说的最后一句话了。

帕米拉·梅·唐纳德侧躺着，望着那个男孩和其他人一起在树上飞来飞去。

“救救我。”她用嘶哑的声音喊道。

她伸出手来摸索着自己的手机。她确定自己之前把它放在了腰包里。快点，快点，快点。她的指尖已经碰到手机了，就快要拿到了……接近了，你可以的……但是她看上去已经……她觉得自己的手指有些不太对劲，很麻木，仿佛已经动弹不得了，就好像它们已经不属于自己了似的。

“史努基。”她小声念叨着。这是她死前说的最后一句话了。

那个男孩绕过盘根错节的树干和飞机的残骸，一蹦一跳地跑到了她的身边，望着她的尸体。此时，她已经死了，还没有来得及录下只言片语便停止了呼吸。所有的遇难者都是这样的。结局都是一样的。

他蹲了下来，用胳膊环抱着膝盖，开始瑟瑟发抖。远处传来了救援直升机的轰鸣声。他总是特别享受自己被吊上直升机的那一刻。

不过，下一次，他要换一种方式了。而此刻他已经有了新的主意。

鸣谢

首先，我要衷心地感谢 A.M 希斯文学经纪公司出色的经纪人奥利·芒森。当初，正是他读到了我的创作大纲，并给予了我充分的肯定，从而改变了我的人生。

其次，我也要衷心地感谢我心目中的“超级英雄”——安妮·佩里对我的耐心指导。作为一个幽默感十足的文字编辑，她不仅给了我一次尝试的机会，还教会了我如何给小说润色，让我向着成为出色作家的目标又迈进了一步。正是因为有了她的帮助，这本书的内容能够变得如此栩栩如生。当然，我也要特别感谢霍德出版社的奥利弗·约翰逊、杰森·巴塞洛缪及其团队里的每一位成员，李特尔 & 布朗出版社的里根·阿瑟以及她的同事们，还有布雷克·弗莱德满公司的康拉德·威廉姆斯等。

此外，在我写作本书的过程中，很多人都无私地与我分享了他们的专业知识或是个人经验，并耐心地回答了我的“十万个为什么”，甚至还请我去家中调研做客。因此，我也想把自己最诚挚的谢意献给他们：克里斯·祖林斯卡斯上校、宇利惠里、高桥敦子、早川浩、早川淳、山口晃、大卫·弗朗斯·蒙杜、佩奇和阿妮卡、海角医疗救援机构的达雷尔·齐默尔曼以及艾瑞克·贝加拉和班达·沃佳尼。感谢你们的慷慨与耐心。书中若有任何地理知识上的错误或是夸大其词的地方，敬请各位谅解。

克里斯托弗·胡德的论文作品《日本的灾难处理方式：FL123次航班坠机事故应急处理办法》是一份难得的佳作，帮助我理解了许多与日本独特文化背景有关的词汇含义。除此之外，下列各篇纪实类书籍、博客、文章和小说也为我的选材与写作提供了许多灵感：尼古拉斯·盖亚特的《欢迎来到世界末日》、史蒂芬·贝茨的《上帝之国》、迈克尔·吉勒吉格的《将阳光拒之门外》、帕特里克·W.加尔布雷斯的《御宅族手册》、吉姆·艾尔－哈利利的《量子论：给困顿者的指南》、独人中野的《电车男》、蒂姆·拉哈伊和杰瑞·B.詹金斯的《我们是否生活在世界末日的时代？》、保罗·本维尔的《解读末日预言》、芭芭拉·伊拉兹马斯的《时运不佳》、理查德·泰勒的《老年痴呆症全面解读》、sherizeee.blogspot.com、http://www.dannychoo.com、http://www.tofugu.com、南希·吉布斯的《现代启示录》（time.com，2002）。另外，还要感谢asciiart.en.com上的众多匿名艺术家为我创作的龙的故事提供了各种生动有趣的表情符号。

此外，下述各位还利用自己的宝贵时间阅读了我的书稿，并为我提出了许多诚恳的建设性修改意见：艾伦和卡罗斯·沃特夫妇、安德鲁·所罗门、布朗温·哈里斯、尼克·伍德、迈克尔·格兰特、山姆·威尔森、凯莉·戈登、泰雅·布特蒙、乔·贾兹、维恩·文特尔、尼卡玛·布罗迪、西·帕尔特雷基和索德拉·帕尔特雷基。值得一提的是，针对书中有关南非内容中出现的纰漏，许多朋友还为我提出了宝贵的修改建议。他们是：艾瑞克·倍加拉、西恩巴尼·赞乍、西塞克·索德拉、沃尔特·尼特塞勒、卢安多·西平格和桑多·马库巴罗。在全书的写作过程中，杰瑞德·舒林、艾利克斯·史密斯、卡琳娜·布瑞克以及埃斯摄影的摄影师帕干·威克斯以及诺姆斯也给了我许多有益的帮助。

你们是最棒的。

我还要衷心感谢那些一直支持我的好朋友，我欠你们一个大大的人情：劳伦·波克斯、艾伦·凯利（感谢你提供的那些鬼点子）、奈吉尔·沃尔特斯、路易斯·格林伯格以及佩奇·尼克。另外，感谢我的编辑兼好友海伦·墨菲特一次次救我于“水火之中”（愿你一辈子富贵荣华，有吃不完的手工点心）。

最后，还要感谢我的丈夫查理和女儿萨瓦娜。他们花了很多时间陪我构思情节，为我出谋划策，并在我焦躁不安的时候安慰我，在我挑灯夜战的时候为我泡咖啡。没有你们，我不可能完成这部书。你们永远是我坚实的后盾。